U0937231

锐势力 Rui Shili

名家小说集

肖克凡 著

电影《山楂树之恋》首席编剧

开卷·中国当代实力小说家作品

AIQING SHOUQIANG

愛情手槍

中国文史出版社

图书在版编目（C I P）数据

爱情手枪 / 肖克凡著. -- 北京 : 中国文史出版社, 2019.8

（锐势力·名家小说集）

ISBN 978-7-5205-1209-1

Ⅰ. ①爱… Ⅱ. ①肖… Ⅲ. ①中篇小说－小说集－中国－当代②短篇小说－小说集－中国－当代 Ⅳ. ① I247.7

中国版本图书馆 CIP 数据核字(2019)第 160790 号

责任编辑：全秋生
封面设计：徐　晴

出版发行：中国文史出版社
地　　址：北京市海淀区西八里庄路 69 号　　邮编：100142
电　　话：010－81136602　81136603　81136606（发行部）
传　　真：010－81136655
印　　装：北京温林源印刷有限公司
经　　销：全国新华书店
开　　本：787×1092　1/16
印　　张：16　　字数：248 千字
版　　次：2020 年 1 月北京第 1 版
印　　次：2020 年 1 月第 1 次印刷
定　　价：48.00 元

目录

CONTENTS

金豆捞饭 / 1

爱情手枪 / 45

团圆巷野史 / 67

吉祥如意 / 123

146 / 昨天的虫子

178 / 好　药

189 / 我把青春献给你

207 / 街灯亮了

220 / 赵钱孙李的幸福生活

金 豆 捞 饭

父亲拎着灰色人造革旅行包走进院子，好像前来投宿的旅客。他身材瘦高穿着蓝色中山装，还没走近便朝着祖母叫了声“娘”，表情谨慎而局促。

我家居住的城市大杂院里栽着株“爬山虎”，它藤身足有碗口粗。邻居田经理使用多根竹篙纵横搭起天棚，任凭“爬山虎”枝蔓恣意生长，于是天棚变成天网，遮蔽了大半个院子。正是烈日当空的时候，普天阳光透过爬山虎枝叶投下细碎光影，弄得父亲好像穿着花斑衣裳的外地人，那样子看着特别迷乱。我牢牢记住父亲这副形象。

祖母坐在我家门前埋头择菜，她有时耳聋，有时不耳聋，就这么交替地生活着。父亲只得迈步凑近，又叫声“娘”。

祖母终于抬头望着满身斑驳的父亲，渐渐眯起双眼说，俊生你又回来啦？长年单身在外工作，可真不让娘省心啊。

父亲略显紧迫地解释说有组织管理的。这时祖母听力变差，只是眯缝着眼睛盯着儿子说话的嘴。我则属于小学五年级观众。

父亲名叫俊生，他是铁路设计院的测绘员，长年跟随勘察队伍迁移工地，就像草原牧民转场似的，只是不骑马而已。我从不转场固守寸地，也就跟父亲生疏了。

我不能总做现场观众，在祖母指挥下叫了声“爸”，以此确认父子关系。回想上次我叫“爸”，一年多了。

这次父亲参加“大港铁路”工程建设，跟随队伍回来了。去年大港那边成立油田，代号“六四•一”，就是一九六四年一月钻出石油的意思。大港那边我没去过，说是离海边不远。

母亲下放外县农村教书，我跟祖母过日子。母亲不常回家，赶上放假回家住不上几天就走，使我觉得她很像电影里的母亲，只要电影散场角色就结束了。

母亲下放农村是响应“四个面向”的号召：面向基层，面向农村，面向边疆，面向祖国最需要的地方。因此弄得祖母经常唠叨，我老婆子也是四个面向，面向灶台，面向水缸，面向油盐柴米葱蒜姜，面向过日子最需要的地方。

这时父亲不再像投宿的旅客，打开人造革旅行包里翻出几块水果糖递过来，有“黄油球”和“酸梅”，偏偏没有我爱吃的“小人儿酥”，我还是说了声谢谢。

祖母突然抬头对父亲说，俊生啊，我有儿子，你也有儿子，这样多好啊！她老人家说话唐突，不像收音机里袁阔成说的《平原枪声》评书，花开花落，事出有因。

听祖母这样评论，我暗暗计算着：父亲是祖母的儿子，我是父亲的儿子，全家做加法总共两个儿子。没错。

祖母再次眯缝起眼睛说，想当初若不是我催促结婚成家，你能有今天光景吗？她老人家说话突放音量，震得父亲后退半步。

大杂院邻居田经理说过，耳聋的人说话声音都大，个个就赛呼喊革命口号似的。我便想象这个小脚老太太振臂高呼的样子，感觉有些滑稽。

祖母准备下厨做饭，响声问父亲想吃什么。父亲悄声说金豆捞饭。祖母惊诧地望着自己儿子，大声反问你怎么还想着金豆捞饭呢。

我不知道金豆捞饭是什么饭食，只觉得父亲说起话来南腔北调没了本埠口音，这就很像是个没有来历的人。

听说我父亲回家来了，大杂院邻居们跑来围观，好像遇到不用花钱买票的演出。我的同学小卯和小酉也来凑热闹，他俩偷偷观察着我父亲。

小酉是邻家田经理的小儿子。我祖母不愿让我跟小酉同桌，参加期末家长会就要求给我调动座位，而且强调给我换个女生同桌，这样男孩子就遵守纪律了。班主任柴老师表示女生少男生多，这学期拆兑不开。可巧祖母耳朵听得真切，当即指出班主任柴老师的语病说，拆兑？这词您用得真不恰当。

班主任柴老师并不认为拆兑是贬义词。据说田经理也不愿小酉跟我同桌，但是没有当场指出柴老师用词不当而已。于是家长会就这样散了。我跟小酉继续同桌。

这时小酉悄悄凑近我评论道，五官端正，细眉大眼，身条顺溜，这就是你爸爸？我的天啊，你妈妈下放农村教书不回家，你爸爸反而回来了。他说着把食指吮在嘴里，仿佛要咬断地雷的导火索。

小卯有张磨盘脸，因为留级跟我同班，他倚仗年龄大些经常批评小酉心思太重，活得好像充满警惕的松鼠，从来不肯放松自己。不过这次小卯没有对我父亲发表评论，只是呵呵笑了。

父亲将我家那间长年闲置的屋子拾掇干净，独自居住进去。小卯妈妈跑来参观说，你把自己安顿好啦？这间屋子就是当年你结婚的洞房啊。

父亲望着泛黄的墙壁微微点头，表示没有忘记洞房花烛夜。小卯妈妈故意打量着我父亲，然后伸手戳了戳我脑门说，没毛病！这父子俩就像一个模子刻出来的。

既然大杂院邻居这样认为，小酉仍然不肯放松警惕，对着我耳朵低声问道，你妈妈究竟什么时候回家来呢？

我说妈妈暑假就会回家来的。小酉抬头盯着当院飞舞的蜻蜓，好像预防着小型轰炸机。小酉的疑虑触动了我的心思，当晚给妈妈写信报告爸爸回家了，清早上学路上投进大街边绿色邮筒。

小酉盯着绿色邮筒好像盯着绿色碉堡说，我哥哥经常给武诚写信，他也是投进这只邮筒的。

我告诉他这是邮政局公共邮筒，谁都可以投寄的。小酉还是思索着，似乎邮筒里藏着谁的秘密。小酉的哥哥是田家大儿子名叫文信，去年技校毕业进了北大关汽水厂。那个武诚是文信的技校同学，毕业分配去了新立乐器厂，据说整天跟洋鼓洋号打交道。文信的北大关汽水厂在西城，武诚的新立乐器厂在东郊，下了郊线公交车还有好几里石碴路，俩人只好通过绿色邮筒联系了。

父亲工作的大港铁路筹建处在八里台，属于市区边缘比较偏僻。每天起早父亲外出上班，祖母必然送他到大杂院门外，身材高瘦的儿子连声劝说身形矮小的母亲不要送了。她老人家坚决摇头执意要送。就这样，你谦我让总要持续几个回合。然后祖母倚着大门望着胡同里儿子的背影拐上大街，好像仍然不放心。

这便成了我们大杂院清晨的独特风景，每天就跟送子参军似的。邻居们好像并不感到惊奇，我悄悄询问形成这种习惯的历史原因。小卯妈妈偷偷给我解释说，所以你爸爸结婚很早嘛！才二十岁。

父亲二十岁结婚。我不懂小卯妈妈说话的用意，只觉得父亲好像怀有心思，有时目光炯炯，有时淡然委顿，属于好静不好动的男子，所以他做了测绘员吧。

农历五月初八是父亲生日，全家三人吃长寿面。菜码是祖母亲手焯水的豆芽菜，精细煞长跟我体形相仿。我猛然想起父亲说过的“金豆捞饭”，认为庆贺生日应该做父亲最喜欢吃的饭食，便向祖母提出建议。

祖母瞪起眼睛说，你怎么变成了小祸害？给我闭嘴！

过生日吃不上自己喜欢的饭食，我替父亲感到委屈，跑去找小酉借来马粪纸做了张贺卡，用蓝色蜡笔画出一只大碗，在旁边写上“金豆捞饭”四个字，然后用红色蜡笔写上“祝爸爸生日快乐”，趁祖母没发现偷偷塞到父亲手里。

父亲看了看生日贺片里那只大碗，猛然瞪大眼睛望着我，然后快速把盛满“金豆捞饭”的贺卡塞进衣兜里。他仍然穿着蓝色中山装，特别像国家干部。

晚间父亲把我叫进他的房间说，今天我特别高兴，从来没人送我生日贺卡！他说着就笑了，而且笑得特别天真。

怪不得每天清早上班祖母送到大杂院门外呢，父亲笑起来确实像个大男孩。可惜他笑的时候不多，只是偶尔像个大男孩。

我忍不住好奇心理问道，难道我妈妈也没送过您生日贺卡？

父亲耐心给我解释说，夫妻之间反而不用这种形式了。

我很想了解有关“金豆捞饭”的事情，想起祖母说我是小祸害，便没敢张嘴打听。

每逢清早父亲外出上班，祖母仍然坚持送到大杂院门外，继续保持送子上战场的状态。我不禁产生疑问，我清早上学祖母为什么不送呢？我毕竟是个孩子啊。

我想起父亲跟我说过，有些事情就是习以为常，但是习以为常便很难改变了。我不明白父亲说话的含义，只盼望自己快些长大。我的这个愿望令父亲苦笑了，说长大是习以为常的事情。

大港铁路筹建处不设公休日，说是学习当年苏维埃修建喀山铁路的共产主义劳动精神。我不知道喀山在哪里，只知道河北唐山和北京香山。

星期天父亲照常上班。一大早祖母送走儿子，小步跑进厨房给我备好午饭，匆匆去南大道看望远房亲戚，扭头把我扔在家里。

我满头大汗突击完成两门作业，准备下午去吉祥里斗蛐蛐。我们大杂院的男孩子玩蛐蛐的热情，远远超过六一国际儿童节。

我从墙根儿抱出两只蛐蛐罐，正要给那只蜕皮成虫的“虎头”换食，大杂院水龙头那边小西扬手喊我，说喂喂你家来客了。

正逢阴天没太阳，布满天棚的爬山虎枝叶间无法投下细碎的花影光斑，显出无所作为的姿态。我放下蛐蛐罐，起身迎接客人。

这位客人身穿白色衬衣，腰间系着棕色皮带，藏蓝色毛料裤的裤线笔直，锃亮的黑色皮鞋就跟新产品似的。

这是个干干净净的男人，步伐稳重显得文质彬彬。

我家待客是要沏茶的。不沏茶待客的家庭大多是外埠人。我请客人进屋沏了杯花茶，主动告诉客人我奶奶走亲戚不在家，我爸爸去单位上班了。

他有着宽阔的额头和明朗的神情，头发漆黑偏分发型，语调温和地说，你爸爸星期天也不休息啊。

我说大港铁路筹建处没有公休日，鼓足干劲建设社会主义。

然后，我模仿市民家庭习俗左手捧着右手说，我还没有请问您贵姓。您有话儿就请留下，我会全篇转告家长的，误不了您的事情。

你是个好孩子，真懂事啊。他面孔白净有双丹凤眼，嗓音明亮对我说，我姓黄叫黄世龙，年长你父亲五岁呢。

我知道依照本埠习俗，小孩子对比父亲年长的男子称呼“大大”，比父亲年岁小的称呼“伯伯”，发音“白白”。我随即叫了声“黄大大”，主动报出自己乳名。

你还叫鸬鹚没有改名啊？你知道吗鸬鹚是水里的鱼鹰子哟。

我没想到乳名令客人深感意外，连忙解释“鸬鹚”是祖母给取的，说我木命缺水，以水生木，所以没用妈妈给我取的乳名。

黄世龙摇了摇头，说新中国这么多年了，你奶奶还信奉阴阳五行学说，这不是新思想是旧头脑。

我意识到黄世龙不赞同祖母的做法。他也及时刹住话头转而解释道，听说你父亲从外地调回来了，我就顺路进来看看他。

我连连点头表示听得认真。黄世龙站起身来说，欢迎你跟父亲到我家做客，我好几年没见他了。

这是人生首次受到长辈邀请，我毕恭毕敬送客人到大杂院门外。黄世龙身材不高不矮不胖不瘦，看着特别匀称，就像大街上宣传画里的人物。他在胡同里蹁腿跨上自行车回头问我，鸬鹚你喜欢玩蟋蟀是吧？

他把蛐蛐叫蟋蟀，这是文明人物说话。我答道前几天买了只蛐蛐秧子，昨天蜕皮成虫了，大脑袋宽身架是虎头呢。

你父亲以前也爱玩蟋蟀，这是后继有人呢。黄世龙竟然满意地笑了，双脚踏起自行车。

我按照祖母传授的礼仪大声说，黄大大慢走，我不远送您了。

送走客人回到家，我进厨房找到祖母给我备下的午饭：两个窝头，一碟腌白菜，还有暖瓶里的白开水。既然跟小伙伴约好下午去吉祥里斗蛐蛐，我急忙吃过午饭，找出细麻线绳捆好两只蛐蛐罐，站在院子里招呼小酉和小卯。

小酉家住大杂院深处，透过门窗传出小酉父亲的喊叫，我听不大懂山东口音，还是要用“咆哮”形容这种响动。

小酉父亲是宏达家具店的经理。不知为什么祖母坚持叫他“田掌柜”。田经理多次纠正说公私合营没有“掌柜”了，祖母充耳不闻，一如既往不改嘴。就这样，小酉的父亲走遍中国都是“田经理”，唯独在祖母嘴里身份依旧是“田掌柜”。

我曾经请教为何反对叫他“田掌柜”。田经理使劲跺脚说，那等于我没有进步！那等于我没有接受社会主义改造！那等于我还在旧社会呢！

看来“田掌柜”与“田经理”大不一样，假如写作文我会用“天壤之别”来形容的。

小酉在田经理而不是田掌柜的吼叫声中溜出家门，哭丧脸低声说，我爸爸发这么大火，我哪儿还敢斗蛐蛐去。

我以为田经理因为斗蛐蛐而发脾气。小酉立即解释说，我哥哥非要学唱歌不可，我爸爸就怒了。

我认为学唱歌是好事情，还可能争取成为歌唱家。小酉满脸愁容告诉我，文信非要跟武诚搭伴报名参加合唱团。

我当然知道武诚是文信的好朋友，就推测田经理不待见武诚这个人，于是坚决反对文信和武诚共同报名学唱歌。

这时我罐里蛐蛐鸣叫起来。小酉仿佛听见防空警报，拉起我跑到小卯家门前，三人会师了。

咱们要做无产阶级革命事业接班人，就要严格要求自己。我要好好学习天天向上，咱们把蛐蛐彻底处理掉吧。小酉突然说出这番话。

小卯百分之百不理解说，咱们把蛐蛐彻底处理掉？这等于战争时期坚壁清野，你是不是听说蒋介石要反攻大陆？

小酉摇了摇头，表示没有听到这方面消息说，就是我爸三天两头跟我哥哥发火，搅得我没了任何兴趣。

小卯不同情小酉，说你轻易就受到家庭恶劣环境干扰，将来做不成无产阶级革命事业接班人。

小酉很抱委屈说，我爸跟我哥之间的矛盾斗争，肯定会影响我成为无产阶级革命事业接班人的步伐。

小卯好不耐烦，说了句“各回各家，各找各妈”，我们就散伙了。我抱着蛐蛐罐回家。可巧祖母走亲戚回来了，一进家门就问道，刚才田掌柜发脾气了吧？文信这孩子真不让家长省心！

她老人家明明耳聋，此时却变成顺风耳，一听八丈远。

我说文信要学唱歌，田经理不同意文信学唱歌，文信偏偏要学唱歌，田经理坚决不同意文信学唱歌……

祖母挥手打断我说，停住！你小子上满弦啦？

我汇报说上午家里来了客人是爸爸老朋友叫黄世龙。祖母好像又变聋了，扭身去厨房烧开水。我绕过水壶大声说，这个黄大大以为星期天爸爸公休在家，还说好几年没见面了。

这次祖母肯定听清了，压低嗓音阻止我说，你就不会小声说话？整天瞎嚷嚷什么！

她老人家大嗓门，反而说我整天瞎嚷嚷。我就说黄大大邀请我跟我爸去他家做客。祖母登时急了眼，鸬鹚你给我闭嘴！没人把你当哑巴卖了。

我觉得祖母好像吃枪药，变得脾气暴躁，完全不慈祥了。

之后她老人家平复几分，放下手里水壶思忖说，一听说你爸爸回家黄世龙就跑来了，他这是要唱二进宫啊。

我问二进宫是哪出戏。祖母嫌我干扰思路，不愿搭腔。

不要跟你爸爸说黄世龙到咱家来过！祖母突然凶恶起来，目光好似变成两把小刀子，让我想起白毛女电影里的地主婆。

鸬鹚你听见没有！祖母愈发凶恶。我害怕了，模仿地主家的小伙计连连点头。

祖母渐渐冷静下来，重新从狼外婆变回我奶奶，伸手抚摸着我头顶，徐徐眯缝起眼睛说，你是个懂事的好孩子，以后听奶奶的话就是了。

祖母脸庞窄长，每逢眯起眼睛说话，我认为容易让画家联想到守家护院的猎犬。不过祖母给我带来威慑的同时，也给我带来莫名的安全感。

父亲很晚回家，说是单位加班了。我坚守承诺没有提及黄世龙来访。全家仨口顺利吃过晚饭。父亲慢条斯理说从明天起就要睡办公室了，因为大港铁路筹建处每晚都要加班加点的。

这点灯熬油加班加点不回家，你这么大了还是不让我省心。祖母无法反对义务加班，只好给儿子拾掇铺盖去了。

毕竟跟父亲共同生活了，他突然宣布不再住家，我好像丢失了什么，顿时感到失落。

小酉悄悄跑到我家门外，神色慌张地冲我招手。我跟随他跑到大杂院角落里，主动告诉他从明天起我爸不再住家了。他听了不管不顾说，你爸不住家就不住呗，可是我哥宣布绝食了！今天晚饭就没吃。

我想起从课外书里得到的知识，说人不吃饭只能活七天的。

如果连水也不喝，根本活不到七天！小酉突然表情愤怒说，我爸这个一点文艺细胞都没有，他宁死反对我哥跟武诚学唱歌，整天就知道卖家具！

我认为宏达家具店经理整天卖家具不算错误。你哥为嘛非要学唱歌呢？他要真是绝食死掉了，等于你爸犯了杀人罪。

你说我爸若成了杀人犯，我不就成了杀人犯的儿子吗？小酉快速推算着，用手背抹了抹眼泪。

我继续搬用课外书的知识说，不过你要是政治表现好的话，长大还是可以申请入团的。

其实大杂院邻居们都挺喜欢文信的，他的性格跟小酉不同，说话和声细语，文艺味道特别浓厚。文信给我讲过不少古代故事，伯夷和叔齐、管仲和鲍叔牙，桃园结义刘、关、张……假如文信绝食死了，大杂院里就没人给我普及历史知识了。

这样想着我慌张起来，跑回家去告诉父亲田家大儿子文信绝了食。他紧皱眉头叹口气说，这不单是田家父子的矛盾，这类误解还没有引起社会广泛重视。

父亲说着起身走出他的房间。耳聋的祖母神奇地出现了，闪身挡在儿子面前。我不许你去田家说合。这种事情你出面说合，那只能越描越黑，你赶紧进屋给我待着去！祖母说着伸手推搡自己的儿子，好像紧急躲避暗处射来的子弹。

父亲只得返回自己房间，自言自语。这么多年了您还是这样对待我，这成何体统啊。

父亲为什么抱怨祖母呢？我思索着转身望去，祖母竟然径直奔到田家门，拉开劝阵的架势。田掌柜你不要着急，我来给你出个主意！她老人家扯开嗓门响声说。

屋里传出田经理的声音。请您叫我田经理好不好？我不愿意回到旧社会去！

祖母继续大声说，田掌柜你家遇到逆事就要顺办，我当年的经验传授给你吧，一旦文信够了结婚年龄立马给他成家，这辈子就彻底踏实啦。

从田家再次传出田经理说话，您站着说话不腰疼！文信今年刚满十八！我怎么硬扛这两年啊？

我现今当然有办法的。祖母得意地哈哈大笑说，我进门跟你细说！

我似乎听到父亲躲在自己房间里哭泣，分明听到祖母给田经理大声出主意，随即听到蛐蛐在罐里嘟嘟鸣叫。玩过蛐蛐的孩子都懂得这种鸣叫，这只公虫需要母虫“接铃儿”了。

父亲扛起铺盖踏着夜色去住单位了，他满脸干爽没有丝毫泪痕。我只得怀疑刚刚听到的哭泣来自那只蛐蛐罐里。

转天清早上学走出大杂院，小酉略显乐观说，我哥不绝食了，这要感谢你奶奶给出了好主意。

我问出了什么好主意，小酉说不出详细内容，光说文信早饭吃了两个窝头，赶去北大关汽水厂上班了。

中午课堂打铃放学，小酉小卯我们仨被辅导员拦住，说是留校训话。小酉连声叹气说，福不双至，祸不单行。

小酉掌握好多这类民间词语，只可惜作文派不上用场，班主任柴老师说那是悲观消极情绪。

学校委派年轻的辅导员孙昱给我们训话，这个高中毕业的小伙子，表情严厉批评我们课余时间玩蟋蟀斗蛐蛐，几乎沦落到赌博边缘，要求我们放学回家立即自行清理，等待老师家访核查。

小酉最怕老师家访，当场认错保证回家清理蟋蟀，一只不留。小卯则有些抵触情绪，表示今后光听虫鸣不斗蛐蛐，保证杜绝赌博行为。

孙昱皮肤白皙身材单薄，一味板着面孔命令我们回家立即清理蟋蟀，不要犯玩物丧志的致命错误。

孙昱辅导员训话结束，我们仨垂头丧气回家。小酉怀疑有人揭发举报我们课余时间玩蛐蛐。小卯坦坦荡荡接揽说，这肯定是我妈到学校揭发的，她思想特别进步，看见苍蝇必须打死。

小酉惊讶得停住脚步说，这等于你妈把你也给检举了，你是亲儿子啊。

小卯毫不惊异地说，我妈一贯大义灭亲，她还到我爸单位举报我爸私下说领导风凉话呢。

小酉本来就是悲观主义者，这时愈发沮丧。他回家抱出蛐蛐罐统统放生，眼瞅着蹦进鸡笼给老母鸡吃了。

小卯也动手放生，但是把蛐蛐放进花池里，免得喂了鸡。他特意叮嘱我说，你的那只虎头不要放生，等到星期二下午学校没课，我陪你去花鸟虫鱼市场把它给卖了。我有些胆怯，表示少先队员不能犯倒买倒卖的错误。

咱们不为卖钱只想给虎头找个好人家，不要耽误这只好虫的前途。小卯表情严肃，好像要把蛐蛐培养成国家栋梁似的。

我担心被他妈妈发现再遭检举。这个留级生笑了说，你放心吧，我有对敌斗争经验。

小卯用“对敌斗争经验”形容跟妈妈的关系，我惊讶得张大嘴巴，不知为什么内心有些伤感。

我印象里小卯妈妈低头走路步伐很快，总好像急于排队购买紧俏商品的样子。她说话北京口音却不是北京人。

无论怎样，小卯毕竟跟妈妈共同生活，有妈的孩子就是宝。我母亲远在外县农村教书，即使我想积累“对敌斗争经验”也没有这种机会。幸好我有祖母关爱，饿了有热饭吃，冷了有暖衣穿。只是她老人家行为古怪，总是让我琢磨不透。

总算挨到星期二下午，学样没课。小卯给我吃了颗定心丸说，我妈去居委会递交思想汇报，我保证她撞不见咱们。

于是我跟小卯悄悄溜出大杂院，手捧蛐蛐罐沿着墙子河堤快速奔跑，努力把自己想象为郊外野兔。

老西开教堂旁边胡同里，有几个小贩沿着墙根将苇条编织的篓子摆开。一只只苇篓里爬满蛐蛐，乐得孩子们挑选。我前几天在这里花贰分钱买了只蛐蛐秧子，回家喂养几天便蜕皮变成大脑袋宽身架的“虎头”，我希望这只成虫涨了身价。

小胡同里悄悄热闹起来。小卯认为北端公共厕所旁边站着几个男子是买家，他从我手里拿过蛐蛐罐大步走过去。我紧张得迈不开双腿，只得远远望着。

那几个男子轮番打量小卯递上去的蛐蛐罐，有个瘦脸男子摇头晃脑贬低着虎头。小卯不愧是街道积极分子的儿子，大声反驳。

经过讨价还价，小卯扭过身子高高举起左胳膊，冲我展开五指。

五分钱？这是瘦脸男子的报价，我鼓足勇气走过去。

鸬鹚，五毛钱卖不卖？小卯居然替我谈成大价钱，这令我有些眩晕。我竟然贪心说，五毛钱不卖！六毛！

瘦脸男子把蛐蛐罐装进帆布兜子里，伸手捏着我耳朵牵到冰棍儿箱前，向摊主叫了两根水果冰棍儿，分别递给我跟小卯，顺手塞给我几张小纸钞，小声说“黑市交易犯法你们快撤吧”，就匆匆走开了。

我和小卯叼着冰棍儿躲到小胡同外清点钞票，总共五毛钱。想起两根水果冰棍合计六分钱。等于瘦脸男子花五毛六分钱买走了我的虎头蛐蛐，这家伙省了四分钱。

突然有人喊叫警察来啦。蛐蛐贩子们抄起苇篓撒腿就跑，争先恐后冲向小胡同南端出口。

我意识到即将出现警察逮人的场面，吓得浑身发软，任凭冰棍儿融化成木棍儿，暗自盘算如果有警察抓我，我立即当场自首，主动交代售卖虎头蛐蛐得利五毛钱外加两棵冰棍儿的罪行。

迟迟不见抓人场面出现。我扭脸打量小卯，他的冰棍儿安然下肚，一丁点儿没受损失。

这显然是场虚惊。蛐蛐贩子们陆续返回，重新安置苇篓开张叫卖。那几个男子也回来了，继续聚集公共厕所旁边聊天。

一辆自行车驶进小胡同，稳稳停在公共厕所近旁，骑车的男子身穿花格衬衣，蹁腿下车站定。买我虎头蛐蛐的瘦脸男子眼尖，大声嚷嚷“蛐蛐姥姥”来了，拎起帆布兜子迎上前去。

蛐蛐姥姥？广播电台播送长篇评书《三侠剑》有个擅长使用暗器的人物，外号“毒镖姥姥”。这称呼代表无所不有无所不能的意思。此时瘦脸男子笑脸迎接的“蛐蛐姥姥”，也应当属于这种人物吧。

小卯同样认为蛐蛐姥姥属于不同寻常的人物，马上凑过去看热闹了。我望着身穿花格衬衣的“蛐蛐姥姥”，猛然心跳加快。虽然那天的白色衬衫换成今天的花格衬衣，我还是认出他是我父亲的老朋友黄世龙。

敢情黄大大被尊称为蛐蛐姥姥？可是“姥姥”终归属于女性，这称呼让我感觉有些别扭。

瘦脸男子从帆布兜子里掏出蛐蛐罐，满脸堆笑递给黄世龙，显然急于得到高手评价。又有几个人围拢过来，手里捧着蛐蛐罐等待点评。我看到人墙越围越厚，很像花果山小猴子们见到齐天大圣的场面。

我不敢凑近，生怕黄世龙认出我来。小卯从人群里钻出，跑来告诉我说，蛐蛐姥姥给虎头估价十块钱，咱们亏损九块五呢！

我折算两根冰棍儿认为亏损九块四毛四分，小卯急得抓耳挠腮，似乎也变成花果山小猴子。我担心爸爸的这位老朋友认出我，拉着小卯跑开了。

我们在墙子河边停下脚步。小卯气喘吁吁说，那些大玩家特别信服穿花格衬衣的蛐蛐姥姥，他要说这是大蝴蝶，那肯定不是小苍蝇。

大蝴蝶，小苍蝇。这是小卯刚刚学会的蟋蟀术语。我没有忘记祖母叮嘱，不敢说出蛐蛐姥姥是我父亲的老朋友。小卯仍然沉浸在幻想里，说有机会想叩拜蛐蛐姥姥为师。

小卯如此崇拜黄世龙，我趁机询问他对蛐蛐姥姥的印象。小卯思忖着答道，这人文质彬彬，待人和善，不像我妈妈那样对谁都怀有敌意。小卯如此批判娘亲，这令我不知所措，心底暗生几分敬佩。

一路行走，我决定隐藏这五毛钱款项，更不会告诉祖母巧遇“蛐蛐姥姥”黄世龙。我要像大人那样拥有自己的秘密世界。

回到家里吃过晚饭，祖母郑重下达任务说，你现在去八里台你爸单位，告诉他明天下班回家吃饭。

祖母递给我六分钱钢镚儿，说往返坐八路公共汽车，不用腿。我欣喜万分立即蹿出家门。

八路公共汽车是红旗车队，稳稳停站八里台。这站下车乘客很多。我听见女声打听去大港铁路筹建处怎么走。同车遇到同路人，她竟然是小卯妈妈。我迅疾躲闪开了。

自从得知小卯妈妈到单位举报小卯爸爸，我便有些害怕这个女人。她下了八路公共汽车快速行走，身影被晚间路灯拉得又细又长，好像小人书里的变形巨人。

小卯妈妈去大港铁路筹建处做什么？我悄悄跟随着，这样她反而成了我的路标。

穿过广播电台路，小河对岸是南开大学。周边愈发偏僻了。一路摸黑行走，前面临街大院门外有了灯光。小卯妈妈走进这座大院询问传达室，我悄悄跟踪听不清她的问话。

只见她连续打着手势，不停地打听着什么，很快值班员被她问得烦了，扭身不再搭理她。她顿了顿时分，就气哼哼走了。

远远望着她背影消融在黑暗里。我快步凑近这座大院传达室。灯光下我看到好多单位的牌子，果然有“大港铁路筹建处”字样。传达室值班员是个谢顶男子，我叫了声同志向他说出父亲的名字。

他满脸惊讶表情望着我。我极力镇定问道，刚才有个女的来找我父亲是吧？

值班员满脸惊讶变成满脸迷惑说，那女的打听你爸每天加班加点的情况，了解你爸每天外出的时间，询问你爸有没有朋友来访，总之问这问那特别神秘，就跟电影里女特务似的。

我还以为这是妻子跑来掌握丈夫情况，敢情根本就不是两口子。谢顶的传达室值班员连连摇头，说树林子大了什么鸟都有。

这位值班员好心告诉我说，你看亮灯房间就是407室，赶快去找你父亲吧。

我懵懵懂懂走进楼道，仿佛双脚踩着棉花垛。小卯妈妈又黑又长的身影缠绕着我，怎么也躲闪不开。是啊，传达室值班员说得对，通常是妻子起了疑心跑来监察丈夫，小卯妈妈究竟什么动机呢？我父亲又不是她丈夫。

我极力使自己镇静下来，伸手轻轻叩响407房门。房间里传出父亲一字一顿的声音，“请、进。”

我推门走进父亲工作室。他抬头看到儿子来了，呼地挺身站起，表情显得有些慌张。

父亲身穿白色衬衣，腰间系棕色皮带，藏蓝色毛料裤的裤线笔直，黑色皮鞋擦得锃亮。他大晚上穿得这样齐整，让我想起百货大楼服装橱窗里的假人儿，同时觉得他似乎准备外出。

几天不见父亲，他新理了发，留了偏分发型，看着倒是蛮精神的。他问我吃过晚饭没有，然后拉开绘图桌抽屉拣了几块水果糖，唤着我的乳名伸手递过来。他的指甲修剪得好像黄玉戒面，透着晶亮温润。我嗅到他白色衬衣散发着清香气息，好似茉莉花盛开的味道。

这几块水果糖仍然是“黄油球”和“酸梅”，没有我爱吃的“小人儿酥”。我接过糖果说明来意，父亲轻轻点头，淡淡笑了。

我觉得父亲的笑容有些特别，往往不是出自欢喜而是由于感慨。譬如孙昱辅导员要求我们回家清理蛐蛐，小西就流露出类似的笑容，那不是表示赞同而是显得无奈。

我再次说明来意，强调着祖母的权威性。父亲听罢，反而向我询问文信的情况。我说祖母给田经理出了主意，建议文信跟武诚结拜金兰，就是袁阔成评书里说的盟兄弟。

哦……父亲微微皱眉问道，那么田经理同意儿子结拜吗？

同意！田经理认为我奶奶出了好主意，还送了两个苹果表示感谢，苹果我吃了一个，那个给您留着呢。

父亲听罢替我剥开糖纸，说酸梅糖生津止渴。我突然想起远在外县农村教书的母亲，问父亲是不是妈妈喜欢吃酸梅糖。

父亲又笑了，说你回家告诉奶奶，明天下了班我就回家去。他说着起身送我走出绘图工作室，鼓励我好好学习长大成才。

我们沿着楼梯走到楼下，我终于忍不住告诉父亲，小卯妈妈偷偷跑来了解情况，弄得传达室值班员以为她是我妈妈。

父亲停住脚步，继而无奈地摇头说，那座大杂院邻居真是无聊，这么多年丝毫没有改进。

说着父亲牵起我的手走近传达室，很有礼貌地请值班员打开角门，然后略显骄傲地说，这是我儿子，他学习成绩很好呢。

传达室值班员脑顶泛着光圈说，嘿嘿，一看就是模范父子。

我听说过劳动模范没听说过父子模范，便觉得谢顶的值班员说法可笑。其实我觉得父亲挺棒的，应当说是个模范男子。我迈腿钻出角门挥手跟父亲道别，迎着远处路灯跑去。我身后传来父亲大声叮嘱，鸬鹚小心路边有水沟。

我停住脚步回头望去，那座大院门外灯光下，父亲真的很帅。我想自己长大成人也像父亲这样，那该有多好。

我乘坐八路末班车回到家里，鹦鹉学舌跟祖母交了差。她老人家听罢没说什么，我洗脸洗脚刷牙漱嘴上床睡了。

睡梦里我再次遇到小卯妈妈，她从又黑又瘦变成又白又胖的样子，而且是从蒸馒头大锅里钻出来，浑身冒着热气。我被大馒头吓醒了，不敢告诉祖母实情。

转天傍晚时分，父亲下班回家来了。他身穿靠色衬衣浅驼色毛料西裤，脚下黑色皮鞋，一派干净利落。祖母当头就说，你非说争分夺秒跟时间赛跑，这不是可以不加班回家吃饭嘛。

父亲习惯性地点点头，说大港铁路建设还是要跟时间赛跑的。

祖母不再言声，转身下厨房给儿子煮饺子。小酉好像闻见饺子味道，主动送来几瓣大蒜。父亲和蔼地摆了摆手，说从来不吃生蒜的。小酉有些失望说，这是我爸爸好心好意派我送来的。

父亲表情茫然，不明白田经理为何如此盛情。这时祖母端来热气腾腾的饺子说，这个星期天文信跟武诚结拜金兰，田家请你主持场面做证盟人呢。

父亲注视着热气腾腾的饺子说，您怎么没撺掇田经理给文信介绍对象结婚呢？

嘿嘿，这真让你给说着了。祖母眯缝起眼睛答道，文信太小不够结婚年龄，那就先结拜盟兄弟吧，这样走进社会彼此都有身份，也不怕别人说闲话的。

说闲话？我想起《社会主义处处有亲人》那篇课文，便抢过祖母话头说，我们是社会主义国家，即便走到五湖四海也有组织关怀，即便文信跟武诚不结拜盟兄弟，他俩也是革命同志的。

什么革命同志！祖母没料到我参与进来，一时找不到准星了。父亲朝我点头说，如今社会生活比较正常，我也认为不必非要结拜盟兄弟什么的。

祖母将眼睛眯成缝隙，就像闭眼睡着了说，田经理已然花钱筹备结拜仪式，你们非要砸锅不可啊？

父亲忍不住问道，田家为什么选择我主持场面做证盟人呢？

祖母脆声答道，俊生啊！你成家立业娶妻得子，身体健康工作顺利，人家选择你才有说服力嘛。

父亲似乎明白了，埋头吃下已经变凉的饺子，起身跟祖母说了声星期天不见不散。

我没想到父亲放下筷子就走，很像在饭馆吃饭的顾客。我起身代替祖母送父亲走出家门。她老人家也没有反对。

我追随父亲走出大杂院。胡同里灯光下小卯妈妈迎面走来，她低头不语擦肩而过，闪身走进大杂院去了。

父亲轻声细语对我说，下个月农村学校放暑假你妈妈就回家来了。

我想有些事情总要弄明白，便扯住父亲衬衣袖口，问他有没有朋友叫黄世龙。父亲望着远处路灯，边走边说那是多年老朋友了。

父亲似乎突然醒悟，猛地停住脚步说，你是说黄世龙到咱家来过？

我说那天祖母外出不在家，后来祖母不许我说黄世龙到家里来过。父亲听了有些伤感，说黄兄这些年挺不容易的。

我告诉父亲黄世龙说请他带我去家里做客。父亲很是意外，站在路灯底下思考着。我趁热打铁说黄世龙是花鸟虫鱼市场的大名人，我很想找他讨要两只好蛐蛐。

是啊，黄兄对蟋蟀很有研究。父亲表情迟疑，轻声轻语。

黄世龙说好几年没见面了，他很想念您的。我的谎言显然触动了父亲，他似乎给自己寻找理由说，已然好几年没见面，不知黄兄搬没搬家。

我模仿成年人口吻，黄大大这种人是不会随便搬家的。

父亲惊诧不已说，听口气好像你是黄世龙的老朋友。

我为了讨得好蛐蛐，极力催促父亲现在就去黄家做客。

父亲默认了。一路上告诉我，黄家住在早年张绍曾被刺杀的旅馆旁边的胡同里。我估计张绍曾是历史人物，但肯定跟蛐蛐没有多大关系。

我跟随父亲拐进那条马路，父亲指着临街窗户泻出的灯光说，这就是黄兄家。

我便以为到达了。其不知接连穿过两条小巷，这才来到黄家小院门前。我便觉得黄家房子极大，院门开在小巷底，窗户却安在大街上。

这是座幽静的独门独院。父亲按响门铃，很快有人开门。父亲迎面就说，久违了世龙兄，敢问别来无恙？

我被父亲身躯挡住，只能听到黄世龙惊诧答道，无恙无恙，我万万没有想到俊生贤弟光临舍下。

迈步走进小院灯光下，黄世龙跟我父亲对视，就这样彼此无声地微笑着。

我打破静寂叫了声“黄大大”，一声唤醒两个人，他们相互礼让着走进厅堂。

黄家的厅堂宽敞豁亮，反而显出几分空旷。黄世龙身穿圆领汗衫齐膝短裤，递过两柄蒲扇请我们父子落座，快步走到里间屋去了。我估计那是他的卧室。

我只扇了十几下蒲扇，主人便从卧室走出。他身穿靠色衬衣，浅驼色毛料西裤，三截头式黑色皮鞋。

我猛然发现，父亲也是靠色衬衣、浅驼色毛料西裤、系带黑色皮鞋。今晚真是太巧合了，主人与客人的衣着撞个正着。

我人小不能抢着说话。父亲接过茶杯对主人说声谢谢。黄世龙寻找着话题，说铁路筹建工作还算顺利吧。父亲说争时间抢速度，全体义务加班取消公休日。

黄世龙表示理解说，我们好几年没有见面，彼此工作还都很努力的。父亲随即赞同说，我们好几年没有见面，你我都为社会主义建设添砖加瓦呢。

我觉得他俩说着大体相同的话，便想起作文老师批评的"段落重复"，于是主动问道，你们二位肯定有着共同的爱好吧？

父亲笑了笑，这仍然是我所熟悉的那种笑容。世龙兄，不知你还拉不拉胡琴？

黄世龙望着挂在墙角的京胡说，是啊，当年咱俩跟阚梓良先生学习胡琴，不论夜深沉还是得胜令，曲牌都已生疏许久了。

父亲离开胡琴改换话题，谈到铁路工程野外测绘，长年流动作业，四季居无定所，当年共同的爱好只得闲置起来。

黄世龙受到触动说，我生活在大城市里，依然能够保持养虫的爱好，这与你野外艰苦生活相比，说来应该知足了。

我趁机接过蟋蟀话题说，黄大大！我想请您赏我两只好蛐蛐，这样我就能去吉祥里称王称霸了。

我的要求给沉闷的场面增添活力。黄世龙眨了眨丹凤眼，好像感觉有事可做了。父亲同时站起身来说，小孩子争强好胜就喜欢斗蟋蟀。

黄世龙起了说话兴致，咱俩当年同样争强好胜，你还记得坐火车去塘沽下圈吗？

父亲低声告诉我下圈就是斗蟋蟀，这等于他替老朋友做了注解。我不禁想象着两个小伙子乘坐火车前往塘沽的情景，一路上他们肯定很开心的。我这样想象着，同样感受到快乐和温馨。

黄世龙引领我们走进后院。蟋蟀兄弟们组成的大合唱扑面而来。此情此景引发父亲感慨说，这里还是老样子啊，还是老样子啊。黄世龙连连摇头道，是啊俊生贤弟，一切都很难改变了。

黄家后院里有间蟋蟀房，我进去便被震住了。一间大屋四面墙，有三面墙摆满小卖部那样的货架，一层层架格里摆满蛐蛐盆。一阵阵虫鸣充满房间，即使祖母来了也不会耳聋的。然而我断定祖母永远不会来到这里的。

一旦想到祖母，我倏地跑了神儿，仿佛小偷想起警察那样。我极力收拢心思，伴随虫鸣很想听清黄世龙跟我父亲的谈话。

这两位老朋友轻松地聊天。谈论"二泉映月""社教运动""徐策跑城""群众评议"，还有"梅尚程荀"和"思想教育"什么的，我平时没有听过这些词语，突然想起"金豆捞饭"。

黄世龙也喜欢吃金豆捞饭吧？我正要插话询问，听到黄世龙对父亲问道，多年不得拜见，令慈大人身体康健吧？

这话令我想到祖母对金豆捞饭的敌对态度，便闭嘴不问了。

俩人聊天蓦然陷入低谷，好像同时减了兴趣。黄世龙指着几只蟋蟀罐对我说，这就是通常所说的苏盆，工艺精巧款式灵珑，它跟北方的京盆有所不同。

这种苏盆产自江苏陆墓，南派制作精美，但是苏盆不如京盆厚实，不过还是能够白露挡寒的。父亲再次替主人讲解着，使我确认他和黄世龙属于多年老朋友。

我期待黄世龙主动送我好虫。他好像没有这种打算，给我迟疑拖延的感觉。

父亲翻腕看看手表，黄世龙仿佛是我父亲肚里蛔虫，随即心领神会，猫腰从架格下部取出苏制蟋蟀盆，恋恋不舍地说这只虫儿叫青头大刺。

父亲接在手里轻轻错开盆盖，然后快速合严盆盖说，鸬鹚啊，我看这条虫子，头圆牙硬，身宽腿粗，抱爪结实，触须灵活。

我不等爸爸说完，立即把生米煮成熟饭说，谢谢黄大大送我青头大刺！我一定好好学习天天向上。

黄世龙温润地笑了，扭脸望着我父亲说，你儿子好生厉害哟，长大成人肯定超过咱们百倍。

父亲则重点强调说，这孩子期末考试全班第一，智力方面很像他母亲呢。

噢，我至今还没见过弟媳呢。黄世龙取出几寸长的竹筒，令我怀疑这是把笛子锯成几段的。父亲又当起老朋友的讲解员，告诉我用竹筒装载蟋蟀，不会挫伤触须的。

我看着黄世龙用细铜丝罩子将青头大刺从蟋蟀盆里导出，然后娴熟地引进竹筒里，取来透气软塞堵住竹筒，伸长胳膊递给我。

我看到他手腕戴着大三针手表，也是全钢表壳棕色牛皮表带。

父亲望着我手里竹筒说，蟋蟀在生物界上亿年了，我们人生不过百年而已。

是啊，蟋蟀属于昆虫，我们毕竟是人。黄世龙意犹未尽，转而对父亲说，人生在世不过百年，我们有时好比坚守阵地孤军奋战，内心不用盼望援军到来的。

父亲听了有些伤感说，因为没有援军，所以不用盼望。说罢他跟老朋友握了握手，说了声世龙兄多多保重。

我们告辞走出黄家前院，主人并不远送说，俊生贤弟和贤侄慢走。便立身暗处朝我们挥手道别。

黄大大真抠门，舍不得送我两只蛐蛐。父亲告诉我说，谁都知道只要蛐蛐进了黄家便休想出来了，今天他赠送青头大刺给你，也算是破天荒了。

听父亲这么说，我从不满转为知足。想起强将手下无弱兵的俗语，认定这只青头大刺是个常胜大将军。

终于走到十字路口，我们该分手了，父亲去住单位工作室，我回大杂院家里睡觉。父亲问我怎样向祖母交代青头大刺的来由。我说半路捡到这只竹筒的。父亲认为人生在世很难不撒谎，只要尽量少说瞎话就是了。这样说罢，父亲形单影只地走了。

我怀揣竹筒走进家门。祖母已经睡下了。我喜出望外找来蛐蛐罐让青头大刺安家落户，不洗不漱爬上小床，恨不得立即睡着。

黑暗里传来祖母说话，人生在世尽量不要挤兑别人张嘴说瞎话。

我惊了，不知祖母是不是说梦话，便想尝试着跟她对话，一时想不起说什么，便绞尽脑汁问道，邻居们说我爸结婚太早，这是您逼着他娶媳妇的吧？

祖母用黑暗里的鼾声回答我。我赶紧闭嘴，暗暗庆幸脱险了。

一大早儿醒了，看看挂钟四点五十分。大杂院里悄无声息。我蹑手蹑脚溜进厨房，急切探望我的青头大刺。

我轻轻错开蛐蛐罐的盖子，这只头圆牙硬身宽腿壮的青头大刺伏身罐底，双腿伸直好像伸了个懒腰。我心里说大将军你好大架子啊，然后轻轻吹了口气，催促它行动起来。这只青头大刺傲慢无礼，就是不愿动弹。我倾斜蛐蛐罐形成斜坡地带，这个大将军身体翻滚亮出白色肚皮。我不敢相信它已经死了。

我懵了，哇地哭了一声，连忙伸手堵住自己嘴马巴。我绝对不能惊动睡梦里的祖母，因为这件丧事跟黄世龙有关。

一夜之间青头大刺死了，难道它离开黄家主人就不肯活啦？我不禁想起文信讲过的几个历史故事：周朝时宁可被饿死的伯夷和叔齐，晋国时宁可被烧死的介子推母子,汉朝时宁可拔剑自刎的海岛田横……可是这只青头大刺毕竟是个虫子，它哪里学得这种大将军气节，说死就死了呢。

我强忍悲伤故作镇定。清早时分大杂院邻居们陆续上班去了。我看见宝赞嫂肩挎皮包走出家门，就捧起蛐蛐罐追到胡同里。

宝赞嫂是绿化研究所资料员。我把蛐蛐罐递过去，求她到单位把青头大刺做成标本。宝赞嫂犹豫不决，说昆虫标本很脆弱的。我给她鞠了个九十度的躬，转身跑走了。

星期六上午召开五年级暑假结业式，学校要求学生家长务必参加。吃过早饭祖母梳洗妥当，一身绫罗绸缎打扮，无所畏惧地参加家长会去了。这几年都是她老人家给我参加家长会，班主任没见过我爸我妈，柴老师并不认为我是孤儿。

星期六宝赞嫂不坐班，我快步跑到她家。性格温顺的宝赞嫂不提昆虫标本的事情，首先问我想不想妈妈。我被击中要害，轻轻点点头。宝赞嫂随即把我当作小孩标本说，孩子哪有不想妈妈的，我下个月就把我女儿桂花从老家接回来。

她说着从挎包里拿出小玻璃瓶说，这只昆虫好像是被闷死的，不过这只标本我做得栩栩如生，看着就跟活着似的。

我拧开小玻璃瓶盖看到青头大刺，这个大将军确实跟活着似的，不觉湿了眼窝。宝赞嫂只好安慰我，鸬鹚你对昆虫这么好，对人更错不了，将来肯定会娶个好媳妇的。

我说娶个好媳妇有什么用。宝赞嫂柔和地笑了，说娶个好媳妇孝敬你爸你妈。

我觉得这种事情太遥远，谢过宝赞嫂走出她家。大杂院里我遇到小西，他照旧满脸忧愁表情。鸬鹚你说即使我哥跟武诚结拜了，这能够根本解决我爸跟我哥的矛盾冲突吗？

我询问小西，你爸跟你哥究竟有什么矛盾冲突？小西低头思索着。我在课堂见过他这种表情，那是被生词给卡住了。

这时田经理带着几个小伙子走进院子，挥起胳膊指着布满“爬山虎”的天棚说，你们先把老藤锯断，然后砍光枝蔓拆掉天棚框架，一点影子不能留。

小伙子们奉命吆喝起来，有锯根藤的，有拆竹竿的，抄起家伙干活儿。小西趁机溜走了。

小卯妈妈从自家屋里走出，一声不吭观望着。她怎么没去学校开家长会呢？我这样想着把小玻璃瓶塞进衣兜。

田经理主动跟小卯妈妈搭话说，我知道你盯紧这件事儿呢，你知道我为什么砍伐爬山虎？它遮了大半个院子阳光，笼罩得我家阴气太重，这个星期天我家文信跟武诚摆香案换兰谱，我要阳光普照满地金，从此扫除你们嘴里的是是非非。

小卯妈妈写作文似的连连做出设问，你以为拆掉天棚你家就阴气扫光啦？你以为结拜了就万事大吉呢？你以为我不去学校开家长会光为了监视你吗？

我突然勇敢起来问道，那您守在家里要做什么呢？

小卯妈妈转身注视我，表情特别和蔼说，这种事情你回家问你奶奶吧。

我灵机闪动，趁祖母不在家突击问道，您说我奶奶会做金豆捞饭吗？

鸬鹚，原来你也爱吃金豆捞饭啊？小卯妈妈眉头紧锁说，这么说金豆捞饭也有血统遗传吗？

我一句“金豆捞饭”把小卯妈妈问得满脸凝重。可是金豆捞饭究竟什么意思，我不便追问了。

小伙子们干活儿麻利，咔咔锯断老藤，咣咣砍光枝蔓，哗啦啦拆除天棚，然后唱着“社会主义好”的歌曲，收工走了。

临近中午，祖母踏着满地阳光走进大杂院，尽管她事先知道田家动工拆除天棚，还是对满院阳光不大适应。

你们的辅导员孙昱白白瓷瓷，真像个大姑娘似的。祖母好像特别关注玲珑秀气的小伙子，说着径直进厨房择菜去了。

我印象里祖母总在择菜，择菠菜，择芹菜，择韭菜，今天择辅导员孙昱，这不知属于什么菜。

到了黄道吉日星期天，田家摆开香案举行结拜仪式。武诚一大早就来了，挨家跟邻居打招呼，看着特有礼貌。他打招呼到我家门前，祖母眯缝起眼睛望着这个皮肤黝黑体格健壮的小伙子，说以后成家立业就不用爹妈操心了。武诚听了大幅度点头，表情诚恳说谢谢奶奶教导。我掏出小玻璃瓶子看了看青头大刺，迅速放回衣兜里。

上午时分父亲走进大杂院，拆除了天棚的遮挡，阳光照耀没了遍地花影光斑。父亲似乎稍显意外，不由眨了眨眼睛。我想写作文可以用“眨了眨眼睛”表示人物疑惑，他成了我的观察对象。

父亲花格衬衣铁灰色西裤，浅驼色皮凉鞋，抬起手腕看了看大三针手表，走进家门叫了声“娘”，语气极为平淡地说，您给田家出了结拜异姓兄弟的主意，这顿饭我是吃不了也要兜着走的。

祖母不以为然说，田经理请你主持仪式，这是要给文信和武诚树立标杆，告诉他们到了结婚年龄就该娶妻生子过日子。

父亲竟然成了那对盟兄弟的标杆？祖母说的话我听不明白，认为应该把“标杆”改为“榜样”，因为榜样比标杆生动有力。如果这样改动的话，父亲就成了那对盟兄弟的榜样。可是究竟成为什么榜样呢，难道就是二十岁马上结婚成家过日子？

我觉得父亲充当这种榜样没有什么意义，因为很多先烈从来没有结过婚生过子，将终身献给祖国革命事业了。比如放牛娃王二小，根本来不及长大成人就给日本鬼子杀害了，比如小英雄刘文学，也没有活到结婚年龄就被地主分子活活掐死……我这样想着不禁激动起来，暗暗产生学习革命先烈的念头，反复告诫自己不要过多留意同班女生王馨的身影。

田家将结拜香案摆放院子里。即将订盟的文信和武诚，俩人身穿相同的白衬衣蓝裤子白球鞋，垂手并肩，笔直站立，这种打扮好像今天就是五四青年节。

文信肤色白皙，武诚黝黑，容易令人想起赵云和张飞。我看过《三国演义》的小人书，常山赵子龙跟范阳张翼德没有正式结拜过，好像是刘备给后补的，称呼赵云四弟。

小卯妈妈走出家门操着京腔说，焚香换帖结成兄弟，这是田经理给文信摆屏风挂帏帐呢。

我听得出她满嘴京腔，但是听不懂她满嘴京腔的话语含义，就凑过去看热闹了。

上午十点钟。田经理身为家长坐在香案左侧，他光头剃得铮亮，身穿月白色春绸大褂，很像小人书里的书袋和尚。然而香案右侧位置空着，这说明武诚家里没有来人。

大太阳当头照耀。文信跟武诚躬身敬香，目光相视交换兰谱，行的是新式握手礼，然后给家长三鞠躬。田经理乐得连声说，这样就好，这样就好。

父亲操起普通话，高声祝贺良辰吉景，兄弟订盟：文信与武诚，兄弟乃同庚，三年同窗读，前缘今世订，虽为异姓人，结盟愿同行，不求同年同月同日同时生，但求同舟共济相互鼓励建设社会主义大家庭……

祖母带头拍手，这等于打断父亲的证盟祝词，邻居们配合鼓掌，现场气氛热烈起来。文信和武诚频频鞠躬，向邻居们表示谢意，接近午饭时分，父亲主持的结拜仪式宣告结束。

父亲被田家邀请入席，不用回家吃饭。田经理大声吆喝给大杂院邻居赠送喜面。酱色大肉卤配胡萝卜丝菜码，一家一碗，不偏不倚。

祖母接了这碗喜面说，这次田经理投下大本钱，从黑市高价买来二十斤白面，总算给儿摆了屏风挂了帏账。

摆了屏风挂了帏帐？我听祖母说出跟小卯妈妈相同的话语，不由想起小人书《秘密战斗》，我党地下工作者就是躲到屏风后边的帏帐里，巧妙转移敌人视线的。

父亲从田家吃酒回来，满脸透红活像新社会的关公。看来他是个没有多少酒量的男人。祖母眯缝起眼睛回忆往事说，你结婚喜宴喝了两盅酒就晕了，后半夜是我叫人把你抬进洞房去的。

父亲改变话题说，这次大港铁路设计路线变更，有三个地段需要重新勘察测绘的。

祖母替儿子回忆洞房花烛夜，儿子反而说起两道铁轨改变线路，这两码事情丝毫不搭界。这俩人显然自说自话。

下午时分，父亲渐渐褪去满脸红霞，说了声“娘我回单位去了”，起身就走。我又提出代替祖母送送父亲，她老人家照旧没有反对。自从父亲住宿单位工作室，他成了放飞不回家的鸽子。

追着父亲脚印走上大街，我从衣兜里掏出小玻璃瓶给他看。父亲认出这是青头大刺，重重叹了口气。

我问父亲，青头大刺是不是离开黄家主人就不愿活了。我的观点令父亲惊诧，他问我是不是认为昆虫也有感情。我说反正青头大刺离开黄家就死了。

明年我再带你跟黄大大讨只青头大刺。父亲说着把小玻璃瓶递还给我。这次轮到我惊诧了。我认为这世界只有一只青头大刺，它今年死了明年也不会再有了。

父亲稍显开朗地说，青头大刺明年投胎转世，那样它照旧是青头大刺啊。

我尝试着分析说，它明年投胎转世照旧是青头大刺，可是漫天遍野蛐蛐无数，明年它怎么能够还落到黄家呢。

父亲从开朗转为伤感说，你的忧虑很有道理，不过我还是相信明年，你也要相信明年，而且还要相信将来。

我觉得父亲还有话要讲，可是他没讲就走了。望着越走越远的身影，我想父亲迟早会讲给我听的。

傍晚时分，身穿深绿制服的邮递员送来母亲寄给我的回信。祖母闭目养神并不深究儿媳来信的内容，使我觉得她老人家注意力全部投放儿子身上。

母亲来信关心我的期末考试成绩，特别叮嘱巩固数学成绩。她整整写了两页信纸，颇为自豪地谈到初三毕业班有六个超龄同学报考了高中。读到末尾我失望地哭了，妈妈说她被县里抽调批阅今年综考试卷，放了暑假不能按时回家。

耳聋的祖母竟然听到我的抽泣，大声说你妈暑假要是不回来，我给你钱打车票去外县看她。

我没回应祖母，只觉得父亲跟母亲各自忙碌，我和祖母相依为命，这个家庭太零碎了。

这天大清早，小卯发现我的小玻璃瓶子，扬起磨盘脸追问来历。我提出以秘密交换秘密，要求他首先回答我的提问，而且保证实话实说。小卯好像没有任何顾虑，快速点头表示成交。

你应该知道这件事情的，你妈妈黑灯瞎火跑到我爸单位偷偷调查……我没有勇气说出传达室值班员以为他妈跟我爸是夫妻。

小卯听了腾地红了脸，上门牙紧紧咬着下嘴唇，板着面孔不说话。我说你承诺实话实说的。他只好吭了声。

我有爸爸，你有妈妈。所以你不要认为我妈念记你爸，我保证没有那种见不得人的事情。如果我妈确实跑去调查你爸，那肯定是你奶奶花钱雇佣的，我妈不光思想进步，她也喜欢钞票呢。

我没有想到小卯使用花钱雇佣这个词汇，他作文经常不及格的，此时却有了点睛之笔。

你说我奶奶花钱雇佣你妈妈？这不成了剥削阶级嘛。

小卯嘎嘎地笑了说，大杂院邻居谁不知道，你奶奶格外关心你爸爸，她老人家就跟幼儿园阿姨似的！你爸爸睡单位不回家，你奶奶必须掌握具体情况，前些天你奶奶送给我妈妈丝绸围巾，那也算是劳务报酬吧。

我奶奶死盯我爸爸不放，她老人家究竟担心什么呢？

可能担心你爸爸跟不好的人交往吧。小卯随意推测着，转而询问我小玻璃瓶的来历。

我从头至尾讲述青头大刺的故事。小卯听得瞪圆眼睛，连连吐出舌头。我没见过他有这种怪异动作，使人想起热天的动物。

你怎么冒出个黄大大来呢？我认为你奶奶就是不愿你爸爸跟这种人来往，所以雇佣我妈妈刺探情报。这件事情你不要说出去，就连小酉也不要告诉。小卯拍拍我肩膀指导着，全然没了留级生形象。

小卯这家伙没有白留级，他确实比我多从识广。我估计到了二十岁他就会结婚的，就像我祖母倡导的那样娶媳妇过日子。

暗暗寻思祖母雇人调查我父亲的行为，心情愈发沮丧，我家好像就是秘密联络点，小卯妈妈成了情报员。那么祖母属于什么人物呢？就像电影里的特务头子。

傍晚时分，祖母在厨房里准备做饭，手里掐着几根韭菜好像分析情报。我只好学着父亲的常规表情，苦笑了。

小酉突然跑进我家，然后转身冲进厨房朝着祖母大喊大叫，我爸绝食啦！我爸绝食啦！

祖母此时处于耳聋状态，埋头择菜不予理会。我连忙跟进厨房，小酉扭脸冲我喊叫起来。

你奶奶给我爸爸出主意，说结拜盟兄弟就没闲话了。我家花钱给办了仪式，可是现在轮到我爸绝食了。

我大声告诉祖母田经理绝食了。祖母还是耳聋听不见，我只好拉着小酉跑到他家。

暮色浓重的大杂院里，已有几户邻居聚拢田家门前。小酉情绪波动拽着我胳膊说，你听听革命群众的呼声，你听听革命群众的呼声。

其实革命群众没有呼声，只是交头接耳议论着。我渐渐听得事情原委。文信跟武诚结拜了盟兄弟，可是没过几天俩人分别办理辞职手续，从技术工人变成社会青年，然后相约报名参加甘肃生产建设兵团，当场就被录取了。田经理得知消息出面阻拦，无奈文信和武诚已经偷出户口册去派出所注销了城市户籍，而且领取甘肃生产建设兵团的绿色棉衣棉裤和大头鞋，过几天就要随团出发去河西走廊投身祖国大西北开发建设。

田经理捶胸顿足昏死过去。清醒过来只得以绝食要挟儿子。没想到文信不为所动，竟然扛起行李住到甘肃驻津办事处去了。

这时田经理走出家门，双手抱拳对邻居们说，我想避免流言蜚语让他们结拜了盟兄弟，没想到俩人反倒天高皇帝远了。

我立即跑回家向祖母报告详情，说田经理埋怨您出了馊主意。这时祖母不耳聋了，眯缝起眼睛思忖着。

鸬鹚我告诉你吧，其实上策是让文信娶媳妇，可惜这小子不够结婚年龄，我只好出主意让他们结成盟兄弟，田掌柜他怪不得我啊。

听了祖母这种解释，我似乎明白了几分，即反问祖母说，文信跟武诚志同道合好朋友，这有什么不对呢？

祖母不解地眯缝起眼睛说，人嘴两张皮，话好说，不好听，人难做。人生在世，怕就怕你身子正，别人说你影子歪。

天色很晚了，武诚匆匆跑来了。他走进田家叫了声“盟爹”，请求田经理不要绝食。田经理不待武诚把话说完，抄起扫帚扑打说，我不是你盟爹，你也不是我盟儿。

就这样武诚被扫帚打出田家，满眼泪水冲着大杂院邻居们说，我真不知道人们是怎么想的？我们就是要建设开发祖国大西北，让戈壁荒滩变成沃野绿洲。

小卯妈妈走出来说，那你自己去甘肃好啦，何必非要拉上文信呢？

武诚满脸茫然解释说，我俩都是自愿报名，谁也没有非要拉着谁啊。

小酉突然继承他爹的扫帚冲杀过来。武诚只得转身快步离去。我追到大杂院门外，望着黑暗里武诚可怜的背影。

星期天上午，街委会主任领着两个报社记者来了，说要采访先进青年田文信同志的父亲。已经绝食的田经理只得迎出家门。一个记者手捧照相机拍照，另一个记者掏出小本子采访。

田经理饿得有气无力，一派接受公安审问的样子，语不成句。于是形成记者说出儿子先进事迹，父亲连连点头表示赞同的场面。

记者问到如何将田文信同志培养成为报名建设大西北先进青年典型，田经理终于鼓足气力说，社会主义教育运动就是好，我们全家思想大有提高。

记者对田经理合辙押韵的回答表示赞赏，然后采访大杂院邻居。街委会主任极力推荐小卯妈妈。

这个又黑又瘦的女人站在记者照相机前说，田家培养出田文信这样的时代青年代表，也是我们大杂院全体邻居的骄傲，我们绝不自满，继续努力，争取培养出第二个城市青年模范典型！

田经理听得摇摇晃晃，伸手扶住门框站着。街委会主任陪着两个报社记者走了。小酉上前搀住父亲胳膊说，眼看我哥已经成了先进青年典型，这下您该吃点东西了吧？

田经理气喘吁吁说，小酉快去给我买煎饼果子，多放葱花和面酱。

就在田经理放弃绝食第二天，本埠日报头版刊登《哪里艰苦哪里安家》长篇通讯，报道文信和武诚自愿放弃大城市安逸生活，毅然投身祖国大西北建设的先进事迹。这消息很快传来，弄得田经理不知所措，又吃了两套煎饼果子三个耳朵眼炸糕。当天下午，甘肃兵团《战士报》的记者也赶来采访了。

完全恢复进食的田经理清除悲伤情绪以模范青年家长身份，再次接受记者采访。他高声亮嗓回忆儿子成长经历，不忘提起当年文信在海河里捞救失足落水儿童的事迹。

甘肃兵团《战士报》记者当场写成《誓将青春献戈壁》的报道，表示加急电报传回兰州报社总部连夜排版。

我们大杂院恢复平静，邻居们不再窃窃私语，也不再高声吵嚷，更不再互相打听家庭隐私。一时间人们好像不知如何生活下去了，就连不是闭目养神就是埋头择菜的祖母，也很少眯起眼睛说话，这让我看到她老人家有着完整而狭长的眼睛。

暑假期间我收到母亲来信，告诉我这个星期天回家，还说她想吃祖母做的汆汆汤。我从"汆汆汤"联想起"金豆捞饭"，便盼望母亲能够给我破译这个谜底。

星期天过午时分，我提早坐在大杂院门外等候，手捧课外书《十万个为什么》读着。这书是我向女同学王馨借的。王馨能歌善舞还是学雷锋小标兵。我心里很喜欢王馨，愿意向她学习。

小卯妈妈手拎竹篮走出大杂院，我暗暗提防着。她减慢脚步对我说，昨天看见你在百货商店买了有机玻璃发卡，那玩意儿四毛八太贵了。

我得意地说四毛八不贵，转念担忧她怀疑我的钞票来路不正，便起身追赶她大声解释，说那五毛钱是我平日积攒的。

小卯妈妈罕见地笑了说，鸬鹚你不要心虚，我也没说你要把那只发卡送给女同学的。

听她话说我反而心虚了。尽力放松心情让自己平静下来，继续阅读《十万个为什么》，终于读懂那两艘轮船意外相撞的物理原因，出于层流层的相互吸引力。

我合起《十万个为什么》夹在腋下，跑出胡同走上大街。沿街墙边贴着"全面开展社会主义教育运动"大标语，红彤彤映照我短袖汗衫。我知道这大标语不光鼓舞我们学生，也鼓舞着父亲加班加点建设大港铁路。前方就是长途汽车站。我迎着夕阳走上前去。

我远远看见母亲走出长途汽车站，她留着短式发型，蓝褂子蓝裤子，完全乡村女教师的打扮。她被农村大太阳晒黑了，走在大街上容易被认为是农村人。

不知为什么，我停住脚步不敢走了，怯怯地望着母亲。一旦母亲朝我走过来，那个乳名鸬鹚的少年就有妈妈了。

一个小伙子满头大汗给母亲提着藤条箱。母亲走近了，她黑色条绒布鞋沾着泥土。我快步扑上前去。母亲看见我就笑了，扭身对提箱子小伙子说，范铁明你看啊，这就是我儿子鸬鹚。

我不愿意让外人知道我乳名，因为黄世龙说过这是鱼鹰子。

小伙子范铁明张口说道，鸬鹚我跟你说，我特别感谢柯蓝老师，我已经超龄了，可是柯蓝老师坚持鼓励我报考农机学校，还教导我晚恋晚婚进修深造，一下指明我的人生前途。

我接过箱子谢过小伙子范铁明。他恋恋不舍望着我母亲，然后举手行了个民间军礼，说了声“柯蓝老师您要早些回来啊”就匆匆返程了。我望着范铁明背影，为母亲感到高兴，她教出这么好的农村学生，生活肯定不会孤单的。

我右手提起箱子，左手牵着母亲的手，一起走回家去。拐进胡同遇到田经理，母亲抬手推了推鼻梁下滑的眼镜，表情热烈地祝贺说，我听电台广播文信成了全市先进青年典型，这是您教子有方啊。

田经理连连致谢说，感谢人民感谢党，感谢群众关怀感谢组织培养，感谢革命传统教育大发扬。

我觉得打从接受报社记者采访，田经理说话变得合辙押韵，听着特别流畅就跟快板书似的。

我跟母亲走进大杂院，她遇到邻居便主动打招呼。小卯妈妈好像并不感到惊奇，小声说是媳妇总该回婆家的。

祖母没有眯缝起眼睛而是展开满脸纹络说，瘦了，黑了，利索了，赶快进屋喝水洗脸换衣裳吧。

母亲遵命进屋拾掇杂物说，这屋子好久没人住过了。我说我爸住了几天就搬到单位去住了。

祖母低声命令我去大港铁路筹建处招父亲回家来，特意强调晚饭全家吃团圆面。我听了撒腿就跑，径直奔向同班女生王馨家里。她家住在静园对面小洋楼里。

王馨妈妈见我突然登门以为出了什么事情，大声召唤女儿下楼来。王馨显然知道我的来意，下楼就把漂亮纸盒递给我。王馨是单亲家庭，平时特别乐于助人。

我低头接过漂亮纸盒说声谢谢，王馨笑眯眯不说话。我特别喜欢她笑眯眯的样子。

一路快跑来到大港铁路筹建处绘图工作室，兴冲冲说妈妈回来了。爸爸哦了一声，随即着手收拾东西。他从文件柜里找出几件换洗衣裳和几本杂志，拉开抽屉取出刮脸刀、眼镜盒、茶叶筒，还有一只口琴，一桩桩件件装进那只灰色人造革旅行包里，然后戴好大三针手表。

我看出父亲是个做事快捷的人，凡事不愿拖泥带水。爸爸您这是要外地出差？我颇为不解地问。

父亲拎起鼓鼓囊囊的灰色人造革旅行包说，我不是外地出差我是你跟回家的。

我愈发不解说，你跟我奶奶说要加班加点睡在单位的。

既然你妈妈放假回家，我就不加班不加点不睡工作室了。

我一下听懂了，兴高采烈把漂亮纸盒递给父亲，说这是请女同学王馨到百货商店帮助挑选的。

父亲打开漂亮纸盒里取出那只紫红色有机玻璃发卡，非常温和地笑了。

鸬鹚，这是你要我送给你妈妈的礼物吧？

我点头承认这是我的谋划。然后背诵课文似的说，您是今天上午花四毛八分钱在红旗百货商店买了这只紫红色发卡。柜台前您付了五毛钱纸币，售货员找零二分钱钢镚儿。

父亲轻轻拥抱了我，说我的鸬鹚真的长大了。不知出于什么心理，父亲叫我乳名我并不抵触。儿子的乳名就是用来让父亲叫的，当然也包括妈妈和奶奶，还有大杂院里的那些好人。

一路父子牵手回家，我说起田家发生的事情。父亲说你奶奶把田经理弄得草木皆兵，大杂院邻居也喜欢传播流言蜚语。

当年我奶奶没让您跟黄世龙结拜盟兄弟吗？我鼓起勇气发问。父亲放缓脚步打量我说，你真是个聪明透顶的孩子，我那时跟你相比，哪里懂得向家长提出问题呢。这正是时代的进步啊。

父亲走进街角小花园，抬头望着那棵大槐树说，你奶奶没让我跟黄世龙结拜盟兄弟，她请人说媒急忙操持婚事。其实我跟你母亲读中学就认识，也不算什么包办婚姻。

我费尽脑力理解着父亲讲的故事：当年祖母赶早让儿子结婚，就是不愿儿子跟黄世龙联系，以此割断两个小伙子的交往。

当年两个小伙子交往有什么不好呢？如今文信跟武诚共同报名参加祖国大西北建设，而且被树为先进青年典型人物了。

父亲面对我的追问，终于谈起往事。早在父亲五岁时，他的父亲也就是我的祖父突然跑了东北，一去便没了音讯，后来祖母听说祖父在关外认了个大哥，从此不会回来了。东北那边地旷人稀，谁也不知道他们躲在哪里生活，这就让祖母生生守了活寡。

我不能完全听懂这个故事，只觉得当年爷爷扔下孤儿寡母跑了东北，这就害得祖母精神受到刺激，从此严格管制独生儿子，时至今日仍然把他当作大孩子看待。

我不禁想起大杂院邻居们，好像他们不怕男女勾搭连环，小伙子跟大姑娘有了麻烦，双方领证结婚就是了。人们似乎担心两个小伙子交谊深厚，显得既神秘又紧张。

我不便说出这种想法，父亲跟黄世龙毕竟是老朋友。然而父亲似乎看穿我的心思，黄世龙多年单身生活不结婚成家，这要承受很大舆论压力的。

我继续费尽脑力琢磨着父亲的观点：一个男人坚持单身生活不结婚成家，他究竟要承受什么舆论压力呢。

我不能完全领会父亲的说法。出于少年心理做出推测：父亲和黄世龙都喜欢吃金豆捞饭。

我们回到这座内容丰富的大杂院，父亲跨进家门见到妻子，俩人都不声不响地笑了。爸爸妈妈满脸笑容却不发出笑声，这令我怀疑自己丧失听力，莫非变得像祖母那样耳聋了。

父亲拿出精美纸盒递给母亲。母亲打开包装纸盒取出有机玻璃紫红色发卡说，谢谢俊生啊！我特别喜欢紫红色。说着就佩戴了。我瞪大眼睛看着妈妈，她确实很漂亮的。

从厨房里传来祖母说话，指派我拉出桌子摆好碗筷。爸爸赠送妈妈发卡的温馨场景，就这样给祖母搅了场，令我深感失望。然而，紫红色也会成为我所挚爱的颜色，记得王馨就喜欢穿紫红色衣裳。

一碗肉丝酱卤，一盆热面条，一盘黄瓜菜码，全家四口围坐桌前吃这顿团圆面。祖母看见儿媳妇的紫红色发卡说，你不是爱喝汆汆汤嘛，我明天给你做。

妈妈停住筷子说，我在农民家里喝过汆汆汤，那家新媳妇下灶做的。农村家庭都希望男孩子提早结婚，我的学生范铁明今年十九岁，他爹认为多读书不如早成家，恨不得他明年就娶媳妇。

我趁机插嘴跟祖母说，范铁明他明年二十岁了，当初我爸就是二十岁结了婚。

妈妈小声嗔怪我说，具体事情具体分析，你不要东拉西扯打比方，这样很不恰当的。

祖母反而给我撑腰，不紧不慢对儿媳妇说，你十九岁师范毕业就嫁过来了。如今看来还是提早结婚好吧？一晃你儿子鸬鹚快十二了，若是男人三十多岁还单着身，这辈子连孙子都耽误了。

我想起黄世龙三十多岁还单着身，怪不得祖母不待见他。

大杂院邻居们听说我妈妈回来了，一拨拨前来问候。我知道他们是来看热闹的，毕竟我爸我妈聚少离多，今天团圆就成了大杂院的景致。

宝赞嫂特别关心我妈妈，悄悄塞过小纸袋轻轻说了句话。妈妈刷地红了脸，说了声谢谢。

晚间歇息，祖母亲手给团圆夫妻铺了床，还放了水盆和暖瓶，然后动手给关好窗户，大声冲屋里说早睡早起好身体。

祖母进屋催促我洗脸睡觉，她从针线笸箩里找出碎棉花，快速捻成两个棉花球塞我耳朵里，笑着说这样睡得踏实。

耳朵里塞了棉球，我反而睡不着了。夜晚的大杂院静寂无声，即使祖母缝衣裳细针掉落地上，我认为也能够听到。

这夜晚并没有细针掉落地上。我懵懵懂懂从细针想到铁箍顶针，想起祖母佩戴铁箍顶针纳鞋底的图景。

一大早醒来，父亲上班走了。祖母做好汆汆汤指派我叫妈妈吃早饭。我推门走进妈妈房间。我想起小卯妈妈说过，这间屋子是当年的新婚洞房。

妈妈伏身桌前握笔疾书，侧身告诉我给学生写信呢。我说出了胡同大街上就有邮筒，妈妈说鸬鹚真是个好孩子。

平时妈妈并不爱笑，可是她有双一笑就弯的眼睛，笑起来特别好看。她伏身桌前给学生写信，竟然情不自禁地笑弯了眼睛。我猜想那肯定是个品学兼优的好学生。

祖母不见妈妈出屋吃早饭，主动端来大碗汆汆汤，呵呵笑着催促儿媳妇趁热喝了。祖母眼睛当然笑不弯，只能笑成缝隙。

我陪母亲吃过早饭，街委会主任来了，她说抽选居民代表去火车站，热烈欢送文信和武诚奔赴甘肃生产建设兵团。

小酉跑来告诉街委会主任，他爸头昏脑涨、四肢瘫软，不能参加欢送仪式。街委会主任急得拍响大腿说，这是上级布置的政治任务，田经理是先进青年典型的家长，据说市里领导要给他佩戴大红花的。

母亲尽管下放外县农村仍然是教师，她被街委会主任选中，我自然成为随员。小酉被批准成为田经理的护理。祖母低声提醒小酉说，你不要害怕你爸没病，他是不愿看见文信和武诚。

小卯妈妈被任命为领队，率领大杂院居民代表出发来到火车东站。只见站前小广场前彩旗飘舞锣鼓喧天。五百名支边青年列队整齐，人人胸戴大红花。小卯妈妈催促田经理朝前挤去，说您赶快抓紧时间看文信最后一眼。

小酉气得掐住小卯妈妈胳膊说，你把我哥说成革命烈士啦！

我母亲语调平和告诫小卯妈妈，说话要站稳政治立场，这是欢送青年支援祖国边疆建设，并不是开赴前线战场生离死别。

小卯妈妈哑了口。这时人群缝隙里闪过熟悉的面孔，我猛然认出那双丹凤眼和花格子衬衫，他是爸爸的老朋友黄世龙。广播喇叭开始呼喊革命口号。小广场人流动荡好似巨大粥锅，人流缝隙均被震耳欲聋声浪填满。恍惚间我看不到黄世龙的影子，他随着人流荡远了。

我们根本没有看清文信和武诚的模样，那五百名支边青年便列队进站了。田经理被挤得身体虚脱，当场失去市领导亲手佩戴大红花的机会。天生悲观的小酉愈发悲观地哭了。

一路回家我问母亲吃过金豆捞饭没有。她摇头表示从未听说这种饭食。我说在送行人群里看见黄世龙了。妈妈说好像听说过这个名字。我说黄世龙是我爸爸的老朋友，后来我爸结了婚，他俩就不来往了。

为什么结了婚就不来往啦？妈妈认为老朋友应当保持友谊。

我趁机把内心推断说成客观现实，告诉妈妈我爸爸和黄世龙都喜欢吃金豆捞饭，可惜他们好多年没有吃了。

妈妈这时笑弯眼睛说，那就请你爸爸的老朋友来家里吃饭吧，我也想尝尝金豆捞饭呢。

我几乎不敢相信妈妈如此表态，小心翼翼巩固成果说，咱家请客吃饭必须经过奶奶同意的。然而妈妈非常乐观地说，既然你爸喜欢吃金豆捞饭，你奶奶不应该反对的。

我夸张地笑了笑，自我感觉还是笑不弯眼睛。难怪宝赞嫂说我长得不像妈妈。

一连几天过去了，父亲白天外出上班，晚间下班归来，全家气氛融洽，平稳祥和。祖母也很少眯缝起眼睛说话，彻底展露出那双完整而狭长眼睛。

妈妈好像忘了金豆捞饭这码事情，整天闷在屋里写这写那，引来大杂院邻居纷纷夸赞，说这样认真负责的好老师，迟早会被调回城市教书的。

暑假里趁着天气不太热，祖母起早又去南大道看望远房亲戚。爸爸上班走了，家里只有我和妈妈。她很快写好两封信，分别装进信封贴好邮票，让我投到大街邮筒里去。

这两封信都是写给学生的，一封是静海县良王庄张世君收，一封是静海县独流镇范铁明收。

我把这两封信投进大街邮筒里，转身遇见小卯。他大模大样说，我看你爸你妈关系很好，大杂院邻居们也没有什么流言蜚语。

我说我爸我妈是模范夫妻，当然没有任何流言蜚语。

小卯扭动磨盘脸说，我爸我妈就不是模范夫妻，在家里不断明争暗斗。前几天我妈又找到我爸单位书记，反映我爸在家喝大酒，说怪话，搓脚气，咒领导。

我听得浑身泛起鸡皮疙瘩。你妈这样检举，你爸挨批了吧？

小卯撇了撇嘴说，全面深入开展社会主义教育运动，我爸要是被单位领导打成个别人物，那他就要倒霉了。

我向小卯请教，什么叫个别人物？

小卯咂了咂嘴说，不论什么事情你都打破砂锅问到底，我看你就是个别人物。

我快步跑回家去，一进大杂院小酉说我家来了客人。我不由感到惊喜，自从黄世龙来访我家再没来过客人。

我还没跨进母亲房间隔着窗户就听到她说，鸬鹚你快看是谁来啦。我进屋看到小伙子范铁明，他眉清目秀朝我笑着。我有些着急地说，我刚把妈妈寄你的信投进邮筒，你们只差十分钟。

范铁明有些羞涩说，没关系，反正我回家会收到柯蓝老师的来信。

妈妈望着学生送来的玉米说，咱们国家粮食统购统销，你要当心割你资本主义尾巴。

范铁明连忙解释，说玉米是自家房前屋后种的，既不姓资也不是尾巴，不会存在政治问题。

妈妈拉住范铁明胳膊说，你别急着走，再喝杯凉白开。

学生遵命接过老师递过的水杯，嘟咚嘟咚喝个精光，说了声柯蓝老师我向您保证努力考上农机学校，就匆匆走了。

妈妈瞅着这十几颗玉米，轻轻叹了口气。我揣摩妈妈的心思说，您放心吧范铁明说这玉米没有政治问题。

妈妈摇摇头转过目光望着我，表情有些伤感。我突然有些紧张，就故意小声哼起歌曲“我们是共产主义接班人……”

她抬手抿了抿乌黑短发，指着凳子让我坐下。我觉得这很像班主任跟学生谈话，有些不知所措。

妈妈表情严肃地说，这个暑假快结束了，过几天妈妈就走了。

我抢过话头说，放寒假您还会回来的，寒假过后还会有暑假，我总能够盼望您回家来的。

妈妈目光瞬间失神，之后倏地明亮起来，继续照耀着我。

好儿子，今天妈妈把你当作好朋友谈话，鸬鹚你明白吗？

我点了点头扭脸望了望窗外。这时大杂院里出奇地安静。

鸬鹚请你如实告诉我，当初你爸爸跟黄世龙的交往，是不是就像今天文信跟武诚的关系？

我被妈妈问懵了，无法适应这种成年人的谈话，不由站起身来。妈妈再次请我坐下说，你是个聪明透顶的孩子，年龄不大却能够理解父母的某些想法。

我认真回答妈妈说，我不懂爸爸跟黄世龙属于什么关系，但是我知道奶奶对黄世龙的态度，即便爸爸跟妈妈结婚这么多年，她老人家仍然非常抵触黄世龙的。

妈妈点点头说，其实你爸爸挺正常的，只是我从来没有见过黄世龙这个人。

所以，所以您要请黄世龙来家里吃饭？我急忙求证着。

妈妈格外有力地说，你不是说你爸爸跟黄世龙都喜欢吃金豆捞饭吗？那就让他们放开肚皮吃吧。

临近正午时分祖母走亲戚回来了，怀里抱着个焦黄色的大倭瓜，说是在国营菜店八分钱买的处理品。她老人家走进厨房看见那堆玉米高兴得喊叫起来，说好多年没见新粮食了。

妈妈爽快地配合说，看来还是我们农村好，大城市粮店多是陈年粮食。

我听到妈妈把“农村”说成“我们农村”，好像她不是城市人了。我觉得母亲是个有立场的人，她当然不会随便说话的。

祖母听力时强时弱，动手和面烙饼了。我学着妈妈口吻跟祖母说，你烙饼用的白面也是陈年粮食。

这次祖母听清楚了，小声说想吃新鲜粮食跟你妈妈去农村吧。她老人家居然学会小声说话，我推断祖母不想跟妈妈形成对立。

一只焦黄色倭瓜，十几只浅黄色玉米，就这样陈列厨房里。

傍晚时分，父亲下班回家了。他先跟祖母打招呼叫了声娘，然后朝母亲笑了笑。我迎着父亲叫了声爸。这是我家的基本规矩，彼此都要打招呼的。

我的任务是拉开饭桌摆出碗筷，形成全家团聚吃饭的格局。晚饭是粳米粥就八宝酱菜。这粥煮得很稠，自然省略了主食。

父亲的发型端庄周正，更像国家干部了。母亲伸出筷子给父亲夹了几粒酱花生，放大音量问道，俊生，你还是喜欢吃金豆捞饭吧？

母亲平时很少高声说话，我猜测她故意说给祖母听的。

父亲仿佛遭遇伏击战的新兵，有些懵懂地点了点头。祖母拉长面孔眯疑缝起眼睛，挤出目光望着她的儿子。

母亲继续大声问道，俊生，你还记得做金豆捞饭需要什么食材吗？

噢……父亲下意识地说还记得，玉米搓粒下锅煮沸，这是主粮。辅料一是鸡蛋摊成薄饼，薄饼叠成几层，下刀切成细丝；二是豆腐皮叠成几层，下刀切成细丝；三是倭瓜洗净切块，同样擦成细丝；这就叫三丝。玉米粒不能煮得开花，请及时把三丝投到锅里，小煮几分钟，表面撒满花生碎和芫荽叶，当然要放几撮盐粒，金豆捞饭就做成了。

祖母拉长面孔眯起眼睛，依然目光定定望着她的儿子。

我趁热打铁问爸爸，这为什么叫金豆捞饭呢？

爸爸可能说得馋了，情不自禁咽了团口水说，三丝黄澄澄浮着，顶着湛青碧绿的芫荽叶，一粒粒玉米粒沉淀碗底，你伸出筷子捞着吃，就好像打捞颗颗金豆。

母亲目光刷地投向祖母，眼睛笑得弯弯说，娘啊，可巧农村送来玉米，刚好您老人家买来倭瓜，厨房里有鸡蛋有豆腐皮，这真是老天爷给凑齐了，明天咱家做金豆捞饭吃吧！

祖母眯了眯眼睛望着儿媳妇，询问她何时得知有金豆捞饭这宗饭食。

我听说您好多年不做这种饭食，那么我就要做给全家吃的。

既然答非所问，祖母不再注视儿媳妇，转脸看着自己的儿子。爸爸立即低头喝粥。

这时妈妈再次放大音量问道，你究竟还想不想吃金豆捞饭呢？

我看见爸爸缓缓抬起头来，我听见爸爸轻轻说了声想吃。

妈妈便不再理会祖母，啪地放下筷子说，那就这样确定了，明天晚饭我下厨做金豆捞饭，让鸬鹚给我做帮手。

母亲目光坚毅，说话果断，既像女教师更像女教官，她刀枪不动便取代了祖母的尊长地位，俨然成了家庭领导者。

祖母又没了听力，低头喝粥了。我端起饭碗配合着，免得她老人家过于孤单。祖母抹了抹嘴角嘟哝着，好像嘴里还含着粥。

母亲反而感慨起来说，这真要感谢范铁明及时送来玉米，否则即使神仙也做不成金豆捞饭。

我听了连连点头，坚决认为范铁明送来玉米属于雪中送炭的行为。父亲似乎意识到冒犯了祖母，主动缓和气氛说这些年吃单位食堂习惯了。母亲并不认同父亲的观点，说单位食堂肯定没有金豆捞饭。

我还是由衷敬佩母亲。她不光打破祖母多年戒律，还给无辜的金豆捞饭讨回公道。我觉得暑期生活收获不小，兴奋地期待明天晚饭的到来。

转天清早起床，祖母明显打蔫，吃过早饭便找出针线笸箩，一声不吭给自己补袜子，仿佛成了孤苦老人。这情景蓦然触动我，想到祖母守了大半辈子活寡，也挺可怜的。

上午父亲仍然外出上班。母亲在家里继续忙碌，一会儿写自己的日记，一会儿批改别人的作文，一会儿沉思片刻，一会儿奋笔疾书。我想起班主任柴老师，她的教学能力若跟妈妈相比，充其量幼儿园阿姨而已。

吃过午饭，祖母破例午睡了。我趁机补写暑假作业，班主任柴老师布置的作文题目《我的祖父》，上次作文题目《我的祖母》。小酉和小卯推测这位柴老师自幼寄在爷爷奶奶家，从小就没跟爸爸妈妈建立感情。

《我的祖父》这篇作文给我出了大难题，我无法想象那个永消失的祖父，究竟跟那个东北大哥怎样共同生活，他是在黑龙江边打鱼，还是在兴安岭森林伐木；他是在长白山打猎，还是在元宝沟淘金……其实就等于我没有祖父。

傍晚母亲走进厨房，提早动手准备晚饭。她手握两只玉米互相搓动着，一颗颗玉米粒便金豆似的掉落大碗里，不断发出清脆的声响。

母亲的背影像个勤快的农妇，引发我想象她的农村生活。自从下放外县教书她从来不抱怨生活艰苦，反而像是去了美好幸福的地方。

我去厨房把遇到作文难题讲给母亲听。她放下手里玉米说，你依照你奶奶的日常生活习惯，换个性别身份写成你爷爷就是了。

我简直不敢相信这是妈妈的主张，于是稀里糊涂返回书桌前，突然明白这个道理：只有从城市下放农村教书的老师，才敢给学生做出这样惊人的指导。

进而我悄悄推断，只有从城市下放农村的妈妈，才敢于给全家做出这顿奇特的金豆捞饭。

妈妈继续搓着玉米粒。我则动笔尝试把奶奶修改成爷爷，写着写着我懂了，人到老年，面孔干瘪，头发稀疏，牙齿脱落，身体变形，显然难以分辨是老爷爷还是老奶奶了。

我被自己的想法惊住了。这么说只是年轻时有男有女，人到老年是男是女就不那么重要了。

经过午睡的祖母接连打着哈欠，好像仍然想睡。我害怕她眨眼之间真的变成爷爷，便不敢抬头继续写作，一头扎进字里行间塑造着那个并不存在的祖父。

父亲提前下班回家来，我想这是金豆捞饭的召唤吧。他走进厨房注视着妈妈背影，突然伸手轻轻抚摸着她的头发。妈妈没有受到惊吓，坦然接受丈夫抚摸。

俊生，你的老朋友也喜欢金豆捞饭，我派鸬鹚请他来咱家吃晚饭好吗？母亲转过身来抬头望着父亲。

父亲好像遇到重大历史遗留问题，一时难以回答。我意识到这是母亲的预谋，大步跨进厨房抢答说，我认识黄大大家！我跑步十分钟就能到达。

母亲起身把玉米粒倒进钢精锅里说，派小孩子邀请长辈吃饭，这是有些失礼的。应当你们爷俩儿登门邀请吧。

父亲走出厨房进了正屋，大声告诉祖母说，我们要请黄世龙来家吃金豆捞饭！

祖母听得清清楚楚，同样大声回应说，你莫要忘记，他起初叫黄世凤！后来改名黄世龙的。

祖母是典型的答非所问。我们老师作文课讲过这个问题。

我跟随父亲走出大杂院，兴奋得又蹦又跳。父亲前面走着，一句话没有。我没料到祖母默许金豆捞饭，更没料到祖母未能反对请黄世龙来家吃饭。

横过马路拐进小街，父亲充满折中思想说，其实事情过去多年了，你妈妈何必要煮这锅金豆捞饭呢？

我觉得父亲同样感受到妈妈的权威，不愿打破祖母维护多年的尊严。我抓住这个机会询问父亲，其实您不愿二十岁就结婚，可是结了婚就变成现在这样子啦。

你说我现在什么样子？父亲突然大脑停电，删尽前言抹除后语，一派空白地问我。

您现在什么样子？您现在是请黄世龙去咱家吃晚饭。从前您和他都爱吃金豆捞饭，后来你们就没得吃了。

父亲显然大脑恢复供电，伸手拍了拍我肩膀说，你真是个聪明透顶的孩子。

还是穿过那两条小巷，我们来到黄家小院门前。我抢先按响门铃，扭脸朝父亲做个鬼脸说，我想再向黄大大讨只蛐蛐。

父亲不置可否，我认为是默许，不由兴致高涨起来。这时有人开门，我看到是个面孔白净的男孩子，大我两三岁的样子。

男孩子同样感到惊诧，轻声询问我们找谁。父亲说出老朋友的名字。我看到这男孩子稍显犹豫，以为他也是来讨蛐蛐的，就告诉他黄大大送给过我青头大刺。

这男孩子满脸困惑，好像听不懂我说的话。父亲伸手拉住我胳膊，似乎准备撤退。恰巧小院里响起女人声音说，你们是找世龙吧？请进请进。

我扯着父亲的手迈进小院。天光依然明亮，只见说话的女士身穿淡黄色布拉吉，脸庞白皙身材微胖，热情引领我们来到厅堂。

厅堂沙发里站起个大眼睛姑娘，操着普通话说了声客人请坐。我看到她小花褂胸前佩戴白底红字校徽，看来是高中生。

大眼睛姑娘起身快步走向后院，脚下红色拖鞋啪啪作响。我知道后院是黄世龙供养蟋蟀的重地，不禁有些惊愕。

我印象里宽敞豁亮的厅堂，这时显得狭窄。原本单身独居的黄家，突然从天上掉下一家人，自然显出拥挤。

父亲表情窘迫，连声说打扰了。身穿淡黄色布拉吉的女士执意请我们落座，然后操着家庭主妇口吻说，世龙去粮店买面条很快会回来的。

父亲听了更加不敢落座，干巴巴站着。这时大眼睛姑娘端着茶盘返回厅堂，她沏了两杯香茶给我们，显得很有礼貌。

小院里响起脚步声，黄世龙手提小竹篮走进厅堂。父亲总算盼来熟人，大声叫着黄兄，我跟随叫了声黄大大。

黄世龙登时愣住了，额头冒汗嘴角咧动，频频眨动着丹凤眼，这表情我写作文肯定无法形容。这时听到后院传来蛐蛐鸣叫。

父亲趁机告辞说外出办事顺路经过，便贸然登门拜访了。

我没有讨得蛐蛐自然不甘心，接过父亲话头说，黄大大！我家做了金豆捞饭，我们想请您去吃晚饭的。

黄世龙将满装面条小竹篮递给身穿布拉吉女士，腾出双手作揖行礼说，今天是淑华十五岁生日，我们晚饭吃长寿面呢。

布拉吉女士愈发热情，示意大眼睛姑娘说话。于是女高中生走过来说，今天是我生日，请你们赏光吃碗面吧。

我连忙冲小寿星说，祝你生日快乐！祝你生日快乐！

父亲模仿黄世龙双手合十说，多谢全家盛情美意，我们还有事情要办，多有打扰不便久留，就此告辞了。

父亲逃兵似的走出黄家小院，甚至忘记回应身后送客的老朋友。我代替父亲向黄大大挥了挥手，给这场意外事件画了句号。

一路上父亲思忖着说，如此看来黄兄是结婚了，可是这拖儿带女的局面，那女方肯定不是初婚啊。

黄大大已经单身多年，怎么不继续坚持了？我好奇地问父亲。

一个男人多年不婚，他最终扛不住舆论压力呗。父亲似乎为老朋友感伤，表情深郁。

好不容易有了这顿金豆捞饭，黄世龙还是吃不上。我情绪低落跟随父亲返回大杂院。一群邻居聚集我家门前，胜过召集会议。

妈妈分明新换了衣裳，白衬衫蓝裤子一派人民教师形象。她手里捏着玉米芯仿佛捏着粉笔，大声讲话。

这本来就是正常的事情，偏偏给你们弄得不正常了。做饭是这样，做人也是这样。挺好的金豆捞饭不敢再吃，挺好的朋友不能相处。今晚我就请你们尝尝鲜，但是吃到肚里不要再变成流言蜚语啊。

以前电影里见过女革命者登台演讲，比如林道静。今天变成妈妈。我被这场景弄懵了，一瞬间误以为这是露天电影。

宝赞嫂听着妈妈演讲，连连点头。田经理满脸愁容不言不语。小卯妈妈面无表情站着，好像充气塑料人儿。小酉和小卯积极响应，手里举着空碗讨要金豆捞饭好像高级叫花子。

父亲侧身钻进祖母屋里，一声不响了。我跑进厨房协助母亲给邻居们分派金豆捞饭。妈妈满脸兴奋的汗水说，鸬鹚啊，今天成了金豆捞饭宣传日！

这时我愈发钦佩妈妈，她要是走进电影里不用化妆就是英勇的女革命者，比如于蓝扮演的《革命家庭》里的女主角。

一大锅金豆捞饭很快给邻居们分光吃净。妈妈扎好围裙说再煮一锅自家吃。我趁机把黄家的巨大变化说给她听，妈妈开朗地笑了。

好啊！黄世龙结了婚，以后有妻子给他做金豆捞饭吃了。

我觉得妈妈确实不同寻常。假如作文课写《我的母亲》，我反而不知如何下笔，因为妈妈越来越陌生了。

全家人围坐饭桌前，等候第二锅金豆捞饭煮熟。耳聋的祖母听说黄世龙结婚了，重新抖擞精神啪啪拍着饭桌说，他单身扛了这么多年，末了怎么娶了个二婚头？这叫猪八戒照镜子——里外不是人儿。

她老人家转过目光对我说，幸亏你爸爸趁早结了婚，没弄得两头不靠岸。

我就联想有只随风飘荡的小船，久久无处靠岸的孤独情景。

妈妈及时对满脸得意的祖母说，娘啊，其实只要是船就会靠岸的，您不是好多年也没吃得金豆捞饭嘛，今天也算靠岸了。

祖母被说得无言答对，只得闭目养神了。

我家的金豆捞饭煮熟了。我盛到碗里依次端给祖母、父亲。满桌饭香升腾起来，温润着我们脸庞。

父亲端起饭碗突然涨红脸色，之后红色缓缓褪尽，重新变得白净。我看到父亲悄然泪下。那泪珠无声滴落手背，渗进竹筷与手指之间。竹筷显得坚硬，手指愈发柔软。

我手捧饭碗端给母亲，猛然觉得她跟父亲调换了角色。母亲刚毅果断的性格正在影响着我，给予男孩子成长的勇气。父亲则令我想起作文常用的词语：和蔼、温和、慈爱……这性格就是祖母给塑造的吧。

祖母埋头吃着金豆捞饭，不时伸出筷子测量饭碗里的变化。母亲说得真对，祖母同样多年没有吃得金豆捞饭，今天她老人家重返昔日时光。

这顿值得纪念的晚饭，全家不声不响吃完了。我起身收拾碗筷，母亲抬手制止我，扭脸微笑叫了声娘。这语调不重，祖母却听清了，扬起脖子望着儿媳妇。

娘啊，明天起早我就返校，提前回去给农村学生补课，让他们能够更好地成长，今后就把鸬鹚交给您老人家了。

好啊，你下放农村是改造思想提高觉悟去的，不要以为自己是老师就使劲教育人家，那样你更不容易调回来啊。祖母慢条斯理说着，眯了眯眼睛。

母亲居然开心地笑了，说调回城市不容易的，留在农村更不容易的。

祖母听了这话流露出疑惑的神情。她老人家肯定没有听懂儿媳妇说话的含义。

父亲总算说话了。娘啊，大港铁路线路做出调整，暂停测绘等待论证。上级派调我们支援焦枝铁路建设，过几天就要出发去河南月山小站。

祖母听到了，轻轻点头不说话。我表示爸爸妈妈走了，我的生活又是原来的样子。

你一天天长大成人，肯定不会是原来的样子。父亲说着起身动手收拾碗筷。我知道拾掇了满桌碗筷，这顿全家福彻底结束了。

第二天起大早，我提着藤条箱送母亲去长途汽车站。这箱子里装满妈妈给学生们的课外书籍，比如苏联长篇小说《被开垦的处女地》和《青年近卫军》，我心情比箱子还要沉重。

我要求妈妈向我保证放寒假回家来。她当即答应却叮嘱我说，以后作文少用保证这类词语，因为我们有时很难保证什么。

走进长途汽车站，小伙子范铁明迎面跑来，大声招呼柯蓝老师，然后飞快从我手里接过藤条箱。母亲瞪大眼睛问她的学生，你怎么知道我今天返校的。

小伙子范铁明笑而不答，把提前买好的长途汽车票递给母亲说，柯蓝老师多巧啊，今天是我十九岁生日。

昨天是大眼睛姑娘淑华的十五岁生日，今天遇到小伙子范铁明的十九岁生日。在大城市女孩淑华十五岁读高中了，在农村小伙子范铁明十九岁才报考农机学校。这样农村孩子就成了老学生，怪不得母亲不遗余力给他们补课。

开往静海的早班车很快出发了。母亲跟范铁明检票登车。我想起母亲返校就不属于我了，抹去眼泪使劲朝车里挥手。

长途汽车突突吐出几股黑烟，快速驶去了。我无精打采回家去。小酉在胡同里拦住我说，甘肃生产建设兵团派人了解文信和武诚的情况，小卯妈妈被叫到街委会去了。

这是甘肃派人了解文信和武诚的先进事迹吧。然而小酉不同意我的看法，愁眉不展说你不要犯主观主义错误。

有关天津支边青年顺利抵达甘肃的消息，还是小酉看到本埠日报转告他父亲的。田经理盼望文信寄来平安家信，这么多天不见邮递员身影，几乎成了心病。田经理特别好面子，故作大度对大杂院邻居们说，当爹的把儿子培养成人，我把文信献给祖国大西北了。

当爹的把儿子献给祖国大西北了？小卯妈妈认为这句话很不吉利，曾经悄悄跑来跟我祖母切磋。祖母干脆数落她说，你在火车站催促田经理看文信最后一眼，那句话说得更不吉利。

我跟随小酉回到大杂院。邻居们七嘴八舌议论着，焦急地等待小卯妈妈带回准确消息。田经理害怕天有不测风云，躲在家喝酒壮胆，口中念念有词。

小卯妈妈从街委会回来了。大杂院邻居们呼啦形成包围圈，争先恐后打听情况。小酉紧紧抱住小卯妈妈胳膊说，您不要隐瞒实情，我哥是不是被武诚给害死啦？

人们被小酉的大胆推测吓住了，纷纷瞪大眼睛打量着他。宝赞嫂实在忍受不住说，小酉你发神经啊？文信跟武诚是盟兄弟！

小酉不改思路继续疯狂说，列宁说堡垒最容易从内部攻破，所以我怀疑武诚害了我哥！

小卯妈妈板起面孔说，谁告诉你说文信死啦？我看你该吃药打打肚里蛔虫了。

田经理酒吓醒了，踉踉跄跄走出家门，追着小卯妈妈打听儿子下落。小卯妈妈声称自己是有组织的人，该说的可以说，不该说的坚决不说。

我祖母迈着小脚走出家门，抬头看了看天上太阳。妈妈刚刚返校回了农村，她老人家便恢复元气。

小卯妈妈你是什么组织的人？不就是当年参加过大炼钢铁炊事班嘛，还把熬糊大锅玉米粥的责任推给别人。祖母高声指责。

小卯妈妈被击中要害，只得实话实说告诉田经理，文信和武诚分配到甘肃柳园农场，一下车就提出火线入党申请，当场咬破食指写下血书，强烈要求分配到更艰苦更遥远的地方。

宝赞嫂懂得中国地理及时插言道，他俩当初应该报名去新疆生产建设兵团，那样不写血书就能分配到中苏边境了。

祖母顿时豪迈起来，“啪啪”地拍手告诉田经理，既然文信写下血书要求火线入党，这是天大的好事情。

田经理听得两眼失神，突然放声大哭。小酉反而满脸绽开笑容说，我哥在甘肃要求火线入党，我升进中学就要求火线入团！

无论文信如今火线要求入党还是小酉将来要求入团，只要田经理没有接到儿子的平安家信，他就吃不好睡不着，肯定会从大号胖子变成中号瘦子。

然而毕竟有了文信的消息，大杂院里还是平静下来了。

父亲的大港铁路果然暂停建设。他拎起灰色人造革旅行包，表情郑重向我们道别。祖母送儿子到大杂院门外说，你长年单身在外工作，还是不让娘省心啊。

父亲照旧回答说，有组织管理的。我觉得父亲像个背诵课文的大男生。这个大男生跟我握了握手，我知道这是成年人的礼仪。父亲赶往火车站跟随队伍开往河南月山小站了。

我跟祖母继续过日子，她老人家再度成为我的领导者。经过这段时间历练，我变得机警起来，把小玻璃瓶标本藏在书包里，不时想象青头大刺发出阵阵虫鸣，这虫鸣唤起我想到父亲的老朋友黄世龙。

天气转凉，过了秋分是寒露，蛐蛐们纷纷死去。这就是百日虫的寿命。我想象黄世龙家里没了虫鸣却添了人声，他应该不会感到寂寞的。

终于放寒假了。中午时分母亲提着藤条箱走进家门，却没有见到学生相送。她说范铁明考进石家庄农机学校，成了全校著名“苦读生”，即便放假也不回家。

这几句话祖母听清楚了，大声抱怨不愿回家的范铁明说，这种人住校不回家等于出家当了和尚。

请您小声说话好不好？我们都听得清楚呢。母亲进门便向祖母提出合理化建议，说罢打开藤条箱里面装满晾干的玉米。

祖母看出苗头不好，哼哼叽叽出门去了。我明显感到母亲有着争强好胜的性格。一颗颗玉米好似一颗颗手榴弹。

我主动交出上半学期考试成绩单，妈妈看了作文考试成绩，有了慈爱的目光。鸬鹚啊，你的生活经历比其他同学丰富，写起作文饱含思想情感，这是重要的人生体验。

我的生活经历确实比其他同学丰富，认识这么多大杂院人物，比如经常检举丈夫的小卯妈妈，比如外表豪迈内心柔软的田经理，比如丈夫部队长年驻扎外地的宝赞嫂，比如结拜盟兄弟的文信，还有我暗恋的女生王馨，以及被称为蛐蛐姥姥的黄世龙。

母亲拾掇停当，坐下来跟我打听田家情况。我抢功似的汇报说，文信和武诚到达甘肃柳园农场，一下车就咬破食指写下血书，强烈要求分配到更艰苦更遥远的地方，比如新疆或者西藏。

母亲耐心听着然后轻声缓语说，所以人家柳园农场找不到这两个人了，前些天甘肃生产建设兵团来人找到农村学校向我了解情况，主要询问文信跟武诚从前的表现。

母亲显然把我看作成年人，跟儿子谈起成年人的世界。

这两个支边青年没了踪影，当地众说纷纭传闻不断，谣传有两个男子用麻绳将身体共同捆绑起来，半夜跳进水库淹死了。这桩多年前的投水自杀事件，变成新闻重新流传起来。

我听得手心出汗。好端端的先进青年典型，就这样神差鬼使般消失了。母亲表情严峻叮嘱我说，这件事情甘肃方面要求严格保密，要求绝对不能透露给家属和邻居。

可是您已经透露给我啦。我惊恐地望着母亲。她被我问住了，只得深深叹口气，表示自己失误。我随即安慰母亲说，请您放心，我不会透露给任何人的。

她轻轻点头。这是妈妈对我的信任，我要做到守口如瓶。

身穿绿色制服的邮递员送来河南来信，收信人写的母亲名字。看来父亲知道母亲寒假回家，夫妻之间挺默契的。

母亲告诉祖母这是平安家信，说俊生在外有组织管理，不用娘亲惦记。她老人家知趣，不再问这问那，去到厨房择菜了。

母亲把父亲来信的主要内容讲给我，说父亲同意母亲的选择，即使下放农村任务结束也不回到城市了，正式办理工作调动手续留任外县农村中学教书。

我了解母亲性格，她认定的事情不会更改。我只要求农村学校放假妈妈回家团聚。她听罢淡淡笑了，似乎认为我的要求过低。

父亲信里给我附了半页纸，他仍然称呼我乳名说，鸬鹚处于成长期，将来总要独立生活的。即使结婚成家也可能面临独自生活的局面，多年以来爸爸不就是这样嘛。所以鸬鹚你要锻炼自己，增强忍受孤独寂寞的能力。

我不能完全理解爸爸的嘱咐，但是要像爸爸和妈妈那样，做好长年自己管理自己的准备。

下午母亲让我用细绳将玉米串接起来，高高悬挂在自家房檐下。小酉跟我心有灵犀，也认为好像挂了串金色手榴弹。我当然不敢告诉小酉有关文信的事情。

小卯不关心玉米手榴弹，扬着磨盘脸找我借小玻璃瓶标本，说天冷蛐蛐们死了，只有这只青头大刺假装活着，它就是咱们冬天里的好伙伴。

不知为什么我被他感动了，想哭。小卯能说出冬天里青头大刺假装活着这句话，这让我觉得青头大刺根本没死。

星期天母亲给学生范铁明写信，寄往石家庄农机学校。我把贴着八分钱邮票的牛皮纸信封投进绿色邮筒，转身看见王馨远远走来，她是学校舞蹈队员走路充满弹性。

我立即跑开了。自从上次请王馨帮我给妈妈购买紫红发卡，不知出于何种心理原因，只要跟她打交道我便不知所措。

我家午饭是祖母下厨做的汆汆汤。我再次见识母亲爱吃的这种汤食。妈妈对祖母说了声您辛苦了，表示晚饭她要做金豆捞饭。

祖母没有表示反对。只要妈妈放假回家，她老人家自然交出领导权。我自然成了新领导的助手。

妈妈温和告诉祖母，说鸬鹚他爸爸从河南来信说起金豆捞饭，总觉得没让老朋友吃到这顿饭很是遗憾，所以今晚我要派鸬鹚请黄世龙来咱家吃金豆捞饭，从此了却俊生这桩心愿，也让他俩的事情正常起来。

听了妈妈这番话，我认为这顿金豆捞饭很有意义。祖母则眯缝起眼睛然说，柯蓝你讲得很好啊，这年月文信跟武诚都成了先进青年典型，还有啥正常不正常的呢。

我不顾祖母高兴不高兴，大声提示妈妈说，您要请黄世龙吃晚饭，他全家四口人呢。

母亲兴致愈发高涨，说欢迎他们全家光临，让大家共同感受正常生活。

下午时分，我被正常生活这句话鼓舞着，穿起小棉袄跑出大杂院奔向黄家。一路上我不断措辞就跟写作文那样构思。

我要郑重其事到黄家发出邀请，包括黄世龙的妻子和儿女。我要请教黄世龙妻子贵姓，姓李就叫李阿姨，姓张就叫张阿姨，姓什么就叫什么阿姨。我要叫面孔白净的男孩子哥哥，还有大眼睛的姐姐，他们是相亲相爱一家人。我羡慕相亲相爱一家人。

快步跑进小巷按响黄家门铃，我听不到里面响起铃声。轻轻推门迈进小院，我叫了声黄大大。

没人应答。我熟门熟路走向厅堂，准备说出反复构思的邀请词。厅堂里光线不强，沙发空着，茶几空着，显得房间很大。我又叫了声黄大大。

终于从后院里传来应答，说请进。我知道后院是蛐蛐领地，便踮起脚尖走进去。后院里还是没人。

你怎么跑来啦鸬鹚？蛐蛐房里传出黄世龙问话。

我走进蛐蛐房，看到一层层架格里仍然摆满蟋蟀盆。黄世龙手持鸡毛掸子，轻轻给蟋蟀盆拂去浮尘。我知道这是一只只空盆，冬天蛐蛐们都走了。

您不是结婚成家了嘛，怎么没人呢黄大大？

是啊，可是我不习惯人多，勉强维持了两个多月，实在无法忍受就让他们离开了。黄世龙轻描淡写说，我确确实实习惯自己生活了。

既然您确实习惯自己生活，怎么会突然结婚呢？我似乎听到几声虫鸣，四处寻找着。

你问我为什么结婚哇？那要感谢人们多年关注呗，就连四清工作队都找我谈话了。好像只要我结了婚，一切情况就正常了，我也就不属于个别人物了。

可是您这么快离了婚，这情况又不正常啦？我感觉蛐蛐房里很冷，就双手抱着胳膊。

黄世龙从容地苦笑说，那多人离了婚，所以离婚也属于正常行为吧。我结了婚又离了婚，我他妈的就算正常了。

我没想到如此文明清洁的男子，竟然骂了粗口。看来他内心多年的积怨终于发泄出来。

我提出请他到家吃晚饭的邀请，特意说妈妈做了金豆捞饭。

他并没有料到我的来意，流露出几分意外神色，下意识做了个深呼吸说，那就请你代我谢谢你母亲，说我患胃病多年，已然不适合吃金豆捞饭了。

我有些沮丧，毕竟乘兴而来，将要败兴而归。转念想到我母亲请他吃金豆捞饭就是要恢复正常生活。既然胃病难以消化金豆捞饭，让他勉强接受邀请反而不正常了。

我似乎又听到几声虫鸣，冬天是蟋蟀的死期，这虫鸣肯定出自幻觉。这时黄世龙看出我有些扫兴，猫腰从低层架格里摸出一只深灰色蛐蛐盆，表示这是送给我的礼物。

其实你父亲比我精通蟋蟀门道。只是他早早结了婚，放弃了大宗爱好。黄世龙说话表情平淡，令人想起清水白菜。

我手捧珍贵的蟋蟀盆，表示要把青头大刺的标本饲养在这只盆里，它就永远活着了。说完我给黄世龙鞠了个躬，告诉他我父亲调到河南月山工作了。他颔首微笑说你父亲给我写过信，说当地人喜欢喝胡辣汤。

我就径直问道，当年您跟我父亲都喜欢吃金豆捞饭吧？

他毫不犹豫地答道，那餐餐饭食承载着我们的青春啊！我们当然拒绝任何偏见。

我手捧蟋蟀盆离开黄家走进家门，母亲看见蟋蟀盆当即扭脸对祖母说，鸬鹚他爸爸跟我结婚就不玩蛐蛐了，不知道将来鸬鹚会是什么样子。

祖母好像不愿预测我的将来，急切向我打听黄世凤全家几点钟来家吃晚饭。

我说人家早就改名黄世龙了。母亲毫不留情对祖母说，您老人家是故意忘记的，这样很不好。

我讲了黄家的变故。母亲听了，默不作声。祖母却开了腔，说金豆捞饭有了，黄世龙倒没得胃口吃了。

我突然控制不住自己，跑进厨房冲着那锅金豆捞饭尖声喊道，黄世龙按照自己的想法生活，这哪有什么正常不正常的！您多年封杀金豆捞饭，生生把他熬得患了胃病吃不得！

我的喊叫引来小酉和小卯。小酉吃惊地看着我说，你期末作文考了九十分没有什么不正常的。

我感觉自己突然长大，尝试着理解那些难以理解的事情，比如爸爸和妈妈，比如父亲和黄世龙，比如文信和武诚，比如我和王馨……

就这样，我二十八岁果然跟王馨结了婚，这是我前半生最大的成就。记得订婚那天我问送什么礼物给她，王馨异常坚决说紫红色有机玻璃发卡。我就觉得这肯定是个轮回。

我结婚那天，做了汽车修理工的小卯和做了煤气收费员的小酉，冒着漫天大雪赶来喝喜酒。小卯喝得满脸红透说，我早就断定你不会二十岁就结婚，但是你不会再玩蛐蛐了。

小酉酒喝高了，从悲观消极变得坦荡乐观说，我哥跟武诚还是没有音讯，但是我敢保证即使在罗布泊里，他俩也不会像彭加木那样下落不明。

后来王馨告诉我，小卯和小酉是当晚婚宴最受欢迎的客人。

终于迎来改革开放大好时代，母亲跟父亲平静分手，领取离婚证那天，俩人到照相馆补拍结婚照，使人觉得这是对老鸳鸯。

我不知母亲是否选择单身生活。她四十八岁依然扎根农村教书，这成了令人难以理解的个别人物。

春天里祖母病重在床，头脑异常清醒，而且听力完全恢复。她老人家叫着我乳名说饿了。我问她老人家想吃什么，祖母嘴里迸出四个字：金豆捞饭。

我恍然大悟，父亲爱吃金豆捞饭，那是自幼受到祖母饮食习惯的影响。父亲多年吃不得，祖母同样多年断绝这宗口福。这正是金豆捞饭的同归于尽。

小巧玲珑的王馨连忙下厨煮饭，焦急地说缺了倭瓜。正逢没有倭瓜的季节，祖母讨得真不是时候。

父亲升任铁路设计院第三设计室主任，轻微发胖了。他匆匆赶回家来。弥留之际祖母睁亮眼睛朝儿子咧了咧嘴，安然过世了。

我认为这是祖母最后的微笑，她老人家毕竟临终坦言，承认自己也爱吃金豆捞饭。

春风拂面。黄世龙出席我祖母葬礼。他已经被选为本市蟋蟀学会会长，还是宽阔的额头和明亮的丹凤眼，依然独身生活。父亲向这个老朋友行过孝子礼，然后俩人紧紧握了握手，一切尽在不言中。

轮到我行贤孙礼，本市蟋蟀学会会长紧紧拥抱我说，鸬鹚啊，为了获得正常生活，我们付出多么大的代价啊。

我明白这话的意思，凡是属于自己的生活就是正常生活，譬如当年他的结婚后离婚重返独身生活，譬如当年他谢绝邀请没去我家吃金豆捞饭，譬如如今仍然饲养蟋蟀他还被尊称蛐蛐姥姥。

时光就这样流淌着，令人不知不晓地沉浸其间，缓缓顺流而下来到中年河湾。

我的中年河湾是九河文学杂志社，我和王馨都是文学编辑，她在我隔壁负责北区诗歌，我编南区小说稿件。

那是深秋季节，我的编辑室收到一只鼓鼓囊囊的牛皮纸信封，这是作者指名寄给我的自然来稿。剪开信封看到厚厚诗稿，我起身去隔壁诗歌编辑室将稿子转给王馨。我跟妻子说作者知道我的名字，却不知道我不管诗歌稿件，看来边远地区作者信息很闭塞。

王馨不光是好妻子，更是认真负责的好编辑，她看到信封落款是新疆和田地区民丰县，指着黑色邮戳印记说，这稿子路上走了二十多天，那么遥远的作者居然知晓你的名字。

我返回小说编辑室，打开抽屉取出深灰色蟋蟀盆，动手掀开盆盖看到那只青头大刺伏身盆底，仿佛发出清脆悦耳的鸣唱。这就是我的青春祭。

午休时间王馨推门进来，妻子告诉我诗稿作者署名文武，很可能是笔名。我说如果作者姓文名武，那么也可能是本名。

她说这叠诗稿里好诗不少。我果然看到这样的句子：

青春年代里，爱情曾是惊天动地的大事；人到中年，爱情小河流水般梳妆；历经多少岁月沧桑，爱情竟然成了国家大事那样的事情，迎娶人老珠黄。

我被这首诗打得蒙头转向，不知所措地望着诗歌编辑王馨。她说要打长途电话联系作者，匆匆返回自己办公室。

临近下班时分，我办公桌响起电话铃声。电话里母亲告诉我，她下月十二号结婚。我并不感到意外，因为父亲也在筹备再婚，女方是资料室年轻的描图员，河南人氏会做胡辣汤。

电话里母亲滔滔不绝。鸬鹚啊，我真不知道这家伙单身多年不谈恋爱，居然是在等我。今年得知我离了婚，立即从石家庄农机研究所赶来向我表白，他说暗恋老师多年。我说这太不正常了，我大你十二岁呢。他说就是企盼这种不正常的师生恋，要是正常了还觉得没意思呢。

母亲仿佛对知心朋友敞开心扉，一口气道出事情原委。虽然对这桩师生婚恋感到意外，我还是被打动了，由衷地敬佩那位名叫范铁明的男子。他勇敢投身这桩被认为不正常的婚姻里，令我想起那锅热气腾腾的金豆捞饭。

王馨小鸟似的飞进我编辑室，满脸灿烂说总算接通自治区文教组的电话，文武是两个作者的联合笔名，大约都是中年男子，均为当年支边青年很可能来自天津。

不知是因为母亲奇特的婚姻，还是因为新疆突然冒出联合署名文武的诗人，我浑身颤抖好像打摆子似的。

我首先告诉妻子我母亲下月十二号结婚。王馨听了拍着小手说，好啊咱们去婚礼现场祝贺。

然后我极力平静着说，你还记得我家邻居田经理吗？我奶奶始终叫他田掌柜。王馨眨着大眼睛说，那就是小酉的父亲嘛，小酉的哥哥叫文信。

我说是啊，明天你再打电话争取联系上那两位诗歌作者，不论是那个文还是那个武，你联系到谁都是大收获。

妻子王馨点点头问道，你母亲结婚咱们送什么礼物呢？

当然大千世界好啊。我没头没脑答道，心头仿佛冒出几簇戈壁滩的骆驼草。

爱情手枪

我终于鼓起勇气问姐姐:“这人是谁啊总往家里给你来信？邮递员这礼拜来三次了。”

此前，我们姐弟间有约定：不偷看对方日记，不拆封对方书信，不打听对方私事，简称“三不主义”。这是姐姐从外国小说里学来的，当然主要是苏联小说。这次我有意违反“三不主义”是发现姐姐近来神色不定，分明怀有心事。

“我没有什么心事……”姐姐左手推了推从鼻梁下滑的眼镜，右手捂了捂嘴巴，似乎唯恐言多语失。是的，邻院章伯就是嘴巴不严祸从口出，被人民银行下放近郊农场种菜了。

姐姐戴着白框眼镜，眼睛不大但是很圆，总是显得聚精会神的样子。她鼻翼两侧生有零星雀斑，天津孩子戏称“标点符号”。当然姐姐的眼镜遮挡不住雀斑。她也不想遮挡。这些雀斑使她有些像苏联女孩儿，比如电影里的娜塔莎或者丽达。邻院章伯说过，女孩子皮肤白，头发就泛黄，因为黑色素偏少。可是姐姐偏偏白皮肤黑头发，这就弄得章伯连声说不可思议。

“这是我们学校军宣队员老冬同志给我来信。”正在天津育红中学读高二的姐姐，这样给我解释。

“老东同志？”我以为是东西南北的“东”，笑着问姐姐有没有姓西的人。她目光透过眼镜片盯着我：“有啊，我就姓奚嘛。”

“你姓西？”我认为姐姐开玩笑，“你要是姓西，我就不姓南了。”

“我真的姓奚，不姓你家的南。”姐姐褪尽温和表情，一瞬间变成表情严肃的女学生。

我并不觉得气氛异常，转身去厨房洗菜瓜。邻院章伯说过所有瓜类只有菜瓜吃了不上火。他在近郊农场成了种菜瓜好手。

姐姐追着菜瓜来到厨房，表示跟我开门见山：“小弟，前几天从河北宣化来了外调人员，我才知道咱俩是同母异父的姐弟。老冬同志让学校开了介绍信，让我买火车票去北京……”

姐姐从来不撒谎，嘴里说出每句话都经得起检验。她说买火车票去北京跟亲生父亲会面，我就蒙了。

原本自幼相亲相爱的姐弟，说变就变成“同母异父”，我感情遭受伏击，瞪大眼睛望着有些陌生的姐姐。

“这不会是外调人员弄错了吧？”我试图挽回局面保持原来的样子——我要同父同母的姐姐。

姐姐扬手摸摸我头顶：“小弟，事实胜于雄辩，你就不要胡思乱想了。”

我说：“从量变到质变，你没经过积累就突变了，这不符合辩证唯物论。”

“只争朝夕嘛。”姐姐说着躲进自己房间，捻亮台灯阅读学校军宣队员老冬同志的来信。

我凑到房间门外看着台灯照耀下的姐姐。她并不抬头说：“小弟，请你把门给我关上。”

我被她冰冷声音击中，只好伸手关门，败兵似的溃退厨房，打量着泡在水盆里的菜瓜。

姐姐变了，而且变得极快，快得让我无法适应。我恨不得马上写信向妈妈报告，可是她远在团泊干校劳动，据说处境不太好。

姐姐乳名丢丢。我洗净菜瓜选出两只好的，送到她房间门外。房间里传出姐姐说话，口气更加冷淡。

“小弟，今后请你不要叫我乳名好不好？我是革命青年了。”

我说你叫我小弟，这也是乳名啊。姐姐声音继续从房间里传出：“好的，以后我就叫你南飞。”

我觉得自己成了孤立的人，即使坚守阵地也难以盼来援兵，小声哭了。

姐姐肯定听到我的哭声：“南飞，我诚恳希望你坚强起来，争做无产阶级革命事业接班人。”

我感到被抛弃的委屈：“奚丢丢！用不着你来教育我……”

“南飞，你不要胡乱取名好不好？我原名南雁，本名奚晓兰，我不叫奚丢丢！”房间里传出的声音令我惊诧，姐姐好像被别人附体了。

我想让姐姐变回南雁，忍不住伸手叩门。房间里突然响起尖叫：“南飞！请你不要干涉我个人生活！”

一个恬静文雅的女学生，从来没有尖声厉嗓。我被吓住了。

好端端的姐弟沦为这步田地，我无精打采回到自己房间，迷迷糊糊睡着了。

半夜被噩梦惊醒。我捻亮台灯给妈妈写信求援。写了两行猛然明白了，既然我跟姐姐同母异父，那么妈妈跟爸爸结婚前肯定跟别的男人生了姐姐……我冒冒失失给妈妈写信，这会让她感到难堪吧？

我收起纸笔，关灯躺下。黑暗里想象着姐姐亲生父亲的模样：高高瘦瘦，表情严肃？胖胖乎乎，面目和蔼？不胖不瘦，不高不矮……

第二天清晨起床，我发现房间门外贴了张纸条：“南飞，今天学校召开军训总结会，中午你自己弄饭吃吧。奚晓兰字。”

一夜风雨声，原名南雁的姐姐果然变成奚晓兰，看来这是无法改变的事实，我不想接受也要接受。

这位奚晓兰的横空出世，动摇了我的固有信念，开始怀疑身边所有事物：在黄港水库工作的南云翔真是我父亲吗？在团泊干校劳动的冷芃真是我母亲吗？下放近郊农场劳动的章伯真是我家邻居吗？我的班主任姚宗琴老师真是军官家属吗？

……一连串的问号好似越涨越大的气球。我担心气球爆了，只得停止胡思乱想。

小学校不开展军训活动，中午放学回家，我打开炉火“烩烂饭”，就是把剩饭剩菜倒进锅里，添水放盐煮沸。我吃着“烩烂饭”怀念姐姐的“清炒丝瓜”和“番茄鸡蛋汤”。

姐姐性格执拗。她几次提醒我不要叫“番茄”要叫“西红柿”，“番”是对原产地的贬称，这种地域歧视不好。如今姐姐有了亲生父亲就要进京相认了。相认就相认吧，反正全国人民都是同仇敌忾的革命同志，五十六个民族是社会主义大家庭。

傍晚时分，姐姐从学校回来，她上身穿绿色军衣下身穿蓝色裤子。这种绿蓝搭配使她像个戴眼镜的空军地勤女兵。

“这是老冬同志送给你的？”我看到绿色军衣两个衣兜，断定老冬不是军官，只有熬到排级干部才穿四个衣兜的。

姐姐解释说军衣是老冬同志借给她的：“我买了明天上午七点十二分的火车票去北京，我穿军装亲生父亲会高兴的。”

我有些固执：“你怎么知道穿军装亲生父亲会高兴？”

“当然，中国人民解放军是革命大熔炉，这全国人民都知道。”姐姐显得非常自信。自从认识老冬同志，她的文静里有了硬度。只是她穿着老冬同志的军装上衣，明显过于肥大好像变成衣服架子。

“你父亲叫什么名字？”我好奇地问道。

她冲口而出：“南云翔啊！”说罢怔了怔随即改嘴，“不、不，外调人员说我父亲叫奚兰城，兰州的兰，城市的城！”

当晚我在日记里写道：“姐姐习惯地回答父亲名叫‘南云翔’，这说明一个人忘记过去是需要时间的。她以为自己从历史里走出来，其实鞋底还沾着过去的泥巴……”

第二天清早，我执意送姐姐去火车站。她先是拒绝然后勉强同意，让我给她拎着那二斤山芋干儿，这是送给亲生父亲的见面礼。我说北京话叫红薯干儿。她笑了笑说北京话是对的。好像北京有她亲生父亲，就什么都正确了。我坚决认为北京正确是因为毛主席住在那里。

天津火车站叫“东站”，前身是清末“老龙头车站”。我跟随姐姐下了八路公共汽车，快步来到候车室前小广场。灰蒙蒙的旅客人流里倏地闪出绿色身影。一个军人稳步走来，叫了一声“南雁”。

“您也出差啊老冬同志？”姐姐不认为对方特意赶来车站送她。

这位被称为老冬同志的军人露出丰沛的笑容：“我买过站台票了，送你上火车吧。”

我看到老冬同志是个敦敦实实的男子，讲着带有乡音的普通话。

姐姐根本顾不得跟我说话，起身跟随老冬同志奔向检票口。

半路杀出程咬金，我成了被替换下场的“群众甲”，眼巴巴望着二人背影淹没在人群里。这时我意识到严峻现实——奚晓兰与南飞确实是同母异父的姐弟了。

火车站附近的邮政局是座德式建筑。我喜欢那里光滑的地板，夏天也有冬季溜冰的感觉。尤其这座邮政局保留着外国租界时代的玻璃写字台和红木长椅，供给过往旅客安心写信。

我去柜台买了一枚“工农兵”邮票，八分钱，预备给妈妈写信寄往团泊干校，之后无所事事坐在玻璃写字台前。

我用手指蘸着唾沫写出“同母异父”四个字。这字迹很快蒸发了，玻璃台面上没有留下丝毫痕迹。我当场受到启发：我们曾经看到的许多事物，最终都会消逝得无影无踪。

然而只有亲情常在。譬如亲人去世，子子孙孙想念他，他就长久存在。将来我不在世了，子子孙孙也会想念我的，我也将长久存在。

这样想着，我难过起来。既然我与姐姐成了“同母异父”，那么这种关系还属于亲人吗？看她急切地跑向检票口的样子，完全成了素不相识的路人。

有人吱地挪动长椅，一个绿色军人对面落座。他铺开信纸伏案疾书，引发红五星帽徽微微颤动。

他写字速度极快。我只能看到他半张脸。渐渐地我还是认出他就是老冬同志。姐姐当时并没有把我介绍给他，我想他不会认识我的。

中间隔着玻璃写字台，我偷偷打量这个军人。一张圆圆的面孔，一双圆圆的眼睛，一只肉乎乎的鼻子，一双厚厚的嘴唇，还有两只容易被忽视的耳朵。这福态相貌被周身绿色包裹着，显得特别饱满。

他突然停笔凝神构思，缓缓侧脸仰望天花板，嘴里默诵尚未落笔成章的词句，很像小学生临考背书。

他刚刚送走姐姐就跑来邮局，这是给谁写信呢？我内心涌起强烈的偷窥欲念，伸出目光掠过玻璃写字台，勉勉强强看到书信台头两个字的倒影：“一一”。

收信人名叫“一一”，怎么会有人叫这种名字呢？我不由想起苏联反特小说《送你一束玫瑰花》里人物接头暗语。当然，老冬同志是中国人民解放军，他不会跟潜伏特务联系的。

他全神贯注写满三页信纸，之后精巧娴熟地叠成对角长方形，装进湛蓝色横启式信封里。全国流行公函式牛皮纸信封，这种隐含浪漫情调的信封很少见的。

他沿信封左上方写下收信地址，右下方的寄信地址却只写了两个字。我从倒影里读为“内详”。邻院章伯给《人民日报》写信反映单位领导占用公物问题，据说寄信地址也只写了“内详”，后来还是被单位领导查出，动手做了几双小鞋一年四季给他穿。

老冬同志写好信封，伸出舌尖将信封折口舔湿，那胶质被唾液稀释转化为胶水，随即粘牢。他从容不迫掏出蓝色塑料钱包，从中取出一枚红色邮票，再次伸出舌尖舔湿邮票背胶，将它贴在信封右上角，用力摁实。我看到他宽大肥厚的舌头。

长长呼出一口气，老冬同志将这封湛蓝色书信摆在玻璃写字台上，好像完成一项重大工程。这时他显得有些疲累，正身闭目静坐，径直沉入自己的世界。

我想偷看收信人地址，忍不住咳了两声。他受到轻微惊动，睁眼拿过信封起身走向邮筒，唰地投了进去。

他走出邮局大门，大声给两个外地旅客指点乘坐二十四路公共汽车的方向，那体态很像粗壮版的雷锋。我望着他走路八字脚形的背影，不知怎样评价这个为邮局节省了胶水的军人。

我走路回家，开始一个人的生活，中午没吃饭，晚饭啃了个馒头，随手打开收音机却传出嘎啦嘎啦杂音，好像天津人民广播电台的播音员被人掐住脖子，时断时续跟我说话。我情绪低落，没了姐姐就连家里收音机也不听使唤了。

晚间外面起风，摇得树影乱晃。好像白天潜伏的坏人趁着天黑喧嚣起来。这多种声响组成的噪音杂牌军，闹得我心神不宁，只得闭门关窗躲到自己房间里。

一会儿风声冒充张三前来叩门，一会儿又冒充李四转去拍窗，好像不停变换着身份欺骗我。我一律不理睬，抱着厚厚的《红岩》读到甫志高在码头等候江姐下船，耳畔哗哗流过江水。

突然间江水里混杂姐姐的声音，好像她跟随江姐来了。我放下《红岩》想象着那艘即将靠岸的轮船。江姐要是提早知道甫志高叛变就好了，她可以转道华蓥山去找双枪老太婆……

伴着江水声有人叩门。我意识到这不是江姐下船，起身跑出房间穿过门厅，透过磨砂玻璃看到门外身影。

姐姐呼我乳名：“小弟开门，小弟开门呀。”

我一边开锁一边报复说：“你不要叫我乳名好不好？请你叫我南飞。”

姐姐走进门来，仍然绿色军衣蓝色裤子，径直奔向冷水瓶斟满一杯“凉白开”，一口气喝了下去。她好像从非洲沙漠回来，没了平时的文雅。

“你怎么当天就回来了，没住北京啊？”

“我没住北京，当天就回来了。”她以倒装句重复着我的问话，等于没做回答，“小弟，你自己吃过晚饭啦？”

我撒谎说自己吃得很好，馒头稀饭，咸肉炒豆角，西红柿炒鸡蛋。

她摘下眼镜擦了擦镜片，重新戴上望着我：“谁给你做的饭？”

我朝着左侧墙壁努了努嘴。她沿着我视线望去——左侧墙壁挂着雷锋同志戴着皮帽端着冲锋枪的画像。

姐姐望着雷锋同志，苦笑了。我继续发问：“你亲生父亲没留你在北京玩儿几天？天安门北海颐和园什么的。”

“没有……”姐姐强调学校复课不准请假，“天色不早了，你快去洗澡吧。”

我想起今天是双日。早在我们还是同母同父姐弟时，共同订立家庭公约，除去冬季寒冷，平素单日丢丢洗澡，双日小弟洗澡。如今“丢丢”变成“奚晓兰”，“小弟”还是“南飞”，然而月份牌里依然有单日和双日，谁抹也抹不掉的。

我从过道橱柜里拿出毛巾和肥皂，走进卫生间完成双日洗澡任务。天津把卫生间叫厕所。去年姐姐“大串连”从南方回来，便改称“卫生间”了。我也觉得卫生间比厕所好听，欣然接受了。

以前我不避讳姐姐，在家袒胸露背光脚丫子，洗澡时也敢喊姐姐来给我擦背。如今姐弟关系骤变，我只得谨慎起来，首先扣好卫生间门锁，脱光身子端盆接水。

“你不要光用冷水，等我烧好热水给你。”卫生间门外姐姐大声说，“我说话你听到没有？”

以前我洗澡确是姐姐烧好热水，往大桶里添加自来水兑成温水，让我洗得心安理得。今天姐姐照常要烧热水，我有些意外。

她不是声称名叫奚晓兰嘛，怎么还给我烧热水呢？我大声回应说我愿意冷水洗澡。

“你这孩子怎么不听话呢？冷水刺激会生痱子的……”她连连叩门说热水烧好了。

我犹豫着，拿过内裤和汗衫依次穿好，开门接过盛满热水的铝壶。姐姐看我穿戴整齐，表情有些惊讶。

“看你都快成泥猴儿了，我打肥皂给你擦背吧。”姐姐已经脱掉绿色军衣换成碎花小褂儿，跨步走进卫生间为我兑好温水。

“我就不擦背了吧……”

姐姐拿起丝瓜瓤子：“你快点儿吧，革命小将要雷厉风行。”

我只好背过身去，脱掉汗衫和内裤，姐姐哗哗撩水过来。每逢这种时候我都要说“局部地区有小雨”。此时我说不出了，任凭姐姐的丝瓜瓤子搓擦我脊背。

“好啦！经过爱国卫生运动洗礼，我家泥猴儿干净多啦！”她放下丝瓜瓤子退出卫生间，“小弟，换洗的汗衫和内裤放在门外啦！”

听到姐姐这样说话，我喉咙发紧。她仍然叫我“小弟”，她仍然给我烧热水，她仍然给我擦背……

姐姐还是原先的姐姐，这多好啊。我偷偷哭了。我的泪滴落到水盆里，让水有了咸度。

洗了澡，我穿好汗衫和内裤，却不知如何面对姐姐，便迅速蹿回自己房间。很快房间门外传来姐姐声音：“小弟，明天我早起去学校，你可以睡个懒觉。”

明天星期日姐姐还要去学校？我使劲嗯了一声，随手熄了灯。黑暗里我寻思着，姐姐一冷一热变化这么大，真是令人琢磨不透。

转天上午，我被邮递员“南雁来信啦！南雁来信啦！”的喊声唤醒，起身跑到院里接过信件。

湛蓝色横启式信封，左上角写着我家地址，中间写着“南雁收”，右上角贴着红色邮票，右下角寄信地址写着“内详”二字。

我想起火车站邮局。这封信肯定是老冬同志写来的，那么抬头被称为“一一”的人肯定是姐姐了。姐姐乳名丢丢，学名南雁，原名奚晓兰，老冬同志怎么叫她“一一”呢？好像小说里的人物昵称。

想到“昵称”这个字眼，我觉得问题复杂了。莫非姐姐跟老冬同志谈了恋爱？我顿时忐忑起来——在校女生是不许搞对象的。

中午时分姐姐回家来了。我问她在学校见到老冬同志没有，她摇摇头径直走进厨房。大城市女学生操持家务的不多，姐姐是个例外，除了恋爱所有活计她都会做。可是如今情况有了变化。

我追到厨房里，问她究竟认没认北京的亲生父亲，她摇了摇头。我问为什么没认，她说不革命。我说不反革命就可以认嘛。她快速把黄瓜切成黄瓜片说：“你是不是标准太低了。”

黄瓜青椒土豆，统统切片下锅爆炒。我看到姐姐额头汗珠滴落锅里，变成小盐。我把毛巾递给她擦汗。她扭头看我，笑了笑。

不言不语吃过午饭。依照“家庭公约”由我洗锅刷碗。我把那封湛蓝色信件交给姐姐，跑进厨房哗哗打开水龙头。

傍晚时分姐姐终于走出房间，递给我一兜“北京果脯”，塑料袋里显得红红绿绿：“小弟，今后不要再提北京好吗？尤其不要跟爸爸妈妈说起这件事情。”

我点头承应，借机刺探：“这兜果脯你送给老冬同志好啦。”

“三期军训结束，他昨晚返回部队了……”姐姐表情无喜无悲。

“那么，那么老冬同志还回来吗？”

“他们部队开往西北某地了，很远的。”

开往西北某地了？这就是那封湛蓝色来信透露给姐姐的部队动态吧。我猛地绷紧神经：“老冬同志这是泄露军事机密！他们部队调动让敌人知道了怎么办？美帝苏修时刻准备侵略我国呢。”

“啊！老冬同志真是的……”姐姐被我说得慌了神，“他怎么把部队部署泄露给我呢……”

“他十万分信任你呗！”我笑了。

姐姐有些感慨：“是啊，老冬同志确实信任我，还把内心活动告诉我呢，比如他想穿四个衣兜的军装……”

“四个衣兜至少排级干部！这是他写信跟你讲的？”

姐姐点点头，岔开话题说：“今天学校召开上山下乡动员大会，我们六七届高中生去向是内蒙古四子王旗，这个星期动员，下个月就走……”

我问姐姐告诉妈妈爸爸没有。她说爸爸在黄港水库值守，妈妈在团泊干校劳动，这种事情就不要让他们分心了。

我说上山下乡是大事，应该告诉北京的亲生父亲。姐姐顿时不耐烦了：“我说过不要再提北京的事情，你怎么揪住小辫子不放呢？”

北京的亲生父亲竟然成了小辫子，我不明内情只得转移话题：“既然要去四子王旗插队落户，你应当告诉老冬同志吧？”

她小声反问：“小弟，我为嘛要告诉老冬同志？”

“亲人解放军嘛！”我再次笑着说。

姐姐若有所思：“中国人民解放军都是亲人，我一个人承担得起吗？”

“军师旅团营连排班，你可以选个代表嘛。”我继续动用计谋。

她好像意识到落进我设的圈套：“你鬼精灵！”就不吭声了。

我回想火车站姐姐跟随老冬同志跑向进站口的身影，仍然觉得俩人并不合拍，一个天上，一个地下。

第二天学校派人来家复核户籍人口，认定高二（1）班女生南雁完全符合上山下乡条件，要我代表家属签字。我说十六岁没有公民权，代表不了。

学校来人笑了，说去年湾兜中学马文奎十六岁就给枪毙了，轮奸妇女首犯。我无话可说只得签字，趁机问道：“你们学校军宣队员老冬同志走啦？”

“军训任务结束了，他当然要走的。农村兵留在大城市机会不多，他们要到祖国最需要的地方去。”学校来人说得义正词严。

星期天清早，一张大红喜报贴在我家门外：天津市育红中学革委会祝贺南雁同学被批准上山下乡，奔赴内蒙古四子王旗插队落户接受贫下中农再教育。

我一字一句读着这张喜报，感觉脸蛋也被映得红彤彤的。我认为喜报上的地名挺好听的，便翻开地图寻找内蒙古四子王旗，发现它只是个小黑点。

一连几天姐姐情绪平稳，不慌不忙筹备插队落户生活物品：四季衣服被褥床单，个人卫生用品，脸盆饭盒搪瓷碗暖水瓶，手电筒小闹钟……统统装进藤条箱里，还有五十只信封四本信纸和十支圆珠笔。

“我要在农村写作，写出作品就要投稿。”她为五十只信封做出解释。我立即提醒准备五十枚邮票，这样就跟信封配套了。

“你真是个鬼精灵！”姐姐再次这样评价我。

到了出发的日子。一大早儿我扛着姐姐的行李，送她去育红中学集合。

育红中学操场停着五辆大卡车，车头披着大红绣球，车厢两侧贴满大红标语：上山下乡深扎根，广阔天地炼红心。

学校广播喇叭说：全市前往内蒙古四子王旗插队落户的知识青年，集体乘坐专列。育红中学的卡车上午九点半出发，中午十二点半天津东站准时发车。

这时我听到有人哭了。姐姐没哭，我也没哭，同时变成麻木的姐弟。这就是“同母异父”的无形隔阂吗？我这样想着心里悲凉起来。

姐姐说：“小弟，你先回家去吧，咱俩中午火车站月台见。”

我奔跑回家找出自己“小金库”，数了数总共攒了七毛八分钱。我去鲜货铺买了五斤青苹果，回家洗净擦干，装满网兜。

走出家门可巧邮递员迎面来了，他递过牛皮纸信封说南雁又来信了。我看到这只牛皮纸信封鼓鼓囊囊活像个袖珍邮包，寄信地址印着“军字 87793 邮箱 7 分箱”。

我断定这是老冬同志来信，他台头依旧称呼“一一”吗？他这样称呼姐姐，令我充满好奇。

赶到天津东站，我挤进月台找到育红中学车厢，高高举起牛皮纸信封和五斤青苹果塞进姐姐车窗。这时送行人群猛然爆发出哭声。

上山下乡，插队落户，广阔天地，大有作为。可是家属们仍然泪洒月台，就跟送孩子上战场似的。

我受到感染也流泪了。车窗里姐姐挥手说着什么，她的声音被哭声淹没了，好像默片时代无声电影里的人物。

火车呜呜开走了，朝着遥远的北方。月台人流渐渐散尽，只剩下个孤零零的身影。我走过去认出是邻院章伯。他的独生儿子章宇涵是十六中的学生，也在这列奔向内蒙古的火车里。

“南飞啊，你也要做好上山下乡的思想准备！”两鬓斑白的章伯不改大声说话的习惯，“知识青年到农村去，接受贫下中农再教育，很有必要。”

他这是背诵最高指示呢，我立即配合：“滚一身泥巴，磨两手老茧，炼一颗红心，做合格的无产阶级革命事业接班人。”

章伯呵呵笑了：“你真是你爸的儿子……”

“我当然是我爸的儿子！”自从下放近郊农场种菜，我觉得章伯变得有些怪异。

送走姐姐，我开始独自生活。接连几天邮递员登门召唤“南雁来信啦！”，一封封信都是鼓鼓囊囊的牛皮纸信封，落款印着“87793 邮箱 7 分箱”字样。

身穿深绿色制服的邮递员是个即将退休的老头儿：“这肯定都是情书啊，有个穿军装的追求你姐姐呢。”

我不愿让姐姐背上早恋的黑锅，坚决摇头否认。这老头儿嘿嘿笑了：“我当差送信三十多年，隔着信皮能看见信瓤呢！”

“那您告诉我‘一一’是什么意思？”

这老头儿跨上深绿色自行车：“甜哥哥蜜姐姐呗！”

之后几天不见邮递员登门。我猜测姐姐跟老冬同志通信给了他四子王旗的地址，他就直接寄信给姐姐了。

姐姐终于给我来信了，说通过集中学习已经分到知青点，然后问我是否替她接收了七封西北某地来信，让我尽快转寄给她。

姐姐如此关切西北来信，看来是恋爱了。星期天我找到邻院章伯讨了牛皮纸卷宗袋，将老冬同志七封来信塞进去，跑到邮局挂号寄给姐姐。我在附信里大胆问道：“他为什么叫你‘一一’呢？”

十几天过去了，我收到姐姐寄来明信片，上面只有四个字“收到勿念”。姐姐怎么不写信给我呢？我思来想去明白了。她写信就要回答我提出的称谓问题，寄明信片就避免了。

就这样，“一一”二字成为难以破译的谜面，没有谜底。

我每月跟姐姐通信。她只字不提老冬其人，而是向我介绍四子王旗的概况，它北部是牧区，南部多农业，属于半农半牧地区。她几次轮值知青点做饭，还学会挤羊奶。我写信问她羊奶膻不膻气，姐姐回信说她只挤不喝。

为什么只挤不喝呢？我觉得奇怪，甚至比“一一”还要奇怪。

临近春节了。广大知识青年发挥“扎根农村不动摇”的革命精神，过年也不回城探家，喊出“蓝天是被子，田野是大炕，广阔天地是家乡”的革命口号。当然姐姐也不例外，春节留在知青点集体过年。

大冷天。邻院章伯登门讨要南雁的通信地址，说他儿子章宇涵也在四子王旗插队落户,今年过春节不回城，俩人可以互相走访加强团结。

我把姐姐的通信地址给了章伯。他兴奋了：“四子王旗地广人稀，从牧区去农区得走好几天。不过章宇涵要是骑马看望南雁，一天就能到达的。”

大年三十傍晚。父亲值守黄港水库，母亲滞留团泊干校，我独自在家除夕守岁，翻箱倒柜找出那台落满灰尘的手摇式留声机，掀开留声机盒盖看到有张黑胶唱片。这真是奇迹，几经动荡它竟然保存下来。我拿来毛巾堵住留声机喇叭口，这样声响就不会外传了。

拱起嘴唇吹去灰尘，重新放好唱片摇动留声机手柄，唱片转动起来，看着活像个黑色餐盘。我确实饿了。

轻轻置下唱针，随即传出沙沙的声音。之后有个男声操着国语说，这是百代唱片公司，有请常赵二位老板的对口相声——龙凤呈祥。

我听邻院章伯说过新中国成立前有个艺名小蘑菇的相声演员姓常，可能就是这位。果然，留声机喇叭传出常的沙哑嗓音：“赵老板我有事向您请教，为什么我媳妇跟我哥哥发生了爱情？”

留声机喇叭传出观众哄堂大笑。赵压低声音：“这种事情您别在这儿说啊！”

“这儿不是没外人嘛。”再次引发留声机喇叭里观众哄堂大笑。

赵急切难忍：“没外人？合着台下三百多位都是你哥哥呀！”

不知为什么，我不敢听了，立即伸手抓起唱针，任凭黑胶唱片空转着，仍然像个黑色餐盘。

自己的媳妇跟自己的哥哥发生爱情，这种事情完全超出我的人生经验。这种内容的唱片是爸爸的还是妈妈的？我无法做出判断，便认为既不是爸爸的也不是妈妈的。它就是个黑色餐盘。

我收起手摇式唱机，重新藏进柜子里，心情却停留在那段相声里。我觉得人世间太大，有着无穷无尽的不明事体。

除夕夜降临。我独自迈进农历新年。子夜时分揿亮台灯学着姐姐的样子写日记，下笔用了“懵懵懂懂”来形容除夕夜晚的心情，然后祝自己新春快乐。

一转眼就大年初三了。漫天降下大雪。大清早有人踩得雪地吱吱作响，冒雪叩门。我不敢开门，小声问来者何人。

“小弟，你不要害怕，我是冬土改。”不速之客报出这个怪异的名字。

“冬土改……？”对方竟然能够叫出我的乳名，我轻轻开了门。

门外站着个雪人儿。只有嘴里呼出的白色热气，证明他是个被白雪包裹的大活人。这时雪人儿挥手跺脚晃肩，努力抖落浑身积雪，顿时露出军绿色大衣和冻得泛紫的面孔。

哦，原来是老冬同志。他拎起黑色旅行包嘿嘿笑了。这笑容被冻得僵硬，显得有些勉强。

“我坐了四天三宿的火车，从乌鲁木齐到北京，半夜转车来到你们天津……”

我连忙请他进门。他放下黑色旅行包大声说：“小弟，我利用探亲假专程跑来给你拜年啦！”

“你从西北专程跑来给我拜年……？”我有些不知所措，端起暖瓶斟了杯热水。

他却说喝凉水习惯了，革命军人冰天雪地都不怕。说着拉开旅行包取出军用水壶，这样子要去厨房接自来水。“不过，你要是非让我喝热水，我也可以不喝凉水的。”

多年以来没人这样看重我，有些被他感动了。

老冬同志接过热水杯，大口喝了起来。

“你小心，烫呢……”多年以来好像我也从未这样关心过别人。

“我不怕烫！”他脱下绿色皮大衣，内衬露出麦穗状羊毛。这军用皮大衣说明新疆的天气，可能比内蒙古还要寒冷。

喝过热水，他翻腕看看手表，那张圆脸笑得更圆了：“小弟，中午咱们出去吃饭吧。”

他亲切地叫着我的乳名，这肯定是姐姐透露给他的，估计他俩保持着紧密联系。

他的热情弄得我受宠若惊：“附近只有红旗饭庄春节连市，咱们还是不要去了……”

“去哇！干什么都要只争朝夕，它春节连市咱们现在就去。”

老冬同志军装添了两个衣兜，变四个了。我有些发蒙：“你提干啦……？”

他说在营部当书记，正排级。我又给他添了杯热水。他仍然喝了。我仍然不确信他是专程跑来看我的：“您请了探亲假，家乡哪里啊？”

“很远，祖国大西南，红土高原，贵州。”一个个词语从嘴里迸出，好像射出一颗颗弹丸。

我心里盘算着。部队在祖国大西北，贵州是祖国大西南，天津在祖国东部海滨。根据地图分析老冬确实是从西向东而来，并没有去贵州探家。可是他为嘛专程跑到天津看望我这棵身高一米八二的“豆芽菜”呢？

我继续猜测他的路线图：“您打算从天津去四子王旗吧？”

他摇了摇头：“咱们去红旗饭庄，走！”

我俩一前一后走出家门。大街的积雪没过鞋子，我们好像依靠两条小腿行走。

“我在你们天津军训半年多，逛过劝业场，走过解放桥，也去过西营门外解放天津烈士纪念碑……”老冬同志呼呼喘着粗气，跟随我身后。

我问他怎么叫冬土改。他说土改那年工作队给家里分了半亩坡地，可巧他落生便取名冬土改了。

我说你若今年落生就叫冬军训了。我身后传来他的笑声，说要是今年出生就不会认识南雁了。

是啊。亲不亲，感情分。他从西北专程跑来看我，这肯定跟姐姐有关。

走进红旗饭庄大门。店堂里只有两桌顾客吃饭，平时冷漠的男服务员看到来了穿军装的，立即换成笑脸说欢迎亲人解放军。

我们落座。老冬同志哼了哼，说我们有任务你赶快写菜。男服务员慌忙拿来复写垫板，做出待命的样子。

老冬同志指了指我说：“你全听他的！”

我故作镇定，点了凉菜“水晶皮冻”和热菜“独面筋”，然后就没词了。一冷场，男服务员主动报出“拔丝黄菜”，明显讨好地说这道菜专供解放军食用。老冬同志挥挥手说：“拥军爱民，这很好嘛。”

我觉得他挥手动作很有气派，不愧是穿四个衣兜的军官。

先交钱，后吃饭，这是国营饭馆的规矩。老冬同志的钱夹很大，方方正正不知是什么动物皮毛制作的。

换了个女服务员端来一大碗凉水，轻轻摆在桌上。老冬同志乐了：“哈哈，你怎么知道我有喝凉水的习惯？”

女服务员听不懂他生硬的普通话，表示凉水是给拔丝黄菜预备的。

老冬同志压低嗓门：“小弟，黄菜是黄花菜吧？”

我摇头说不知道：“听说拔丝要蘸凉水的，不然粘了盘子。”

男服务员端来一只椭圆形大盘子，说了声“拔丝黄菜来了”。我打量着这盘蓬蓬松松的菜品，顿时明白“拔丝黄菜”就是把鸡蛋摊成薄饼然后切成柳叶状，上锅翻炒挂了层糖汁，这跟制作糖葫芦的道理基本相同。

老冬同志大义凛然说了声吃吧，便伸出筷子夹起两片亮晶晶的“黄菜”，直接放进嘴里，随即吐了出来。

“您小心烫嘴，亲人解放军。”男服务员满脸堆笑。

他伸手端起那碗凉水咕咚咕咚喝了两口，冷却着被烫的口腔。男服务员笑着跑去了，又送来一碗凉水。

我夹起两片“拔丝黄菜”在凉水碗里涮了涮，“黄菜”遇水冷却变脆，放进嘴里嚼着又香又甜。

老冬同志学习能力极强，当即如法炮制，一夹一涮，从容不迫吃了起来，嚼得满嘴脆响。

可能因为烫了嘴，他对“拔丝黄菜”不评价，对“独面筋”情有独钟，连声夸奖天津菜好吃：“天津真是个好地方，以后我转业能来这里就好啦。”

我又给他要了份“独面筋”。他吃得咸了就喝凉水缓解。“我们部队野营拉练还喝过河沟里的水呢。”

他继续吃继续喝，吃掉两份“独面筋”、三碗糙米饭，充分显示革命军人的坚强胃口和乐观精神。

汤足饭饱，我们走出红旗饭庄，踏着积雪回到家里。老冬同志喝了杯热水，身子歪在破沙发里睡着了。他坐了四天三宿的火车，这是困乏透了。

一觉睡到天黑。他睁眼又要外出吃饭，还说要去狗不理。“小弟，狗不理睬它，咱们理睬。”

我说“狗不理”不是“狗不理睬”的意思。他笑着说在营部当书记搞文字，习惯望文生义了。

我不好意思再吃他，坚持在家做饭。他起身走进厨房：“起初连长歧视农村兵，罚我下过炊事班烧灶呢。”

他让我烧水，然后动手和面，揉面、擀面、切面……变戏法似的弄出两大碗咸菜汤面，热气腾腾。

“后来连长又罚我去喂猪，可是我会写通讯报道的稿子，指导员欣赏我，呵呵。”

我被触动了。从新兵蛋子熬到四个衣兜多不容易啊，不知他经历多少坎坷。

咸菜汤面，一人一碗。我俩吃得满头大汗。自从姐姐上山下乡，此时家里有了热气。

“我就不要去住旅馆了吧？”他走进厨房刷锅洗碗，放低身价问我。我连忙点头，表示欢迎他住在家里。

他朝我讨好地笑了：“我想看看南雁的房间……”

“可以啊，我姐姐房间又不是故宫养心殿。”我去打开姐姐房间。老冬同志大步跨了进去。

我给他揿亮姐姐的台灯。他满脸兴奋表情，伸手摸着书架上的《革命烈士诗钞》，无声地笑了：“这是我军训时送给你姐的。”

“她没带到四子王旗去？”我试探问道。

老冬同志得意了：“我送给她两本呢，那本她肯定带在身边。”

说着他拉过姐姐的椅子坐下：“小弟啊，我想坐在这里给南雁写封信……”

我觉得没有理由拒绝他，就转身退出姐姐房间。躺在自己房间里，渐渐睡着了。

大约凌晨时分我被叫醒。老冬同志从黑色旅行包里取出油布小包裹：“这是我送给你的春节礼物，希望你能够喜欢。”

他呵呵笑着打开油布小包裹，露出二十几枚黄澄澄的小物件，还有两颗黑油油的“棒子头”。

我深深吸了口气，不敢相信黄澄澄的是子弹，更不敢相信黑油油的是手榴弹。

“你可以拿手榴弹去水库炸鱼，一声轰响，鱼儿被炸晕漂浮水面，你下网捞就是了。这子弹嘛，你可以到野外打猎，听说北大港那边水鸟很多。”老冬同志表情略显迟疑，“不过，五四手枪要近距离射击才行……”

他不慌不忙说着，从绿色挎包里掏出一支手枪。我吓傻了，望着这堆招灾惹祸的东西：“你、你怎么敢这样呢！”

“你们大城市男孩子，住洋楼吃面包习惯了，胆子太小哩。”他随手捏起两颗子弹伸出舌尖舔了舔说，“你不要太害怕，我跟军械所管理员小范是同县老乡，他爸是师参谋长。”

我几乎屏住呼吸：“你快收起来吧！我不敢私藏军火……”

“我半夜里给你姐写了信，说要把你全面武装起来，没想到你这么害怕武器。”

我想起同学李福江揭发家里私藏日军遗留的“王八盒子”，他父亲被判八年徒刑。

老冬同志听罢笑了，说李福江父亲私藏手枪肯定是想配合蒋介石反攻大陆，否则不会判八年徒刑的。

我还是后退两步，好像躲避着灾祸。他表情失望起来：“我顶风冒雪给你带来拜年礼物，你应当认为我实心实意吧？”

我被他感动了：“我当然认为你实心实意……”

“我希望你写信告诉南雁……”

我点点头：“你千里迢迢冰天雪地跑来看我，坐了四天三宿的火车，我肯定会写信告诉姐姐的。”

老冬同志满意地笑了：“手枪我不敢不带回去，子弹和手榴弹全部送给你！”

我再次被他感动了：“我留一颗子弹做纪念，就等于全部收下了。”

“你只留一颗子弹？好吧，既然这样我不勉强你。”他仿佛完成重大使命，动手收起油布小包裹装进绿色挎包，“嘿嘿，我就知道你不会让我枉费苦心的。”

我还是紧张，紧紧攥着这颗子弹，好像害怕它飞了。他却情不自禁哼唱起来。

“这是我家乡地方戏，你听不懂的。南雁能够听懂，她知道我唱的是李玉和。”

之后，他笑着说今天坐火车去北京，从北京转车返回西北部队。

我竟然有些留恋了。他鼓励我说：“咱俩肯定会成为亲人的！”

我送老冬同志去天津火车站。一路上他三次叮嘱我：“小弟，你千万不要忘了给你姐姐写信哇。”

“你放心吧老冬同志，我肯定会写信告诉姐姐你的事迹。”

他听罢舒心地笑了：“是啊，留有那颗子弹为证嘛。”

我认为以后再没机会当面询问，索性张了口：“老冬同志，‘一一’这称呼是什么意思啊？”

“这称呼是你姐姐告诉你的吧？呵呵，这是我对南雁的评价，她是我唯一的唯一，所以就简称‘一一’啦。”

我觉得这个穿四个衣兜的军人挺坦诚的，无形中增加了好感。

火车站月台上，身为排级干部的老冬同志竟然朝我敬了个军礼，扭动身躯钻进呜呜冒着蒸汽的火车。

送走这位不速之客，我回家做了两件事情。一是把那颗子弹用油纸包裹好，放进小陶罐里藏进厨房角落。二是坐在姐姐房间给远在四子王旗的南雁写了封信。

“姐姐，前天老冬同志从新疆来到天津，给我带来令人震惊的礼物……”我在信中详尽介绍我与老冬同志相处的分分秒秒，重点谈到红旗饭庄的“拔丝黄菜”，还有爱喝凉水的习惯，以及他对“一一”称谓的解释，当然也提到黄澄澄的子弹和黑油油的手榴弹。

写信末尾我问道：“姐姐，世界上没有无缘无故的爱，老冬同志顶风冒雪专程跑来看我，这究竟为什么呢？”

我把这封满载疑惑的信件投进绿色邮筒，等待姐姐回音。

姐姐很快回信，只写了半页信纸：“小弟你好：见信如面。事情是这样的，冬土改几次要求与我确定恋爱关系，我实在不好反驳，只得推辞说弟弟南飞不同意，真没想到他千里迢迢去做你的思想工作。他带给你的礼物确实令人震惊，你千万保管好，那是军火啊。”

这封信里姐姐并未表明她的态度。我揣测她不会接受冬土改的求爱，尽管他穿了四个衣兜的军装。

遍地积雪融化了。邻院章伯周末从近郊农场公休回家，给我送来一棵大白萝卜。“我儿子从四子王旗来信了，他说你姐姐出名啦！”

邻院章伯的儿子章宇涵是个文质彬彬的“眼镜男”，从牧区骑马到农区看望我姐姐南雁。邻院章伯继续介绍情况：“你姐姐南雁每星期都去公社邮政所取信件，一拿就是十几封，知青们私下取外号叫她‘军用品’呢……”

我断定这些信件来自“87793 邮箱 7 分箱”，否则姐姐不会落得“军用品”的外号。由此看来，冬土改驻守祖国边疆却专心跟姐姐谈恋爱，每天都要写情书的。

“哼！我儿子章宇涵私自骑马去农区看望南雁，他回到牧区就挨了处分！”

我从邻院章伯话语里听出弦外之音，他对姐姐变成“军用品”颇为不满，对儿子章宇涵不远百里跑去看望南雁而遭受组织处分，抱有怨气。

“您是想让章宇涵跟南雁建立革命友谊吗？”我大胆问询。

邻院章伯竟然急了：“友谊就是友谊，难道还有反革命友谊吗？”

“您说得对，反革命叫臭味相投、狼狈为奸、沆瀣一气……”我当即悟出革命道理。

邻院章伯终于忍不住了：“大年初三你家来了外地客人？”

“是啊，大年初三我家来了亲人解放军！”我竟然有些自豪了，毕竟军营是座革命大熔炉，冬土改是革命大熔炉炼出的一块钢。

“不简单，果然不简单哟。”满头白发的章伯感慨着走了。

出了农历正月，二月二龙抬头，我收到姐姐来信，鼓鼓囊囊好像信封里面絮了棉花，拿在手里就是个小棉垫子。打开信封当然不见棉花。这二十几页信纸，超重贴了两倍邮票。

“老冬跑到天津讨好你，又是手枪又是子弹的，还有手榴弹！这冒着多么大的风险啊，一旦败露要上军事法庭的。天啊，好在部队不知内情，只给了个超期归队的处分，他仍然穿四个衣兜的……”

姐姐南雁在这封信里变成“话痨”，絮絮叨叨显得语无伦次：“小弟，我原本拿你搪塞冬土改，以此谢绝他提出的恋爱要求，万万没有想到他如此执着，这叫义无反顾吧？也可以叫勇往直前。我真被老冬感动了，他出身边远贫苦农村，确实不懂得送你什么礼物为好，竟然打了枪支弹药的主意，这是拿自己性命做抵押啊！难道为了追求我就不怕自己身败名裂吗？如今看来他真是不怕身败名裂的……”

我一边读信一边深呼吸，看来姐姐确实被老冬同志感动了。

临近“五一”节，我又收到姐姐来信，这次信封很薄，已然从小棉垫子变成真丝手帕。打开信封看到只有一页信纸，姐姐告诉我她决定从内蒙古四子王旗调到河北省靖海县插队落户，据说靖海县有望划归天津市管辖。

毛主席号召知识青年到祖国最艰苦的地方去。南雁从遥远的四子王旗调到天津附近的靖海县，这等于逆流而上，恐怕难度极大。尽管姐姐说老冬同志给靖海战友写信拜托此事，我还是不相信姐姐会像大马哈鱼那样回游故乡。

就在“八一”建军节清早，我接到姐姐打来电报，要我明天下午四点钟准时接站。邻院章伯听到送报员摩托车响，跑来打听详情。我说姐姐从内蒙古回来了。

“出乎意料，实在出乎意料哟。”邻院章伯连发感慨，转身走了。

我彻底明白了章伯的心思，他特别希望儿子章宇涵跟我姐南雁建立恋爱关系，实现这项“知青婚姻”。如今出现了穿四个衣兜的军人，他这只脚踏空了。

我花五分钱买了站台票，姐姐乘坐的火车进了站。她从车窗里陆续扔出四件行李，满头大汗走出车厢。

姐姐显得又黑又胖："小弟，我还托运了两个慢件，过两天你拿着行李票去南站领取吧。"

姐姐果真调回靖海县了，这是冬土改同志创造的奇迹。我暗暗寻思这就是爱情的力量吧。

姐姐被安排在东柳城粮旺庄大队落户，那里距离天津市只有六十公里。这条又黑又胖的大马哈鱼果然回游故乡了。

过了不到一年时光，姐姐转为民办教师。又过了一年时光，姐姐变回又白净又苗条的南雁，还有鼻翼两侧的几粒雀斑。

我敢断定，远在天山深处的老冬同志满意地笑了。因为姐姐重现城市女学生气质——时不时推推鼻梁下滑的白框眼镜，一派文静淑雅的模样——这正是农村大兵所喜欢的大城市女学生形象。

父亲从黄港水库调到河北省大黑汀水库，更远了。母亲则离开团泊干校被安排在市饮食公司总务科，不可思议地改行做了会计。

姐姐被评为靖海县模范教师的转年，升任副团职的冬土改给部队打报告申请结婚。

父亲远在河北省大黑汀水库，寄来贺信对这桩婚姻表示祝福。母亲对这桩婚事同样感到满意。毕竟女儿嫁给亲人解放军，而且是穿四个衣兜的军官。

革命化的婚礼简洁大方，新郎新娘并肩给毛主席像鞠躬，向他老人家表示永远革命不停步。然后副团职女婿给岳母敬军礼，承诺跟南雁永结百年白头偕老。

蜜月里，新郎告别天津返回新疆部队报到。身为市饮食公司总务科会计的母亲颇为感慨，连声说南雁终身有了归宿。

身为新娘子的姐姐异常兴奋，非要看看当初冬土改的礼物。我从厨房角落里找出小陶罐，小心翼翼剥开油纸取出那颗子弹。

姐姐手捧这颗黄澄澄的子弹，满脸欣慰表情："这个冬土改哟，为了追求我铤而走险，竟然置生命于不顾。"

母亲不免神色紧张："南雁啊，你丈夫胆子忒大啦！"

我用油纸将子弹裹好，重新装进陶罐里："是啊，老冬既溜须了我，也打动了姐姐的心。"

姐姐不声不响接过陶罐，亲手把它藏到厨房角落里："老冬后来告诉我，那把五四式是作训科的仿真手枪，属于假的呢。"

母亲毋庸置疑说："南雁啊，作战训练的仿真手枪可以是假的，我看老冬对你的感情是真的！他们农村兵情感朴实秉性执拗，认准了是不会掉头的。"

我也同意母亲的观点："如果连那把五四手枪都是真的，那么老冬的情感就真实得过火了，难道为了追求姐姐非要他去偷盗原子弹吗？我看有这把仿真手枪足够了。”

想起“一一”的称谓，我确信南雁是冬土改唯一的唯一。姐姐应该为这桩婚姻感到酥软的满足。

就这样，姐姐有了冬土改这个爱人，我有了冬土改这个姐夫，父亲母亲有了冬土改这个女婿。然而，我还是不敢向母亲询问姐姐的真实来历，譬如她北京的亲生父亲。

第二年，姐姐生了个大胖小子，姐夫从部队来信给儿子取名“冬暖”。姐姐特别高兴，称赞丈夫有文化。

我锦上添花说：“这孩子乳名就叫夏凉吧。”

姐姐生了第二个男孩，姐夫从部队转业安排到靖海县农林局担任党总支书记。仍然身为市饮食公司总务科会计的母亲欣慰地说：“南雁啊，你家走上康庄大道了。”

姐夫给他的第二个儿子取名冬日升。顿时全家暖洋洋的。姐姐的体形则彻底从城市女学生变成乡村女学生的妈妈。

“嘿嘿，我还缺个女儿呢……”冬土改略不满足地说。

庆贺冬日升“百岁”，爸爸从大黑汀水库回津探亲，全家聚餐。这时我学会了烹饪，亲自下厨做了“独面筋”和“拔丝黄菜”，暗暗得意。

这两道含有怀旧意味的菜肴上桌，却没有引发冬土改惊喜。他好像丧失记忆的人，伸出筷子去夹凉拌黄瓜。

妈妈连忙给女婿夹菜，冬土改说不喜欢吃虾，还抱怨甘油三酯和胆固醇。爸爸立即建议说：“土改你现在吃素还来得及，毕竟你有农家子弟的肠胃基础。”

冬土改思忖着说：“是啊，独流镇的‘炒黄锅巴’很好吃，还有贵州家乡的酿豆腐……”

我觉得他的普通话日趋标准，基本城市化了。当年顶风冒雪跑来看望南飞的老冬同志，再也不喝凉水，全面接触西湖龙井和咖啡。

家庭形势大好。严厉的独生子女政策尚未落地，女教师南雁只争朝夕生了个女孩儿，姐姐擅自做主给女儿取名“冬盼春”。

县农林局党总支书记的取名权旁落，冬土改只是笑了笑，说有儿有女品种齐全了。

邻院章伯得知消息跑来跟我说：“南飞啊，你姐姐抢在国家实行计划生育政策之前生了两儿一女，这战术叫短促突击！”

我不知邻院章伯说话是何居心，只知道短促突击是当年四野的战术，在东北打了不少胜仗。

邻院章伯不喜不悲说：“我儿子扎根祖国边疆不动摇，已经跟当地姑娘结婚了……”

“好啊！蒙古族女人能唱歌会跳舞，还特别能喝酒呢……”我盲目地祝贺着，想象着章宇涵身穿蒙古袍骑马驰骋的样子。

“一个嫁了外地当兵的，一个娶了当地村姑，他俩都是大城市的学生，我真是没有想到。”邻院章伯流露出遗憾神情，嘟嘟哝哝走了。

姐姐的三个孩子玉米拔节般成长着，好似施了化肥。

迎来全国知青大返城时代，邻院章伯的儿子章宇涵跟蒙古当地姑娘离了婚，以“病退”身份返回大城市。他从文质彬彬的“眼镜男”变成略显沧桑的汉子，说话夹杂着内蒙古口音，充满力度。

邻院章伯悲喜交集：“尽管这样变来那样变去，他仍旧是我儿子。”

中国迎来改革开放大好形势。章宇涵衣着时尚走出家门，重返城市新潮行列。

大街上，戴蛤蟆镜穿牛仔裤的章宇涵遇到南雁，随手点燃香烟说：“我不会再结婚了，我要把失去的青春夺回来。”

姐姐只得尴尬地笑了，她身为三个孩子的母亲，已经没有什么可以夺回的了，能做的只有付出。这时冬土改调到津郊担任区委调研室主任，手下管辖四个秘书，不必亲自动笔写材料了。

小女儿冬盼春六岁那年，姐姐调进市区学校，重新成为大城市人。临近春节天降大雪，姐姐跑回娘家来了。

“他要离婚呢。”姐姐告诉仍然担任会计的母亲。

我哪里也想不到这种事情会摊到姐姐头上，一旁问道：“他是谁啊？”

“冬土改呗，我又没有两个丈夫！”姐姐强抑内心愤懑。

“这不能够吧，冬土改不是喜欢大城市女学生吗？”妈妈不相信坏消息。

姐姐激动起来：“时代完全变了，现在冬土改喜欢村姑，还要求我同意。你说这让我怎么同意！”

“既然冬土改爱村姑了，你就跟他离吧。”我试探着说。

“我不离，我坚决不离！就让他跟那个村姑鬼混去吧。”

我能做的只是劝解：“冬土改出身农村，这些年他总算认识到还是跟村姑生活合拍，既贴心又惬意。至于大城市女学生，当初只是他的错觉而已。”

“那些年上山下乡插队落户，我也成了村姑嘛。”姐姐不甘心，强调着自己的历史身份。

我告诉姐姐：“你肯定不是村姑，否则他就不会提出离婚了。”

母亲似乎同意我的观点，不说话。她心理衰老了，既没有力量愤慨也没有力量哀伤，只有力量叹气。

“我不会同意离婚的，我就要耗死冬土改。”南雁态度强硬如铁。我觉得姐姐不是固守婚姻，她是不甘心败在村姑手里。

没过几天，姐姐打来电话说冬土改搬出去住了。这家伙身为国家干部居然不怕暴露婚外恋情。他的勇敢令我想起“一一”的称谓。出身边远农村的冬土改，一旦爱了便真爱，一旦不爱了便真不爱。如此这般，“一一”这个称谓便易人了。

过了春节出了正月，又逢“二月二，龙抬头”。邻院章伯给姐姐送去自家腌渍的酸菜，可巧目睹了事发现场，他当场吓得瘫坐地上，人们以为他老人家也中了枪。

年逾花甲的章伯受到血腥刺激，逢人便讲，滔滔不绝，根本停不下来。

冬土改逼迫南雁离婚，女方坚决不同意。这家伙就掏出手枪指着太阳穴说：“南雁你听着！我有了新生活，那是我唯一的唯一，你不让我跟焦立梅过新生活，我就不活了。”

冬土改激动得冒出家乡口音，说“新生活”好像说“性生活”。

南雁并不买账：“当初你追求我也说是新生活，还拿手枪子弹当礼品溜须我弟弟。”

“你还好意思提这件事情？你们大城市人就是胆子小，这次我送给焦立梅弟弟十发子弹，人家农村娃毫不犹豫就收了！”

“既然农村人这么好，你当初为什么追求我呢？”

“这些年我明白了，你就是挂在墙上的油画，我要把油画换成年画。年画你懂吗？”

南雁摇摇头说不懂，还说永远不懂。

“你不同意离婚，我就不活了。”冬土改手枪指着太阳穴走出房间来到院子里，突然咣地打响了。

章伯看到这个男人随声倒地，红白相间的液体喷涌而出。

冬土改的婚外情人焦立梅跑来了，满脸疑惑并没有哭号：“他说家里藏着仿真手枪，怎么拿在手里就变成真枪呢？他明明把子弹都送给我弟弟了，这发子弹从哪儿来的？”

“人有存款，枪有存弹。”姐姐抬头盯着情敌焦立梅，“你说假枪还能打响？笑话！这肯定是他拿错手枪，弄得假戏真做了。”

“这里面一定有问题！”村姑焦立梅说罢，当场昏死过去了。

姐姐心硬似铁：“这里面当然有问题，就是你俩的生活作风问题！”

公安局对涉枪案极其重视，随即成立专案组对枪支来源展开调查。那确实是支五四手枪。然而人死无语，死无对证，一个轰轰烈烈的故事就这样成为扑朔迷离的悬案。

冬土改死了。姐姐南雁无婚可离，只身带着三个孩子过日子，反而坚强起来。

冬家长子名叫冬暖，他五官相貌酷似乃父，这小子读高中便恋爱，为了追求邻班女生断然割腕明志，当然伤口较浅流了小半碗血，没死。

姐姐大发感慨："这小子恋爱恋得死去活来，分明就是冬土改的翻版啊！"

小女儿冬盼春活脱脱母亲南雁的复制，小学六年级就戴了眼镜，鼻翼两侧也生着几粒雀斑，举手投足典雅文静，绝对袖珍版"新时代城市女学生"。

事情渐渐平复了。姐姐给我打电话说："其实爱情就是一场梦，说醒就醒了。"

我仍然认为冬土改当初很爱姐姐的，只是中途这场梦醒了，之后枪响他便永远睡下去了。

中秋节收拾房间，我无意间从厨房角落里找出那只陶罐，猛然想起它的来历，立即打开却发现油纸包裹的子弹没了踪影，好像金属固体蒸发了。

这真是不可思议，难道这颗子弹破罐而出，径直飞向冬土改的太阳穴？

我思来想去，决定不要去问姐姐。就这样，那颗曾经存在的子弹成了唯一的唯一之谜，永远难以破解。

又逢春节，天降小雪。这些年的雪越下越小，落地就化没了。想起当年正月里大雪盈门，不觉心情惆怅。

这时邻院章伯冒雪跑来："我劝章宇涵娶你姐姐，青梅竹马嘛。你猜我儿子跟我说什么？"

"你儿子不愿意娶寡妇？"我猜测道。

老态龙钟的章伯摇了摇头，然后叹了口气："我儿子说他才不跟自己所爱的女人结婚呢。"

我又蒙了：冬土改和章宇涵这两个男人相比，究竟谁是情圣呢？

终于，姐姐悄悄告诉我，她北京的亲生父亲乃是妈妈的大学同学，当年俩人是和平分手的，至今相忘于江湖。

"是啊，和平分手。"没有爱情也没有手枪，静寂无声连引人入胜的故事都没有。与南雁的亲生父亲奚兰城相比，冬土改毕竟给这个世界留下了很大的响动。既有保鲜期里的爱情，也有一打就响的手枪，而且还是爱情手枪。

我终于满足了好奇心，仿佛喝了一杯俗称"凉白开"的水。

团圆巷野史

1

深秋大半夜，我被大人说话惊醒了，听到有人对外祖母说：“姥姥，天太晚了，我在您这儿寻一宿，明儿天亮我就走人……”

屋里亮着灯，灯光照得我眯缝着眼睛。我是小学生已经能够分辨男女了，懵懵懂懂看到这是个成年男子，他也叫外祖母“姥姥”。

“您老行行好，这大半夜的就让我宿在您家吧。”

我家住在陕西路，旧时属于天津日租界，陕西路日文叫“须磨街”。我家这条胡同叫团圆巷，向东通往山西路，山西路日文叫“明石街”。

我读书的鞍山道小学坐落在旧日租界宫岛街，早先是日本第二小学。日本第一小学在橘街，它与段祺瑞公馆隔街相望。

社会主义新中国了，松岛街、加茂街、橘街、浪速街……这些日本街名统统消逝，变更为哈密道、青海路、蒙古路、四平道……

实行公产房制度，去除日式民居的榻榻米和推拉门，改造为普通市民住宅。我的同桌女生方雨华的妈妈是日本遗孤，前几年回国了。方雨华成了有爹没娘的孩子，她说妈妈给她取了日本名字叫花子。班上几个差生就说她是要饭的叫花子。

我家住的房子只保留了宽敞的日式壁橱。我的睡床紧挨着壁橱。有时我钻到壁橱里玩儿，想起《阿里巴巴和四十大盗》的小人儿书，就把壁橱想象为藏宝的山洞。

大半夜灯光下，我听到外祖母叹了口气说：“这大半夜的，你就睡里间屋吧。”

这个成年男子喜出望外，大步走进里间屋，快速关严隔门。

一旦关严这扇隔门，里间屋与外间屋就被隔成两间房子。

我从被窝里伸长脖子小声问外祖母：“姥姥，这是谁来啦，他怎么也叫您姥姥呢？”

“求人啦，自降辈分呗。”外祖母略显无奈地说，“他是你爸爸的朋友，叫张族祥……”

“张族祥……？”我还没有见过父亲，却率先见到父亲的朋友。

其实，我三岁时见过父亲，只是不记得而已。不记得就等于没见过。当年父亲响应国家号召支援大西北，报名去了名叫博尔塔拉蒙古族自治州的地方。

外祖母关了灯，黑着说睡觉吧。我却睡不着了，瞪着眼睛望着黑黑的屋顶，把它想象成电影院幕布，等待开演。

“电影”当然不会开演。这时候从里间屋传出呻吟声。我从小床爬起问道：“姥姥，这么快张族祥就生病啦？”

这是小孩子的逻辑：一个人生了病就要呻吟，因为疼。当然，长大成人我懂得了，人不光因为疼才呻吟的。

黑暗里外祖母急促地说：“你快睡吧……”

从此我有了知识——声音是能够穿透黑暗的。一阵阵呻吟声从里间屋里溢出，一会儿高一会儿低，一会儿尖锐一会儿低沉。好像这不光是张族祥发出的……我想起去年大半夜曾经有贼进过我家后院，顿时吓得缩进被窝儿里。

一阵声响从里间屋传出，好像是在挪动床铺。坏啦！里间屋床垫下压着好几张香烟盒：满天红牌、小提琴牌、烟斗牌、哈德门牌、大婴孩牌、大连珠牌……大人们叫它烟标。我担心张族祥动了我的宝贝收藏，呼地从被窝里坐起：“姥姥，我要去里间屋看看……”

外祖母好像非常后悔，起身掀开我的被褥说：“我真没想到张族祥这样！你给我挪到壁橱里睡吧。”

我要去保护珍藏在里间屋床垫下的烟标，外祖母却保护我睡进壁橱，这真是奇了怪了。

日式民居的壁橱非常宽敞，完全能够睡下两个我。我被装进这只巨大的盒子里。空间紧凑，壁橱隔音。想着阿里巴巴和四十大盗，我睡着了。

第二天清早起床，我从壁橱里钻出来，不见外祖母身影。我慌了，光着脚丫子跑出屋去。

前院里，外祖母从火炉上拎起开水壶，哗哗哗倒进泡着白底蓝花床单和白色枕套泡的大木盆里，它们好像被烫得发出吱吱叫声。我立即想起里间屋床垫下的烟标。

“姥姥！我的香烟盒，我的香烟盒呢？”

外祖母手持木棍拨弄着泡在开水里的床单和枕套：“烧了，都给烧了！”

我忧虑的事情果然发生了。“姥姥！我攒足五十张去换放大镜，您怎么给烧了？”

外祖母嘴里迸出一个坚硬的字：“脏！”之后她老人家语气坚定地重复一遍，“脏！”

“脏……？”我被满脸懊恼之气的外祖母给镇住了，“……什么脏？”

外祖母毋庸置疑地说：“都脏！我万万没想到哇……”

失去心爱的烟标收藏，我哇地哭起来。外祖母心疼了：“宝贝儿，这怪不得姥姥，咱们是干干净净的家庭。”

我望着泡在大木盆里的床单和枕套，猛地想起夜晚的不速之客。“姥姥，那个张族祥走啦？

“一大早就没见他的鬼影儿，兴许天没亮就溜了。”外祖母余怨难消地说，“大半夜他只穿着件衬衣，我怕他着凉才答应借宿，谁想到他开了后窗户……”

我回忆不起张族祥的清晰模样，只记得大半夜灯光下锃亮的大背头。这种发型被人们称为油头粉面。

这时团圆巷邻院的苏娘娘来了，她走进院子盯着大木盆里的床单和枕套说：“姥姥，你家大半夜来了客人？”

我不知道人们为什么叫她苏娘娘，她丈夫肯定不是皇上。苏娘娘是居委会积极分子，她也叫外祖母“姥姥”。好像外祖母不光属于我，还是我们团圆巷的姥姥。

外祖母好像没有听见苏娘娘问话，扭身给了她个背影。苏娘娘不甘心，跨步绕到外祖母面前继续发问。

苏娘娘鼻尖儿有颗疣子，令人想起步枪射击的准星，谁看她都会担心走火。

“小鹿子，你家大半夜是不是来了客人？”苏娘娘见外祖母不搭话，立即转身问我。

“没有没有，我家大半夜怎么来人呢！……”外祖母抢先回答，对苏娘娘撒了谎。

苏娘娘走过来伸手摸着我头顶，亲切地叫着我乳名说：“小鹿子又长高了，你真是个好孩子……”

外祖母拉住我胳膊说：“这孩子没穿鞋就跑了出来，回屋去回屋去！”

苏娘娘的声音追着我：“小鹿子，你晚上睡觉还尿床吗？”

我梗着脖子说：“尿什么床，我都小学三年级啦！……”

“你别搭理苏娘娘，她不是个好东西……”外祖母进了屋，随手关了门，表情特别严肃：“小鹿子你给我记住，从今往后不论谁问你，也不能说咱家大半夜有人来过。”

“张族祥来过啊……”我记住这个名字，满心疑惑地望着外祖母。

外祖母急了：“什么张族祥？咱家没人来过！咱家就是没人来过！”

“姥姥，明明张族祥大半夜住过咱家，您为什么撒谎呢？”

“你闭嘴！”外祖母抬手打我一巴掌。

外祖母从来不曾打我，这次她老人家动了手，以武力强迫我对外撒谎，从大半夜留宿张族祥开始。

自从吃了外祖母这巴掌，我耳朵里时不时出现响动。我告诉了外祖母，想让她老人家承担动手打人的责任。

“为什么姥姥听不到呢？”外祖母解释说，“因为你是童子，童子能看见大人看不见的事物，能听到大人听不到的声响。”

“我什么时候就不是童子啦？”我不知是喜是忧。

外祖母呵呵笑着说：“你赶快长大吧！结了婚就不是童子啦。”

“姥姥，我想永远当童子。”我态度坚定地说。

外祖母严肃地说：“宝贝儿，人世间没有永远的事情。”

2

下放近郊农场劳动的妈妈，每逢礼拜六傍晚回家来。她骑着那辆深紫色匈牙利自行车，这是爸爸从新疆寄钱回来给她买的。

自从外祖母让我对外否认张族祥大半夜借宿，我被自己的撒谎行为煎熬着，见到妈妈就想向她承认错误。可是没等我开口，有人笃笃叩门。

妈妈走去开门，不由愣住了。外祖母赶上前说：“请进请进，这位是派出所新来的梅同志。”

被外祖母称为“梅同志”的户籍警察是个脸色黝黑、表情严肃的小伙子，嘴里操着外埠口音。

梅同志打量着母亲说：“你就是侯芫瑛？你不是下放郊区农场劳动嘛，今天怎么跑了回来？”

“梅同志……？”妈妈有些不知所措。

外祖母抢答说：“郊区农场离市里五十里路呢，跑是不行的，她骑自行车回来的。”

梅同志转脸瞥了瞥外祖母，继续审视着母亲问道：“听说你家大半夜里有响动，这情况属实吗？”

“我平时不在家里住，对您说的情况不了解……”妈妈解释着。

梅同志板起面孔说：“你们要如实反映情况，不要隐瞒也不要包庇……”

外祖母连连表态说：“我们没有隐瞒也没有包庇，我家大半夜里没有响动。”

“你不要绝对化嘛。”梅同志不高兴了，“有人反映你家大半夜总有响动！”

我看到外祖母和母亲陷入困境，起身大声说：“梅同志！我家大半夜从来没有响动！您说的响动可能是邻院吧？”

梅同志突然咧嘴笑了，我看到他黄色门牙。“你们全家否认，连小孩子也上阵了。”他说着缓步走到通往里间屋的隔门前，仔细观察着地形，“防火防盗防匪防特！还有防生活作风有问题的人。你们记住了吗？”

外祖母和妈妈连连点头，我也跟随着说知道了。

梅同志终于走了。全家气氛松弛下来。外祖母动手操持着晚饭：青萝卜汤，糙米饭。全家仨口围坐桌前，不声不响吃饭。

自从学会撒谎，不论对苏娘娘还是梅同志，我认为自己学坏了，心理压力很大。吃过晚饭收起碗筷，我走进里间屋，低头向妈妈坦白交代，承认自己学会撒谎说瞎话了。

“什么，你说穷张大半夜来咱家借宿啦？”妈妈听罢我的检讨，随即起身走到外间屋，拉住外祖母胳膊询问详细情况。

穷张？妈妈叫张族祥“穷张”？我在里间屋听见妈妈跟外祖母的对话。

“我没想到穷张会带来个女人，她肯定是从后院窗户爬进来的！”外祖母解释说。

妈妈下放农场前是天津市女七中的教师，说话柔声细语，此时变得高声大嗓，没了从前的温和：“穷张胡闹！穷张肮脏！穷张不知羞耻！穷张把咱家当成什么地方啦？”

“芫瑛芫瑛，你别着急，好在穷张是个单身，他结交女人属于搞对象吧……外祖母转而悔罪说，“我把床单枕套烫了洗了，还放了碱水消毒。梅同志进家，我估计是苏娘娘听见响动报告了……”

“苏娘娘是个大坏人，我都下放农场了，她还找到校长陷害我，说我没病装病逃避劳动……”

妈妈肯定意识自己失态，随即转为低语：“您烫了洗了消了毒，我也不会睡那张床了……”

我知道妈妈特别讲究卫生。妈妈讲究卫生也引起苏娘娘的不满，她跟团圆巷邻居说妈妈在模仿叶太太的资产阶级作风。邻院的叶太太爱干净出了名，她丈夫是设计桥梁的工程师。

果然，妈妈嫌穷张借宿睡过的那张床肮脏，晚间根本不进里间屋，跟我挤在外间屋这张床上。我很久没有挨着妈妈睡了，感觉特别温暖。外祖母分明想惩罚自己，抱起被褥就要去睡里间屋，被妈妈拦住了。

“里间屋去不得！您要是脏了让我怎么吃您烧的饭？让我怎么喝您煮的水？

让我怎么做您的女儿？”妈妈发出一连串询问。

外祖母苦笑了：“芫瑛啊，要是从此里间屋不能进，咱家两间房可就变成一间屋啦？”

我搂着妈妈的胳膊抱怨说：“这全是穷张闹的！”转念想到穷张借宿反而使我跟妈妈睡一张床了，便不言语了。

妈妈和声细语说：“您明天叫收旧家具的老佟来吧，我把里间屋的那张床卖了，然后去木器行买张新的。”

“你工资从七十六块钱降到二十八块钱，怎么还要换新家具？”外祖母为难地说，“好啦好啦，我先在外间屋打地铺睡吧。”

转天上午，外祖母叫来收购旧家具的老佟，一股脑搬走里间屋的双人床和床垫，换回四块钱。妈妈跑到绿牌电车道的盛友木器行，花十二块钱买了张新床，雇了三轮车运回家来。

“你添了八块钱，这可是全家半个月伙食费呢。”外祖母算计着。

我家生活并不富裕，妈妈语气坚定地说：“该花的钱，必须花！咱们是清洁的家庭，爱清洁就要花钱的。”

外祖母忍不住反驳了：“你住农场宿舍又是苍蝇又是蚊子，更不清洁啊……”

“不一样的，苍蝇蚊子也比男女混乱清洁得多。”尽管花掉全家半个月伙食费，妈妈毫不动摇。

晚间，妈妈去睡那张新床了。我抱起被子追到里间屋，执意躺在妈妈身边。

“妈妈，什么叫男女混乱？”我从小好奇，摸着她头发问道。

妈妈想了想，伸手刮了刮我鼻子说：“我跟你说不明白，快睡吧。”

礼拜一天没亮，妈妈骑着匈牙利自行车赶回郊区农场。外祖母对我解释说，上午农场列队点名，谁迟到谁要挨罚。

我说妈妈好可怜。外祖母说人人如此，人活着没有不可怜的：“就说你爸爸吧，他跑到那么远地方去，过年想家也回不来的。”

我喝着玉米粥问外祖母：“要是我爸回来跟我妈睡在床上，这算不算男女混乱呢？”

“你怎么会想到这种事情呢？”外祖母伸手戳着我脑门儿说，“我看你小子要成精！”

我又想起大半夜借宿的张族祥，向外祖母追问这外号的来由：“人们为嘛叫他穷张，他真的很穷吗？”

“他不穷，单身呗！一个人吃饱了，全家不饿。他跟你爸爸同岁，三十多了没成家，是甘肃路房管站的管儿匠……”

天津把水暖工俗称“管儿匠”，在市井俚语里“管儿匠”这词好像很难听的。

“等你长大了，就会懂得很多事情。”外祖母这样说。

3

五一节下午。有个男人骑着自行车，嘎地停在我家小院门前。他身体跨在自行车上，单脚撑地——我低头看着这只擦得锃亮的深棕色皮鞋。

“你是萧铁廉的儿子吧？”他说着耸了耸肩膀。

我觉得他的棕色皮鞋亮得晃眼，抬头看到他高高的鼻梁和深陷的眼窝，便想起像苏联人。小学一年级课本里称苏联是社会主义老大哥，到二年级就没了，只剩下小弟弟。

“你肯定是萧铁廉的儿子。”他蹁腿跨下自行车，伸手要摸我的脸蛋，我扭头躲开了。

我打量着这个男人：大背头发型，梳得油光水滑，一身驼色西装，打着紫色领带。既然他能说出我爸爸的名字，可能就是大半夜借宿的“穷张”吧？不过这种装束很难让人相信他是个“管儿匠”，笔挺的西装应当属于邻院的叶工程师。

我点头承认是萧铁廉的儿子，“那您是谁啊？”

“你猜猜我是谁？”他讪笑着说，“我看你挺聪明的……”

我试探着说：“你姓张……”

“对！张飞的张，张恨水的张，还有张……”他思索着想说出第三个姓张的名人，一时卡住了。

我只知道《三国演义》的张飞，“张恨水是谁？”

“言情小说家！《啼笑姻缘》《红杏出墙》《春明外史》《金粉世家》，我最爱看他写的书……”

我打断他的话头，“还有张族祥的张。”

“嘿嘿……”他得意地笑了，“我说你很聪明嘛，本人行不更名，坐不改姓——张族祥是也！”

他果然就是“穷张”了。我快步走开，上街去买“蜜饯梨皮”。

我衣兜里揣着两张五分面额的小钞票，这是外祖母给我购买零食的钱。天津友谊罐头厂生产新港牌“糖水雪梨”罐头，工厂削下的梨皮下角料，经过麦芽糖浸泡晾干制成“蜜饯梨皮”，每周末供应市民。

我走向哈密道上的满天红食品店。穷张推着自行车跟上来，并排走在我身旁。他娴熟地掌控着我的步伐节奏，叫着我的乳名问道：“小鹿子，这阵子你爸爸来信了吗？”

不待我回答，他自己说了起来：“你爸爸心血来潮报名去新疆，弄得你爸你妈两地分居，就跟牛郎织女似的。你知道新疆有多远吗？从天津坐火车到北京，从北京坐火车到兰州，在兰州换汽车，坐十天汽车到乌鲁木齐，在乌鲁木齐再换汽车，坐三天汽车才到博乐。你说这是何苦呢……”

这家伙分明在贬低我爸爸。我停住脚步问道：“你为什么叫穷张呢？”

“好哇！你小毛孩子敢叫我外号！”他讪笑着弹了我“脑崩儿”，露出白晃晃的牙齿。我再次看到他高高的鼻梁。

一路行走，有人跟他打招呼，叫他“张师傅”。他低头对我说，“我是国家工人，你爸是国家干部，跑那么远去当干部，这不值得。”

穷张说话目光有神，使人想起鹰眼。我学着大人口吻说：“我爸爸是响应国家号召，支援大西北建设！”

“得啦得啦，你快去买蜜饯梨皮吧，一毛钱一大包。”他成了我肚里蛔虫，竟然知道我要去买蜜饯梨皮。

“你知道吗？我这辆自行车是英国三枪牌，全天津市不足三十辆呢。可惜你爸爸去新疆只能骑马了。”他还在炫耀自己，嘴里哼唱着“社会主义好，社会主义好，社会主义国家人民地位高……”

满天红食品店的蜜饯梨皮卖得很快，我排队赶了个尾巴。蜜饯梨皮很便宜，一毛钱一份，卷卷曲曲蓬蓬松松装在三角形纸袋里，敞口拿在手里好像举着火炬。

我右手举着“火炬”，沿着哈密道拐上陕西路。这一毛钱蜜饯梨皮是我一个星期的零食，外祖母会把它分成七份，让我一天吃一份。

穷张好像黏着我不放的影子，推着三枪牌自行车与我并排走着，说他喜欢我这样的聪明孩子。有生以来首次听到有人这样夸奖自己，我很惊异。

感觉“火炬”颤动一下，我抬头侧脸看见穷张从“火炬”里捏去几条蜜饯梨皮，笑呵呵塞进嘴里，欢快地咀嚼着。

我立即将“火炬”从右手换到左手，他很快推着自行车转到我左侧，继续挨着我行走。我遭受损失却不敢冒犯他。从陕西路拐进我们团圆巷，我的蜜饯梨皮被他捏了四次。这令我想起连环画里进村抓鸡的日本鬼子。

穷张又伸手了。这时有人喊“张师傅”。他匆匆将蜜饯梨皮塞进嘴里，推着自行车迎上前去。我看到喊他“张师傅”的人是叶太太。

尽管时兴叫同志了，住在旧日租界里的左邻右舍依然不改旧时称呼，叫男人先生，称女士太太。在革命文化氛围里，团圆巷残存着些许布尔乔亚味道。譬如旧日本大和公园对面的牛奶店，那扑面而来的面包香气基本是小资产阶级的味道。

所以，平时我见到叶太太的丈夫还是叫“叶先生”，心里特别敬重这位文质彬彬的工程师。至于“师傅”这种称呼，应当属于有手艺的工人。

叶太太皮肤白皙、身材苗条，身穿紫底碎花旗袍白色高跟皮鞋，表情严肃：“张师傅，我家自来水龙头滴水，找了房管站几次，迟迟没派人来修。”

“您是叶家吧？我没接到维修单啊……”穷张不紧不慢问道，“您家里什么时候有人？”

胡同口有女伴说雇上三轮车了，招呼叶太太去天华景听小彩舞的京韵大鼓和石慧儒的单弦。叶太太白色高跟鞋嗒嗒踏响团圆巷石板路，跑过去跟女伴打了招呼返身折回说：“张师傅您现在……？”

穷张放下自行车说：“不怕没有维修单，我现在就去给您修理！您家地址是……？”

叶太太大声说：“团圆巷九号！”

叶太太平时轻声细语，这次高声大嗓好像说给全世界听的。我转身跑进自家小院。外祖母正在移动陶罐腌制咸菜。我把装有蜜饯梨皮的三角形纸袋递给她老人家。这是规矩，孩子走进家门要将买回的东西交给家长。

“你买了一毛钱的？”外祖母看了一眼问道。我点头说是的。家长问话必须立即回答，这也是规矩。

外祖母进屋从碗柜里取出黄铜盘子，之后板着面孔说：“小孩子不可以撒谎的。”

自从外祖母叮嘱对外不要承认“穷张半夜借宿”，我便学会说瞎话了。但是买蜜饯梨皮我没有撒谎，这确实是一毛钱的。

外祖母将蜜饯梨皮分成四份说：“那三份蜜饯梨皮半路被老鼠偷吃了吧？”

我猛然明白了：“姥姥！穷张一直跟着我，一会儿左一会儿右……”

“你别说了，这肯定是给穷张吃了！他就是这种人，跟小孩子也争嘴吃。”

我的零食遭受重大损失，还被外祖母怀疑撒谎，心里特别忌恨穷张——你闹得我妈妈卖了旧床换新床，又闹得我好三天没有蜜饯梨皮吃……

“姥姥，叶太太说她家水龙头坏了……”我主动报告情况给外祖母，以缓和家庭气氛。

外祖母小声说：“我知道，叶太太家澡盆总漏水，厨房水管也坏过两次。这日租界的房子太老啦。”

我发表感想说：“叶太太长得真好看，叶先生也挺帅的。”

“是啊，这才叫郎才女貌、幸福家庭嘛。”外祖母转了话题说，“我拆洗好叶太太家的换季衣裳，明天你替我送去吧。”

外祖母提前布置任务给我。自从妈妈降了工资，尽管爸爸经常寄钱回来，家里过日子仍然不宽裕。外祖母有时为叶太太拆拆洗洗，换取零钱贴补家用。“叶太太会弹钢琴，为了保养手指不动水。叶先生特别宠爱叶太太，他出差上海给她捎回来白纱手套呢。”

外祖母絮絮叨叨讲着叶太太的故事。我想起苏娘娘嘴里经常使用的词儿，便脱口问道：“照您这么说，叶太太家是资产阶级啦？”

“咦——！这词儿你是从哪学来的？”外祖母惊异地看着我。

4

第二天过午，外祖母把拆洗好的衣服熨烫得有棱有角，郑重其事裹在白布包袱里：“叶太太特别干净，你进院子站在门厅外边，除非人家非叫你进去不可。”

外祖母继续叮嘱：“叶太太要是给钱，你就接着。要是人家没提这码事情，你也不要赖着不走哇。”

我连连点头说：“我是少先队员，不会赖着不走的。”

已然过了午睡时间，我小心翼翼捧着白色包袱，走向邻院的团圆巷九号。

我们团圆巷只有叶太太家是独门独院，楼上楼下二层，房间不少。我走进叶家院子站在门厅外，伸手拉紧挂在门外的小铁环，挂在门厅里的小铜铃发出清脆声响，叮叮当当很好听。

外祖母说过团圆巷家庭大多安装电铃，只有叶太太偏爱古典趣味，门厅里挂着铜铃。这时我看到叶太太家的前院侧墙上安着一只篮筐，周边墙面还画了“篮板”图形。我想起篮球。妈妈在女七中当老师的时候，教高中代数还兼任女篮教练，得过天津市中学生女篮联赛亚军。可惜下放郊区农场种植玉米小麦，不摸篮球了。

我抬头望着安在墙上的篮筐，想起被农场太阳晒得黝黑的妈妈。这时门厅里传出叶太太声音，说小鹿子你进来吧。我手捧白布包袱，迈过石阶走进门厅，然后站住。

门厅里光线不强。身穿月白色绒衣绒裤的叶太太招手说：“进来吧小鹿子，我给你弄果汁喝。”

叶太太不高不矮不胖不瘦，说话和声细语。外祖母说这是地道北京口音，要比天津话好听。叶太太是家庭主妇，从不外出工作。

轻轻走进楼道，光线明亮起来。叶家白天也亮着电灯，不像外祖母那样计较电费，阴天都舍不得开灯。

一只大白猫趴在楼梯口，冲我喵喵叫了两声，起身走了。

右侧房间里走出个哥哥，高高大大的手里抱着个篮球。叶太太说这是睿哥。

我就叫了声睿哥哥。睿哥冲我笑了笑，举着篮球去前院练习投篮了。

我伸出双手将白布包袱递给叶太太。外祖母说过对长辈要双手呈交。叶太太当即夸奖我懂礼貌，转身叫出他的大儿子。

“英哥，你看人家小鹿子，小小年纪就懂规矩，这都是王姥姥调教得好。”

一个脸色白净戴近视眼镜的大哥哥应声从右侧房间走出，文绉绉的模样。我看到他手里拿着“红楼梦”，以为是住在红楼里的人做梦的故事，便想起喜欢读言情小说的张族祥。

读“红楼梦”的英哥朝我笑了笑，很腼腆的样子。叶太太引我去厨房，亲手斟了杯浓黄色的橘子汁。我遵守外祖母教诲，摇头说不渴。叶太太眨着明亮的眼睛说：“不渴也要喝的，补充维他命。小鹿子喝吧，我不会告诉你姥姥的。”

我拨浪鼓似的摇头，偷偷咽下口水。叶太太努力寻找着让我接受橘子汁的理由，“那时候，你妈妈还在女七中教书，我俩经常去劝业场光明电影院看外国电影，有西班牙的《瞎子的领路人、英国的《天堂里的笑声》、法国的《勇士奇遇》、阿根廷的《大墙的后面》……”

我只得接受叶太太的橘子汁，很克制地喝了一小口，味道不错。叶太太趁机走开了，我大口喝了起来。

叶太太重新走进厨房，伸手递给我一个褐色小纸袋，说辛苦你姥姥了。我接在手里说了声“谢谢叶太太”。

她伸手摸着我头顶说：“你爸爸走得那么远，你妈妈下放农场，幸亏有姥姥疼你啊。”

叶太太的北京话很好听，就跟电匣子里播音员似的。我给叶太太鞠了躬，说叶太太再见，手里捏着褐色小纸袋穿过楼道走进前院。

睿哥在前院练习投篮。他停住篮球眨着大眼睛看着我。我以为他嫌我碍事，就要侧身离开。

“小鹿子也喜欢篮球吧？”睿哥友善地说，“你也来投几个……”

我受到睿哥的感动，随手将褐色小纸袋塞进衣兜，接过他递来的篮球，奋力投向安在墙上的篮筐。我的力量不足，篮球出手不远就掉落地上。我不好意思地搓着双手。

睿哥鼓励我说：“你胳膊没劲儿，回家练练哑铃吧！”

这也是我首次听到“哑铃”二字，心里特别羡慕睿哥。我忘了跟他说再见，快步跑回家去。

天色傍黑，团圆巷里苏娘娘伸手拦住我，“小鹿子！这阵子你听见什么响动没有？”

我立即回答说：“这阵子我家大半夜里没有响动！”

“不光你家，我是说邻院有没有响动？”苏娘娘从衣兜里掏出一块糖，我认出是起士林的“黄油球”。

“你说实话，我给你糖吃。”苏娘娘手里捏着“黄油球”。我刚刚喝过叶太太的橘子汁，苏娘娘的糖吸引力就小了：“邻院就是您家啊，我大半夜听见您家里有响动！”

“我说的邻院是团圆巷九号！”苏娘娘伸手要揪我耳朵，“你学坏啦，小王八羔子！”

我躲闪开她的手，一溜烟跑回家去，气喘吁吁站在外祖母面前。

外祖母挓挲着粘满面粉的双手：“你回来啦小鹿子……”

我说回来了。外祖母观察着我：“你见到叶太太啦？”

我说见到了叶太太，还见到打篮球的睿哥和读书的英哥，但是没见到叶先生。

“叶先生是工程师，海河上新桥就是他设计的。”之后外祖母打量着我，“你把包袱交给叶太太啦？”

我猛然想起叶太太给的褐色小纸袋，急忙翻开衣兜寻找着。

外祖母笑吟吟不言语，耐心等待我的解释。我说练习投篮时把褐色小纸袋塞进衣兜，怎么找不着了。

“兴许你衣兜漏了吧？”外祖母转换话题说，“刚才我听见胡同里有个吆喝卖沙板糖的……”

我猛然明白了外祖母的心思，张口大声辩解说：“我没买沙板糖吃！叶太太给的褐色小纸袋真的找不到了！”

“依你这么说，褐色小纸袋衣兜里生出翅膀，一下飞到九霄云外去啦。”外祖母开始挖苦我。

她老人家已经不信任我了。这时响起叩门声。我赌气不睬。外祖母迈着小脚去开门。门外站着叶家的英哥和睿哥。

我听见弟弟睿哥说：“姥姥，这是小鹿子丢在我家前院的吧？”

戴眼镜的英哥补充说：“我看见小鹿子手里拿着小纸袋，这肯定是他掉的。”

我立即冲上去说：“对！这是叶太太给我的褐色小纸袋！”

英哥和睿哥同时冲我微笑，说了声姥姥再见转身走了。外祖母手里捏着这只失而复得的褐色小纸袋，一声不吭走进里间屋。

我听到她老人家的抽泣声。我跑进里间屋，不明白外祖母为什么落泪。

“今天我错怪你啦！自从让你学会撒谎我就信不过你了。这都是穷张大半夜借宿作的孽啊……”

我大声向外祖母表决心：“姥姥您别难过了，从今往后我不说瞎话了……”

“人活着，不撒谎，你知道有多难啊。”外祖母停止抽泣，拉着我手说。

外祖母轻轻打开褐色小纸袋，连连咂嘴说：“叶太太真大气，好人有好报哇，你看她两个儿子，多有出息啊。”

这只褐色小纸袋里装着两张崭新的五角钱钞票：“人家就是大家闺秀！一给就是这么多。”

“大家闺秀就是资产阶级吧？”我好奇地问道。

外祖母伸手戳了戳我脑儿说：“你这倒霉孩子学会新词儿到处乱用，以后不要动不动就‘资产阶级’，你懂得谁是好人谁是坏人？”

外祖母教训着我，随即把叶太太给的钞票夹在一本厚书里。这是妈妈读过的苏联小说《被开垦的处女地》。

我告诉外祖母说：“叶太太家养了一只大白猫！”

“是啊，男不养猫，女不养狗。”外祖母说着，若有所思。

天气冷起来了。

5

冬天里外祖母对我说：“春节前你爸爸就回来啦……”

我习惯了没有父亲的生活，好像这是与己无关的消息，继续埋头写作业。父亲在我心里，确实只是个影像。

外祖母揪了揪我的耳朵：“我说你爸爸要从新疆回家探亲了，你狼心狗肺没听见啊？”

我渐渐意识到这是个好消息，放下作业本跑出家门告诉团圆巷里的同学，我爸爸就要回来了。平时同学们私下议论我没有爸爸。一个男孩子没有爸爸，似乎他来历不明。

腊月里的傍晚，一个头戴大皮帽身穿皮大衣的男人走进院子，他双手提着涨得滚圆的旅行包，呼呼喘着粗气。

我迎头问道：“这位同志，您找谁？”

他很高很瘦，摘下大皮帽冲我笑。外祖母闻声跑出来大声说：“小鹿子，这是你爸爸！”

我吓得躲到外祖母身后，似乎打量着陌生人。这个又高又瘦的男子就是我爸爸？

突然有了爸爸，我反而难以适应。令人厌恶的苏娘娘突然出现，上下打量着爸爸问道：“你是小鹿子的父亲？你从新疆回来做什么？”

爸爸被横空出世的苏娘娘问愣了：“我回来探亲啊，当然也顺便给单位采购办公物品……”

“不论探亲还是公差，你既然人回来了，就要主动去派出所登记。”苏娘娘满脸堆笑说出内容强硬的话语。

爸爸似乎难以适应苏娘娘这种角色，只得点头说好的。

苏娘娘急匆匆走了——好像哪里着了大火，等着她去扑灭。

“这个女同志是什么人？”又高又瘦的爸爸问外祖母。

“管闲事的忙人，管忙事的闲人。” 外祖母被苏娘娘搅得坏了情绪，递给爸爸一杯热水，“她住在团圆巷邻院姓苏，街道积极分子。”

“既然这样，我去登记吧。”看来爸爸是个遵纪守法的人，喝了杯热水就去派出所了。

外祖母气咻咻说:“男人回家还要去派出所登记？咱不知道这是国家的规定还是苏绝户的添乱!”

“绝户？”我不懂这话什么意思，认为跟资产阶级没有多少关系。

“绝户没儿没女呗。”外祖母小声解释着，“苏娘娘的丈夫是个废人。”

工厂有废品，家庭还有废人啊。我寻思着，认为大人们事情太多，小孩子又懂得太少。

春节郊区农场放假三天，妈妈骑着紫色匈牙利自行车回家过年。她进门主动跟爸爸拥抱。这是我人生首次看到男女拥抱，以前只见过男女握手。

外祖母觉得气氛不够热烈，努力提高温度说：“好几年没见了，看你们这两口子!”

全家吃了团圆饭：肉丝打卤面。吃过晚饭妈妈打开收音机，可巧播送歌剧《货郎与小姐》。爸爸吸着香烟说：“男主角是李光曦唱的。”

妈妈说：“其实，郑兴丽的夏夜圆舞曲唱得也不错!”

爸爸却没说话，继续吸烟。爸爸吸的香烟是“雪莲牌”的，我觉得很新鲜，就告诉他我以前存的香烟盒被姥姥烧了。

爸爸笑了笑说：“没关系，你可以重新开始。”

重新开始——我记住了爸爸这句话。

“对呀，你就重新开始嘛，从收藏你爸爸雪莲牌香烟盒开始。”妈妈说话比平时多了。我觉得这跟爸爸回家探亲有关。全家团聚令我非常高兴，既有妈妈也有爸爸，我变得完整了。

爸爸对妈妈说：“我去派出所登了记，管片民警姓梅，梅兰芳的梅。”

“是啊，苏娘娘总跑去向梅同志汇报呢……”妈妈顿了顿问道，“梅同志对你讲了什么？”

爸爸摇摇头说:“梅同志建议你也调到新疆工作,这样避免夫妻两地分居……”

“这肯定是苏娘娘的坏主意！铁廉，过两年你调回来吧，支援大西北建设不能一辈子哟。”妈妈有些急切地说。

我觉得以前妈妈说话并不急切，今天变得快言快语了。

爸爸点点头说：“是啊，尽量要避免夫妻两地分居，梅同志说得很有道理。”

外祖母一旁观察着，不言不语。

晚间安歇。爸爸妈妈走进里间屋，睡在那张双人床上。外祖母让我钻到外间屋的壁橱里睡。这时我突然想起爸爸的朋友张族祥。记得他大半夜借宿，外祖母也是让我睡进壁橱的，这个阿里巴巴的山洞。

夜晚静悄悄，里间屋也没有传出什么声响。这跟张族祥借宿的情形完全不同。思来想去我明白了：爸爸妈妈是夫妻，男女同床不混乱；穷张跟别人同床才是混乱，尽管我不懂什么是男女混乱。

第二天吃早饭，外祖母低声向妈妈询问着什么。妈妈默默摇头不语。爸爸站在院子里吸烟，慢条斯理给我讲述新疆围猎黄羊的故事。

我又想起穷张，就跟爸爸说起蜜饯梨皮的事情。父亲宽厚地笑着说：“张族祥就是这么个人，我认识他十几年了。早先张家不穷，他父亲败光家业，新中国成立后确定成分为城市贫民，简称城贫……”

我从父亲口中得知张族祥出身“城贫”，但是没有向他提起大半夜借宿的事情。这件事我跟妈妈讲了，妈妈花钱换了新床。我若跟爸爸讲了，他不会把房子换了吧？我观察爸爸也是个爱干净的人。

说曹操，曹操到。说穷张，张族祥就来了。他头戴长檐工作帽，身穿劳动布工作服，进了门跟爸爸又握手又拍肩，还对爸爸说“别来无恙”，一派嘻嘻哈哈乐天模样。他一连吸了三支爸爸的雪莲牌香烟，又从烟盒里抻出第四支夹在手里备用。

拖到正午时分，爸爸留他的朋友吃饭，张族祥非常爽快地答应，还说下午有三张维修单，中午吃饱了不怕加班。爸爸称赞他是劳动模范。张族祥接受爸爸夸赞说：“不论谁家管道跑水，即使半夜入户，咱也不含糊。”

外祖母在厨房里嘟哝着，抱怨爸爸留张族祥吃饭：“万事怕开头，开了头收不了尾。”

妈妈帮厨低声劝解：“您忍耐一下，他毕竟是来看望铁廉的……”

度过春节假期，妈妈起大早骑车去了郊区农场。外祖母对我说：“你妈妈向领导请假，说是夫妻团聚。要是今天晚上骑车回来了，那就是领导准假了。”

“要是今天晚上不回来呢？”我担忧地问道。

外祖母叹了口气说：“那就是领导不准假呗。”

晚上没见妈妈骑车回来。外祖母对爸爸说：“对不起啊铁廉，你大老远回家探亲，农场领导不准假芫瑛就陪不了你，只好等到礼拜六了……”

爸爸轻轻说了声没关系，不言不语吸烟。我觉得爸爸吸烟很勤，除非走进里间屋睡觉，他手里总是夹着烟卷，食指和中指都熏黄了。

“铁廉，你没跟芫瑛闹别扭吧？”外祖母突然问道。

爸爸摆了摆被熏黄的手说：“我知道农场是很难请假的。”

万事怕开头。外祖母担忧的事情出现了。每天临近午饭时间，身穿工作服的张族祥登门而来，迎面就说维修单太多，忙得中午连吃饭时间都没有。爸爸便留他午饭。他自然毫不客气，留饭就吃，拿烟就吸，走时还捎走一盒火柴。

外祖母气不忿，直声追问说：“你自己不带烟卷，怎么还把火柴带走？”

穷张不急不恼笑嘻嘻说：“姥姥！我走家串户修理水管，遇到给我递烟的家庭，我自带火柴就方便多了。”

外祖母面对如此坦荡的回答，只得扭脸对爸爸说：“铁廉啊，你这朋友真实诚啊。”

不等爸爸说话，张族祥抢着表达说：“对！我们工人最实诚。”说罢他瞅着爸爸说：“呵呵，你们干部也实诚呢……”

“一盒火柴二分钱，这要凭票供应呢。”外祖母毫不避讳地表示不满。

穷张耸了耸肩，哼唱着“咱们工人有力量”，忙着修理他的水管去了。

爸爸起身送走张族祥，转身对外祖母说：“张族祥工作还是认真负责的，他是年度先进工作者呢。”

外祖母无奈地笑了笑：“铁廉你真是个大好人哪。”

寒假里返校日，我背着书包经过苏娘娘小院门前，听到她跟丈夫说“小鹿子爸爸回来探亲，怎么听不到他家有响动呢……”

我觉得苏娘娘好像隐藏在黑夜里的老猫，四处打探动静。我放学回家向外祖母学舌。她老人家机警地点点头，说苏娘娘心毒嘴损，整天想着祸害别人，她迟早要烂肠子的。

礼拜六晚间，妈妈骑车回家来了。全家团聚吃晚饭。喝汤时爸爸说，“芫瑛啊，探亲假期满，我买了明天返疆的火车票……”

妈妈惊讶地放下筷子：“铁廉，你不是说申请延期吗？”

“我还是按期返回吧，年初单位工作忙，我又是副科长。”爸爸不紧不慢说道。

妈妈叹了一口气：“铁廉，我们好好谈谈吧。”爸爸说好吧，起身离开饭桌走进里间屋了。

外祖母注视着妈妈说：“芫瑛，我早就看出你俩冷淡了，久别夫妻哪有你们这样的！可是我没想到铁廉买了明天的火车票……”

妈妈站在里间屋门口，扭头对外祖母说：“娘您来看看，铁廉他行李都打好了，看来我真是留不住他了！”

晚间，从里间屋传出妈妈的哭泣声。我猛然想到邻院苏娘娘，黑夜里她肯定竖起耳朵偷听呢。

外祖母起身朝里间屋说：“铁廉，我不知道你俩哪里结了瘩疙，临走前总要把它解开吧？”

里间屋里传出爸爸沉稳的声音：“您放心，我不会心里结着瘩疙返回新疆的。”

妈妈放声大哭：“铁廉！我不知自己错在哪里……”

外祖母把我推进壁橱说：“你快睡吧，明天要早起！”

妈妈不再哭泣，我家悄无声响。我躺在壁橱睡不着，竖起耳朵伸进黑夜里，搜索四周的响动。黑夜深深，我好像听到有响动从邻院传来，仿佛病人发出的呻吟……

我渐渐睡着了。一觉醒来，天光大亮。我轻轻拉开壁橱门，伸出脑袋看到外祖母独坐桌前，一动不动好像雕像。我钻出壁橱光着脚丫子跑到她老人家面前。

外祖母泪流满面。我猛然想起昨晚的事情：“姥姥，我爸爸呢？我妈妈呢？”

“你爸爸天没亮就起床了，临走时拉开壁橱亲了亲你脸蛋儿，看你没醒来，他就去火车站了……”

外祖母摘下老花镜擦干泪水说：“你妈妈送你爸爸上了火车，径直骑车回郊区农场了。”

“你妈妈命苦哇……”外祖母起身将手里牛皮纸信封放进抽屉里说，“你爸爸也是苦命人。两个苦命人，要离就离呗。”

外祖母去厨房弄早饭了。一定是她老人家放松了警惕。没想到我会偷看她放进抽屉里的牛皮纸信封。这封信是爸爸临走留给妈妈的，我能够读懂其中大意。

这次爸爸回家探亲去派出所登记，梅同志向他介绍了苏娘娘反映的情况，就是我家大半夜出现响动，疑似男女混乱的声音。就这样爸爸对妈妈产生怀疑，认为夫妻长期两地分居造成感情疏远，建议和平分手。

我没有勇气向外祖母坦白偷偷看了爸爸写给妈妈的信，只是对苏娘娘深恶痛绝。她心毒嘴损，毁坏了我们的家庭。

6

小学四年级暑假前，我给爸爸写了信，跑到鞍山道邮局买了航空信封，贴足十分钱邮票，这样七天就能收到。我在这封信里希望全家早日团聚，还请求爸爸从新疆带回两颗狼牙给我。新疆狼多，狼牙就多。据说男孩子衣兜里装着狼牙，胆子就会变大，见了警察和坏人都不再害怕的。

暑假过后，我收到爸爸回信赞称我是他的好儿子，“今年春节我还要回家探亲跟你团聚的”。这封信让我高兴了好几天。

秋凉了。妈妈在郊区农场劳动患了肾炎，住进天津总医院治病，出院后回家病休两个月。我隔几天就要跑到绿牌电车道上的达仁堂大药店给妈妈抓药。这药方出自天津著名中医王云翩先生。

这天上午，我从达仁堂抓药回来，走进团圆巷看到停着两辆三轮车，车尾“天津第三搬运社”白漆大字很是醒目。有几个人从团圆巷九号院里搬出家具，一件件装满三轮车。

这时英哥抱着纸箱走出来，后面是拎着两只提包的睿哥。

“英哥哥，睿哥哥，你们这是干吗？”我凑过去低声问道。

睿哥低头说：“我们搬家走了，今后不能跟你做邻居了……”

我看到篮筐从院墙上拆卸下来，感到非常惊讶，“你们为嘛要搬家呢？住在咱们团圆巷多好啊……”

戴眼镜的英哥说：“我们要搬到很远地方去住，坐电车过了金钢桥还有三站地呢。”

我冒冒失失说：“是不是你家出了什么事情，所以才搬家的？”

睿哥看着英哥，英哥看着睿哥，然后同时扭脸看着我。我被他俩给看蒙了，转身跑回家去。

浑身浮肿的妈妈躺在里间屋大床上，看着好像巨大的充气娃娃。我把叶太太搬家的消息告诉她。

妈妈听了转脸望着外祖母：“这怎么可能呢？睿哥读鞍山道小学，英哥念男一中，叶太太怎么会搬到河北区住呢。”

“是啊，当初那边是华界，方方面面都不如租界这边。”外祖母继续说：“早年袁大人督直开发河北区，道路确实正南正北跟北京似的，就是工厂多穷人也多。”

“袁大人是谁呀？”我好奇地问道。

外祖母顺口答道：“就是袁世凯大人。”

多年之后长大成人，我知道袁世凯被新中国称为“窃国大盗”属于反动派行列。然而外祖母仍然以敬语“大人”称呼，看来这是天津的民国遗风。

妈妈不相信我带回的消息，勉强起身从衣架上取了外套说：“前些天我住院叶太太来看望，她并没说要搬家啊。”

外祖母说话了:“芫瑛啊，我劝你不要去问叶太太，兴许人家有难言之隐呢。”

“您好像知道什么内情？”妈妈表情诧异。

“我也是恍恍惚惚、朦朦胧胧、影影绰绰的……”外祖母随即补充，“其实有些事情我只是推测。”

妈妈只得脱下外套躺回床上:“叶太太特别讲礼貌，既然搬家走了，她肯定会来向我道别的。”

天黑了，叶太太并没有来道别。妈妈失望地说:“叶太太一家人多好啊，今后咱们很难遇到这样的邻居了。”

我想起自己的零食钱，怀着同样失望心情对妈妈说:“叶太太搬走，胡同里没人找我姥姥拆拆洗洗了……”

外祖母说:“是啊，没了拆拆洗洗的零活儿，以后你别吃蜜饯梨皮了。”

两个月时光很快过去了。身体没有完全复原的妈妈只得返回郊区农场。我和外祖母都担心她身体吃不消，便给她攒鸡蛋滋补身子。

一天我家厨房水管突然跑水。外祖母跑到甘肃路房管站找张族祥抢修。那里工人说张族祥调到外区房管站了。气得外祖母回家跟妈妈说:“天天来咱家蹭饭，这叫养兵千日，现在用兵找不着他啦!”

妈妈心平气和说:“人家房管站肯定派别的工人来修理的……”

房管站派来小邹师傅，他给水管换了节门，给水龙头换了皮钱，很快修好了。原来修理水管这么简单，可是张族祥修理叶太太家水管总要小半天光景。

外祖母向小邹打听张族祥的去向。小邹口吃得厉害，半天也说不出几个字，只得面红耳赤地走了。

叶太太家搬走了，很快搬来新住户。这位周太太江浙口音，单身带着两个女儿生活，大女儿叫秀仪，小女儿叫秀砚。

消息灵通的苏娘娘的确是团圆巷的黑夜老猫，她跑来对外祖母说:“您知道天津大资本家周伯海吧？这个周太太是周伯海的姨太太，新社会不许多妻，后来离婚出了周家门!”

“你真是团圆巷的万事通啊!”外祖母说罢转换话题，“周太太不关我的事，你告诉我叶太太为嘛搬走？”

苏娘娘坏笑了:“叶太太搬家必有原因!她现住河北区宇纬路善达里五号增一号，您当面去问她吧。”

我扬手指着苏娘娘说:“您事事都知道，好像电影里的女特务!”

“没大没小！你不能这样跟长辈说话。”外祖母呵斥我，“你进里间屋写作业吧。”

我只好溜进里间屋，埋头写作业。五年级作文课，老师留的题目是《我的邻居……》。我想了想，就写叶太太一家人吧。

动笔才发现我对叶先生并不了解，只记得他身板笔直面容恬静，很帅气的样子，平时寡言少语，我甚至没听过他说话。

这时外间屋传来苏娘娘声音说："姥姥，叶太太搬走了，这就没有响动了吧？"

"你说这话是什么意思？"外祖母反问苏娘娘。

苏娘娘解释说："我是说叶太太养的大白猫，总闹春呢。"

"是啊，猫三狗四猪五羊六驴七马八……"外祖母念叨着。

我开始写作文《我的邻居英哥和睿哥》。不知为什么，突然间眼窝里有了泪水，心里想念两位叶家哥哥。我一个字都写不出来，只是默默掉眼泪。

第二天作文课，我交了白卷，语文老师批评说："难道你身边就没有任何邻居？这么说你家住在月球喽。"

我向老师解释说："我家邻居搬家走了，只剩下个苏娘娘我不愿意写她。"

"孙中山先生早已推翻帝制，你家邻居里还有娘娘？"语文老师很惊讶。

周太太全家住进叶太太家的房子。这位新邻居竟然跟叶太太一样，也是不擅浆洗。她跑来试探着问外祖母能不能把她两个女儿的小棉袄拆洗了。这对外祖母来说无疑是意外惊喜。

她老人家悄悄跟我说："人家周太太也会弹钢琴呢，大家闺秀手指金贵不干粗活儿。"

这两件小棉袄都是苏联小花布的，外祖母拆开里子和罩面，洗净了浆好了，一层层絮好棉花，先引后缝，两件新的小花棉袄出世了。

外祖母对我说："搬走了叶太太，搬来了周太太，还是老规矩，你去送活计，人家给多少，你接多少。人家要是不给，你也别赖着不走。"

我原汤原汁回答："我是少先队员，不会赖着不走的。"

我双手抱着白布包袱，走进从前叶家现在周家的院子，扭脸看到左侧墙上残留着拆掉篮筐的痕迹，想起叶家两个哥哥。

一位少妇静静站在门厅里，向我微笑。我一阵恍惚。她容貌和身材太像叶太太了，而且也穿着月白色绒衣绒裤。

"您……"我贸然问道，"您是周太太？"

"以后不要叫太太，这种称呼不好呢。"她指着我怀抱的白布包袱说，"我看见它就知道你是小鹿子，快请进来吧。"

我说我姥姥嘱咐不能随便走进人家。周太太和蔼地说："你姥姥好有规矩哟，一看你就是好家庭教育出来的。"

我跟随周太太走进门厅，她沿着楼道引我走到后院。后院里有个身穿体操服的姐姐正在练功，一纵一跳，反复地竖立脚尖。我不知道这是芭蕾舞基本功，只觉得她长得很像电影画报里的王丹凤。

周太太指着小王丹凤说这是姐姐秀仪，然后从房间里叫出小女儿秀砚说："这是邻院王姥姥家的小鹿子，他是弟弟。"

如此隆重地介绍，弄得我很不好意思。周太太叫她俩当场试穿小花棉袄，陶醉地打量着自己的两个女儿，"王姥姥手艺真好，这就跟新棉袄一样。"

秀仪和秀砚脱下小花棉袄递给妈妈，同时扭脸对我说："谢谢你姥姥！"我觉得这两个姐姐特别有教养，尽管妹妹秀砚没有姐姐秀仪长得好看。

周太太从房间里拿来个红色小纸袋，笑吟吟递给我。我知道这是给外祖母的手工费，就说了声"谢谢周太太"，然后冲两个姐姐打了招呼，穿过楼道走向前院。

秀仪姐姐追上来，郑重地说："小鹿子弟弟，请你以后不要叫我妈妈周太太了，如今提倡移风易俗，还号召兴无灭资。"

我有些为难地说："不论周太太还是叶太太，从今往后都不可以叫了吗？"

秀仪姐姐说："我知道以前叶太太住在这里的，你知道她参加工作了吧？在我们学校食堂窗口盛菜呢。"

我问秀仪姐姐是哪所学校。她说解放南路上的女一中。

我快步跑回家去，进门把红色小纸袋交给外祖母。她老人家接在手里说："这是红包啊！周太太真讲究。"

我说您以后不要叫周太太了，移风易俗兴无灭资。外祖母说移风易俗兴无灭资也不能没有规矩，人活着要体面，太太就是太太。

我说周太太长得很像叶太太。外祖母无奈地点点头说："是啊，人的命，天注定。也不知道谁是谁的替身。这就跟评书聊斋似的。"

我知道评书聊斋讲的是鬼狐故事，便告诉外祖母叶太太参加了工作，在女一中食堂窗口给学生们盛菜。

"这不可能！叶太太这辈子也不会出来工作的。"外祖母理直气壮地说，"叶太太天生就是家庭主妇。再者说她家搬到河北区宇纬路善达里，女一中在河西区解放南路，这上班下班不是充军发配吗？"

外祖母惦念着叶太太，迈着一双小脚跑去周家询问详细情况。她老人家张口叫秀仪"周大小姐"，吓得秀仪连连摆手说："王姥姥，如今实行革命化，您这是要害我呢。"

外祖母自知失口，急忙改称"秀仪姑娘"。秀仪证实叶太太确实在她们学校食堂窗口给学生们盛菜。

周太太补充解释说："叶太太是周家远门亲戚，所以我们住了这所房子。"

外祖母仍然将信将疑，神情恍惚返回家里。她老人家显然受到打击，一下显得苍老了。

“不行！我明天去看看叶太太……”外祖母伤感地说，“一定有了变故，没有变故她不会走出家门的。”

我说姥姥明天我陪您去吧。外祖母打量着我，连连眨眼说：“好吧好吧，你给老师写请假条，就说生病请假，我在你请假条上按手印。”

以往我生病请假，都是真生病。这次没生病，外祖母主动造假，这令我感到意外。

外祖母向我解释说：“明天见到叶太太，我要是难过得控制不住，你可要搀住我啊……”

外祖母说着，目光里闪动着泪花。我立即上前搀住她老人家。外祖母破涕为笑说：“对！你小子提前演练了。”

7

我们乘坐无轨电车前往女一中。我以前没有到过天津的河西区。外祖母说那里当年是德租界，威廉广场上站着个大铜人，后来德国战败被人们拉倒了。

女一中传达室工友是个老头儿，和颜悦色问我们找谁。外祖母说找叶太太。这老头儿善意地摇摇头说：“女人在家里是太太，出来做事要说名字的。”

“这么多年我光知道叶太太娘家姓金……”外祖母尴尬起来。

我猛然想起听邮递员喊过“金淑贞来信啦”，便大声告诉传达室老头儿说：“叶太太叫金淑贞！”

“您说金姐呀！她这个学期新来的，每天中午在食堂售饭窗口给学生盛菜，一口京腔好像大家闺秀呢。”

“您很有眼力！”外祖母称赞对方。老头儿苦笑着说：“解放前我在周公馆看大门，什么人没见过啊。”

我冒充大人口吻说：“看大门好啊，您算是无产阶级！”

“城市贫民，填表时简称城贫。”传达室老头儿说罢，端起茶缸子喝茶。

外祖母拉着我走进校园说：“这老头儿有来历，我闻出他茶缸子沏的是上等香片，五毛钱一两的。”

“这老头儿是城市贫民，我爸爸说过穷张的出身也是城市贫民。”

外祖母停住脚步，伸来目光盯住我说：“小鹿子你记住，一会儿见了叶太太不许提‘穷张‘这两个字！”

我冲外祖母点点头。是啊，自从张族祥调到外区房管站，好多天不见他身影了。自从周太太全家搬来，团圆巷九号的水管倒是没再漏水。

我和外祖母坐在学校食堂大门外，等待午饭时间。外祖母连连感慨说："我真想不出叶太太给学生们盛菜的样子……"

一双蓝色布鞋悄无声响走到我们面前。"叶太太！"我惊讶地站起身来，"姥姥！叶太太来啦……"

外祖母随即起身，揉了揉眼睛反复打量对方说："叶太太，您、您这是怎么啦……？"

叶太太头戴白色工作帽，身穿白色罩衣，腰间系着蓝色围裙，完全陌生的模样。

外祖母颤抖着双手，抓挠着胸前的空气，泪流满面。

"姥姥，您老人家怎么跑来啦？"叶太太不哭不笑，表情平静。我想起语文老师讲的"一潭死水"。

外祖母停止抓挠胸前的空气，急声问道："叶先生多疼您啊，他怎么同意您出来工作呢？"

"我们离了。"叶太太依然平静如水，"两个儿子都判给他，我净身离家，只能外出工作呗……"

"不会是叶先生提出离的吧？"外祖母惊诧地望着叶太太，"他肯定舍不得您……"

叶太太淡淡地笑了："是我提出离的。叶先生不愿意离，偷偷哭了好几天。我没改主意，坚持离了。"

"这多可惜啊，这多可惜啊。"外祖母焦急地搓着双手，一时不知所措。

叶太太愈发平静地说："你真的不知道吗？我是个不贞的女人。"

"您别责怪自己，女人总有糊涂的时候。"外祖母急于安慰叶太太，"我年轻时也遇到过起意的男人……"

"姥姥，你不用宽慰我。"叶太太道出事情真相："我的事情都是苏娘娘告诉叶先生的。她说看见那个男人搂着我肩膀在海河边散步。其实何止散步？我是有夫之妇，无论怎样都不该出格的。我既然走到这步，不离还怎么过呢。"

"您说的那个男人是……？"外祖母伸长脖子望着叶太太，等待悬念落地。

"就张族祥呗，我跟了他。"叶太太说罢，紧紧咬着下唇。

我惊异地叫起来："穷张啊！"

这时外祖母才意识到我的存在，挥手驱赶着说："这是大人的事情，你哪凉快哪待着去！"

"这个穷张总是跑到您家里修理水管，我就猜他没安好心！"外祖母急了。

叶太太说："姥姥您别叫人家外号，起初真是张族祥总来家里修理水管，可是后来我也没拒绝他啊。我这是自愿离婚，过几天我还要嫁给张族祥呢。”

“您要嫁给张族祥……？”外祖母仿佛遇见八百年前的祖宗，“叶太太您疯啦？您放着工程师不要，偏偏跟了管儿匠！”

“他怎么能叫管儿匠呢？叶太太表情郑重起来，“他是水暖工嘛，水暖工也属于工人阶级。”

“工人阶级。”这四个字从叶太太嘴里说出，显得很有斤两。我悄悄躲到旁边听着，怎么也想象不出叶太太跟穷张并肩行走的样子，今后还要成为一家人。穷张是癞蛤蟆，叶太太是白天鹅。叶太太是大家闺秀，穷张是被人们称为“管儿匠”的工人。

外祖母冷静下来说：“假若苏娘娘不告诉叶先生，他不会知道这些事情吧？”

“唉……叶先生是佯装不知。不过我若不提出离婚，他不会主动捅破这层窗户纸的。”叶太太说着有些伤感，“既然这样了，也只好这样了……”

“是啊，苏娘娘泄露底细，您只能搬家，您跟叶先生都没有退路了……”外祖母急得跺脚。

这时候校园里响起中午放学的铃声。叶太太立即慌了神：“我要去干活儿了，姥姥您慢走吧，小鹿子扶着你姥姥上电车啊！”

外祖母望着叶太太跑走的背影：“ 这才叫天有不测风云呢。”

我们乘坐无轨电车回家。可巧女一中传达室老头儿中午下班，也在这辆车里。车上有人给外祖母让座，她老人家不接受，赌气地嘟哝着：“乱了，全乱了！鞋帮子改成帽檐儿，裤腰带改作围脖，坟地改为菜园子了，这世道啊……”

女一中传达室老头儿低声劝告：“老姐姐，这是公共场合您不能乱讲话啊。”

外祖母回过神儿来，冲着传达室老头儿点点头说：“对，一点儿都不乱！鞋帮子改做帽檐儿——高升！坟地改为菜园子——拉平！”

“您这就对啦！但凡遇见不顺心的事儿，天津人就说俏皮话儿，这样开心解闷。”传达室老头儿乐了，露出两颗茶蚀的门牙。我想起外祖母说的上等香片就是高级花茶。

一路上我寻思着。叶太太为什么会跟穷张相好呢？她不应该这样的……

无轨电车拐上建设路。外祖母对传达室老头儿说：“您解放前在周公馆看大门，您知道如今周太太跟我住街坊吗？陕西路团圆巷九号。”

“您是说周家三太太啊？她带着两女儿过日子很不容易，周家老爷吃股息，每月给娘仨邮寄生活费。大女儿还不是她亲生的……”

这老头儿低声跟外祖母念叨周家的往事。外祖母问他贵姓，他说免贵姓华。两个老年人聊着陈年旧事，滔滔不绝。

我们到站下车，我说华爷爷再见。他夸奖说这孩子嘴真甜。下了无轨电车，远处是天津著名的渤海大楼。外祖母抬手遮阳望着这座大楼说："当年我父亲从唐山来天津开诊就住在六楼大套间里，他专门给大军阀大买办们看病，一诊脉二十块大洋。"

我想象不出二十块大洋值多少钱："姥姥，您说叶太太怎么跟穷张走到一起去啦？"

外祖母把我当作成年人对待，皱眉寻思着说："是啊，一个天上飞的，一个水里凫的，俩人根本不挨着！再者说叶太太忍心离开叶先生，她怎么忍心放弃两个儿子呢！"

我想起英哥和睿哥，觉得他俩成了没娘的孩子，好可怜的。

"穷张是鬼，叶太太是女人，女人容易被鬼迷心窍的。"外祖母义愤填膺，迈着小脚朝家里走去。

走进我们团圆巷，有人正蘸着红色油漆往大墙上写标语。我轻声读出红漆大字："深入开展社会主义教育运动！移风易俗兴无……"

苏娘娘好像是监工，一个劲催促那人快写，"还差'灭资'两个字儿！后边十条胡同都等着写呢！这位师傅你抓紧吧。"

我气哼哼盯着向叶先生告密的苏娘娘，一时不知如何发泄，就双手握紧拳头。

"这孩子是要跟谁玩命啊？"苏娘娘发现我目光凶狠，转身问外祖母。

外祖母笑着说："小鹿子见了您高兴，他恨不得咬您一口呢。"

苏娘娘好像担心我真咬她，退了半步说："姥姥！叶太太搬走了，周太太搬来了，这是换汤不换药啊。您听到周太太家有响动吗？"

我抢着说："没了叶太太的大白猫，还能有什么响动！"

苏娘娘不理睬我，继续对外祖母说："你知道原先的犹太俱乐部吧？周太太的大女儿秀仪学跳芭蕾舞，整天往那儿跑！那教跳舞的是个老白俄。"

外祖母解释说："早先的犹太俱乐部，解放后早就改成群众艺术馆了，再说学跳芭蕾舞也不算罪过吧？"

我气急了："你先盯着叶太太，叶太太搬走你盯着周太太，现在又盯秀仪姐姐，你吃饱饭没事干，盯着自己好啦！"

苏娘娘好像听不到我的叫嚷，继续对外祖母说："移风易俗，兴无灭资！这都是梅同志布置给我的光荣任务。"

话音落地——梅同志迈着四方步走进团圆巷，好像他是苏娘娘吹口气变出来的。我想起外祖母说过的《聊斋》，不敢言语了。

脸色黝黑的梅同志昂首挺胸走进团圆巷九号——这是周太太家。

"你看！梅同志找秀仪谈话来了。秀仪念高二了，应当懂得白俄跟苏修的关系，一定要站稳阶级立场的。"苏娘娘得意地说着，扭着枯瘦的身子走了。

周太太和小女儿秀砚走出团圆巷九号，向我们解释说梅同志让她们去居委会领取“活页文选”。

我从小害怕警察，不敢想象梅同志跟秀仪姐姐谈话的场景。

“为什么不发给咱家活页文选呢？”我小声问外祖母。她老人家想了想说：“这是梅同志把秀仪列为重点学习对象了吧？”

8

礼拜六傍晚，妈妈从郊区农场回家来了。吃过晚饭外祖母把叶太太离婚的事情讲给妈妈。身体虚弱的妈妈静静听着，一声不吭。

外祖母以为妈妈没有听清楚，就突出重点说：“我没想到叶太太被穷张给勾引了……”

“您不能这样讲，女人也有不清醒的时候。”妈妈开腔说，“叶太太给我写了信，前天寄到了农场。她信里讲了事情经过。起初张族祥进家修水管，总是哼唱‘咱们工人有力量’，挺乐观的。后来家里有些杂活，叶太太也请他来做，他干完活儿爱找叶太太讨咖啡喝，叶太太觉得水暖工有喝咖啡的习惯，这很少见的，还拿出丈夫的香烟给他抽。张族祥就吐烟圈儿给她看。叶太太觉得张族祥就像个大孩子。后来张族祥几次约她去跳舞，她最终还是答应了。以前叶太太跟女伴出去跳交际舞，都是去干部俱乐部，张族祥带她去工人文化宫，叶太太的感受就大不一样了……”

外祖母打断妈妈讲述说：“是啊，工人文化宫跟干部俱乐部当然不同，这个缺德的穷张让叶太太开了眼，她一步就迈进那个环境啦！”

“女人嘛，尤其像叶太太这样的大家闺秀，她眼里的工人跟您眼里的工人肯定不一样。您看待穷张修理水龙头，他就是个管儿匠而已，在叶太太心目中，这叫心灵手巧有能耐。有时候，宇宙真理不如大众常识，大众常识不如个人感受。”妈妈娓娓道来，渐渐恢复女教师形象。

我喜欢妈妈恢复女教师形象，尽管她被农场的大太阳晒得黝黑。

“俗话说，好女就怕缠郎，可是叶太太真不该找穷张这种人。”外祖母气愤不已说，“穷张还唱‘咱们工人有力量’，他就会拿这玩意儿迷惑家庭主妇！”

“我们农场政委也唱‘咱们工人有力量’，假若把叶太太下放农场半年，她就什么力量都明白了。”妈妈抱有几分幻想说，“我明天去河北区宇纬路善达里，试试叶太太能不能回心转意。女人嘛，此一时，彼一时。”

“芫瑛，我劝你死了这心吧，叶太太单身出户了，连我都不告诉租房住在哪里。再者说，叶太太是决定嫁给穷张才跟叶先生离的婚，她怎么能回心转意呢？”

我突然插嘴说：“那次穷张大半夜借宿，是偷偷带着叶太太吧？”

外祖母伸出手指刮了刮我鼻尖说：“小孩子不许胡说八道！”

妈妈显然受到震动，瞪大眼睛询问外祖母：“叶太太书香门第，她不能够吧？”

外祖母略显迟疑，随即斩钉截铁说：“不能够，不能够，叶太太不是半夜爬窗户那种人！”

“如果不是叶太太，这就说明穷张还找过别的女人……”妈妈思索着说，“叶太太怎么会明珠暗投呢？这真是不可思议！”

“咱们就祷告穷张娶了叶太太，从此收了花心，不再外面另找女人了。”外祖母说着念了句“阿弥陀佛”。

晚饭过后，刷锅洗碗，全家三口不再说话。妈妈打开收音机，天津人民广播电台又在播送歌剧《货郎与小姐》。妈妈凝神听着，继而自言自语道：“离吧离吧，等到春节铁廉又回来了……”

这时候，周太太叩门来家了。妈妈跟她不很熟悉，俩人握了握手，就跟公务似的。

周太太白衣衫素花裙子米色高跟鞋，显得很挺拔。她满面微笑说：“我知道您礼拜六晚上回家，就贸然登门讨扰了。您身体还好吧侯老师？”

很久没有听到有人叫“侯老师”了，妈妈有些不适应，笑容僵僵地说：“肾病缠人，不要劳累过度就是了。”

“侯老师您是知识分子，有文化，有见识，我有家务事向您请教呢。”周太太说着打开手包拉链取出檀香小折扇，双手递给妈妈说了声“不成敬意”。

妈妈连连摆手说：“如今提倡革命化不收礼物的，苏娘娘那种人会说咱们资产阶级生活作风呢。”

周太太表情尴尬，一时不知如何收场。外祖母及时补台说：“好啦好啦，这次我是资产阶级，周太太的礼物我收下。”

“小鹿子，你去我家找秀仪姐姐玩吧。”周太太强笑着说。

我不知道这是周太太让我回避，大声说秀仪姐姐变了，满嘴都是革命化。周太太说那你找秀砚姐姐玩吧，秀砚她没变。

我跑出家门。天黑，团圆巷里没人。我大声唱歌给自己壮胆。也不知道为什么，我竟然唱起“咱们工人有力量”。

穷张是工人，他有力量吗？很久没见他了，我对他还是怀有抵触情绪的。上学期作文考试题目《我将来要做……》，同桌女生汪虹写了《我将来要做个工人》，还说要做纺织女工。我的作文题目《我将来要做个桥梁工程师》。我知道叶先生是设计桥梁的，经常外出勘察地形。我生活中男人样板很少，除了父亲就是叶先生。我长大不想去大西北当国家干部，那样还要夫妻两地分居。我只能选择桥梁工程师做榜样。可是偏偏叶太太跟叶先生离了婚。这个榜样也就不是榜样了。

叶先生真倒霉，一个桥梁工程师败给一个人称“管儿匠”的水暖工。看来他们工人阶级确实有力量。

我叩响周太太家门环，黑暗里秀砚跑来开门，然后引着我上了楼，径直走进她的房间。果然秀仪姐姐不在家。秀砚说秀仪社会活动很多，读高二了正在努力争取加入共青团。我说我是少先队员。

“是我妈妈让你来找我玩儿的，对吧？”秀砚突然问道。

我已经学会说瞎话了。面对秀砚姐姐我不能撒谎，当即点头承认。秀砚高兴了，笑着夸我是个诚实的孩子。这时我觉得学会撒谎的孩子其实很容易说瞎话的，就冲着秀砚尴尬地笑了笑。

似乎是奖励我的诚实，秀砚拉开抽屉拿出那副水晶跳棋。我知道这是她的宝贝，据说没人见过。

“这是父亲送我的生日礼物，他从邮局寄来的。”秀砚打开宝贝盒子，我看到六种颜色的水晶跳棋摆放在六角星里，不敢伸手去摸。平时小伙伴们私下说我没有父亲，我为秀砚有这样的父亲而高兴。

“你爸爸很有钱吧？”我小心翼翼问道。

“从前我父亲很有钱，现今不太有钱了。他吃股息，每次给我写信都说无论怎样也要把我培养成人，绝不丧失做人的尊严。”

我给父亲写信因为他远在新疆。秀砚的父亲近在本市竟然也要通过邮局联系。“秀砚姐姐，为什么你不跟父亲见面说话呢？”

“我好几年没见父亲了，他说不方便见面，不见就不见吧。其实经常写信蛮好的，还锻炼我的写作能力呢……”之后秀砚自豪地说，“我给父亲回信说，不论遇到什么困难，我都不会丧失做人的尊严”。

我跟秀砚姐姐下跳棋了。

“谢谢你小鹿子，这是我第一次跟别人下跳棋，以前都是自己跟自己下……”秀砚说着，眼窝里有了泪光。

我不知她为什么伤感：“平时秀仪姐姐不跟你下跳棋吗？”

秀砚摇了摇头执黄色水晶棋子，让我执紫色水晶棋子先行。我一激动棋子掉落地板上，猫腰去捡棋子看到她穿着白色练功鞋。

“秀仪不练跳舞了，所以我要练。芭蕾舞是高雅艺术，你知道苏联的乌兰诺娃吗？她来中国演过《天鹅湖》呢。”

“我听秀仪姐姐说苏联是修正主义……”

秀砚说："如果说芭蕾舞也是修正主义，我们的京剧就是封建主义了。其实艺术是不分国界的，你知道莎士比亚吗？"

我摇摇头，觉得秀砚懂得很多，当然，懂得多可能就会比较固执。

秀砚很聪明，一连赢了我两盘。我傻乎乎说："你没有秀仪姐姐长得好看，头脑却比她灵光多了。"

"我长得像我父亲……"她并不介意地笑了，"小鹿子弟弟，你长得像你父亲吗？"

我说不知道，我说等父亲春节再回家探亲，你们仔细看看吧。

"你长得像侯老师。"妈妈下放农场了，秀砚还是叫她"侯老师"。我听得心里热热的，我愿意人们叫妈妈"侯老师"，尽管她改种庄稼了。

总算赢了第三盘，我认为她故意让棋。秀砚诚恳地说："小鹿子弟弟，我不会故意让棋的，这盘是你真的赢了我。"

我觉得秀砚姐姐特别好，就对她说出心里苦恼："我耳朵里面总是有响动，半夜醒了很害怕……"

秀砚眨着细长但明亮的眼睛说："那是你耳朵外面有响动吧？"

我想了想，说不清是耳朵里面还是耳朵外面："反正时不时有响动。"

"我认为你是心里害怕，只要心里不害怕就会好的。"秀砚说着伸长脖子望着窗外小院里的夜色，"好像有人来了……"

我说秀砚姐姐你受了我传染，也能听到外面响动了。秀砚姐姐竖起耳朵说："好重的脚步声，踩得楼道地板响呢……"

我反而没有听到响动，想起外祖母说我是童子，就催促秀砚姐姐继续下棋。

秀砚轻轻叹了一口气，"如今很难找到安静的地方了……"

一阵轻盈的脚步飘了进来。我扭身看到秀仪走进屋里。秀砚说的好重的脚步声肯定不是她发出的。

秀仪一身蓝色运动衣，脸色泛红，鼻尖挂着汗珠儿，好像刚刚从业余体校夜练回来，出了很大力气。

秀砚立即说："秀仪，你要多喝凉白开啊。"说着起身去拿冷水瓶。

"秀砚！"秀仪提高声调说，"你又穿了我的练功鞋！我说过你不要这样嘛。"

"你不练芭蕾了，但是我要练嘛。"秀砚平静地说，"秀仪，我先借用你的练功鞋，过两天会还给你的。"

"我不跳芭蕾了，我也不允许你跳！"秀仪坚定地说，"你学跳舞不会有好结果的。"

秀砚收起水晶跳棋说："我还是要跳的，姐姐你不要阻拦我。"

"这是修正主义的东西，你不可以迷恋的！"秀仪大声说。

外祖母曾经叮嘱我，人家发生争吵，我们要么劝解，要么马上走开，不要旁边看热闹。我知道自己劝解不了，便悄悄跑出周家的团圆巷九号院，抬头看见街灯下站着梅同志。

我害怕警察，一时不知如何躲闪便主动招供说："周太太去了我家，我来跟秀砚下跳棋了……"

灯影里梅同志操着外埠口音说："知道了！你要好好学习，天天向上。"

我连忙点头，不知如何感谢这个警察对我的鼓励。这时一辆自行车不紧不慢从我面前骑了过去。

"穷张！"我看着蓝色工作服背影，几乎喊了起来。

穷张骑车过去了。团圆巷里没有什么响动，只传来几声猫叫。梅同志望着远去的自行车扭脸对我说："天黑有坏人，你快回家吧！"

我快步跑进家门，大声对外祖母说："我看见穷张骑着自行车过去了，穿着蓝色工作服……"

外祖母摇头示意我噤声，伸手指着里间屋压低嗓门说："周太太哭了，你妈妈安慰她呢。"

我问周太太为什么哭。外祖母轻声说："不知秀仪从哪儿得知自己是抱养的，人一下就变了！去派出所查寻线索，说自己是工人阶级血脉，非要找到亲生父母不可。"

"怪不得秀仪不学芭蕾舞了，原来她是工人阶级后代……"我寻思着说，"秀仪跟秀砚相比，确实不一样哪。"

外祖母想起穷张了："这家伙大晚上骑车了出来干吗？我听说他跟叶太太结了婚，俩人住在南市福芳里，紧挨着一间豆腐房。"

"也不知英哥和睿哥怎么样了？叶先生设计的新桥快通车了，我们学校还要组织学生参观呢。"

外祖母说人生在世不容易，一家有一本难念的经："咱就说周太太吧，自己是家庭妇女没有进项，秀仪读高中秀砚念初中，花销不小，全凭周家老爷按月供养……"

我说秀仪要是找到亲生父母就会独立出去了。外祖母撇了撇嘴压低嗓音说："有个叫塞翁的老头儿丢了一匹马，还不知道是福是祸呢。"

这时周太太从里间屋走出来，脸上没了泪痕。她跟妈妈握了握手说："谢谢侯老师开导，我跟您交浅言深，请多包涵。"

"周太太您客气了，跟您谈心对我也有很大启发。小鹿子的父亲今年春节又要回来探亲了……"

我想起爸爸许诺从新疆带回两颗狼的牙齿给我。我期待狼牙的到来。

9

自从听外祖母说叶太太住在南市福芳里，便引发我的好奇心。新中国成立前天津南市流氓地痞横行，赌场娼寮云集，五毒俱全。新社会了，住在租界的人对南市印象仍然印象难改。叶太太嫁给张族祥，竟然住到那种地方去了。

学校礼拜二下午“三二交叉”没课，我跟外祖母说去家庭学习小组，背起书包跑出家门。

我参加的家庭学习小组在焦龙同学家。他父亲是个不出名的画家，经常外出写生，因此家里充满自由气氛。我们几个同学组成这个家庭学习小组，有着共同的爱好，夏天养蛐蛐，冬天滑冰排，还成立了储金会，每人每月存入五分钱，争取早日将教室的白炽灯换成日光灯。

我从焦龙家门前跑过去，径直奔向南市方向。这是我首次缺席家庭学习小组的活动——今天研究如何组装矿石收音机。

南市福芳里其实是个市场，坐落在与旧日租界接壤的治安大街附近，小路两侧摆满摊位，大多是天津民间小吃：水爆肚，围锅转，卤鸡杂，炸豆腐，糖簪子，驴打滚，大梨糕，炒白果……还有叫卖鱼虫儿的。天津家庭时兴饲养热带鱼，每天都要购买鱼食。

叫卖鱼虫儿的小贩嘴里叼着恒大牌烟卷，据说他是从少管所释放出来的，外号“脑膜炎”。我躲避着这个“传染病”穿过福芳里市场，沿着小街寻找那间豆腐房。叶太太跟张族祥结了婚，据说住家紧挨着豆腐作坊。

小路脚下流淌着脏水，我纵身跳过去，抬头看见秀仪姐姐迎面走来。她好像也在寻找着什么，东瞅西瞧险些撞倒人家晾晒煎饼的架子。

我叫了声“秀仪姐姐”，她似乎没有听见，扬脸望着前方径直走过去。 我知道她近来变化很大，有时站在团圆巷口沉思，远看好像人体雕像。外祖母担心女孩子中邪，就是天津人说的“撞客”。苏娘娘则认为秀仪正在经历思想革命化的过程，灵魂深处脱胎换骨。

卖鲜货的摊贩告诉我豆腐房在前边小巷里。我走进巷口，远远看到叶太太端着铜盆迈出家门，不紧不慢走向公共水龙头。她身穿蓝布衫黑布裤，高高盘起发髻，完全没了从前的模样。

我望着她的身影，心里寻思着。她为什么嫁给张族祥呢？穷张就是个管儿匠，整天骑着辆自行车四处转悠，还涎脸吃我蜜饯梨皮……我思想不出答案，一时不敢走近叶太太。

她蹲在公共水龙头前面，专心清洗着黄豆芽，不时抬手擦去额头汗珠儿。小巷里没有阳光。她的身影显得蒙眬。以前，叶太太保养手指不沾水，英哥、睿哥的衣服都交给外祖母拆洗。如今她那双会弹钢琴的手浸泡在铜盆里，无所顾忌了。

她清洗过黄豆芽，起身端着铜盆朝我走来。我好像被施了定身法，四肢动弹不得。

“小鹿子……？”她微微惊诧地说，“这孩子！你怎么跑到南市这地方来啦？”

一只大白猫跑过来。我认出它是团圆巷时期叶太太的宠物，分明见证着过去的时光。

“叶太太……”我不知说什么好，伸手揪着胸前红领巾。

她竟然笑了：“移风易俗，以后不要叫我叶太太。你回家告诉你姥姥我跟张族祥结了婚，我们俩生活挺好的。”

“以后也不能叫您张太太啦？”我看着满盆黄豆芽问道。

“当然不能！太太是旧称呼。人家张族祥是工人，工人家属怎么可以叫太太呢？你叫我金姨吧。”

我原本想询问为何离开工程师嫁给水暖工，临场却张不开口，眼巴巴望着这位金姨。

从前的叶太太现在的金姨说：“小鹿子快回家吧，以后不要跑到南市这种地方来。”

我说：“我想看看您住的房子？”

“就是一间房子呗，你就不要看了。”

“我就是想看看您住的房子。”我说出此行的目的。

她甩了甩湿手，指着巷底那扇窗户说：“夕照时，屋里挺亮堂的。就是早晨不见太阳。”

我转身跑了，跑出南市福芳里上了山西跑，经过儿童公园再次遇见秀仪姐姐。我从她身旁跑过去。她喊住我说小鹿子不要疯跑。

我气喘吁吁问她去南市做什么。她有些抒情地说决心寻找真正的自己。我以为她在念诗，起身跑回家去了。

我放缓步伐走进家门，继续气喘吁吁。外祖母疑惑地打量着我。我当然不会告诉外祖母去福芳里见了过去的叶太太现在的金姨，就说学校体育老师要求男生练习长跑。外祖母哼了一声，去厨房烧水了。

不知为什么，我心头布满乌云，伸手摘掉胸前红领巾，横身躺到床上。叶太太为什么要变成金姨呢？这是我不能接受的。想起那盆黄豆芽，心情愈发沮丧。

“你下午没去家庭学习小组吧？”外祖母拎着暖瓶盯着我脚上的球鞋说：“我怎么闻见臭鸡蛋味道呢……”

我立即意识到今后在外祖母面前撒谎，难度越来越大了。

“有人看见叶太太在福芳里清洗黄豆芽呢。”我随口说道。

“唉……”外祖母叹了口气，“谁让我叫你学会撒谎呢，我这是自作自受呗。”

“这全怪穷张大半夜来咱家借宿！”我突然怒吼了。

外祖母问道：“叶太太她还好吧？”

“她家住在巷底，平时见不着阳光，只有夕照时亮堂。”我怏怏答道。

“是啊，叶太太必须学会洗衣做饭……”外祖母掏出手绢擦着眼泪，“我是不便去看望叶太太了，那会伤她自尊心的。”

我寻思着说：“我怎么觉得叶太太并不后悔嫁给张族祥呢？她洗黄豆芽时表情挺安详的。”

“你放屁！人死了才用‘安详’这个词儿呢。”外祖母反而笑了。

10

天气冷了，我还穿着单鞋。秀仪说请我吃集美林包子，还说集美林比狗不理不差。这令我又惊又喜，向外祖母请假外出，她老人家笑着说：“只要你实话实说不撒谎，姥姥不会不同意的。”

礼拜天上午，秀仪身穿肥大的蓝布衣裤，站在团圆巷里等我。我跑过去问她，秀砚还练不练跳舞。秀仪做出无可奈何的表情说：“家庭出身不可以选择，人生道路可以选择。反正我管不了秀砚啦。”

我跟随秀仪沿着墙子河往小白楼方向走去，看见三路公共汽车行驶在南京路上，想起父亲的朋友穆伯伯，他是三路公共汽车司机。去年见面穆伯伯抚摸我头顶，说你爸爸不该去新疆，一走那么远。

秀仪以为我不愿走路想乘坐公共汽车，就说咱们要学习红军二万五千里长征：“你先陪我去见周伯海，然后咱们去吃集美林包子。”

我说周伯海是你父亲啊。秀仪表情坚定地说：“他不是！我就是要周伯海说出我亲生父母是谁，今天你当场做个见证人。”

“你为什么要我做见证人？”

“因为你是一张白纸，人们是相信白纸的。”

“我不是白纸，我身上有黑点儿，我已经学会说瞎话了。”

“你就是一张白纸。我要求周伯海写出证明材料，然后交给老梅，让他为我寻找亲生父母……”

我感觉距离集美林包子越来越远：“老梅是谁啊？”

秀仪得意地说：“就是派出所的片警梅同志呀！他说只要找到亲生父母，我就根红苗正有前途了……”

“梅同志对你很关心哟。”我想起那位面孔黝黑表情严肃的片警，“听说他老家的媳妇给他生了个大胖小子。”

秀仪表情黯然说不知道，扯着我袖口离开墙子河堤，快步经过天津音乐厅，走进小白楼地区。前方街道顿时繁华起来。

小白楼地区从前是美租界，后来转给英国人。社会主义新中国，住在天津旧租界里的人相比居住天津老城厢的居民，文化方面还是有所不同的。旧租界里的天津人说话较少齿音字，不少人讲普通话，几乎没有天津卫的味道。

这时起士林西餐厅旋转门里转出个白俄模样的老头儿，银发碧眼西装笔挺，他横过马路迎面遇到秀仪。

“周秀仪！你很久不去群艺馆学芭蕾啦？千万不要半途而废哇。”白俄老头儿汉语流利，说普通话。

秀仪腾地红了脸，拉着我快步穿过马路。“你怎么不搭理那个苏联人呢？”我跟随她走进浙江路。

“什么苏联人！他是流落中国的白俄，解放后赖着不走，在群艺馆教手风琴……” 秀仪低声说着，好像害怕别人听见。

“他为什么不敢回国呢？”我很好奇。

秀仪姐姐轻声说：“这些白俄跟高尔察克和邓尼金是同伙，他们回国就挨枪毙呗。”

绕进大沽路，拐进开封道，秀仪姐姐就像电影里甩开盯梢的地下工作者，拉着我快速行走。经过那间从前犹太面包房，香气扑鼻。我想起集美林包子，不觉间来到这幢小洋楼门前。

“你知道吗？那天我去南市福芳里是寻找亲生父母的线索……”秀仪说着从书包里取出纸和笔，快步走进小洋楼，我跟了进去。

她推门走进楼道右侧的房间。我站在楼道里打量着这座老式洋楼的细部：黄铜门柄，花盆式吊灯，紫漆地板，雕花栅栏，白色百叶窗……

一个腰间系着白色围裙的女佣模样的人，端着热气腾腾的咖啡从楼道深处走来。“这孩子你找谁啊？”她问我。

我认为这杯咖啡是端给秀仪姐姐的，就说我找周伯海。

“你应当说找周伯海老先生。”女佣端着咖啡推门走进房间，我听见秀仪姐姐大声说话，“你必须出具证明材料，还给我一个真实身份……”

很快女佣拎着托盘走出房间对我说：“请您进去呢。”

我小小年纪，她以“您”称呼，这令我很不适应，立即推门走进房间。光线昏暗，我看见那杯咖啡摆在玻璃茶几上，渐渐凉了。

一个毛茸茸的老头儿倚在绿色丝绒沙发里，好像仙人掌成了精。我受聊斋故事影响太大，凡事总爱产生怪异联想。看来这个老头儿就是周伯海老先生了。

秀仪姐姐递去纸和笔："请你写吧，清清楚楚写出我的来历。"

周伯海摇摇头说："我从来都用毛笔写字的……"

这时我看到老人有着水汪汪的大眼睛，使人觉得他随时都要哭泣似的。

女佣端着托盘送来笔墨纸砚，轻轻摆放书桌上，转身从沙发里搀起周伯海护送到书桌前落座。

秀仪高声说："你写完证明材料要签字盖章，还要按手印，这样更有说服力。"

周伯海转身注视着养女说："夏天你皮肤病不再发作吧？小时候给你服用维他命D，效果很好的。"

"你快写吧！移风易俗兴无灭资，革命化治好了我的皮肤病。"秀仪催促着，很不耐烦。

周伯海轻轻叹口气，伏案写材料了。他表情专注，身形端正，一行行小楷落在宣纸上。

以前秀仪姐姐很温和的，说话柔声轻语。近来她变化很大，一派雄赳赳气昂昂的气派，抬腿迈不过鸭绿江也能迈过海河。

材料不长，周伯海很快写完了。女佣取来印泥加盖印章，然后扭头望着秀仪问道："这里不是派出所，您也不是警察，请问就不要按手印了吧？"

"当然要按手印。这材料要交给派出所警察的。"秀仪气势很盛地反问，"你是什么人？"

女佣苦笑了："我是劳动人民……"

"既然是劳动人民就要站稳立场。"秀仪转向周伯海说，"小鹿子是我请来的见证人，我让他当面把你写的证明材料念一遍，你确认无误就按手印。"

周伯海点点头说："一切随你便吧。"

我从周伯海手里接过淡黄色宣纸，清了清喉咙，大声朗读起来。

"我周伯海证明，周秀仪亲生母亲名叫赵尔花，赵尔花产下周秀仪两个月便挂牌接客，受尽鸨母压榨……。"

秀仪听着几乎疯了，伸手指着养父鼻子说："你胡说八道！我亲生母亲肯定不是这种人。"

周伯海面无表情说："赵尔花一九五0年二月生病死亡，当时你不足一岁，我的如夫人舒玉洁收养了你。"

秀仪双手捂脸，大声哭号着："你这是陷害我……"

我不知如何是好，只得继续朗读："周秀仪亲生父亲是杏花村的'茶壶'名叫任达贵，茶壶就是旧社会妓院里的工作人员。"

秀仪气得五官挪位浑身发抖：“你这是造谣！你这是污蔑！你这是阶级报复！我亲生父母都是好人……”

周伯海满脸困惑说：“我没说你亲生父母是坏人啊？旧社会他们也属于劳苦大众的。”

“你污蔑我是妓女的女儿！”秀仪说着抢过我手里的证明材料，刷刷刷撕成碎片，然后塞进自己嘴里，使劲儿咀嚼起来。

“秀仪姐姐，你怎么把亲生父母吃到肚子里啦？”我想起电影里地下工作者被捕前吞吃组织文件的镜头，大声问道。

女佣及时安慰披头散发的秀仪说：“您不要难过，周老先生说了，您的亲生父母旧社会也是受苦人……”

“我不用你安慰！”秀仪转身冲出房间，我遵守外祖母教导，下意识地给长者周伯海鞠了个躬，然后跑出这幢小洋楼。

我沿着墙子河边追到耀华中学河堤上，看到秀仪坐在大杨树下，活像一尊石头人儿。我忘记了集美林包子，近前劝慰她。

她渐渐恢复了，依然是秀仪姐姐：“小鹿子，今天什么事情都没发生，你没有来过小白楼也没有见过周伯海，是这样的吧？”

“是这样的。”我尽力补充说，“我也没有见到集美林包子。”

“你真是个聪明孩子。”秀仪勉强地笑了，“我请你去黄家花园吃馅饼吧，就在二池旁边。”

“你吃下满肚子纸片已经饱了吧？咱们先把馅饼存起来，以后有了喜事请我吃吧。”

不知为什么秀仪紧张起来：“你说什么喜事？我并没有跟谁谈恋爱啊！”

我说梅同志对你挺好的。秀仪姐姐愈发紧张了，“小鹿子，你听到了什么议论吗？”

“苏娘娘说梅同志在老家有媳妇，还生了大胖小子……”

“哼，苏娘娘就爱嚼舌头根，她这辈子绝户了……”秀仪姐姐思索着，跑过张庄大桥去找公用电话了。

我猜测她是急着要给她说的“老梅”打电话。

11

爸爸从新疆来信说，预计腊月底到家，最晚不过除夕傍晚。他在信封里夹了两张“天山牌”烟标，特别令我高兴，有了爸爸就是好。我更期待爸爸承诺带回两颗狼牙，我装进衣兜带在身上胆子变大，即使见了警察和坏人也不会害怕了。

狼牙还没到来，周太太却跑来了，一进门就跟外祖母诉苦，说放寒假秀仪反而离家住校去了，即使礼拜天也不回来，看这架式要跟家庭断绝关系。

外祖母唉声叹气说："虽说世道变了，这移风易俗也不能六亲不认吧？这兴无灭资也不能乱了纲常啊。"

周太太说："这团圆巷幸亏有您老人家，要不我连说话的地方都没有，非憋死不可。"

这时候我愈发觉得周太太很像叶太太，无论言谈举止还是为人处世，看来被称为太太的女人都是很体面的。

这时候有人叩响院门，我跑去应门，一个老头儿说找寻团圆巷九号周家没人，就问到我家这里来了。我认出他是女一中传达室的老头儿，就叫了声华爷爷，然后扭身大声召唤姥姥。

他抚了抚大襟甩了甩袖口说："你小子记性真好！没忘了我老华姓甚名谁。"

我说："中华人民共和国的华，谁都能记住啊。"

周太太跟随外祖母迎了出来。华爷爷当头说道："三太太，好多年不见了……"

被称为"三太太"的周太太，掏出手绢擦去泪水说："华叔，真是好多年不见，您老跑来有事儿啊？"

被周太太称为"华叔"的老头儿说："三太太，金姐委托我来给您送信儿，说秀仪萎靡不振、神情恍惚，整天躺在学校宿舍里，她担心这闺女精神出了问题。"

"华叔，金姐怎么不亲自来呢？"周太太显然知道金姐是谁，轻声问道。

"金姐不在学生食堂盛菜了，她昨天辞工去房管所看茶炉，说是她丈夫给找的工作……"

外祖母脱口说道："穷张给叶太太找了工作？这大家闺秀干粗活儿这就彻底变成粗人啦！"

"姥姥，咱们不知内情，人家毕竟是夫妻。"周太太说罢掏出钱包说，"华叔辛苦了，您回家路上买碗茶水喝吧。"

华叔连连摆手说："三太太！您拿我当外人，我食周家俸禄多年，如今跑腿报信儿不能收钱的！"

说罢，这老头儿猫腰给周太太鞠了躬，转身走了。周太太追到小院门外说："华叔您好走，我不远送了。"

外祖母感慨地说："有里有表，有主有仆，有情有义，这都是老派人物啊。"

周太太返身回来问外祖母："姥姥，您说秀仪为嘛拿我当仇人？这是暗中有人挑拨吧……"

“秀仪萎靡不振神情恍惚？我看她是动了春心。”外祖母思忖着说，“俗话说，女儿大了不由娘，这事儿您由她去吧！”

“姥姥，秀仪要是真跟我脱离母女关系，我怕对不起周先生！他每月寄钱供养我们……”

我想告诉周太太，我陪秀仪去小白楼找过周伯海，话到嘴边还是咽回去了。

外祖母果断地说：“周太太我说句不该说的话，这年头讲究家庭出身，秀仪要是真跟您脱离家庭关系，那是她的福分！”

“姥姥，您说得没有半句虚言，再容我回家好好想想吧……”周太太受到触动，告辞走了。

我给外祖母端来一杯水，“姥姥，我怎么觉得挺乱呢……”

邮递员站在小院门外喊叫“侯王氏来信啦”，外祖母迈着一双小脚迎出去说：“我八百年前就响应政府号召改名王素芳了，怎么还叫老名字！”

邮递员说：“是啊，我也觉得奇怪，解放这么多年怎么还有这种老派人物呢。”

外祖母接过牛皮纸信封感慨地说：“老派人物愈来愈少，断了根脉哟。”

她老人家快步返回，走进家门戴上老花镜打量着字迹说：“侯王氏大人收，这是你妈妈来信了……”

外祖母当年参加扫盲学习班，能识字但不会写字。她双手捧读来信，嘴唇微微震动着，默念不出声。

天津旧租界的孩子从小接受家庭教育，家长没让你伸脖子看，你只能缩脖子等着。外祖母小声念信，我像期待骨头的小狗儿望着她老人家。

“小鹿子，这礼拜你妈妈不回来了，她说农场改了章程，每礼拜休息变为每月底休息，全体人员参加政治学习……”

“变了？”我看着墙上月份牌计算着，“姥姥，距离月底还有十二天呢。”

“世道又吃紧了，我得去找邓瞎子算一卦……”外祖母若有所思说，“你妈妈写侯王氏收，她把亲娘名字都忘了，兴许是给整糊涂了。”

“噢，还有，你爸爸给你妈妈来了信，说请假被领导取消了，春节期间参加单位政治学习，不能回来探亲啦。”

我冲到外祖母面前说：“我爸爸说好给我捎两颗狼牙回来，他怎么变卦啦？”

她老人家叹气道：“我看你爸爸不回来也好，眼不见，心不烦。”

吃过晚饭，悠悠传来老西开教堂的钟声。不知什么原因，每当听到教堂钟声我便莫名忧伤。这钟声跟团圆巷的响动完全不同，好像远方有人招呼我。

我跟外祖母讲了这种感受，她老人家打量着我说：“你小子将来不会信了天主教吧？周太太就是教民，她不敢让别人知道，只好偷偷去教堂做礼拜呢。”

“信教的人会倒霉吧？”我替周太太担心。外祖母说关灯睡觉吧。

我便自觉自愿钻到壁橱里去了。这几年长身体，壁橱显得小了。我的梦境里团圆巷充满各种响动，时隐时现，时有时无。

睡到半夜时分，我又被大人说话惊醒了。我忘了睡在壁橱里，起身脑袋撞着橱顶，咚地发出闷响，吓得屋里人“哎哟”一声。

我拉开壁橱门把自己放出来，看见灯光下竟然站着叶太太。

“哎哟，小鹿子又长高了，都快成小伙子啦。”叶太太欣喜地打量着身穿背心裤衩的我。

身穿灰衣灰裤的叶太太明显比蹲在公共水龙头前清洗黄豆芽时胖了。人胖，便显得矮了，完全不像从前挺拔苗条的她了。我不知如何应答，就窘着。

“你给我里间屋待着去！”外祖母张嘴轰我。我快步跑进里间屋，径直躺到大床上。

当年张族祥大半夜借宿惊醒我，穷张在我成长历程中烙下深刻印记。此时我又被叶太太惊醒，她已然嫁给穷张了……

时光流逝，我长大了，懂得半夜登门者必有要事，不论她是叶太太还是金姨，我和外祖母肯定全力相助的。

外间屋说话声音很低，我听不清，一阵困意袭来便睡了过去。

转天清早醒来，我从里间屋蹿出来，仍然是五年级小学生，外祖母却戴着老花镜变成老中医模样。

她老人家翻阅着那册纸页泛黄的“介臣药方”，眉头紧锁思忖着说：“叶太太大半夜跑来，看来她是恢复过来了，已然有精力帮助别人啦。”

我说不要叫叶太太叫她金姨吧。外祖母扭身目光越过老花镜看着我说：“还是叫叶太太顺嘴，也体面。”

我说外边不时兴叫太太了，移风易俗兴无灭资。外祖母说这是在家里说话，在家里就要叫太太。

“小鹿子，你给我看清楚，这是第六页第三方。”外祖母手里举着“介臣遗方”小册子说，“你去绿牌电车道的达仁堂找齐鹤轩，你跟他说第六页第三方，不添不减照方抓三剂。你吃过早点赶紧去吧。”

“这是谁要吃药？”我顺嘴问道。外祖母板起面孔说：“小孩子多嘴！反正这药不是给你吃的。”

早点吃了两碗籼米稀饭，咸萝卜是外祖母腌的。我跑出家门从团圆巷拐上山西路。说是快立春了，我的脸蛋还是皴了，双手揣进棉衣袖筒里，挺着身体朝前走去。

张族祥骑着自行车迎面驶来。他满身蓝色衣服，头戴直筒式工作帽，嘴里哼唱歌曲骑了过去。我听出这是“咱们工人有力量”。他好像只会唱这首歌。

很久没见张族祥，他娶了叶太太变成有家室的人，外表却没有发生什么变化，还是那种对生活很满意的样子。是啊，穷张应该对自己满意，一个管儿匠把工程师太太娶了，他确实有力量。

张族祥好像驾驶一架滑翔机，在马路上划了个大圆弧，转弯向我骑来。“你长得好快呀，我没看出这是萧铁廉的儿子！”

我还是提起他让我学会说谎的往事，“是啊，你到我家借宿那年我三年级，现在我都五年级了。”

“你没留级？我看你个头儿像初中生呢。”他还是身体跨在自行车上，单脚撑地跟我说话，这种姿势多年不变。

我不会告诉这个外号“穷张”的水暖工，大半夜有人来到我家，尽管叶太太已经嫁给他了。

“我调回甘肃路房管站了，你家厨房漏水还是我负责修理。”他说罢蹬起自行车，悠悠骑走了。

我走进绿牌电车道的达仁堂大药店。齐鹤轩是个白胡子老头儿，看着很像年画里的神仙。他接过“介臣遗方”注视着第六页第三方，然后打量着我。

“王介老去世二十年，今天这册‘介臣遗方’总算露面啦。”他继续打量着我问道，“王介老有个独生女，她是你奶奶还是你姥姥？”

我说是我姥姥。齐鹤轩召唤年轻店员照方抓药：“两年没见，你姥姥她还好吗？”

我说我姥姥挺好的。这个白胡子老头儿不说话了。年轻店员抓好三剂草药，我付了三毛六分钱，轻飘飘拎在手里。

齐鹤轩轻声叫住我，猫腰从柜台下取出一瓶药水说回家交给你姥姥：“她年轻时就爱管闲事，真是个热心肠呢。”

“您跟我姥姥很熟悉？”我觉得这位老人挺亲切的。

齐鹤轩老人说：“是啊，七·七事变那年认识的。”

我知道“七·七事变”，那年日本鬼子占领我们天津，还轰炸了南开大学和大经路择仁里。

走出达仁堂大药店，大马路对面是鲜花店。绿牌电车道跟山西路交口是维斯理教堂，我看见几个黑衣修女走出来，穿着高筒皮靴。想起革命传统教育课，班主任讲过五四运动时期周恩来总理躲避北洋军阀迫害，多次在这座教堂地下室召集“觉悟社”活动。我想去地下室看看，就走进维斯理教堂大门。

一个守门的老太婆迎门问我是不是教友。我说我家住陕西路团圆巷，邻居周太太总到老西开教堂做礼拜，今天我想参观你们教堂地下室。

守门的老太婆表情严肃地说：“我们维斯理教堂是新教。”

“怎么还有新教旧教啊？不都是教堂嘛。”我觉得老太婆太过于古板，“这又不是穿衣服，有新有旧。”

“老西开教堂是天主教。长大你会明白的。你家住陕西路团圆巷？”这个老太婆似有疑问。

我当然愿意跟她交流：“是啊，您对我们团圆巷很熟悉？”

“有位妇女经常来这里祈祷，她家就住团圆巷，那样子很虔诚的……好啦，我们教堂地下室不对外开放，你快回家煎药吧，上帝保佑你们全家。”守门的老太婆说罢在胸前划着十字。

“团圆巷有个妇女经常来维斯理教堂祈祷？”我猜想不出这人是谁，既然进不得地下室参观，只得转身回家。

一边走一边翻看这册纸页泛黄的“介臣遗方”，在第六页第三方下面看到“促滑胎，主流产”六个字，我不明白这是什么意思，快步跑回家去。

一口气跑进家门，我首先把药水递给外祖母说：“这是白胡子老头儿送给您的，他还让我问候您呢。”

“你说齐鹤轩啊？我跟他认识好几十年了……”外祖母说着脸庞泛起红晕，顿时显得年轻了，“当年我父亲王介臣来天津坐堂行医，给病人开出药方都去达仁堂抓药，我跟齐鹤轩就熟悉了。”

“姥姥，我怎么没听您说起我姥爷呢？”我猛然想起这个问题。

“我从年轻守寡，二十七岁……”外祖母小声说着。我觉得白胡子老头儿这瓶药水触碰了她的心思。

“这是治头疼的药水，涂抹太阳穴疼痛就减轻，特别灵。我年轻时经常闹头疼……”外祖母陷入回忆，轻轻叹了口气。

我将三剂草药递给外祖母问道：“姥姥，促滑胎主流产，叶太太用这药干吗？”

“你不要乱讲！”她老人家接过三剂草药，轻轻拎在手里。

我告诉外祖母张族祥调回肃路房管站了。她老人家点点头说天下大事，分久必合，合久必分。我知道这是《三国演义》的开篇。

我又告诉外祖母说：“咱们团圆巷有个妇女经常跑到维斯理教堂做祈祷，那守门老太婆告诉我的。”

“噢，敢情咱们团圆巷还有人偷偷信教……”她老人家说罢拎着三剂草药走出家门，去哈密道副食店打公用电话。这种唤户电话，你打一次交六分钱，那边被唤来接电话的人，接一次交四分钱。双方总共一毛钱。

外祖母这是给谁打电话呢？凡是她老人家不想让我知道的事情，我也不会去问的。

不知出于什么心理，我反而对齐鹤轩有了兴趣，暗暗把白胡子老头儿跟外祖母联系起来，比如“七·七事变”俩人年轻的时候。

外祖母空着双手回来了。我控制不住自己，便问三剂草药的去向。

外祖母板起面孔说："你一个半大小子这么絮叨？你也想喝几剂汤药打胎啊！"

12

一大早儿，哈密道副食店的公用电话来人唤户，大声叫喊"团圆巷七号王素芳接电话"！外祖母听罢放下晾晒山芋干儿的畚箕，拿着零钱迈着小脚跑出去了。我猜测这电话跟那三剂草药有关，就坐在家里等着。很快她老人家回来了，戴上老花镜戴继续翻看那册纸页泛黄的"介臣遗方"，低声自言自语。

"爹呀，您是大名医怎么留下的药方不管用呢？三天也没打下来。今天晚上我给您老人家烧两刀纸钱，您给我托个梦吧……"

我起身问道："叶太太喝了三剂汤药不见效，您给换个药方呗。"

"你怎么张嘴闭嘴都是叶太太呢？这汤药跟她有什么关系！"外祖母恼了，气得冲我瞪眼。

"明明是叶太太大半夜来家里求您嘛！"我开始跟外祖母犟嘴。

"你这孩子真随你妈妈，都是聪明过分，又都是小聪明！叶太太大半夜来咱家，这汤药就必须她喝？我看你是长虫吃了筷子——直脖子不会拐弯儿！"

我认为自己长大了，张嘴跟外祖母讲理："您派我去达仁堂抓药，又不让我知道底细，我当然以为是叶太太用药呢。"

她老人家笑了："好啦！我的小祖宗，姥姥请你再跑一趟达仁堂，请齐鹤轩给出个立竿见影的方子！"

"您为嘛不亲自去问他呢？"我大胆发问。

外祖母语塞了，低声说好孩子还是你去吧。

我跑出家门奔向达仁堂大药房。天上打雷了，发出隆隆轰响。干打不下雨，好像就是为了恐吓我们。

我离开达仁堂大药店，飞快跑回团圆巷冲进家门。外祖母正在拆开枕头清洗荞麦皮。我气喘吁吁说齐鹤轩不在了。

她老人家忙不迭地说："那就请你下午再跑一趟吧。"

我说齐鹤轩脑出血，昨天死在天和医院。外祖母听罢抬头看着我。我把原话又说了一遍。

"你有时候撒谎，这次不是说瞎话吧？"她老人家伸来目光问道。

"这是达仁堂年轻店员告诉我的，当时他还掉了眼泪呢。"

外祖母挓挲着双手走进里间屋，一时没了声响。我不知如何是好，就猫腰坐在地板上。

我听见里间屋她老人家自言自语:“我说我守寡不再嫁,你就是个实心眼的人,我爹他思想保守不把真本事传给外人,你这辈子就在药店里抓药,多委屈呀,你这样走了……”

外祖母躲进里间屋,一上午没出来。我知道她老人家心里难过。她跟齐鹤轩“七·七”事变那年就认识,如今白胡子老头儿死了。

以前我认为只有亲人死了,人才悲伤。其实不是亲人,也会悲伤的,而且很悲伤。

天气大热了。月末妈妈从农场回家,几乎不说话,常常凝神沉思,然后埋头写着什么。第二天起大早儿骑车赶回郊区农场。

我问外祖母妈妈忙着写什么。她老人家愁眉不展说:“填写解放前的经历呗,每年每月你都做了什么,一条一条写清楚。”

“天啊,以后长大成人让我从小学写起,我哪里记得每年每月做了什么!”

“所以你要长记性,将来写履历不犯难。”外祖母说着指派任务给我说,“晚晌你上街买张报纸吧,电匣子里说有个叫吴晗的人编了出京戏《海瑞罢官》,犯了大错误。还有个什么三家村,也不知道是戏名还是地名。”

我只知道首都北京,不知道三家村在哪里。傍晚时分,我上街买了份《天津晚报》,看到“葵花灯下”栏目没有批判什么人,只是说河北区王串场有家早点部偷工减料,炸的馃子不够尺寸,豆浆不熟有异味,顾客喝了闹肚子。

我拿着《天津晚报》走进黄昏的团圆巷。苏娘娘双手叉腰立在九号院门前,母鸡下蛋似的叫唤着。一群人静静听着,不言不语。

苏娘娘大声说梅同志受到处分,扒掉警察制服送回原籍农村,成了普通老百姓。

秀砚走出团圆巷九号院,瞪大眼睛听了听,转身跑回去报信儿了。

周太太快步从九号院走出来,满脸吃惊表情望着苏娘娘:“什么什么?您说梅同志被开除啦!”

“你就别装糊涂啦!若不是你女儿秀仪勾引梅同志,人家也不会犯生活作风的错误……”

秀砚伸手好像要堵苏娘娘的嘴:“请您不要乱讲,我姐姐是个女学生……”

周太太申辩道:“你说我家秀仪勾引警察?这怎么可能呢!她住校礼拜天都不回家……”

苏娘娘得意地笑了:“是啊,秀仪为嘛礼拜天都不回家?因为她跟了梅同志呗!”

外祖母闻讯赶来,大声斥责苏娘娘:“你不要扯嗓子叫唤了!这里又不是牲口市场卖驴的……”

苏娘娘全然不买账，伸手指着外祖母说：“你以为我不知道哇？叶太太大半夜跑来找你求援，你们为秀仪寻找堕胎药方，三剂汤药根本不管用！现在秀仪怀着孕怎么收场？”

外祖母冷静地说：“梅同志结了婚家乡有媳妇，秀仪是黄花大闺女，我看怀孕这种事情，责任在男方不在女方。”

噢，原来外祖母让我去达仁堂是给秀仪姐姐取堕胎药。我顿时觉得苏娘娘浑身长满眼睛，天底下没有她不知晓的事情。

“上帝啊！”周太太懵懵懂懂瞪着苏娘娘，“我家秀仪不会怀孕的，苏娘娘您不要胡说，败坏了她的名声……”

一个老太婆路过我们团圆巷，停住脚步观望着苏娘娘，我认出她就是维斯理教堂的老太婆。

苏娘娘越发猖狂地说:“还名声？你从前给大资本家周伯海做姨太太就没有好名声！这叫上梁不正下梁歪。”

周太太受到强烈刺激：“我做姨太太也是明媒正娶，您不要血口喷人……”说着她身体猛然挺直，牙关紧咬屏住呼吸，咚地摔倒墙边。

秀砚扑上去抱着妈妈。苏娘娘不言语了。外祖母急得大声招呼说：“你们都伸手啊！咱们把周太太抬到我家去……”

维斯理教堂的老太婆上前抱起周太太双腿，扭脸对苏娘娘大声说，“你不是总去我们教堂祈祷吗？上帝宽恕你吧。”

我觉得老太婆今天说话声音特别响亮，好像对苏娘娘很有意见。

几个人将周太太抬到我家外间屋，大家动手盘起周太太双腿坐稳，外祖母伸手紧紧掐住她嘴唇上的人中穴说：“你们用劲捶打周太太脊背！”

秀砚哭着捶打妈妈脊背。维斯理教堂的老太婆找来一杯凉水，哗地浇在周太太脸上。她嗷地叫了一声，渐渐苏醒过来了。

外祖母大大咧咧说：“好啦好啦！周太太您活过来了。”说罢扶着周太太躺在床上。

“秀仪怎么会怀孕呢……”周太太挣扎着说，“我要去问问那个梅同志，他可是有家室的人哪。”

秀砚拉着妈妈的手说：“苏娘娘说梅同志被送回农村老家了。”

维斯理教堂的老太婆扯了扯外祖母袖口说:“你们团圆巷这位苏娘娘，我总是劝她不要心存恶念，她就是听不进去，照旧来我们教堂偷偷祷告，请求上帝惩罚团圆巷的资产阶级们，还一个个念叨名字……”

“啊——！”外祖母气得脸色发白，“我没想到苏娘娘这么歹毒！”

“她认为上帝是管束资产阶级的神，所以就请求管束资产阶级的神惩罚资产阶级的人。她要求处罚的名单连我都听到了，团圆巷三号余大夫两口子、团圆巷五号齐律师爷儿俩、团圆巷九号叶太太全家、团圆巷十号范先生夫妇，后来又添了周太太娘儿仨……”

维斯理教堂的老太婆缓了口气说：“苏娘娘每次祈祷都这样说，上帝啊，您就惩罚您团圆巷的子民吧，不要让他们过得舒服痛快，不要让他们有好结果。”

秀观倏地瞪大眼睛说：“天啊，苏娘娘这是什么思想啊！”

“请上帝宽恕苏娘娘吧。”周太太确实是天主教徒，抬头望着天花板祷告说。

维斯理教堂的老太婆说了声“上帝与你们同在”，就起身走了。

“秀砚……”周太太喘着粗气说，“你快去找你姐姐，告诉她无论怎样咱们都是相亲相爱一家人。”

13

秀仪失踪两个月，毫无音讯。七月流火，风起云涌。团圆巷一夜之间贴满大字报，小巷变成纸糊的筒子。大字报有贴给三号院余大夫的，也有贴给五号院齐律师的，还有贴给十号院范先生的。另外，我们团圆巷十三号居然住着个诗人，平时发表作品笔名“饮雪”，所以大家只知道他是中学教师薛冰。这位不卑不亢的薛冰老师被青年学生们带走了，周伯海、周太太也被学生们斗了，最不可思议的是苏娘娘，因为窝藏银圆家里被抢夺一空……

天色大黑了。外祖母用开水泡热中午剩余的米饭，添了一撮虾皮儿，加了几滴青酱，一人吃了一碗。放下碗筷就听见有人叩门。

苏娘娘进门就跪了下来：“姥姥！这是我藏在地板下的六根金条，它是我的命根子！我没儿没女没亲没故只能存在您这里了……”说着，她从怀里掏出红绸缝制的小袋子，发出金条碰击的闷响。

我看着外祖母，外祖母看着我。空气顿时凝结了。

“您这六根金条不是赃钱吧？”外祖母不忍心对方跪着，伸手拉起苏娘娘。

“这六根金条干干净净，它都是我从牙缝里省下来的！要是被他们抄了去，我就不活啦……”苏娘娘咧嘴哭起来。

外祖母接过红绸小袋子，“假若明天我家也被抄了，我也不会供认它是您藏这里的！”

苏娘娘立即瞪大眼睛说：“那不行那不行，这六根金条就是我的，王姥姥你不能赖账啊！”

"好吧，我就招认它是您的……"外祖母苦笑着说，"这六根金条还用我给您出个字据吗？"

苏娘娘好像醒悟了，连连摆手说："白纸黑字留不得！我丈夫就是主动填写解放前的履历，成了伪政府的看门狗……"

这时团圆巷里传来响动。苏娘娘留恋地看了看红绸小袋子，趁着天黑惊恐地走了。

我说苏娘娘这么坏您还帮她干吗。外祖母长长叹口气说："她再坏也是人，人总有遇到难处的时候。"

我说苏娘娘的丈夫是看门狗。外祖母摇头说她丈夫也是人不是狗。

就这样挨到大半夜，外祖母叫我跟她溜到后院，把苏娘娘六根金条装进陶罐里，悄悄挖土埋了。

天气转凉了。一连几天里，余大夫家、齐律师家、范先生家先后腾空住宅搬走了。周太太也从团圆巷九号院迁往沈阳道的地下室。天津话把地下室叫"地窨子"。

周太太带着女儿秀砚前来道别，母女俩强作笑颜。周太太知道我妈妈滞留农场不能回家，她把藏在头发里的胸针取出来说："不知今后能不能见面，这送给侯老师留作念想吧。"

"好啊，我替芫瑛收下。"外祖母毫不推辞，伸手摘下自己的银耳环说："我也留给您个念想，看见耳环就想起王姥姥，天塌了也不能走绝路！"

秀砚噙着泪花说："王姥姥您放心，即使住进地窨子我也不会丧失信念的！"

"我们搬家很简单的，只剩下木板床和藤条箱了。"周太太依然期待说，"要是秀仪回家来了，您就告诉她我们搬到沈阳道一百零三号余门的地窨子里去了。"

不出几日，从棚铺区迁来的无产阶级家庭，陆陆续续搬了进来。从此，团圆巷里有了打鸣的公鸡、积酸菜的大缸、烧柴禾的土灶，还有清晨嘹亮的歌声。

只有团圆巷九号院空着，很久不见新户搬来。学校停课。天气寒冷，外祖母把我憋在家里，不允许外出招事儿。

冬天的太阳走进了房间。我躲进里间屋给近在郊区农场的妈妈写信，抬头是"侯芫瑛同志、母亲您好"，然后我在信中告诉妈妈，我和姥姥都很好。我身高长到一米六六了……

然后，我给远在大西北的爸爸写信，格式相同。只是不敢再提有关狼牙的要求。外祖母嘱咐过不能给爸爸妈妈写信。我就将这两封信藏在双人床垫下，就等于是寄出了。

转年初春时节，团圆巷九号院依然空着，原来这座宅院分配给天津发电设备厂的老工人，可是他迟迟不愿搬来，就这样空闲下来了。

一天下午，我溜进团圆巷九号院，动手拔掉枯黄野草，独自坐在前院门厅台阶下，回想着这座宅院从叶太太家到周太太家的时光。

我抬头看着墙壁上安装篮筐的痕迹，想念叶家的英哥和睿哥，如今他俩成了没娘的孩子，也不知他们还在不在天津生活……

起身穿过楼道走进后院，我想起当年周家的秀砚试穿小花棉袄的情景，还有失踪多日的姐姐秀仪……这时候，我平生首次体验到怀念时光的滋味，悄悄哭了。

不知哭了多久，听到从前院传来响动，咣里咣当好像搬运沉重的东西。我从后院跑回前院，一群工人正往院子里搬运家具。一个工人高声喊道："张嫂！这大衣柜摆在楼上还是楼下？"

"楼上！楼上！"一个女人闻声走进院子，她头戴类似副食店女售货员的白色无檐帽，身穿两截子灰布衣裳，扬手指挥着搬家工人。

啊！我惊异地看着她——这是过去的"叶太太"现在的"张嫂"。我感觉时空错乱，半晌说不出话来。

外号"穷张"的水暖工张族祥怀里抱着大白猫走进院子，他还是穿着蓝色工作服，深深的眼窝，高高的鼻梁，满脸轻松自在的表情。

他看见我就笑了说："小鹿子，这团圆巷九号院分配给我家住啦！今后咱们成了邻居。"

我顿时明白了，眼前的张族祥属于工人阶级，这座宅院就是要给他这样的人居住的。

过去的"叶太太"现在的"张嫂"注视着我，然后笑了笑说："小鹿子又长高了……"

我只能依照辈分叫她金姨："转了个大圆圈儿，您又搬回来啦。"她还是笑了笑，继续说我长高了。

好像除去这句话，她也说不出什么别的内容了。

我发现她富态多了，人胖了眼睛就显小了，脸圆了下颏就没了，灰布上衣灰布裤子，腹部有些凸起，好像里面藏着个正在充气的篮球。

我敢肯定不是从前那位皮肤白皙身材苗条身穿紫底碎花旗袍白色高跟皮鞋的叶太太了。我随即转身溜走。

穷张迎面挡住我，响声吆喝道："小鹿子，你爸爸支援大西北当了干部，那是撇家舍业啊。我留在天津市当工人，这是守家在地呢。"

工人们忙着搬运家具：红木雕花双人床、牛皮沙发、明镜梳妆台、玻璃砖餐台、花梨木圈椅……

张族祥突然压低声音：“小鹿子，这些家具都是查抄物资，我一块钱一件就买到手里了。”

我不明白他为什么突然压低声音说话，有些小偷得手的感觉：“嘻嘻，我实话告诉你吧，这红木雕花床是周伯海家的，那牛皮沙发是余大夫家的，那玻璃餐台是刘……”

一声尖叫，身穿蓝白条格病号服的苏娘娘好似从天而降，伸手展开双臂阻拦搬运家具的工人们。

搬家工人只得向家庭主妇求援：“张嫂！这老娘们不让我们干活儿……”

过去的“叶太太”现在的“张嫂”挺身走到苏娘娘面前，满脸鄙视表情说：“您这是跟谁玩儿命啊？”

“我跟你玩儿命！你凭什么搬回团圆巷九号？你有什么资格住这座宅院？我看你这是反攻倒算的还乡团！我们革命群众坚决不答应……”

我快步跑回家去，火速向外祖母报告敌情。她老人家连头也不抬就说：“刚才叶太太来家里看望我了，说今后咱们又是邻居了……”

我说张族祥弄来满院子家具，看着特别贵重。

外祖母放下手里针线摘下老花镜说：“刚才我对叶太太说，恭贺乔迁之喜，以后您家自来水管再出毛病，修理起来可就方便多了。”

我觉得外祖母的态度变了，这几句话分明含着挖苦口吻。

一声门响，苏娘娘吵吵嚷嚷进了院子，奋不顾身冲进我家。

“姥姥！金淑贞又搬了回来，这是无法无天，咱们不能瞪眼看着团圆巷变天啊！”

外祖母镇定如山，动用麻将术语说：“您不要诈和，人家嫁给了穷张，她是跟随穷张搬回来了。”

苏娘娘瞪大眼睛，似乎无法理解这种身份变化：“我不服气！我不服气！”

我觉得身穿病号服的苏娘娘瘦得成了一根竹竿，而且正朝着竹篾方面发展。

苏娘娘口头不服气，人却像泄气的轮胎，一侧身坐在地板上：“张族祥只能算流氓无产者！金淑贞离婚改嫁有生活作风问题……”

“这不用您给他们定性。”外祖母伸手拉起苏娘娘，“您身子骨不得劲儿，这是住进哪家医院啦？”

“马大夫医院！反正我也活不久了。”苏娘娘狠狠说罢，一阵风走了。

外祖母神色凝重寻思说：“马大夫医院现在叫人民医院，那是专治毒瘤的地方，看来苏娘娘得了绝症。咱们赶紧把金条挖出来，趁她没死送到病床前，物归原主。”

我充当外祖母的小军师说：“您这样做会害了苏娘娘，让她临死落个私藏黄金的罪名。”

“小鹿子真长大了。好吧，那就埋着不动。有的东西好比炸弹，你不动它没事儿，你一动它就炸了。”

外祖母说罢恢复常态，跑去厨房做饭。她一边擀面条一边念叨：“今天吃喜面，一半儿炸酱一半儿打卤，咱们庆贺团圆巷九号院搬来新邻居！”

我不知道外祖母是挖苦穷张还是嘲讽自己，她念念叨叨好像得了话痨。

我跟外祖母说想去农场看看妈妈。她老人家想了想说：“可以，你悄悄去悄悄回，反正团圆巷也没有苏娘娘监视咱们了。只要看见你妈妈在田里劳动，那就是老天爷保佑平安！你回来咱们还吃喜面！”

“不知我爸爸在新疆怎么样？”

外祖母点点头说：“柳州路的邓瞎子吓得躲起来了，我死乞白赖找到他，他掐算说西北方向应当太平无事。”

“也不知道秀仪姐姐是死是活……”

“你年纪不大，心思不小。赶紧给我吃面！”

我端起饭碗大吃起来。

晚间时分，外祖母突然大发感慨：“重新搬回团圆巷，叶太太这是二进宫啊，都快四十的人还怀了身孕……”

哦，怪不得我看到她衣服里好像藏着个正在充气的篮球呢。一旦这只篮球充足气体，就该生小孩儿了。

外祖母突然笑了：“人世间事情真奇妙，从前九号院是叶太太住，现在换成张嫂，敢情还是同一个人。你说还是同一个人吧，又是完全不同的两个人。一个变成两个，两个变成一个，这不成了评书里说的聊斋嘛！”

我听了有些害怕，因为聊斋尽讲鬼故事。我衣兜里没有狼牙，不光害怕警察和坏人，我更害怕鬼。

“天地玄黄，宇宙洪荒，赵钱孙李，周吴郑王。好端端一个叶太太怎么就给变没了呢……这是人事还是天道？这是神差还是鬼使？”

外祖母一边不停地说话一边不停地走动，看着活像铁皮人拧满了发条。

14

叶先生突然来到我家，满脸局促表情。他身穿劳动布工作服，完全工人化了。外祖母听懂他的来意，派我去邻院请他的前妻。

跑进团圆巷九号院，我忘记自幼的家庭教育，径直走进门厅。这时张族祥不在家，管儿匠走家串户修理水管去了。

新近搬进团圆巷的住户们叫张族祥的妻子“张嫂”，我辈分低还是叫她“金姨”。金姨腆着肚子走出房间，一身灰布衣裳显得黯淡无光。不知什么原因，此时我认为她天生就是金姨，从前的叶太太不存在了。

我告诉她说：“叶先生来了，他说要见您呢。”

“叶子成跑来干什么……？”金姨听罢稍做迟疑，然后点头说，“你先回去吧小鹿子。”

我跑回家禀报了外祖母。叶先生凝神听着，立即掏出素白手绢擦着额头汗水。

外祖母察觉对方精神紧张：“叶先生我先给您打预防针，一会儿见面您别惊讶，她怀孕了……”

叶先生表情僵了僵，收起素白手绢说：“人之常情，人之常情。”

我们等候着，终于听见门响了。我跑去开门，一身黑色衣裳的金姨款款而来。我怔住了。

我面前分明变了个人，她短发梳得光亮，眉目清丽，面貌爽洁，一袭黑色人造棉衣裤，显得人瘦去一圈儿，连腹肚也不很突出了。很显然，这位金姨精心捯饬了自己。

“英哥和睿哥还都好吧？”金姨进门便向前夫打听两个儿子的情况，然后转向外祖母说，“姥姥，又给您老人家添麻烦了。”

不知为什么，我恍然觉得金姨身上有了几丝叶太太的影子。

外祖母说：“您别客气。叶先生大老远跑来找您，一定有要紧的事情。你们进里间屋谈吧。”

“如今我跟他没有背人的事儿，干脆当场明说吧。”她八分金姨两分叶太太的口吻，表明立场态度。

“确实没有背人的事儿……”不善言辞的叶先生开口了，“听说你又搬回团圆巷九号，我和孩子都为你高兴。南市福芳里那种地方实在不适合你居住……”

外祖母心直口快插言道：“对！人家佛教说六道轮回嘛，这转了一圈儿就轮回来了。”

“英哥睿哥都好吧？”金姨似乎不愿讨论佛教话题，径直问前夫。

叶先生点点头说："去年咱俩离婚你净身出户，只带走了那只大白猫，我就是觉得你净身出户吃了亏……"叶先生满脸通红，掏出素白手绢继续擦汗。

"你以后不要用这素白手绢，人家更会说你走白专道路了。"金姨说罢跟外祖母打了招呼，告辞走了。

这时我又觉得她成了金姨，丝毫没有原先叶太太的影子。

叶先生窘窘地问道："姥姥，我要是买包染料把手绢煮成红色，您说盆里要加多少水呢？"

"叶先生您真是实心眼儿，您直接买两条红色手绢好啦。"

外祖母送叶先生走出院子走出团圆巷，站在巷口目送了很远。

我看到外祖母眼窝里盛着泪水。她老人家是为叶先生难过吧。

进了中国农历腊月，一大早儿水暖工张族祥蹬三轮车送妻子去天津中心妇产医院，半夜里产下男孩儿，体重七斤六两。第二天穷张去派出所添户口。接替梅同志岗位的片警姓丁，小丁要求他给孩子取个名字。

穷张大声说："张族祥与金淑贞合作生子，这孩子就叫张金生。"

喜得大胖小子，张族祥特意给我家送来喜糖，还附庸风雅说"弄璋之喜"。他举手给外祖母行了民间军礼说："我老婆请您老人家去伺候月子。"

外祖母感到意外说："张嫂以前养了两个男孩儿，这又不是头胎她有经验的。"

张族祥大言不惭说："姥姥，对我来说这就是头胎！您行行好吧，一个月我出八块钱。"

穷张这种逮鸟都要用唾沫粘的人，居然主动"出血"八块钱，外祖母不好拒绝，只得应了。

白天送走穷张。天黑开灯时，苏娘娘的老公苏树田跑来了，磨磨叽叽说老伴患绝症快死了，非要讨回那六根金条带走。

"一只骨灰盒装不下六根金条啊。"外祖母问苏娘娘得了什么病。苏树田说天津人叫"噎嗝"，医生叫食道癌。

"她就是爱生气，叶太太有两个儿子，她生气；余大夫家里存钱，她生气；齐律师妻子漂亮，她生气；就连周太太体形好穿旗袍她都生气，所以生了毒瘤……"苏树田对自家女人的评价，挺准确的。

外祖母叹了口气，从厨房里拿出铁铲递给苏树田，引他走到后院指着墙根说："临死前看见金条，她就不会生气了。"

苏树田吭吭哧哧刨出陶罐，红绸袋子里露出六根金条。苏树田一根根装进手提包，连声谢谢都没说，低头走了。

"好啊，物归原主，咱们卸了大包袱。"外祖母宽心舒意说，"我今天晚上洗澡，明天换干净衣服去伺候月子。"

第二天传来消息，说苏树田赶往人民医院半路遭遇盘查，他无法说明金条来源。工人巡逻队人赃俱获，将他押送新华路总部收审了。

外祖母去张族祥家做保姆伺候月子，一大早儿上工，中午回家吃饭，下午再去，晚上下工，一连几天都很忙碌。

我不知道外祖母伺候产妇都要做什么活计，她老人家不无担忧地告诉我，张族祥早晨外出上班，中午在外边吃饭，天黑了也不回来，全天不着家。

我已经懂事了，暗暗猜测外祖母怀疑穷张花心，趁着妻子在家坐月子，偷偷在外寻找快活。是啊，这家伙比妻子年轻五岁，又有大半夜借宿的前科。

外祖母下工回家，我问她是否有这种担忧。她老人家想了想，说这种事情是“周瑜打黄盖——一个愿打，一个愿挨”。

“人家毕竟是夫妻，咱们不要戏台底下掉眼泪——替古人担忧。”

没等到我去郊区农场看望妈妈，到了月底她骑车回家来了。看到妈妈平安无事，我和外祖母放心了。

听说外祖母给张族祥家做了保姆，妈妈非常惊诧：“穷张竟然肯花钱给产妇雇保姆？这真是太阳从西边出来了。”

我提醒妈妈说话当心，前年齐律师的儿子说“太阳从西边出来了”被学校打成“反动学生”。其实他是形容那个吝啬鬼同学花钱买了两个炸糕吃。

妈妈欣慰地拍了拍我肩膀说：“你长大了，以后不叫你乳名了。”

晚上外祖母收工回家，一进门就说：“这月子我伺候不了啦！一会儿她让我觉得她是张嫂，一会儿她让我觉得她是叶太太，弄得我恍恍惚惚，好像就跟做梦似的！”

妈妈同感地说：“我不敢去看望她，也是怕自己弄不清她是叶太太还是张嫂……”

外祖母冷静下来：“芫瑛，你弄得清自己是中学教书的还是农场种地的？”

“您问得好，我这辈子也弄不清自己究竟是个什么东西！”

听到妈妈这样讲，我心情挺压抑的，便鼓足勇气问道：“妈妈，我爸爸到底跟您离没离婚？”

妈妈没有想到我会这样发问，意识到事情瞒不住，缓缓走到窗前说：“去年天津法院就把离婚协议寄给新疆了，三十天生效。至今已经三百多天了……”

外祖母补充说：“你爸爸不要家产，说全部留给你。”

我听罢心里反而踏实了，颇有一块石头终于落地的感觉。我想写信告诉爸爸，我不要你给我家产，我只要两颗狼牙就行。

妈妈骑车回郊区农场种地去了。住在沈阳道地下室的周太太来了，请外祖母做两双布鞋，说秀砚下月插队落户要去山西芮城。外祖母关心失踪的秀仪，周太太摇头说仍然没有下落。

15

公元一九七五年春天，一辆绿色吉普车停在团圆巷口，几个人下车走进团圆巷九号院，他们都是国家干部的模样。

这时张金生五岁多了，长成个虎头虎脑的男孩儿。他妹妹张金好三岁半，相貌酷似母亲。她的名字也是父亲给取的，张金好——表示张族祥与金淑贞的婚姻美好。

团圆巷安静极了。我耳朵里也没了响动。眼看着那几个国家干部走了，片警小丁风风火火召集有关人员开会。

外祖母去唐山乡下讨债了。一九四八年外祖母将私房钱六根金条贷给娘家弟弟去东北贩牛，那兵荒马乱的年头，她弟弟弄得血本无归。后来农村实行土地改革，此事不了了之。不知为什么，这笔二十多年前的坏账，她老人家开始讨债了。人，总有特别怪异的时候。

我代替外祖母去团圆巷九号院开会。这座院子拾掇得很干净。张族祥不在家，他被选为工宣队员进驻上层建筑去了女七中，分工负责学生思想教育工作。

张族祥的妻子在家。她大声说丈夫去了上层建筑，工作繁忙责任重大。说着她动手搬出四张明代花梨木椅子，前院便形成会场格局。

片警小丁说："张嫂，我派人去叫舒玉洁了……"话音落地，周太太快步走进院子，满脸紧张表情。

我想起周太太名叫舒玉洁。她向片警小丁点头报到，然后望着她的远门亲戚金淑贞——这位团圆巷的张嫂。

白白胖胖的张嫂表情坦然地说："许久不见了……"

"是啊是啊。"过去的周太太现今的舒玉洁连连点头，之后无言无语。

片警小丁盯着我说："你也是初中生了，一定要把今天会议精神传达给你姥姥。"说着掏出笔记本，照本宣科。

"我市革委会外事组下达任务，日本女汉学家久村金子是著名中日友好人士。她一九三一年出生在日租界须磨街团圆巷九号，一九四五年十四岁返回日本。这次来到中国专程访问天津，寻访她的故居。"

片警小丁操着山东口音解释说："她在北京向中央首长提出请求，凡是在团圆巷九号居住过的人士，这次都要友好会面……"

小丁的表情随即威严起来说："现住户金淑贞，你要保证十天之内不外出，在家随时准备接待外宾。前住户舒玉洁，你也要保证十天之内不外出，随叫随到。邻居老太太王素芳嘛，我们会通知唐山方面催促她立即返津的。”

我插嘴说：“我姥姥没在团圆巷九号居住过。”

“市革委会外事组决定，王素芳作为老邻居代表，届时到场参加会见。”片警小丁再次捧起笔记本，“下面我宣读五条外事纪律……”

舒玉洁肯定是不敢隐瞒事实，当场举手供认说：“丁同志，我的两个女儿也在这里居住过……”

“你的情况组织完全掌握，你大女儿失踪六年多了，你小女儿上山下乡在山西芮城，这次由你代表她们就是了。”

果不其然，第二天晚上外祖母就被唐山方面送回家来，一路乘坐的吉普车。她老人家以为自己讨债犯事，一进家门跑进里间屋，双膝跪地念叨起来。

“中国的玉皇大帝，印度的西天如来，外国的上帝耶稣，我老糊涂了，千不该万不该回娘家找弟弟讨债，金钱身外之物，姐弟血缘情深啊……”

我猛然想起当初苏娘娘的六根金条，好像故事翻版显现面前。人啊，往往有糊涂的时候，好在外祖母被吓得醒悟了。

“姥姥，人家把您从老家弄回来是为了接待外宾。”我道出事情底细，还重申了五条外事纪律。

她老人家瞪大眼睛望着我：“敢情不是审查我回乡讨债的事儿？”

我说您千万别学当年的苏娘娘。外祖母随即还阳：“你放屁，我才不会长毒瘤呢！”

到了礼拜天，上级通知说外宾下午两点钟到达。吃过午饭我陪外祖母走进团圆巷九号院，周太太也提前到了。她压低声音说：“姥姥，您千万别叫我周太太，我名叫舒玉洁。”

外祖母点点头，小声说这年头没有太太了。片警小丁示意大家闭嘴。九号院猛然静得好像墓地。

下午两点钟，日本女汉学家来了。她肤色白皙中等身材，佩戴黑框眼镜会讲汉语：“你们好，我叫久村金子！诸位叫我金子好啦。”

外祖母小声说：“我六根金条没着落，这来了金子。”

市革委会外事组干部将金淑贞介绍给外宾，说她是现任住户的女主人。然后介绍舒玉洁，说她也曾经在这里居住。外祖母没被介绍，属于群众演员了。

主人陪同来宾参观，穿过楼道走进后院，人多踩得地板吱吱作响，我条件反射起了鸡皮疙瘩。

日本女汉学家环视着熟悉而陌生的环境说：“我在这里居住十年，中间搬到铁路日本职员宿舍，我记得是宇纬路善达里五号……”

被称为张嫂的金淑贞兴奋起来，完全忘记五条外事纪律说：“宇纬路善达里五号？我也在那里短暂住过，团圆巷九号是我第二次入住了。”

外祖母突然说话：“是啊，第一次入住您是叶太太，第二次入住您就是张嫂了。”

金淑贞怔住了。久村金子似乎听懂了，笑了笑。

市革委会外事组干部立即说：“我们实行住房调整政策，如今团圆巷居住的都是工人阶级家庭，我们有街道居民委员会制度，完全是革命大家庭。”

久村金子点头表示赞许，弓身从后院墙角拾起一颗黑色石子拿在手里，沿着楼梯走向二楼卧室。

“那年回国前夜，我用小刀在这间卧室壁橱里刻写了纪念文字，至今印象非常深。” 久村金子说着，眼含热泪复述着当年文字，“我是久村金子，当您看到这些文字时我已经离开天津返回日本，但是这座住宅留下我的人生印记。我会永远想念这里的。”

市革委会处事组干部示意片警小丁，打开这间卧室壁橱的推拉式木门。

久村金子动情地叫道：“时光不在，三十年了……”她说着探身壁橱里，寻找当年镂刻的日文。

她遍寻不到丝毫痕迹，掏出手帕擦拭着失望的眼泪。被称为张嫂的金淑贞满脸愧疚说：“我记得壁橱里刻着几行日文，虽然看不懂，当年我还是保留着它们。”

周太太即舒玉洁小声说：“我搬进九号院就住在这间卧室里，记得刻在壁橱里日本文字完好无损，全家人谁也没动过。”

金淑贞继续说：“我第二次搬进团圆巷九号院，也是住在这间卧室里，当时我爱人找来工具把壁橱里日文都刮掉了，还重新刷了白漆……”

久村金子很有教养，随即表示理解说：“是啊，您第二次入住已经是革命的妻子了。”

“不敢当……”金淑贞轻声说着，表情有些局促。

久村金子取出日本产锦囊牌照相机，在这间壁橱前独自留影。她手里始终紧紧握着那颗黑色石子。人们向她投来疑问的目光，这位日本女汉学家连连鞠躬，诚恳地向大家解缘由。

原来日本都市居民习俗，家中有人亡故，搬运尸体不能乘坐电梯，以免全楼晦气。因此出现职业“背尸人”，他们只身背负死者尸体下楼。尤其日本高层住宅林立，从高楼层背负尸体下到地下车库，不光晦气而且辛苦。

东京有个背尸人来自中国。公元一九六八年躲进日本海轮“上川丸”锚孔，从天津新港偷渡日本大阪，居然没有被发现。此人后来成为久村金子日文长篇小说《浮萍》的主人公原型。

久村金子说道：“她多年想念祖国，这次特别请我为她带回一颗家乡石子，这样她手握家乡石子安然入睡，就会摆脱阴影了。当年偷渡日本她中途产下女婴，只得狠心丢进大海，这就成了终身噩梦。”

人们就这样静静听着，静得空气凝固成石头了。

“她多年单身，却给自己取名小山秀仪。”久村金子最后说。

“小山秀仪……？”那位曾经被称为周太太的女人，说了一声“天啊”，摇摇晃晃站立不稳。

外祖母老了，仍然全力搀扶这个即将昏倒的女人，之后不顾外事纪律，咧嘴哭号起来。这时候，那位曾经的叶太太猫腰抱起这位曾经的周太太，兴奋地说“总算有了秀仪的下落……”。

我已经懂事了，伸手捂住她的嘴。她似乎明白了，立即止声。是啊，绝对不能承认偷渡者是秀仪，那样周太太就有了海外关系。

日本女汉学家久村金子不知发生了什么事情，怔住了。

我跑出团圆巷九号院，感觉这条死寂的巷子发出轰然巨响，不知是山呼还是海啸，渐渐凝固在我耳畔……

野史补记一：男知青英哥娶女知青秀砚为妻，双方均认为这场婚姻符合“物以类聚”的生物原理。夫妻坚决不返城定居内蒙古通辽市，俩人给自家小院制作门牌为“团圆巷零号”。

野史补记二：全面落实政策，工人张族祥全家迁出团圆巷九号，被称为“张嫂”的金淑贞今生第二次搬离这里，全家住进南市福芳里两间宽敞的平房。

工程师叶子成不再设计桥梁，改行设计城市人防工程，即通常所说的防空洞。他认为这是安全之举。

野史补记三：舒玉洁女士身患重病，弥留之际气若游丝说：“我死后你们提起我，一定还要叫我周太太啊……”

野史补记四：张族祥五十岁下海经商，成立“穷张水暖器材公司”发了财。他高薪聘请友谊罐头厂老工人为其炮制蜜饯梨皮，每天必食，雷打不动。

时年五十五岁的金淑贞与张族祥离婚。她独自居住。九十岁高龄的外祖母老态龙钟询问离婚原因。金淑贞极其平淡地回答：“不知道。”

野史补记五：苏树田落实政策返还六根金条，随即兑成人民币。他夜以继日编纂《团圆巷巷史》并自费出书，书中将苏娘娘写成一位襟怀坦白、光明磊落、尊老爱幼、古道热肠的人。

野史补记六：那只大白猫寿终正寝。它是团圆巷秘密的目击者。可是目击者死了。

吉 祥 如 意

迎出村子带头呼喊口号的庄户男子，花白头发，寡瘦脸庞，细高挑儿身材，身穿白粗布小褂被汗水湿透，黑色灯笼裤湿得缠腿，这就是李吉祥给我的最初印象——好像从水里爬出来的农村老汉。其实这个村干部没有那么老，只是我太年轻了，满世界都是长辈。

李吉祥嗓音沙哑，竭力扯开喉咙吼着口号："热烈欢迎支农抗旱小分队！工人阶级就是好！抗旱支农觉悟高！"

我个子最高走在队伍前列，情不自禁高呼："向贫下中农学习！向贫下中农致敬！"

涂万军走在我身后，小声发出警告："喂，你白丁不能带头喊口号！"

是啊，技工学校毕业的涂万军大我五岁，他是车间共青团干部，我是班组白丁，确实没有资格带头高呼革命口号，随即关闭喉咙。

走在涂万军身后的庄连胜说："你不要上纲上线，哪里明文规定非团员不能呼喊革命口号？"

庄连胜仗义执言令人钦佩，我心怀感激不敢致谢。

华北连年大旱，多地农村吃水困难。郊县公社紧急调动打井队，逐村逐户打孔钻井，抽取地下水救急。城市工矿企业随即组织支农抗旱小分队，几路兵马开赴乡村，突击安装俗称"压柄井"的"压柄抽水器"。这种"压柄井"只能抽出细细水流儿，供人喝，饮牲口，余水勉强浇灌自留地。

村头喊口号的李吉祥引领队伍走进村里。太阳即将落山，溽热不减。干旱缺水却流汗，出大于进，不符合唯物辩证法。

这时从村里跑来个矮小精干的紫脸汉子，尖着嗓音说欢迎抗旱支农小分队。李吉祥介绍说："这位是游山，村治保主任还兼着大队保管员。"

涂万军眨着三角形小眼睛，笑了："游山，你有兄弟吗？"

村治保主任兼大队保管员摇摇头，极其认真地回答："我有个姐姐五十多了，她前年见了隔辈人。"

小喜村的主路不宽，而且路面低于两侧农家，人便觉得走在浅沟里，心情顿时矮了下来。这里的农家院落，多用高粱秆扎成篱笆院墙，家家相连，很是紧密。

平时我喜欢读书爱用哲学头脑思维，认为篱笆院墙只是形式，几乎遮挡不住什么内容。经过打麦场，我看见躺着几只碡碌。这东西从形式到内容都是石头，我就不知哲学如何解释了。

我们队伍走过一户篱笆院，我巴不得立即住下，却看到柴门上写着粉笔大字：此户系地主。

村治保主任游山大声说："这户人家不能住！"

地主属于阶级敌人，我顿时紧张起来。不知什么原因，自从置身革命洪流里，我反而胆子越来越小。

涂万军小声置疑："地主家为什么不能住？我们要主动改造他们嘛。"

"当心你被地主改造了。"庄连胜提示涂万军说，"当年有个土改工作队员爱上地主女儿，鬼迷心窍连开除党籍都不怕。"

我害怕了，暗暗担忧在村里遇到地主女儿，倘若她长得特别好看，我就更害怕了。

小喜村的村名挺吉庆的，可惜有些贫穷，迟迟没有扯进电线，农家依靠煤油灯照亮，人即使吃饱饭，黑灯瞎火脸蛋儿也不透亮。既然这样，也就难分美丑了。

一路上，抗旱支农小分队员们被紫脸汉子游山分配着，陆续住进工人阶级的同盟军——广大贫下中农家里。

走近村尾大槐树，只剩下我和涂万军。我本想跟庄连胜同住，却阴差阳错跟了涂万军。

天光尚存几分朦胧。我看到这座篱笆院柴门前写着五个粉笔大字：此户未定性。

李吉祥小声解释："未定性，就是还没有确定成分性质。"

涂万军颇为不满地说："你们的工作不要拖拖拉拉的。"

我们从"未定性"院门前走过，紧邻的院座便是李吉祥家。他语气极其热情："二位住我家吧，热烈欢迎！"说罢进院直奔水缸给我们舀水洗脸。

不见李吉祥家里有人迎接。涂万军毫不礼貌地问道："你光棍一人？"

"你应当说单身一人。"我小声纠正他。

李吉祥果然单身。三间屋子，中间是灶间，东西两间住人。我和涂万军拎着行李住进西侧房间。东屋原本就住着李吉祥。

灶台的铁锅被当作水盆。我跟涂万军掬水洗了脸。李吉祥及时递来手巾，转身端来两碗凉水，显得非常周到。

涂万军满脸疑惑打量着对方："你从前做过旅店饭馆服务员吧？"

"嘿嘿，我就会干点儿农活……"

我喝了口凉水：“你们村里多是苦水井，这甜水从哪儿来的？”

他说从四里地以外的御河挑来的。涂万军听罢批评说：“辛亥革命皇帝早没了，你怎么还说御河呢？”

“您批评得对。”李吉祥连连点头，显得很谦和。

我认为涂万军过于挑剔。小喜村老百姓叫“御河”是多年习惯，这跟皇家没有多少关系。

我们喝着李吉祥从四里以外挑来的御河甜水，吃着自带的干粮，这就算是晚饭了。李吉祥原地错动着脚步，满脸歉意，好像该用满汉全席招待我们才是。

涂万军说：“你休息吧！从明天早饭开始，我们支农抗旱小分队集体开伙，绝不扰民。”

这时，身材高挑的庄连胜给我送来一小盒清凉油，再度令我感动。他看书很多知识丰富，告诉我清凉油的创始人是爱国华侨胡文虎，所以从前也叫“老虎油”。

“破四旧，立四新，不能叫它老虎油吧？”涂万军主动搭话。庄连胜不搭理他，扭身走了。

天色暗下了。涂万军累了，说了声睡吧走进西屋。其实在天津电机厂涂万军并非技术能手，领导却把这个能说会道的家伙编入抗旱支农小分队，成为我的顶头上司。

李吉祥在院里点燃艾草打起蚊烟，一股股白烟穿过篱笆墙飘进邻院。邻院跟他家只隔着这道篱笆墙，那边就是“未定性”的农户。

“嘿嘿，那边住着两口子……”黑暗里李吉祥向我介绍说，“男的耳聋，女的只好大声跟他说话，你不要以为俩人吵架拌嘴呢。”

我觉得李吉祥的解释有些多余。此时邻院静寂无声，就跟没人居住似的。

打过蚊烟，驱散蚊虫，我走进西屋脱衣躺在土炕上。身下是光滑的苇席，有轻微的扎肉感。我低声问涂万军为何打听治保主任游山是否有兄弟。黑暗里传来坏笑：“我认为，这家伙要是有弟弟应当叫玩水。”

游山——玩水。我觉得涂万军联想能力很强，也笑了。

“我们明天开始给贫下中农安装压柄井，你有信心吗？”涂万军完全上级领导的语气。

我只得向顶头上司表态：“有信心……”

“你态度不够坚决！这样下去怎么吸收你入团……”话音落在枕头上，涂万军便打起呼噜归入梦乡。我知道这家伙天生爱做梦，他喜欢金工车间青年女工王伶，我认为只是他的白日梦而已。

其实我也暗恋王伶，并且认为不是白日梦。就这样我失眠了，半夜里迷迷糊糊感觉有声音传来，起身侧耳细听，那响动很有规律，不紧不慢，不高不低，隐隐持续着。我悄悄溜下土炕来到灶间，这时响动从东屋传出。

哦，东屋里住着单身汉李吉祥。一盏油灯照耀下，他端坐土炕前，一手捻线，一手摇动纺车，闷声劳作着。

不知为什么，我猛然想起上夜班的父亲——此时正在天津纺织厂仓库里搬运麻包呢。

李吉祥感觉到有人来了，扭脸向灶间投来目光。我站在屋外暗影里。他强忍咳嗽问道："天大晚了，还没歇着？"

我抬腿走进东屋光亮里。他笑了："我心里猜的就是你……"

"那位涂同志脑袋沾枕头就打起呼噜，真是有福之人。"他起身点亮油灯，顿时放大了墙壁的人影。

"前些年公社从天津揽来这宗副业，就是把石棉线纺成石棉绳。感谢天津石棉厂工人阶级，他们每月五号派人来村里收活。这样我们小喜村贫下中农就有了进项，不用拿鸡蛋换灯油了。"

听他主动介绍情况，我打量着这架老式纺车：两只锭子缠满石棉线，纺出的几股石棉绳环绕在绳轮上，已有竹筷般粗。只是屋里悬浮着尘埃，令人喉咙干涩。

"纺出两斤石棉绳六分钱，交给生产队二分，农户个人得四分钱。"他诚恳的话语里包含着知足与感恩，给乡村夜色增添了内容。

我从小在城市里长大，参加支农抗旱小分队以前从未接触农村生活，此时不禁觉得贫下中农觉悟真高，确实是工人阶级的同盟军。

李吉祥打开话题："给你送老虎油的那个小伙子，人很周正的。"

我说庄连胜的父亲是解放军的团长，涂万军不敢惹他的。李吉祥有些惊讶："爹是大团长，儿子这样谦虚，真是革命事业接班人啊。"

一时不知再聊什么。隐约从别处传来纺车声，便觉得贫下中农白天做农活夜晚干副业，确实很辛苦的，我说了声"你歇着吧"便退出东屋返回西屋。

灶间里，我跟涂万军撞个满怀。他伸手捂住我嘴，就像电影里打伏击那样。"嘘——，你不要出去撒尿！"

听他的"嘘——"，我反而感觉尿急。他不容分说拉我进了西屋："院外那棵大槐上藏着个人呢！但是我没有打草惊蛇……"

我自幼听外祖母讲鬼的故事，禁不住犯了唯心主义："这大半夜的你是看见冤魂了吧？"

涂万军急了："你这封建迷信脑袋还想入团！"他不再睬我，趴住窗台盯视着院子外面的大槐树。

朦胧月光透过窗户洒落土炕上。涂万军低声判断着："那黑影溜走了，但是我断定他还会来的……"

"那是什么人啊？"想起少年英雄刘文学是被偷辣椒的地主分子掐死的，我不敢多说话了。

涂万军不愧是共青团干部，当即拿出方案："我们挨家挨户安装抗旱压柄井很重要，但是协助贫下中农肃清小喜村阶级敌人更重要！白天，我们是支农抗旱小分队；夜晚，我们就是战斗小组。"

我迅速提出申请："就让我盯着那棵大槐树吧，不论出现什么情况都随时向你报告！"

"嗯，组织上考验你的时候到了。"涂万军很像电影里地下党领导人，"有人指挥我服从，无人指挥我指挥。这次车间团总支书记没来，那么我就负全责吧。我知道庄连胜瞧不起我，所以我更要做出成绩来！"

东屋里，已然没了纺车声响。

第二天清早，我们去打麦场集体吃早饭。半路经过村里磨房，突然走出两个赤胸裸背妇女，手里端着畚箕，哗哗筛着麦粒。她们白花花的胸脯跳入眼帘，吓得我不敢抬头。

李吉祥追赶上来告诉我们，这是小喜村的风俗习惯，女人结婚经过生育哺乳，身子便没了秘密。大热天不穿上衣成了习惯，光天化日，敞胸亮奶，毫不避讳。小喜村的男人们也适应了这样的夏天，早就习以为常了。

涂万军低声抱怨着："这是什么风俗习惯！亏她们还是贫下中农呢。"

竭力回避着令人耳热心跳的风景，我们快步奔向集体用餐的地方。涂万军找到炊事班的单兵，悄声给他布置特殊任务。其实单兵应该叫"shan bing"，人们却叫他"dan bing"，好像他天生就爱"单兵作战"。

庄连胜来吃早饭了。他饭盒里盛满玉米粥，一声不吭蹲到旁边去了。我心里特别敬佩这个军队大院子弟，举止稳重，待人温和，也不热衷交际，身上没有沾染干部子弟的毛病。

涂万军耐心动员着单兵，对方却使劲摇头，明显不愿参加夜晚战斗小组的行动，转身给大伙盛粥去了。涂万军气得挥了挥拳头，举着早餐馒头转而找到钳工李福。

李福脾气暴躁爱好拳击，去年因为打架"留团察看"。涂万军满脸庄严表情，低声给他讲解着。李福嘴里嚼着咸菜，嘿嘿乐了。他肯定认为这是将功折罪的大好机会，而且还拥有合法打人的权利。

早饭结束，小分队开始工作。小喜村依照土改时划定的成分，全村地主一户，上中农五户，中农四户，贫下中农五十五户。根据抗旱工作有关规定，公社打井队也给中农成分的钻孔，这样总共五十九户农家等待安装"压柄井"。

我们打响支农抗旱第一炮——首先给李吉祥院里安装"压柄井"。这时我弄清了李吉祥是村支书。但是我觉得他不像掌握印把子的人，更像首长的勤务兵。

李吉祥听说李福也姓李，就热乎乎称他"本家"。李福不懂这词儿，小声问我"笨家"什么意思。

我对四肢发达的李福深感失望，就启发说：“一笔写不出两个李字，你们五百年前本是一家。”

李福愈发听不懂：“瞎掰！你给我找个五百年前的人来，让我当面问问他。”

李吉祥哭笑不得，从怀里掏出一盒“战斗牌”烟卷。李福不买账，掏出“永红牌”烟卷说：“你那战斗牌是天津卷烟厂给阿尔巴尼亚做的，抽两口满嘴臭脚丫子味儿!”

“你不要贬低阿尔巴尼亚，它是欧洲一盏社会主义明灯!”涂万军及时敲打头脑简单的李福。

我趁机点穴：“李福你不想解除处分啦？”

被“留团察看”的李福蔫了，不再要求会见五百年前的李姓先人，戴好手套准备干活。

其实安装压柄井并不复杂，但是先要构筑基础。李福按比例调配沙子和水泥，转身去大缸里舀水。

李吉祥珍惜大缸里的甜水，建议用小缸里苦水调和水门汀。李福当然不懂“水门汀”，满脸困惑说了声“操”。

一下惊动了涂万军，眯起双眼打量李吉祥：“你说水泥叫水门汀，这是从哪儿学来的？”

“从前、从前在天津绢花作坊学徒，那在日租界的曙街。天津解放了回村务农，人们都说我见过世面，其实我见过啥世面呀……”

涂万军颇有收获地笑了：“你对天津卫这么熟悉，当然是见过世面的人喽。”

我忍不住问了：“你家院外那棵大槐树上百年了吧？”

李吉祥忍住咳嗽说：“这不是槐树是青腊，耐盐碱，长得快，它是解放后谢书记那次来村里亲手栽下的……”

“你不要暴露火力……”涂万军低声告诫我，严格回避有关大树的话题。

分头干活儿。我们小分队分工明确，我的任务是给全村五十九户的压柄井提供配套零件，有六分铅皮水管也有四分铅皮水管。我提议将李吉祥家院子设为生产配件的基地。涂万军拍了拍我肩膀，愈发压低嗓音说：“你很有头脑！留在这里便于观察敌情。”

涂万军带领李福挨家挨户构筑“水门汀”基础，李吉祥跟随着去了。我独自干活儿很惬意，不慌不忙在院子里支起三角压力架，给“盒子扳”配好“板牙”，动手给水管“套扣”。

我们从天津工厂带来的原材料，质量很好。我扭转“盒子扳”套了三根水管，气喘吁吁。我的力气比李福差远了。

想起涂万军派我“观察敌情”，便扭脸望着院外那棵名叫青腊的大树。想起电影《青松岭》里的老榆树，小喜村不会也有钱广式的坏人吧？

昨晚邻院静寂无声，此时有了动静。我听到有人大声说话，透过篱笆墙缝隙看到白衣妇女身影。看来她不同于小喜村妇女的敞胸露怀，大热天仍然衣着完整。

“你不要起急啊，只怪咱家成分没有定性，人家不给安装压柄井呢。”白衣妇女大声说话，语调却温润平和。

看来那男人确实耳聋，他说话声音山响：“解放前我挑了十几年的水，这解放二十多年了，我还得去挑水啊？”

“趁着你还挑得动，那就去御河挑呗，我跟着你去。”

我想起李吉祥说小喜村离御河四里地，一担水往返要八里地。我轻轻踮起脚尖儿看到邻院的耳聋男人，他身材粗矮，脊背微驼，已然老汉了。

因为他家成分没有定性，所以这次不给安装压柄井，这老汉只得往返八里路挑水吃。我动了怜悯之心。

“唉！那些干部怎么还没找到谢书记呢……”耳聋男人抱怨着，弓身抄起扁担挂上两只木筲，哼哼叽叽走出院门去御河挑水。

妇女急忙裹起头巾追出院门，却被拒绝回来：“全村哪有老娘儿们陪着挑水的？人们又要漫天遍野评说你呢！”

听了自家男人的话，这白衣妇女嗯嗯返回屋里。四周重归静谧，那棵青腊树也不声不响原地站立。

我给六分水管套扣，累得出汗，脱去工作服光着脊梁干活儿，偷偷背诵着唐诗。我在工厂里是不敢出声念诗的，那样师傅会说我“满嘴学生腔，不热爱本职工作”。

“城外春风吹酒旗，行人挥袂日西时。长安陌上无穷树，唯有垂杨管别离……”我背诵着刘禹锡的诗，突然有些伤感，立即告诫自己克服小资产阶级情调。

这时有声音从我身后传来：“天气热干活儿辛苦，得空儿吃个菜瓜凉快凉快……”

我转身看到邻院白衣妇女伸手穿过篱笆墙，递过来两只湛青碧绿的菜瓜。她说话好像夹杂几分天津词语，尤其“得空儿”这词儿只有天津人会说。

“我们支农小分队有纪律，不拿当地老百姓一针一线。”透过篱笆墙能够隐约看到她头发漆黑，梳得光亮，端正的脸庞，清爽的五官，表情庄正大方。

“这又不是一针一线，都自家院里长出来的……”她把菜瓜递得更近了。我看到她手腕佩戴银镯子，阳光下眨着幽暗光斑。

面对她的实诚，我仍然摆手谢绝，不敢承接。

“你们大城市人见多识广，请问有个叫谢砚生的老干部你知道吗？”她的目光瞬间明亮起来。

我认真想了想，只好说没听过这个人。她忍不住咳嗽着，仍然举着两只菜瓜。

这时吱扭传来门响，一个姑娘毫不犹豫迈进邻院，急匆匆叫了声如意婶子。

“小香，你怎么跑来啦？”这白衣妇女名叫如意，被这个名叫小香的姑娘称为婶子。

这时名叫如意的白衣妇女抽手撤回两只菜瓜，这无形中给我解了围。猛然意识到赤裸脊梁有损工人阶级形象，我立即穿起工作服，抄起“盒子扳”继续给水管套扣。

小香姑娘白白净净，同样身穿白色衣衫。她的声音穿透篱笆墙传了过来。我听到她说这辈子不想死在小喜村，要坐小火轮到天津卫去。

“大河里没水了，你坐哪家子小火轮啊？再者说你去天津卫找谁？连个八竿子打不着的亲戚都没有。”名叫如意的白衣妇女和声细语，耐心劝说小香姑娘不要胡思乱想。

小香很固执：“自打知道您是从天津卫回来的，我就认准那地方好！咱们村里老娘儿们贬低你，我知道那是羡慕加嫉妒。她们一个个都是土鳖，下辈子投生转世也变不成你这样的。这两天从天津来了抗旱支农小分队，我更铁了心……”

“小香，你归根结底怎么想的？要敞开心思跟婶子说句实话。”这个名叫如意的白衣妇女言谈举止跟同村农妇全然不同，声调不高却有力量。

小香果然实话实说：“婶子我是来找你讨教的，我要是去了天津卫，一进一出穿什么样衣裳，一早一晚梳什么样的头，一老一少说什么样的话……”

“小香啊好闺女，你听婶子的话，九河下梢天津卫，吃尽穿绝大码头，可那地方也不是天堂！婶子不就是从那地方回来的嘛。”

“婶子，我去了天津卫也帮你打听那个谢书记！”小香心气极高，特别自信。

“小香，当今全国农业学大寨，不许个人往外跑呢！”

这时，邻院的柴门被撞开了，那个耳聋男人挑着两只木筲进了院子，大声抱怨治保主任游山不让去御河挑水，要保证集体浇地。

小香姑娘趁机溜了。耳聋男人生气了：“小香这闺女太扯，如意你不要跟她勾打连环！”

如意连忙高嗓应答。这时身材粗壮的耳聋男人显得很有家庭权威，绝对一家之主。

我谢绝了菜瓜，无意间得知白衣妇女叫如意，她的崇拜者叫小香，而且小香极其向往天津卫，发誓离开小喜村。

我们连续几天施工，有六户农家压柄井出了水，只是水质不太好，倒进圈里母猪不乐意喝，摇头摆尾表示不屑。

连日辛苦工作，出水效果不佳，我的情绪受到打击，偷偷背诵李清照的词“人比黄花瘦”。涂万军给我鼓劲打气，说我们要在清理小喜村阶级敌人方面做出成绩，以革命促生命。

庄连胜前来道别，说调到抗旱支农指挥部去办“简报”，把他的军用水壶留给我。其实我俩并无深交，不知何故他对我很好。我接过深绿色军用水壶，不知说什么好。

当天晚间，涂万军怒视这只军用水壶说：“什么破玩意儿，它给老子当尿壶都不配！”

我提醒他这属于“反军言论”，他吓得不言语了。

适逢月初五号，天津石棉厂业务员大刘开着手扶拖拉机驶进小喜村，径直驶过打麦场，得意扬扬的样子。

村支书李吉祥手持薄铁皮喇叭，满村喊叫天津石棉厂来人了，全体贫下中农准备交活儿。

大刘来到村支书家院里。他身高体壮三十来岁，说话拖拖拉拉，表情迷迷糊糊，这模样反而显得憨厚，让人放心。

李吉祥的“压柄井”已经出水了，他吱吱反复按压铸铁的手柄，接了一碗凉水递给石棉厂业务员。大刘接过大碗尝了尝，顺手泼了说水涩塞牙咽不下去。

李吉祥尴尬着瘦脸：“哪里比得你们天津卫，水里不搁糖都是甜的。”

天津人大刘得意地笑了，从帆布兜子里掏出块纯毛华达呢，说送给曹小香做衣裳。李吉祥抄起薄铁皮喇叭大声召唤 “曹小香来见！曹小香来见”！就跟太监宣旨似的。

村里没有电，也就没有广播喇叭，全凭李吉祥喝水润嗓子，叫驴似的吆喝。

很快曹小香拎着小包袱跑来了。这闺女大眼睛圆脸蛋，不高不矮不胖不瘦，身穿白布衣裳裁得显出腰身，要哪儿有哪儿。

大刘表情郑重递过毛料：“上次送你一斤六两抵羊牌毛线，你织成毛衣啦？”

曹小香打开小包袱，当场取出两挂红色毛线，提拎起来退给大刘。大刘蒙了：“你这是怎么啦小香？”

曹小香表示不能随便要别人东西，丢下毛线转身走了。大刘急得搓手，一时不知该上天还是该入地。李吉祥递上“战斗牌”烟卷。大刘摆手谢绝，蹲下不言声了。

涂万军汗流满面走进院子，看见大刘当头问道：“你是哪个单位的？”

“你是哪个单位的？”情感受挫的大刘呼地站起反问，拉起动手打架的招式。

李吉祥马上出面调停：“一个是石棉厂搞副业的工人阶级，一个是电机厂支农抗旱的工人阶级，你们都是毛主席派来的工人阶级！”

“亲不亲，阶级分！让我们共勉吧。”看到对方身高体壮，涂万军大度地说着，径直进了西屋。

大刘无话可说，只得起身干活儿。他架起秤杆，挂好秤砣，收了李吉祥四十斤石棉绳，然后打停在院外的手扶拖拉机里卸下四十斤原料：“李支书，工农联盟一家人！你好好劝劝曹小香，我今年二十八了，诚心诚意跟她搞对象呢。”

“嘿嘿，恋爱自主，婚姻自由。咱村干部不好干涉呢。”

大刘急了，猫腰从李吉祥四十斤原料里撤回十斤：“你秉公办事，我坚持原则，一户三十斤石棉营生……”

“我说大刘啊，搞对象这种事情勉强不得。”李吉祥心疼被撤回十斤石棉原料，“天津卫那么好，你为嘛非要找农村闺女呢？”

大刘小声嘟哝：“我要是找得上天津卫的，干吗跑到农村来……”说罢驾驶手扶拖拉机，放着一连串响屁走了。

涂万军走出灶间，眯起三角形小眼睛：“大刘太没出息，傻乎乎跑到农村找媳妇，净给天津工人阶级丢脸！”

这时邻院传来耳聋男人大声说话，表达对自家女人的不满：“曹小香好吃懒做，咱村妇女都说她是跟你学的……”

“是啊，我教她刺绣、教她钩针儿、教她剪鞋样儿、教她织彩线儿，她可勤快呢。”

耳聋男人不认可：“你再教给小香做天津卫八大碗，她就变成你啦！”

我侧耳听着。涂万军好像充耳不闻，目光穿透篱笆墙，兴奋地念叨着：“你看你看，那是双人枕头！咱们城市里都是单人的……”

我跟随他目光指引，看到邻院里如意正在晾晒物什，一只圆圆滚滚的枕头躺在柴火堆上，吸收着漫天阳光。这只大型白色枕头，令我想起城市粮店那种装满百斤面粉的袋子。

涂万军好像万事通，上知天，下知地，中间知空气。“小两口没有隔夜仇，晚上睡觉一个枕头。他们农村人就是这样搞好夫妻关系的。”

我觉得涂万军说话脱离实际：“邻院不是小两口是老两口啦。”

“是啊，这枕头是年轻人睡的。”涂万军似乎对邻院夫妇很有意见，面露不平之色。

我增添了有关枕头的知识，想象着名叫如意的妇女跟耳聋男人同床共枕的情景，总觉得这跟农村人身份不太相符。

大我五岁的涂万军拍拍我肩膀：“你还年轻，这农村里故事多着呢。”

吃过晚饭，我悄悄向李吉祥询问邻院的故事。这个村支书宽厚地笑了：“一言难尽啊，可惜我不是说评书的。”

石棉厂业务员在小喜村住了一宿，卸下九百斤石棉线原料，装满九百斤石棉绳成品，开着手扶拖拉机上了公社。望着大刘屁股冒烟儿走远了，小喜村里妇女们聚众议论起曹小香——这姑娘吃了迷糊药，不收毛料退回毛线，等于放着天津工人不嫁，反倒乐意当农村社员。

吃过晚饭，涂万军秘密召集我和李福开会。他果断下达任务，夜晚三人分头埋伏，只要大槐树出现坏人，立即抓获。我小声更正不是槐树是青腊。涂万军表示不论什么树，只要藏着坏人就不是好树。

我学会了打蚊烟，划亮火柴当院点燃艾叶。一股股烟雾朝着邻院飘散而去。

夜深了。涂万军与李福分头埋伏在李吉祥家院子外面。我则躲在院内柴火垛后面，默诵毛主席诗词："万木霜天红烂漫，天兵怒气冲霄汉，雾满龙冈千嶂暗，齐声唤，前头捉了张辉瓒……"

半阴天，不见月亮，有几颗星星。小风儿撩拨树叶儿，好似有人窃窃私语。从东屋里传出摇动纺车的声响，这是单身汉又做石棉营生了。

我知道，小喜村里娶不上媳妇的男人，并不在少数。可李吉祥是村支书，除非他甘心情愿打光棍，否则不应当落进单身汉阵营里。

夜长。我听见油葫芦叫了。这种虫子比蛐蛐上市早，叫起来嘟噜嘟噜响，催人犯困……

我是被涂万军的喊叫惊醒的，起身摸黑冲出院子。院外大树下，有两支手电筒晃动着，一男一女被照得雪亮。

男的双手抱头，惊恐地躲避光亮。女的伸手扯开男的胳膊："你不要怕！他们这是狗拿耗子多管闲事！"

我猛然看清楚，男的是我们抗旱支农小分队炊事班的单兵，他身穿劳动布工作服。女的则是本村姑娘曹小香，白衣裳蓝裤子，手里拿着素白手绢。

李福把手电筒对准她："什么叫狗拿耗子？你俩又搂又抱又亲嘴，这是资产阶级腐朽思想！"

"我一看你就是个色鬼！跟这儿假装正经。"曹小香毫不示弱，伸出双手亮出指甲，叫喊着去挠李福的脸。

涂万军挡住了："曹小香！不要以为你是贫下中农就有恃无恐，无论谁犯了生活作风错误，我们都照样法办！"

这时单兵镇定下来："工人阶级跟贫下中农搞对象，我俩不犯法……"

这时我暗暗猜测：曹小香跟单兵迅速产生爱情，所以退掉了石棉厂业务员的毛线，专心跟支农小分队的伙夫谈起恋爱，俩人相约大树下。

"这是村里进了贼啦？"耳聋男人举着桅灯赶来了，身后跟着女人如意。夜色里她白色衣衫很是醒目。

曹小香扑过来扎进如意怀里，叫了声婶子。

"敢情没闹贼啊？"耳聋男人举过桅灯照了照单兵，然后照了照曹小香，突然大声说道，"傻闺女，你以为天津人靠得住啊？你婶子至今未定性，我看你就死了这份心吧！"

我觉得耳聋男人很能说话，也像是个见过世面的人。

曹小香嘤嘤哭了起来。身穿白色衣衫的如意打量着满脸汗水的单兵："小伙子我问你，你单身没有家眷吧？"

单兵立即点头："我属鼠，二十三啦。"

白衣如意转向涂万军，不慌不忙说道：“你们是来村里打井抗旱的，俗话说南门外的警察——你管得着八里台的事儿吗？”

仿佛被踹在腰眼儿上，涂万军给问蒙了。南门外和八里台是两个地名。我知道只有天津卫能够说出这种话——打井抗旱的确实管不着男女搞对象的事情。

涂万军稳住阵脚说：“我们是管不着这码事情，天亮就让村里民兵把俩人送到公社去。”

“我说这位工人师傅，您又不是我们村支书，小喜村的民兵不由您掌管吧？”

“齐如意！我们掌握你的情况，解放前在天津南市怡红院做过厨娘，至于当年你挂过没挂过牌，接过没接过客，组织外调还有待核实……”涂万军恼怒不已，“所以你只是个未定性，一旦定性也可能属于敌我矛盾！”

齐如意不作声了。李吉祥跑来了，气喘吁吁拉住涂万军的胳膊：“工人阶级是领导阶级，贫下中农是工人阶级的同盟军！”

曹小香仿佛见到援军：“对！贫下中农跟工人阶级搞对象，这是革命联盟，正确的！”

李福突然急了：“你急着把毛线退给大刘，转手跟单兵搞对象，这是对我们工人阶级挑肥拣瘦！”

这时候，巨大树冠发出嘎嘎断裂声，随即有黑影从高处跌下，轰然落地，险些砸中李福。

这黑影落地哎哟哎哟叫唤起来。两支手电筒唰地射过来。涂万军眼尖：“游山！你怎么上树啦……”

从大树上摔落的村治保主任游山，已经疼得昏了过去。人们抬头望了望黑魆魆的树冠，一根断枝垂落下来。

“套车！赶快送游山去县城医院……”李吉祥大声招呼着。耳聋男人跑去牲口棚套车了。

曹小香趁机逃脱，一眨眼便消失在夜色里。身穿白色衣衫的齐如意，转身快步追赶去了。只剩下单兵不知所措，呜呜哭起来了。

天色大亮，传来消息说单兵投河自尽，连年干旱御河水浅，根本淹不死人。这炊事班伙夫自杀难以成功，垂头丧气回到小喜村，钻进羊圈不出来了。

单兵的自杀未遂，造成抗旱支农小分队炊事班运转瘫痪，十多个人吃饭没了火头军，队员们饿到晌午。

过午时分，抗旱支农总指挥部领导乘坐吉普车赶来了，随行人员是庄连胜。他下车朝我微微点头，并无寒暄。我想起“君子之交淡若水”的古训，愈发觉得他人品好。

抗旱支农指挥部领导为解抗旱支农小分队炊事危机，决定紧急招聘小喜村妇女充当炊事员。平时叽叽喳喳的村妇们，此时都吓得变成哑巴，纷纷躲进家里不敢出门。

急得抗旱支农指挥部领导乱跺脚：“小喜村妇女大热天敞胸露怀的，怎么思想反而这么封建落后呢！”

齐如意稳步走进打麦场，仍然身穿白布衣衫，使人觉得这个妇女永远素色。她声调不高报了名：“我叫齐如意，我会做你们天津人吃的饭……”

抗旱支农指挥部领导激动得跟齐如意紧紧握手：“太好啦！你们贫下中农是我们工人阶级最有力的同盟军。”

庄连胜是抗旱支农指挥部的新闻报道员，他及时举起海鸥牌照相机，当场拍下齐如意跟领导握手的照片。

“支农小分队不能光吃棒子面，您要多拨些白面来。”齐如意不卑不亢向领导提出要求，着手做饭了。

小分队员们又能吃上饭了，军心大振。齐如意炒的醋熘土豆丝最受欢迎。我却意外接受新任务，负责押送停职反省的单兵返回天津。

涂万军行使权力决不含糊，他拿来细麻绳把我的左手跟单兵的右手拴连起来，看着就像亲密无间的好哥儿俩。

这叫一根细绳拴两个蚂蚱——谁也跑不了。涂万军坏笑着，好像做了功德无量的善事。

我俩步行十华里来到碴石公路旁边，等候末班车。我问单兵怎么这样迅速搞上对象。他瞥了瞥我说：“一见钟情呗！”

不知为什么，这句话让我受到感动，动手解开缚手的细麻绳。单兵顿时瞪圆眼睛：“你这是犯错误呢！我要是检举了你，我就戴罪立功啦。”

我笑了。他愈发瞪圆眼睛：“我真的要检举你呢！”

我反而悲壮起来：“好啊，只要你能戴罪立功，只要你能跟曹小香结成眷属，随你便吧。”

单兵哭了：“曹小香说我的模样很像有个姓谢的老干部年轻时候……”

这时候我明白了，小喜村几次听人讲起的“谢书记”敢情是个革命老干部。

单兵独自念叨着：“也不知什么魔力吸引曹小香，她处处把如意婶子当作样板，她爹曹老二没少打她，可是她痴心不改，还学会用香胰子洗脸，使牙粉刷牙，给手掌搽凡士林，她这辈子就想嫁到天津卫去，因为当年齐如意在那里……”

我们赶路半夜里走进天津电机厂，我把单兵交给保卫科值班员，独自回到车间班组更衣室，躺在长椅上睡了。

第二天上班，我在厂道上迎面遇到王伶，心儿咚咚乱跳，一扭脸躲到变电室后边。王伶莫名其妙望着变电室，然后走开了。这时我能够理解单兵了，他相中曹小香就大树下约会，比我勇敢得多。我只能暗恋王伶，是个胆小鬼。

我到厂部把抗旱支农指挥部的便函交给保卫科长。他嘴里嚼着烧饼果子撕开信封看了几行，满脸假笑打量着我："这次你怎么没在农村找个媳妇来？"

我意识到对方不是好鸟，就保持沉默。保卫科长意识到漏了坏水儿，立即改口补救说："晚婚晚恋，做革命好青年！"

交了公差，我趁机去天津纺织厂看望父亲。他下夜班躺在单身宿舍休息，立即翻身下床叮嘱他的亲生儿子。

"人这辈子不能犯两种错误，一不能偷东西，不论是偷公家还是偷私人，都不能沾手。二不能犯男女作风错误，不论是结婚的还是没结婚的，都不能近身。"

我突发奇想问道："您知道有个叫谢砚生的吗？解放前在南市做地下工作，表面是个新闻记者。"

"谢砚生？这名字从前好像见过，他是个进城干部吧，后来就没音了……"

我问父亲知不知道解放前天津南市的怡红院。父亲沉下面孔目光冷硬："你小子打听那种肮脏地方干吗？解放后共产党拍了个电影《姊姊妹妹们站起来》，里面就有怡红院妓女的镜头，一闪而过。"

"您听说过齐如意这个人吗？"我有枣没枣打三竿子。

父亲被我问恼了："人这辈子哪有什么如意啊！遇到挫折想得开就是了。"

我知道父亲心里委屈，从车间副主任贬为班组装卸工人，只因为不愿意向上级虚报产量。

倒霉蛋儿单兵写了三遍检查。他在条格纸的下面垫着蓝色复写纸，这样就一式两份了。保卫科长把这份复写稿装进卷宗袋加了封，让我转交抗旱支农指挥部领导，毕竟是我们男工人搞了人家女社员，这也算是对贫下中农有个交代。

我乘着夜色返回小喜村，远远望见村尾那棵大树。看来这种青腊不成材，居然被游山压断枝桠从高处跌落下来。

莫非游山就是涂万军最初发现的那个坏人吗？这家伙吃饱撑的隐藏大树上做什么？我带着这些疑问，推开柴门走进李吉祥家篱笆院。

黑灯瞎火。西侧屋里传出时起时伏的鼾声，这是涂万军给黑夜的贡献。东侧屋里掌着灯，却没有响起纺车声。我穿过灶间停脚东屋门口，看到一盏油灯摆放炕头，李吉祥趴着炕沿写材料。

我轻轻叫了声李支书。他扭头冲我笑笑，然后起身抱起瓷壶给我斟了碗水："一路上单兵没再寻短见吧？"

我摇摇头说谢谢李支书关心，单兵放下思想包袱了。他也摇摇头说不要叫支书了，他已然被撤职。我受到意外震动，追问他撤职的原因。

他说天太晚了，留着明天说话吧。我不便再问，转身去了西屋。黑暗里，涂万军猛地翻身跃起，一把柴刀指向我。

"他妈的！原来是自己人……"他丢掉柴刀，一屁股坐在炕沿上，"小喜村情况太复杂，就连李吉祥都没有站稳阶级立场，思想严重不纯成了变质分子！所以我睡觉也要睁着一只眼。”

我问由谁接任村支书。涂万军吧嗒嘴说：“据说是游山！”

我不敢相信：“游山就是你发现半夜躲藏树上的黑影坏人啊。”

“我们判断有误，人家游山半夜躲藏树上监视敌情呢！”黑暗里涂万军划亮火柴点燃烟卷，“他从大树上摔下来属于因公受伤，公社出钱给他配了榆木拐杖。”

三天没见面，治保主任游山因公受伤当了村支书，涂万军则只争朝夕学会抽烟。我嗅着“战斗牌”烟卷的味道，感觉自己难以适应疾速变化的革命斗争形势。

我告诉涂万军明天要把保卫科长派交的材料送到抗旱支农指挥部。他听了有些失落：“我破了小喜村的案子，抗旱支农指挥部应当表彰我呢……”

我说他连睡觉都睁着一只眼，这等于是三国的张飞了。

“你这是咒我呢！张飞就是睡觉时被部下给害了。你是我的部下不会害我吧？”

我觉得涂万军心理紧张，神经过敏，接近草木皆兵了。

转天大清早走出西屋，我看到李吉祥蹲在灶间擦拭那架纺车，抬头尴尬地望着我：“派不上用场了，收拾干净保存起来留个纪念。”

这位下台的村支书说话声调很低，必须用心才能听清。我不知说什么好，伸手摸了摸纺轮，夹着饭盒跑向打麦场。

村中打麦场旁边垒着大灶，一口七印大铁锅里煮着玉米粥，已经充当炊事员的齐如意，身穿白布衣衫腰间系着蓝色围裙，手持马勺不停地搅拌着。她头发乌黑，盘成“抓髻”，这种发型并未显她老气，反而透着几分年轻活力。她看我来得这么早，语气里略含歉意：“劳你再等两分钟粥就熟啦。”

我觉得她确实不像小喜村妇女，比如穿戴整齐而且腰间系着围裙，比如说“劳你再等两分钟”，她还用白纱布苫盖盛满咸菜的大海碗，严格防止飞落苍蝇，这些都不属于本村妇女的生活习惯。

我们的早饭是“二黄一咸”，黄色玉米粥、黄色玉米面窝头，外加咸菜。

齐如意给我饭盒里盛满玉米粥。我说您熬的粥比单兵熬得好喝。她轻声说你们年轻人熬粥不懂得放碱。

我说天津红三角牌是烧碱，不能做饭吃。她稍显无谓的目光里透出几丝光亮，轻声说天津人把烧碱叫火碱。

不知什么原因，我乐意跟她聊天，尽管说的都是鸡毛蒜皮的事情。

“单兵他还好吧？”她似不经意地问道。我说单兵还好，关在厂里写了三天检查，一天三顿正常吃饭。

抬手拢了拢头发，齐如意自言自语：“吃亏常在，能忍自安，山长水远啊。”

我觉得她像个有文化的人，说出话来往往是四字词语，令人印象深刻。

我吃饱肚子出发，临近正午来到梅镇公社，这里是抗旱支农指挥部驻地。我走进当年大地主的四合院，迎面遇到庄连胜。

我请他把装有单兵检讨材料的卷宗袋子转交抗旱支农指挥部政工组。他轻微地苦笑了：“这真是连锁反应，单兵跟曹小香大树底下约会，突然间从大树上掉下个村治保主任，他还反复强调多次半夜爬树是搜集村支书生活腐化变质的证据……”

我信任李吉祥的为人，不相信游山的谎话：“我看那治保主任半夜爬树心术不正！”

“你知道文学创作的规律吧？源于生活高于生活。我看这个事件素材足够写成小说的。”庄连胜神秘地笑了，“小喜村干旱缺水，齐如意毕竟跟村里妇女大不相同，她仍然保持天热洗澡的习惯，所以她耳聋的丈夫就要经常去河边挑水。夜晚齐如意洗过澡，总要把含有香皂味道的水倒进院外猪圈里，因为猪最爱喝这种水……”

我屏住呼吸，继续听庄连胜的讲述：“村里有个男人发现了齐如意的洗澡规律，便摸黑上树等候她端着木盆出来倒水，看她穿的胸兜兜。其实，大白天小喜村袒胸露怀的妇女不少，可是这个男人就喜欢天津卫的胸兜兜……”

“啊！这么说游山承认偷看齐如意洗澡啦？”我又惊又喜。

“哈哈，这是我尝试虚构的故事，但愿它接近事实吧。”庄连胜略显无奈地说，“不过，游山半夜爬树确实发现了李吉祥生活作风问题，这位村支书跟齐如意来往频繁啊！”

听着庄连胜的讲述，我印象里的李吉祥渐渐模糊起来，心情随之沮丧起来——我认识的好人怎么愈来愈少呢？就连李吉祥也成了有生活作风问题的人。

庄连胜留我吃午饭，说晌午改善伙食有杂面汤，我谢绝了。走出抗旱支农指挥部大门，大街对面是梅镇人民公社。

游山摇摆着身子走出公社大门，这家伙左肩拄着木拐，依靠右脚落地。我佯装没瞧见他。他却满脸兴奋大声招呼我。

“公社乔书记派吉普车送我回村，顺路捎上你！”

不容推辞，他伸手搡我坐进车里。我发觉他的臂力出奇，这可能是常年爬树练就的吧。

“我揭开小喜村存在严重问题的盖子，公社任命我担任村临时党支部书记，这是领导对我的信任……”一路颠簸，游山闭不得嘴，散发着食物发酵的浊气。

“解放这么多年了，你猜李吉祥私底下叫齐如意什么？他多年不改嘴叫她小红姑娘。我的天啊！敢情齐如意在怡红院里名叫小红。”

我克服着吉普车行驶的噪音，竖起耳朵听着。

“每个月五号半夜里李吉祥就偷偷把自己的石棉线抛进邻院，他让齐如意纺成石棉绳，纺成了由老聋隔着篱笆墙递回来，等到业务员大刘来了兑换工钱，李吉祥再偷偷塞给邻院齐如意，就这么保持着不正当关系，这次被我搜齐了材料，铁证如山……”

我一路听得游山说话，基本转绕着李吉祥、齐如意、耳聋男人的三角关系。吉普车开到小喜村前，我跳下了汽车走进村头，望见几个袒胸露怀的妇女，正在若无其事地推着磨盘。我不敢抬头快步跑到小分队施工地点，把从游山嘴里听到的故事转述给涂万军。

涂万军听罢兴奋地拍手：“我的苍天，这就叫拉帮套！一妻二夫，老哥儿俩处得不错，三个人一条心过日子。怪不得齐如意有大枕头呢，那足够睡三人的。”

我觉得涂万军说得过于情色，尤其说到大枕头眉飞色舞的样子，暴露了他的青春期躁动。

“游山不是兼着村里保管员嘛，他向公社揭发李吉祥，说他多年以来暗暗伺候齐如意，不光把自己石棉营生给她做，还自己顶账替她交公粮，半夜里帮助齐如意挖菜窖，偷偷倒腾自家大缸里甜水给她喝……”

李吉祥在我心目中已经成为坏分子，就继续向涂万军转述游山提供的情节：“这些年李吉祥只要去天津卫，就捎香胰子牙粉雪花膏回来，还有正兴德的茶叶跟祥德斋的点心，真把齐如意当娘娘供着……”

涂万军听罢大发感慨：“长年保持不正当男女关系，这次李吉祥彻底暴露啦！游山半夜爬树好辛苦，治保主任总算当上临时村支书。”

我突然明白了：“李吉祥长年单身，就是因为齐如意吧？”

“说得好！这次你有了哲学思维，终于懂得现象与本质的辩证关系。就拿曹小香来说吧，她浑身臭毛病都是齐如意调教出来的，但这只是现象而已，本质是曹小香丧失了贫下中农的本色……”

我说曹小香失踪了。涂万军说单兵胆小怕事，肯定不会继续跟她搞对象。我说庄连胜并不这样认为。涂万军撇了撇嘴，说庄连胜爱好文学崇拜高尔基，把中国当成苏联了。

既然李吉祥免职罢官成了劳动改造的对象。我和涂万军立即从他家搬出，搬到临时村支书家里住，还增添了李福。

游山表示欢迎，然后告诉我们：“齐如意和她男人被送到公社交代问题，这次就不会‘未定性’了。”

我说生活作风问题出在李吉祥身上，齐如意和她男人既没贪污也没受贿，这不属于敌我矛盾吧。

“不论属于人民内部矛盾还是敌我矛盾，我已经安排本村两个妇女接替齐如意的岗位，给你们抗旱支农小分队做饭。”

涂万军强烈要求说：“你告诉她们穿戴整齐，不要敞胸露怀的好不好？”

游山嘿嘿笑了：“你们城里人看惯了小喜村的景致，心里就不敲鼓了。”

抗旱支农小分队发扬连续作战的光荣传统，给小喜村五十九户农家安装了压柄井，有的出水多，有的出水少，还是受到广大贫下中农好评。

大清早，我看见劳动改造的李吉祥挑着粪桶朝村外走去。一群妇女指指点点，议论他跟齐如意的男女关系问题。

李吉祥停下脚步转身说："你们瞎掰什么？我根本就没那本事！"

我们完成小喜村的施工任务，吃过早饭开拔了。抗旱支农指挥部要求我们以"行军拉练"方式，步行返回天津市。我跟随小分队中途经过梅镇，一眼看见曹小香坐在公社机关大院门外，尽情啃着玉米。

曹小香目光里透着不服输的劲头。我走在队伍里不敢主动唤她，没承想她抬头瞅见我们，起身奔上前来。

"我来公社寻找如意婶子，他们头头脑脑的都说不知道这码事儿！"

涂万军抢着说："单兵回厂肯定要受处分的！你就不要跟他搞对象啦。"

"那我跟你搞？傻小子你做美梦吧！拉帮套我都不要你。"曹小香迎击着，满脸不屑表情。

涂万军一蹶不振，脸色铁青走出二十里路，竟然一声不吭缝了嘴。我猜测是"拉帮套"这句话打击了他，他不愿成为李吉祥那样的男人，即便真的成为那样的男人，人家曹小香也不要他。

我们回到天津电机厂，小分队就地解散，各自回归车间班组。然而，有幸在小喜村感受的人和事，使我觉得自己成长起来。

不久，我们电机厂金工车间被定为"出经验"的先进典型单位。三里紧急成人"工人写作小组"，确定要写重点理论文章。工厂政工组长兼任工人写作小组组长，他说市里领导非常重视这个选题，要求我们夜以继日拿出个重磅炸弹。

政工组长很有写作经验，他把要写的这篇文章分为九节，让我们三人分头写作，然后组合起来形成大块文章。

工厂在南市广兴街长虹旅馆租了两间房子，让我们集中精力连续作战不停闲。走进长虹旅馆，我看到这是"围屋式"二层木质建筑，一楼中央形成巨大天井，可以抬头直望楼顶。二楼形成四边形走廊，环着四边形走廊分别通往十数间客房，大脚踩得地板山响。

我和庄连胜同住，涂万军独居。长虹旅馆后院有小食堂，中年妇女掌灶，人称宫姐。一份烩饼二毛二，一份炒面二毛四，清汤三分钱一碗，一顿饭花两毛多钱，吃得挺实惠。

庄连胜好像有些心不在焉，他喝过清汤念叨着《增广贤文》里的句子："但行好事，莫问前程。河狭水激，人急计生。明知山有虎，莫向虎山行……"然后慢悠悠评点说，"如今改为'明知山有虎，偏向虎山行'，这是革命英雄主义的体现。"

其实我已经发觉庄连胜悄悄写小说。他说过喜欢《在人间》和《叶尔绍夫兄弟》，还有《茹尔宾一家人》，这些都是苏联小说。

涂万军好像有了学术观点，颇有几分愤怒地说：“父母在，不远游，可是孔老二为什么周游列国呢？他说一套，做一套，虚伪至极，这就是我批判《论语》的要点！”

庄连胜望着脚下极为不屑地说：“你没看见后边那句话？游必有方！”

“谬论！我知道你研究高尔基，苏联已经变成修正主义国家，你应当学习列宁的《国家与革命》!”涂万军雄赳赳气哼哼走了。

我有些担心：“他不会揭发你偷偷写小说吧？”

庄连胜打开塑料夹子，随意抽出两页稿纸：“那就请你看看吧，这篇小说名叫《子在川上》……”

他抽出的是小说稿纸第五页，我只好从半路读起。

……绢花作坊的胖掌柜派他给姐儿们送货，说绢花是提前定做的，记了账不用收钱，按时把货送到怡红院就成。

他沿着旧日租界边廊的建物大街，两次问路走进著名的广兴里。他想起这是娼寮区，手心顿时冒了汗，紧紧拎着盛满绢花的竹篮。

早午没有生意，也不见“茶壶”应门。他径直走进怡红院的后院厨房，看见一个姑娘在水槽前刷洗着笼屉。他只好咳了两声，姑娘转过身来，好像是画儿里走出来的人物。

她长得太好看了，令他脸红心跳，眼睛发胀，耳鼓鸣响，说不出话来。

“噢……”她显然看出他是送花的伙计，伸手接过竹篮道了声辛苦，然而莫名地强调说，“我是后厨做饭的丫头……”

他转身跑了。后来他几次送绢花来怡红院，从“茶壶”嘴里得知鸨母花钱买来这姑娘，但是她宁死不挂牌接客，几番撞墙未死，被贬为后厨做饭丫头。不知什么原因，他心生暗恋之情，悄悄请这姑娘住进自己心里……

我读了这页稿纸，感觉小说《子在川上》的故事毕竟发生在万恶旧社会，那时我还没有出世呢。

另一页稿纸是后续故事的写作提纲，庄连胜的小说构思，从字里行间铺展开来……

一、她毫不犹豫把“新闻记者”藏进良房，之后来到前院对鸨母说：“我接客！”

鸨母必然大喜过望：“赶快洗澡换衣裳，人家军警稽查处秦处长想要青倌破身，惦记你半年多啦！”

她说：“你让秦处长把军警撤到别处去，今晚我‘青倌破瓜’开门红，不能乱哄哄让搜查给搅了。”

二、她宁愿被军警稽查处秦处长破身，也要保护那个“新闻记者”躲过抓捕。这舍贞救人的义举令那个绢花作坊伙计钦佩不已，认为她是天女下凡。

三、“新闻记者”逃出生天，这位“中共地工”不忘救命之恩，化名汇款给她赎身，她走出青楼嫁给在南市拉水车的“老聋”，给自己取了新名字，从此不再叫“小红”了。

四、天津解放了。绢花作坊伙计进了扫盲识字班，而且学会查字典，他筛过十几个词语，最终确认自己心里长久惦念着小红姑娘，这种情感属于“爱慕”。

五、抗美援朝。老聋夫妇告别天津，回到家乡小喜村务农为生。绢花作坊伙计与老聋同村，也还乡务农回到小喜村。他暗暗发誓今生今世伺候这个“下凡天女”。只有在他叫“小红姑娘”的时候，她才感觉自己只是怡红院后厨做饭的丫头，不是那次被军警稽查处秦处长破身的青倌“喜梅”。

六、全国解放第二年，那个“新闻记者”已经是“谢书记”了。他乘坐吉普车进村探望，却故意说是路经此地。他临走特意栽下青蜡树以志纪念，从此杳无音讯。

七、绢花作坊伙计多年单身生活，他升任村干部仍然对村里其他女人毫无兴致，似乎这辈子只为一人活着……

我把这两页稿纸交还庄连胜，向他请教道：“你的写作主题是什么？那个绢花作坊伙计跟随还乡务农，他为什么多年痴心不改呢？那个‘新闻记者’后来成了‘谢书记’，他为什么从此消失不见啦？”

庄连胜突然激动起来：“小红姑娘告诉鸨母同意接客，其实她已经把‘新闻记者’扮作嫖客藏进房间，从而躲过军警抓捕。那个‘新闻记者’大难不死躲过风头，激情汹涌身体失控，竟然假戏真做了……”

“什么！你是说‘新闻记者’给小红破了身，并不是那个军警稽查处的秦处长？”我大感意外，难以判断这是虚构还是写实。

“人若大难不死，情绪极度紧张过后，容易出现心理失常，甚至做出不合常理的举动，那个新闻记者的行为就成了中国的聂赫留朵夫……”我说出自己的看法。

庄连胜笑了：“你居然读过《复活》？”说着及时转换话题：“咱们当务之急是把理论文章弄出来，先交差再说。”

“那个‘新闻记者’大难不死必有后福，解放后果然成了‘谢书记’。可是小红姑娘却成了无法证明自己的人。”我不愿放弃这么好的话题，继续与庄连胜讨论。

庄连胜若有所思：“中国当然没有聂赫留朵夫，可是中国有李吉祥啊。汉语里‘爱慕’两个字，那分量很沉很沉的。”

无论虚构还是写实，庄连胜抱住这个写作题材，使我看到他的执着。如此说来，告密者游山只是这出人间大戏里的小角色，那位栽下青蜡树便杳无音讯的“谢书记”，反而成为隐身幕后的大主角了。

傍晚时分，我们下楼吃饭。这时一对男女走进长虹旅馆大门，女子身穿红呢马甲，男的则是蓝呢中山装，俩人手持结婚证登记住宿，大声申明是合法夫妻旅行结婚，这情形就跟没挨打就招供似的。

涂万军眼尖，当即认出这是石棉厂业务员大刘和小喜村曹小香："喂！你俩终究还是结婚啦？"

曹小香惊讶地望着我们："你们跑这里打井抗旱来啦？"

"单兵经常写信向小香道歉，一个月好几封没完没了，好像给吓出毛病了，去年被送进神经病医院，整天吃药睡觉，这辈子算是毁啦……"大刘穿戴整齐好像农村基层干部，主动介绍着情况。

我禁不住问道："小喜村还有石棉厂的副业吗？"

曹小香抢先回答："有啊！可是都分配给地主富农干啦……"

涂万军不能理解这种变化："地主富农？这是复辟啊！"

庄连胜说话了："既然新婚旅行，我们就请你们吃喜面吧。"说着引路走进旅馆后院小食堂。

我们请宫姐安排了打卤面，还加了红粉皮菜码。大刘感动得连连作揖，抢着付钱被我摁住了。

"你们知道我俩为啥选择旅行结婚吗？游山说我是窑姐儿调教出来的，要在村里办喜宴影响不好，我俩只能天津北京转悠一圈。"曹小香眼泪汪汪道出实情。

涂万军转变立场了："我认为游山思想不纯！当初他半夜爬树另有所图。"

热气腾腾的打卤面来了，一人一碗。曹小香抄起筷子问道："你们能找着那个谢砚生吗？只要他给如意婶子出份证言，那天色就大亮了。"

长虹旅馆小食堂的宫姐突然插话："一个大活人怎么会找不着呢，他肯定改名换姓了呗。"

大家不言不语，低头吃面了。

吃过新人的喜面，大刘和小香回客房歇息了。我想起被撤职劳改的李吉祥，不知如今他处境怎样。

涂万军颇有感慨："曹小香最终嫁了大刘，可怜单兵是鸡孵鸭子——白忙活啦。"

庄连胜不苟言笑："鸡本来就不应当去孵鸭子。"

秋凉时节，我们写成大块理论文章，由涂万军送到工厂交给政工组长审阅。

庄连胜乘机抓住空闲时光继续写作《子在川上》。我担心这篇小说政治立场有问题，暗示他停笔改写法家人物题材的小说，比如商鞅或李贽。

临近中午饭口，两个中年汉子走进长虹旅馆，他俩好像熟悉路径直奔旅馆后院，就这样与我迎面相遇。我以为这是赶来吃饭的外地老客，主动闪开身子让路。

头发花白身材枯瘦的汉子，打肩头摘下粗布褡裢，从里面取出黑木镜框。另一个身材粗壮明显驼背的汉子，随即掏出雪白手巾擦拭着这只八开尺寸的黑木玻璃镜框。镜框玻璃里镶着整张女人照片。

这女人容貌清丽，盘发淡妆，身穿民国式样的高领宽袖衣裳，表情端庄。

我觉得有几分眼熟，仔细打量头发花白身材枯瘦的汉子，从他布满皱褶的脸庞里看到当年李吉祥的痕迹。

我悄悄返回小食堂里，告诉了正在漱口的庄连胜。他愣了愣神儿，随即大发感慨："真是山不转水转，我没想到李吉祥撞进我小说里了。"

我跟庄连胜悄悄凑到小食堂窗前，望着小院里的两个男人。我认出身材粗壮明显驼背的男人，正是挑水汉子"老聋"。他将黑木玻璃镜框摆在墙角废弃的灶台上，然后从粗布褡裢拿出两支纺线锭子。这显然是女人的遗物。

李吉祥从耳聋汉子手里接过两支纺线锭子，供奉在女人遗像两侧。

略显老态的李吉祥望着玻璃镜框里的遗像，仿佛跟她聊天似的说："今天我们老哥儿俩陪你回到怡红院啦，你生前说过那时候自己还是后厨做饭的丫头，那时候自己还没遇见新闻记者，那时候自己身子还干净着呢。"

耳聋汉子瓮声瓮气说："好人命苦呗！"

我吃惊地看着庄连胜，他吃惊地看着我。天啊，敢情这长虹旅馆早先是怡红院！这后院小食堂是当年后厨丫头小红做饭的地方。

"当年那位谢书记说得多好啊，回乡劳动光荣，人人自食其力。可是小红你成分未定性，在村里连纺石棉绳的资格都没有，这辈子委屈死你啦。"李吉祥说着竟然流下眼泪。

庄连胜控制不住情绪，大步跨出小食堂，冲到小院里。我跟随出去轻轻叫了一声"李支书"。

李吉祥擦了擦眼角，定住目光望着我："你们是、你们是支农抗旱的工人阶级吧？"

我连忙问齐如意何时去世。李吉祥说去年冬天，说着连连摇头："都怪我把副业营生偷偷给她做，哪里知道纺石棉绳有危险，天长日久会得尘肺病，她躺下喘不过气来，半夜里给憋死啦！"

耳聋汉子突然大声说话，嗡嗡作响："解放前她要是不让那个'新闻记者'进屋睡了，自己还留在后院厨房洗菜淘米做饭，村里人就不敢说她接过客当过窑姐儿！"

我和庄连胜都不知如何安慰这两个未老先衰的男人。李吉祥抱着齐如意遗像镜框说："今天总算让她回到天津卫，她说怡红院只有后院厨房干净，那就让她来这里看看吧……"

庄连胜说："你这大半辈子关照齐如意，真是胜过忠仆良宦啊。"

"你要是这么夸奖说，我又成了从清宫出来的末代小太监，从北京来到天津进了绢花作坊当伙计。不过咱们把话说回来，小红姑娘的分量在我心里肯定超过历朝历代的娘娘。”

我终于明白了李吉祥的来历，他确实也是个苦命人。

耳聋汉子把黑木玻璃镜框装进粗布褡裢，轻轻搭在肩头。李吉祥明显衰老说话气喘吁吁：“今天来到后院厨房替她圆了夙愿，我们这辈子任务就算完成啦。”

耳聋汉子再次大声说话：“听说那个谢砚生谢书记改回原名李革，早就调到东北那边当领导啦！”

李吉祥说着拱手道别：“去年春天李革给公社革委会写信来，证明当年怡红院伙房厨娘搭救共产党地下工作者的事情，不过我们不会去哈尔滨找他的，因为如意活着时说过，今生今世就让他永远是那个‘新闻记者’谢砚生吧。”

我上前拉住李吉祥，说吃过午饭走吧。

“这里没有小红姑娘做的饭啦！”曾经的绢花作坊伙计这样说着，转身去追耳聋汉子了。

望着李吉祥背影，庄连胜神色惨淡：“这就是小说啊……”

我断定庄连胜会写出那篇《子在川上》小说的。可是孔夫子在川上说什么呢？说“逝者如斯，不舍昼夜”？

是啊，也只能这样说了。

昨天的虫子

1

我认识老六比较晚，先认识他妹妹小茱。小茱是四年级转学来的，基本属于门门功课都要补考的差生，估计难以成为合格的无产阶级革命事业接班人了。我是戴“两道杠”的学习委员，班主任将帮助差生的任务交给我，当然是帮助小茱。

小茱圆脸小眼睛，嘴巴偏大，这副长相确实不讨老师喜欢。我认为她成为差生应当跟长相无关。小茱父母相貌都挺好的。

小茱家住在福安大街，属于天津南市地区。走进大杂院二道门左首，一明两暗总共三间房，住着一大家子人。

小茱的哥哥老六留着王连举式的分头。王连举是后来革命样板戏《红灯记》里的叛徒。这家伙倚在门前煞有介事说：“你一个男生找我妹妹干吗？”

老六表情里渗出几分嘎笑，使人想起早熟的倭瓜。谁都知道老六前年就应当读初中，如今仍然是小学六年级学生。天津人把留级叫“蹲班”，这词儿听着挺生动的。老六连年蹲班，蹲得嘴唇生出毛茸茸的胡须。

我向这位蹲班冠军汇报说：“小茱借了我的语文作业本，女生找男生借东西也是要还的。”

老六怔了怔。他右眼有些斜视，两只眼睛显然不是一条心。这种毛病被孩子们称为“右派”。可是谁也不愿左眼斜视，长大别说当兵，当售货员都不合格。所以，母亲曾经低声警告我：“长大成人，还是不左不右的好！”妈妈说得对，不左不右就不斜视，参军体检没问题。

“反正永远不用抄你作业了，今天还给你好啦！”我的语文作业本随着小茱的声音从窗户里飞出，窝窝囊囊落在我脚下。

差生小茱平素脾气绵软，总是低眉顺眼的，停课以来好像吃了枪药，变成个豪气冲天的小樊梨花。正式的樊梨花我是从评书《薛家将》里听来的，樊梨花是薛丁山的媳妇，南征北战，武艺高强，巾帼不让须眉。

不论樊梨花还是薛丁山，这些人物统统属于四旧。那间评书场已经改成存车处。小茱的爷爷在那里看自行车，胳膊上戴着红袖章，时刻提防着坏人，反倒把自己弄得紧张兮兮，好像坏人不是别人而是他老人家。

我猛然明白了，小茱变得豪气冲天是因为学校停课，停了课她就不是差生了，所以有了脾气。我从脚下捡起自己的语文作业本，发现小茱在封面上画了五个小人儿。想到小茱原本就是个胡抹乱画的女生，我也不计较她了。

这时，屋里猛然爆发哭声——不是低泣而是尖号，一声声好像母鸡被人踩了脖子。我不相信这是小茱的哭声。一个女孩子怎么会发出这种响动呢？让人以为屋里另外有个泼妇。

小茱的哥哥老六再次露出嘎笑，目光依然斜视。“没事儿，这是我妹妹哭着玩儿呢，学校停课在家没事儿，反正闲着也是闲着呗……”老六懒散地解释着，抬头冲着天空打个哈欠。

闲着也是闲着，小茱竟然哭着玩儿？我无法理解老六这种解释，拿起语文作业本回家去了。

这是夏深秋浅的季节，高处是蓝天，脚下柏油路，倘若学校不停课，已然暑假开学的日子。我夹着语文作业本前往大兴街废品收购站，交了一只铅皮旧牙膏袋，换回贰分钱硬币。兜里有钱，心里就有底气。

淮海电影院现在叫代代红电影院了。我坐在它门前石阶上，目光往左投向平安旅馆的胡同口。平安旅馆改名红霞旅社。起初广大群众不同意，说红霞属于风花雪月性质，太不革命了。旅馆经理刘大水解释说，毛主席诗词《七律·答友人》有“斑竹一枝千滴泪，红霞万朵百重衣”的句子。群众听罢没辙了，只得散去。

我观察着红霞旅馆旁边的胡同口，暗暗期待老本的出现。初秋季节的老本半夜下洼逮虫儿，转天正午露面。老本做的是秘密勾当，必须闪来闪走，速战速决，一旦出了货立即转移，消逝在小胡同深处。正午时分人们在家吃饭，路旷人稀，正是老本的安全时间。

代代红电影院已经不放电影，改成了粮食仓库，里面存满来自东北的黄豆。我坐在黄豆仓库大门前，望见小茱爷爷走了过来。他时而东瞅时而西瞧，那表情唯恐踩上地雷什么的。人家杨白劳外出躲债也不像他这种样子，远远看着让人揪心。

我起身向老人打招呼。从小妈妈教育我对待长辈要有礼貌，见面主动说话而且要用敬语。把“你”叫“您哪”，把“他”叫“怹”。

小茱爷爷定住眼神打量我：“你是侯老师的儿子？”

我点点头说是。小茱爷爷似乎心生疑窦：“你真是侯老师的儿子？”

我再次点点头说是。老人家依然疑心重重。我索性不再解释。小茱爷爷反而相信了："你妈妈还在红光农场劳动？"

是啊，我母亲吃了十几年粉笔末，下放红光农场种田改吃黄土了。然而不待我回答，老人家眉头紧皱，思路跳转："小茱奶奶又犯糊涂毛病，我担心她走丢了……"

我思路跟不上小茱爷爷，只得哑言。他老人家上下打量我："红光农场粮食够吃吗？"说完满脸疑惑地走了。

这时候，老本出现了，一闪身钻进红霞旅社旁边胡同里。他肯定跑向胡同深处的垃圾楼，那里是秘密交易地点，就跟电影里特务接头似的。

说起特务，小茱跟我说过她从小最想做女特务，电影里的女特务们吃得好穿得好，打扮得漂漂亮亮，还把指甲染成红色。

小茱竟然向往女特务生活，这令我惊讶。我认为她应该喜欢《红岩》里的江姐，人家江姐身穿蓝色旗袍大红毛衣也很漂亮，只是没染指甲而已。

我跟小茱完全不同，我没想过做男特务。我从小喜欢蟋蟀。天津人把蟋蟀叫蛐蛐。身边没人知道我养蛐蛐的起缘，这跟大资本家韩德榜有关。

工厂实行公私合营，资本家吃股息，韩德榜还是很有钱的。他不烟不酒，连茶也不喝，只嗜好斗蟋蟀。每逢夏季便有人送货上门，无论来自山东的还是河北的，韩德榜掏钱认购从不拒付，因此名声极好。韩德榜是个不知满足的人，他办工厂就是这样，因此他的工厂生产的电动机，全国有名。他玩蟋蟀同样讲究优中选优，一旦又购得好虫儿，便将略显逊色的蛐蛐淘汰，是个"精益求精"的大玩家。

韩德榜淘汰落选的蛐蛐，不像别的大玩家那样抬脚踩死，而是遵循人道主义原则——放生。前几年每逢暑假，我半夜潜在韩德榜家附近，循声捕捉他放生的蛐蛐，不时会有收获。大玩家淘汰的士兵，落在小孩子手里就是大将军。大资本家韩德榜永远不会知道，暗中他有个继承者是我——乳名"鸬鹚"的男孩儿。

天津卫的大玩家斗蛐蛐，俗称"下圈"，其中规矩森严、技法高超，赌金似流水。被称为"四大道场"的斗蟋场所几经取缔，大玩家们销声匿迹，韩德榜被扫地出门，五百只蛐蛐罐被摔成碎片。没人敢下圈了，改为悄悄饲养，只图夏夜听听虫鸣而已。

没了放生的大玩家韩德榜，我自然无所继承，只得攒钱购买老本的蛐蛐。老本做这种玩物丧志的生意，一旦被捉后果不堪设想，因此他像一只机警的孤狗。我觉得老本冒险是图希赚钱。他好像急需钱用。

一块云彩飘过来，遮灰了半条街，这好像在给我打掩护，趁着没有太阳立即起身蹿进胡同里。小茱奶奶白发苍苍迎面走来，目光凝滞表情僵硬，好像蜡人上路，一路自说自话。

我听不清小茱奶奶的自言自语，闪身给她老人家让了路，撒开脚步奔向胡同深处。这时老本躲在垃圾楼后面，低头缩脑点燃了烟卷，使劲儿吸着。

一群苍蝇嗡嗡飞来，微型轰炸机似的转绕老本头顶盘旋。面孔清瘦的老本浑身散发着难闻的气味，好像在跟垃圾楼竞争。我不顾脏臭凑过去，发现今天老本没带那只装蛐蛐的竹篓。

老本突然伸长脖子，目光定定地投向我身后。正午的阳光烧烤着我们。老本的眼神凝滞了。

我扭身低头看到来了四只大皮鞋，抬脸看见这两个男人。一个粗壮黝黑，一个白白净净。大热天穿着这种大皮鞋，当然显得很神气。

"舒本胜，你吃了虎心豹胆？"粗壮黝黑的男人伸手指着老本鼻子，叫着他的学名。我看见这人手指甲缝儿积满黑色油泥，他不会是个修理自行车的吧。

老本倒退两步，脊梁贴在垃圾楼大墙上："你们管不着，你们是社会闲杂人员……"

白白净净的男人飞快从裤兜里掏出红袖章戴在左胳膊上，立即有了身份："你再说我们管不着？我们代表东风街革命群众制裁你！"

粗壮黝黑的男人瞥了瞥我说："老本！你用蛐蛐毒害无产阶级革命事业接班人，你就是教唆犯！"

"我今天没去逮虫儿，我在海河边帮着捞死人呢……"老本微弱抵抗着。

"看来你是顽抗到底！"这两个男人上前将老本摁住，从他衣兜里搜出几根三寸长的细竹管儿。

我知道，这种细竹管儿是蟋蟀容器，一端是竹节，另一端用硬纸团塞住。一根竹管儿里盛着一只蟋蟀，既不损伤虫子也便于携带。

粗壮黝黑的男人缴了老本的械——那几根细竹管儿顿时成了战利品。白白净净的男人摘下左胳膊红袖章，当作手帕擦着额头汗水。红袖章遇水掉色，他擦红了自己的脸，不知脸红地说了声"撤吧"。

两个穿大皮鞋的男人大摇大摆走了。老本瘫坐垃圾楼墙根下，脑袋耷拉着好像被人扭断了脖子。

我慢慢凑上前去，试探着问道："老本，他们是谁？"

"他们光拿红袖章吓唬人……"老本撩起眼皮望着远处，流露出几分不屈不挠的神情。

我好奇地问："老本，原来你叫舒本胜啊？"

"现在我叫书本败！"老本面露感慨，重重叹了口气。

老本的细竹管儿被收缴了，看来今天我与他的交易泡了汤。我捏了捏衣兜里的贰分硬币——它已经出汗了。

"我……走了，再见吧，老本。"其实不用道别，然而这是自幼母亲对我的教育，还是朝老本挥了挥手。

老本蔫蔫地笑了：“革命不是请客吃饭，你怎么这样温良恭俭让呢？”

不知为什么，我觉得穷困潦倒的老本是个有文化的人，他跟那两个穿大皮鞋的男人完全不同。

“你小小年纪玩蛐蛐，就不怕玩物丧志？”老本渐渐站直身子，仔细瞅着我。

我说学校停课闲得没事，我同桌小茱坐在家里还哭着玩儿呢。老本认真听着，眯起细细的眼睛。

“闲得没事儿哭着玩儿？”老本无奈地摇摇头说，“你知道那个名叫沙鲁的男孩儿上了广播电台吗？”

前年妈妈下放农场前就把家里收音机卖了。我冲着老本摇头说，我家没有收音机不知道沙鲁在电台背诵语录。其实，我知道那个记忆神童是西藏路小学五年级学生，又细又高像棵豆芽菜。

“知之为知之，不知为不知，是知也。”老本即兴念叨起来，抖擞了几分精神。我不懂他念的什么经，偷偷摸着衣兜里出汗的贰分硬币。

“我这儿有一只蛐蛐秧子，给你吧。”老本转过身去撩起泛黄的汗衫——我看到他后腰别着一根细竹管儿，已经被汗水沤湿了。

老本补充说：“麦高！这只蛐蛐秧子是我从北仓铁道底下逮来的，单鞭。”

我不懂“麦高”是什么，但是知道“蛐蛐秧子”是尚未蜕皮的蟋蟀幼虫，还知道单鞭只有一根触须，更知道北仓那边有座火化厂，这几年很繁忙的。

老本的一只脏手握着细竹管儿递过来。我问这只蛐蛐秧子多少钱。他说就算我送给你的。我说必须要花钱买的。他突然瞪大眼睛注视着我，询问我什么家庭出身。

我想起极其遥远的父亲：“我出身……职员。”

“哦，你父亲是知识分子。”老本似乎想起什么，干巴巴笑着说，“我送给你，你却不要。这很好。我小时候也是这样，从来不要别人东西。既然这样你就给我贰分钱吧。”

我立即掏出湿润的贰分硬币递给老本，然后接过他的细竹管儿。老本干咳了几声，说我要告诉你几个蟋蟀方面的知识。

老本突然要给我传授知识，我有些不适应。老本并不顾及我的感受，开讲了。

“以后你有机会上中学，初二应当有生物课的。蟋蟀这种昆虫，中国北方叫蛐蛐，南方叫秋虫，其实蟋蟀还有许多别名……”

老本已然挺立腰板，不断打着手势，轻声讲述起来：“关于蟋蟀的书籍很多，有南宋贾似道的《促织经》，有明代袁宏道的《促织志》，还有清代秦偶僧的《功虫录》……我国蟋蟀专著很多，距离我们最近的是民国年间李石孙的《蟋蟀谱》，总共十二卷呢！”

他的声调猛然提高，表情变得陌生：“我告诉你蟋蟀的几个别名吧，促织、王孙、莎鸡、促机、纺绩、灶马、寒蛩……总而言之，囿于课时限制我就不讲民间斗蟋历史了。”

囿于？课时限制？我惊异地望着老本，他在我心目中完全变了，不再肮脏不堪，不再垂头缩脑，不再低声下气，不再东躲西藏……他无拘无束，他话语连珠，他知识丰富……我懵懵懂懂寻思着，从前的大学教师舒本胜就是这个样子。

“将来，如果你有机会读到《昆虫记》的话，当然那是外国人写的书……”

这时候，第三制本厂楼顶的战备汽笛拉响了，远远传来还是感觉刺耳。老本随即停止讲解，半张着嘴巴瞪着远处。

随着刺耳汽笛声的响起，滔滔不绝的老本好似被施了定身术，满脸重现呆滞木讷的表情。

“你说的《昆虫记》，那本书里讲蛐蛐了吗？”我喜欢老本滔滔不绝的样子，希望他继续讲解下去。

我永远不会忘记，老本恢复了低头缩肩的模样，一声不吭逃兵似的走了。现场只剩下那座垃圾楼，继续散发着恼人的气味。一切如初，从来没有发生过任何细小变化。

我觉得老本是个有来历的人，就模仿他的做法把细竹管儿插在腰后，好像隐藏了重大秘密。我走出胡同口。一条大街被阳光晒得趴在地上，浑身酥软一声不吭。

小茱爷爷走过来，老人家眉头紧皱：“小茱奶奶又乱跑，我担心她走丢了……”

我连忙说：“我看见小茱奶奶从胡同里走过去，嘴里还念叨着什么呢。”

小茱爷爷再度心生疑窦：“你是侯老师的儿子？”

“刚才您这样问过我了……”我提醒他老人家。

小茱爷爷定住眼神打量我：“嗯，你真是侯老师的儿子。”

看来老人家记性不好。我只得主动介绍情况：“我妈妈不是老师了，她下放红光农场劳动呢。”

小茱爷爷很满意我的回答，突然转变话题：“你相信吧？我家那只祖传的陆墓蛐蛐盆儿，我真的把它砸成碎片给埋啦！我真的把那只祖传的陆墓虫盆儿砸成碎片给埋啦……”

这个故事我听过很多遍，小茱爷爷讲得非常流畅了。

2

我爬到床底下打开我的“藏宝箱”，突然听到门响——有人走进我家。我吓得屏住呼吸，侧耳听着。

外间屋里响起脚步声，踏得地板发出吱吱呻吟，来人步伐不轻。我惧怕家里进了盗贼，紧紧将“藏宝箱”搂在胸前，趴在床底下不敢吱声。

我的“藏宝箱”是一只破旧的藤条箱，里面总共三件宝物，我以扑克牌的J、Q、K编号，严格保密，无人知晓。自从妈妈下放红光农场，我在家独自生活与“藏宝箱”相依为命。尤其“老K”，我视为珍品。除了J、Q、K，再有就是老本卖给我的这只蛐蛐秧子“单鞭”了。

一双高筒黑胶雨靴从外间屋踏进我的房间，咚咚走到床边，然后站住不动。这双雨靴似乎散发着河底淤泥的味道，直接冲进我鼻孔。

这是妈妈回来了……？我不敢相信自己的感觉——这双沉重的高筒黑胶雨靴不应该属于女人，尤其不应该属于妈妈这样的知识女性。

平时妈妈性格严厉，不知道我有“藏宝箱”，也不知道我偷偷饲养蛐蛐。我决心保住自己的秘密，定定趴在床底下紧闭双眼不吱声。

高筒黑胶雨靴离开床边，迈步站到窗前去了。我脸蛋紧贴地板伸出目光，偷偷注视站在窗前的背影：黑胶高筒雨靴，肥大的蓝衣蓝裤，这使我想起疏通下水管道的工人。

这真的是我妈妈？两年没见母亲了，我有些怀疑自我感觉。这时，这背影肩头颤抖起来，伴随着低声哭泣。

这是个女人的哭泣。我从未听过妈妈的哭声，还是难以做出判断。

她的哭泣渐渐停止，响起自言自语：“你啊，永远不肯改变自己，前方分明是片沼泽，你却把它当作坚实的陆地；前方分明是座大山，你却把它当作普通的丘陵。所以，你最终只能接受命运的发落……”

没错，这是妈妈！她不愧是优秀语文教师，普通话说得很标准，简直就是优美的散文。

我担心妈妈发现“藏宝箱”，趴在床下丝毫不敢动弹。

妈妈还在自言自语：“我不敢跨越沼泽，我也不敢翻越高山，我只能默默想念你，就像小草儿想念春天那样，小草儿不敢参加春天百花的盛典，只能悄悄发芽在心间。”

这又是一首优美的诗歌。妈妈这是向谁倾诉呢？小孩子有小孩子的秘密，妈妈也有妈妈的隐私。我的秘密是“藏宝箱”，妈妈的隐私则是那个不惧怕沼泽不畏惧高山的人……

妈妈停止低语，挪步走近屋角。尽管房间里没人，她还是机警地环视左右，飞快地从衣兜里掏出宗物件，然后贴近屋角。

妈妈转过身来。我发现妈妈手里没了那宗物件。天啊，难道屋角张开无形的大嘴，生生把那宗物件吞了？

妈妈快步离开我的房间，走了。我缓缓从床底下爬出，吃惊地打量着屋角，心里害怕了。这害怕心理使我产生疑惑：那黑胶雨靴蓝衣蓝裤的女人，她真是我妈妈？

我恨不得立即离开自己房间，便伸手推开窗户径直跳到院子里，野兔子似的逃走了。

终于挨到晚饭时间，我疑虑重重回家。走进院子看到门厅透出灯光，厨房里有人影儿晃动。

我小时候听过神鬼的故事，最害怕墙壁上人影儿晃动。长大接受无神论教育，胆子大了些。

站在院子里我确认厨房里是妈妈忙碌的身影，便放心推开家门走了进去。我看到那双黑胶高筒雨靴摆在门厅墙边。一股饭菜香气从厨房飘溢而来。我的嗅觉告诉我这是西红柿烧茄子——妈妈的拿手好菜。时间仿佛回到过去的时光，那时妈妈在学校教书没有时间做饭，只有星期天下厨烧菜，改善伙食。

我小步蹭进厨房，迎面是妈妈淌着汗水的面孔。她已经换掉肥大的蓝衣蓝裤，一身淡灰色便装，腰前系着白底蓝花围裙——这让我重新看到从前的母亲。

妈妈轻轻颔首，极其清淡地笑了笑，继续埋头烧菜。两年多没见母亲，她竟然如此平静坦然，怪不得学校里都叫她“铁娘子”呢。我一时不知如何是好，轻轻叫了声妈妈，便又想起墙角那张无形大嘴。

“鸬鹚，这阵子你还好吧？”妈妈依然叫我乳名，尽管外面没人叫我乳名了。我连忙回答说这程子我很好。

我的乳名“鸬鹚”是一种会捕鱼的野生水鸟，后来被人类驯化俗称“渔鹰”。渔民驾船出发前用细绳系紧鱼鹰食管，它们潜水捕的鱼儿无法下咽，乖乖浮出水面衔给渔民，渔民捏起小鱼或小虾塞进鸬鹚食管，就算给它颁发了劳动光荣的奖章。

小时候，我问过母亲为何给我取了这样的乳名。我永远不会忘记妈妈凝视远方说：“这是你爸爸给你取的。他热血沸腾嘛，就去了祖国大西北……”

原来“鸬鹚”是父亲送给我的礼物，他去了那么遥远的地方。我根本记不清他的模样。但是，我从小就不喜欢这个湿漉漉的乳名，更不喜欢那些操控鸬鹚命运的渔民。鸬鹚多辛苦啊，一次次潜入水中逮鱼，渔民却只赏些小鱼小虾，这分明是剥削是压迫。

晚餐妈妈烧了两个菜，还做了紫菜汤。家里没有甜酒，她随手调了两杯蜂蜜水，一下有了家庭晚宴的气氛。妈妈曾经非常讲究衣食住行的品位，譬如没有黄油她绝对不做红菜汤，没有面包屑她绝对不炸牛排。然而，今天没有芫荽她还是做了紫菜汤。下放农场劳动的妈妈学会妥协了吧？学会妥协使得妈妈不再过于坚硬，显现几分柔软的随和。

妈妈伸过筷子给我夹菜，说身体是革命本钱。这举动很像班主任关怀差生。然后妈妈轻轻端起蜂蜜水说："举杯吧鸬鹚，祝我们好好活着！"

好好活着——这是妈妈的祝酒词。我兴奋地跟她碰了杯，说了声祝妈妈身体健康。妈妈呷了一小口蜂蜜水，又给我夹了菜。我被她感动了，储存内心的生疏感，渐渐消融。

农场的大太阳将妈妈晒得黝黑，肤色接近广大劳动人民。她再次端起蜂蜜水说："鸬鹚啊，我犯风湿性关节炎，农场准假三天，同意我回城里看病。"

我表示明天陪妈妈去医院看病。她摇摇头，开始吃饭。我再次表示明天陪妈妈去医院看病。她竟然有些不耐烦了："我要自己去医院呢。"

我说您去人民医院吧。她几乎恼怒了："我又没得癌症，你让我去人民医院干吗！"

我终于想起，天津人民医院是主要治疗癌症的医院。这座医院创始人金显宅，早年来自韩国。

我不敢言语了，跟着妈妈一起吃饭：餐前蜂蜜水，餐中有菜有汤。餐后我跑进厨房洗碗，听见妈妈拉开衣柜换衣裳："鸬鹚，我换过衣裳要出去看个熟人。"

妈妈从淡灰色便装变成月白色衣裤。我隔着窗房望着她款款走出院门，一下融进月光里了。

妈妈……不知为什么又觉得她陌生了，仿佛刚刚结识似的。我努力回忆自幼与妈妈的接触，一切都显得恍恍惚惚朦朦胧胧影影绰绰，她仿佛站在大雾天气里，似有似无的样子。

我躲到自己房间，胡思乱想。天很晚了，妈妈还没有回来。我关灯上床躺下，夜色猛然将我包裹起来。我定定躺着不动，就是不敢注视屋角。

好奇心渐渐战胜恐惧感。黑暗里我起身挪向屋角——这是妈妈的隐私。难道屋角真有一张大嘴吞了妈妈手里的物件？

黑夜里瞪大眼睛打量着。我房间的屋角跟其他房间的屋角没有什么两样。我在这里居住多年，也没有发现什么异样。

这是妈妈回来了，脚步轻盈。这跟脚踏高筒黑胶雨靴的沉重步伐相比，完全判若两人。她走进门厅里，带进一股明丽清爽的气息。"鸬鹚……"妈妈轻轻召唤我的乳名，音调柔软而温润。我听着感觉妈妈变了一个人。

我懵懵懂懂抄起床头手电筒走出房间，迎面响起妈妈的笑声："鸬鹚，这屋里电灯亮着呢，你打手电筒干吗？"

我不知如何回答。这支手电筒是我半夜捕捉蛐蛐的工具。有时躲进被窝偷看禁书，也要用这支手电筒照明。譬如《少年维特之烦恼》和《马克辛青年时代》。

我摁灭手电筒望着月白色的妈妈。她居然罕见地笑了，而且笑得毫无保留。

“妈妈，您显得年轻了……”我没头没脑抛出这句话。

“你瞎说什么呢……”妈妈急切地摆着手，仿佛要扫去自己难堪的表情，“妈妈老啦。”

这是我首次看到妈妈流露羞涩，之前许多年与之后许多年，都不曾见到这种表情。这无疑成为我记忆里妈妈人生的黄金瞬间。

“睡吧鸬鹚，明天我给你弄咖啡喝。”晚间归来的妈妈兴致很好，竟然提前宣布明天给我弄咖啡喝。我知道妈妈以前有喝咖啡的习惯，顿时高兴起来，好像此时我才真正成了妈妈的儿子。

我回到自己房间，又瞄了瞄屋角。那里确实没有任何可疑之处。是啊，屋角怎么会张开无形大嘴呢？一定是我当时产生幻觉，以为妈妈手里拿着什么物件。

我安心睡觉，梦见蓝天白云，还有牛羊成群的草地，半夜却被惊醒了。光线昏暗。房间里好像站着个人影儿。我揉了揉眼睛。那人影儿纹丝不动，毫无声息。我收缩身体抓起枕头，死死盯着对方。

嘟、嘟、嘟。一连串蟋蟀鸣叫响起，从我床下传播出来。这是我花贰分钱买的那只“蛐蛐秧子”，它经过蜕皮成虫，变身为威风凛凛的大蛐蛐——半夜鸣叫，宛若铜铃。

“鸬鹚，你在养蟋蟀吗？”黑暗里床前响起妈妈的声音。

我翻身爬起，瞪大眼睛望着站在屋角的人影儿：“妈妈，我以为做梦呢……”

妈妈并不揿亮房间电灯，站在黑暗里继续发问。我只得承认自己养了蛐蛐，这蛐蛐头顶只有一根触须名叫“单鞭”。

“你不能养蟋蟀，这会酿成灾难的。”妈妈坚持把蛐蛐叫蟋蟀，普通话讲得好像广播电台播音员。

“妈妈，我不会玩物丧志的，再说学校停课，我闲着也是闲着……”

妈妈的话语击穿黑暗，声声敲击我的耳鼓：“你闲着就闲着吧，绝对不能养蟋蟀！你懂得什么叫灾难吗？”

我想起老本说过南宋蟋蟀宰相贾似道，顺势答题：“我懂啊，就是亡国呗。”

“亡国……？”妈妈伸手扯亮电灯，房间唰地白了。似乎我的回答产生了冲击波，妈妈打量怪物似的打量着我。

“亡国，这是谁告诉你的？鸬鹚，你是不是看过《人与蟋蟀》这篇文章？你给我实话实说！”妈妈突然有些神经质，目光冷峻，脸色惨白。

这一连串严厉拷问把我弄蒙了：“我是说南宋宰相贾似道，他痴迷斗蟋蟀不办正事，结果亡了国……”

“贾似道……”妈妈松了一口气，好像暂时摆脱了灾难。我主动坦白说：“我花贰分钱买了只蛐蛐秧了，前几天它自己蜕皮变成大蛐蛐……”

“你交出这只蟋蟀，我要当场处理！”妈妈已经不是妈妈了，一瞬间变成无比严厉的班主任。

妈妈好像百变孙悟空，倏地从温和变得严厉。我只得乖乖钻进床下，呼呼喘着粗气打开藏宝箱，小心翼翼捧起养着“单鞭”的青泥虫盆儿，然后大肉虫子般扭动身躯，从床下爬出来。

我们这座城市养蟋风气，由来已久。家长制止孩子玩虫儿，大都是抬脚踩死蛐蛐，然后砸碎虫盆儿，坚决做到斩草除根。

我捧着青泥虫盆儿望着妈妈，做好她踩死蛐蛐砸碎虫盆儿的思想准备。这时“单鞭”毫不知趣地鸣叫起来，嘟嘟嘟嘟叫个不停，使人觉得它不是向妈妈求饶而是向妈妈挑战。

“你认错态度挺好的，那就宽大处理吧……”妈妈并没有询问这只青泥虫盆儿的来历，反而温和几分，“蟋蟀也是条性命，你可以把它放生”。

我大喜过望，捧着青泥虫盆儿起身推开窗户，望着窗外凌晨的天色。

“单鞭，我妈宽大了我也宽大了你，小家伙赶紧逃命去吧！”我说罢掀起盆盖儿想多看“单鞭”几眼，这家伙纵身弹跳便跃出窗外，融进夜色了。

我心怀忐忑望着妈妈，手里捧着青泥虫盆儿。妈妈没有实施斩草除根的铁血政策：“鸩鹚，明天绝对不用你陪我去医院！”说罢，她转身走出我的房间。

我损失了“单鞭”，妈妈却没有摔碎我的青泥虫盆儿。这是不幸中的万幸。我对妈妈心怀感激，决定明天暗中陪她去医院看病。她的风湿性关节炎很严重，否则农场领导也不会恩准她回城治疗的。

清晨天亮了，我听到厨房里有响动，便起床洗漱完毕，换了身干净衣裳，端坐门厅等候妈妈。妈妈房间里静寂无声，仿佛无人居住的空房子。

妈妈高鼻梁丹凤眼是个漂亮女人。年轻时是大学校花，当了教师是优秀园丁，做了母亲反而孤身独处……我注视着摆在门厅墙边的高筒黑胶雨靴，无法想象妈妈在农场水田劳作的场景。

好似一阵清风徐来，妈妈走出房间。原先肥大的蓝衣蓝裤此时显得分外合体，看来是连夜改裁而成。她的装束使我想起纪录片《新闻简报》里的迎宾服。

身穿迎宾服的母亲惊讶地望着我:“今天是返校日吗鸩鹚？看你干干净净的样子。”

我站起身说：“学校停课，哪有返校日啊，我这是要陪您去医院看病。”

“我说过不用你陪我去医院看病！”妈妈目光清冷，坚定地摇了摇头。

这是母亲对儿子偷养蟋蟀的惩罚吗？我努力争取道，“妈妈，我很少有机会跟您在一起……”

“你不要给我招灾惹祸就是了。”妈妈说着走进厨房扭头对我说，“咱们冲杯咖啡喝吧，我昨晚炒好的……”

家里竟然有了咖啡，我快步跟进厨房。妈妈拧开广口瓶的盖子，一股近乎咖啡的味道散发出来了。

妈妈似乎在对广口瓶说：“这个世界上的任何物质，我们都可以找到它的替代物。我们现在不是没有咖啡吗？你捡十几粒大豆，当然最好是东北大豆，放到铁锅里慢慢翻炒到接近黑糊的程度，千万不要炒焦了，这时你就会闻到咖啡的味道了。你把炒好的颗粒碾压成粉，就可以替代咖啡了。”

仿佛大型展览会的讲解员在介绍制作咖啡替身的方法与步骤，丝丝入扣，引人入胜，我惊诧地打量着妈妈。

“最为重要的是你要在心里想象着这是真正的咖啡，当然这有些唯心主义了，不过它确实能够让你感受到咖啡的味道……”妈妈端起暖瓶冲了两杯大豆炒成的咖啡，“假如没有砂糖，千万不要放红糖啊……”

之后，我站在厨房门外，妈妈站在厨房门里，各自端起“咖啡”。妈妈缓缓走到厨房窗前慢慢啖着，似乎沉浸在昔日温馨的生活氛围里，久久不能自拔……这时我恍惚觉得，这种特殊的咖啡使她重新成为优秀语文教师，那背影显得清丽而优雅。

大街上传来高音喇叭声。妈妈放下咖啡杯拢了拢前额头发，表情沉静。

“鸬鹚，你是不是觉得妈妈变化很大啊？”

我点了点头，立即摇了摇头：“您就是被大太阳晒黑了……”

妈妈颇不自然地笑了笑：“大太阳，说得好……”

她款款走出家门独自去医院看病了。我追到院子里，看见她走路左腿有些微跛。这肯定是风湿性关节炎作怪。虽然人们说妈妈是个铁女人，我敢断定她的膝关节不会是铁做的。

妈妈要是半路上跌倒怎么办？我快步跑出院子，悄悄尾随而去。

前往海光医院的方向，妈妈快步行走丝毫不像风湿性关节炎患者。这个争胜好强的女人走出家门便神采奕奕，好像变成女篮五号了。

大街上几乎都是蓝色服装。我紧紧盯住妈妈那经过改裁的蓝色背影。她走到海光医院大门前毫不停步，径直奔向前面的三路公共汽车站。

我眼巴巴看着妈妈登上三路公共汽车，跑到站牌前仔细查看三路公共汽车终点站是李家园，中途经过炮台庄、二纬路、女六中、菜桥子、南门脸、黄家粪场、南大道、小西关……我不知道妈妈会选择在哪站下车，但我知道她没有走进海光医院治疗风湿性关节炎。

妈妈从小教育我做人诚实不说谎话，今天她却登上三路公共汽车去了不为人知的地方……

这时身后有人双手蒙住我的眼睛，变腔变调让我猜他是谁。这沾满油炸食品味道的双手，在早餐时间里非常诱人。

我寻思着说："你是老六！"这时身后响起嘎嘎笑声，"你小子真会猜，后脑勺儿长了眼睛啊。"

我转身看见老六嘴里衔着半根油条，这样子活像从乱葬岗子里捕食归来的野狗。

"这几天你怎么没去找我妹妹啊？现在都时兴男生女生搭伴呢。"

我登时红了脸："你瞎说什么呀！我从来没有这种想法……"

"你人小心大，假装正经是不是？"老六表情郑重起来说，"你听说前几天有人下圈被抓走了吗？"

我摇摇头说不知道。老六说："被抓的还有韩德榜呢！你说他还敢偷偷揣着蛐蛐去小稍口下圈！他虫瘾也太大了吧？"

我受到震动说："韩德榜不要命啦！他为什么这样呢？"

"我认为他不愿意闲着的，斗蛐蛐也上瘾呢！"

我觉得老六肚里有货，连忙请教说，"韩德榜还拿什么斗啊？"

"拿虫子斗呗！你连这道理都不懂还玩蛐蛐啊？"老六说着，嚼着嘴里的油条。

3

妈妈大清早就要返回红光农场了，我忍不住想哭。她好像不能理解我落泪的原因，流露出莫名其妙的神情。

我说："我问过小茱爷爷，风湿性关节炎这病很厉害，您不抓紧治疗有可能转为风湿性心脏病！"

"你怎么把我的病情告诉别人呢！"她流露出恼怒的表情，下意识地跺着脚——高筒黑胶雨靴发出咚咚闷响。

我终于明白，长期农场生活使妈妈变得警觉，她把自己包裹得严严实实，点点滴滴不外传。

我哭了。我的眼泪引发妈妈的伤感。她重重叹了口气，伸手摸着我的头顶说："你是个男孩子，不要多愁善感的，你只有心硬似铁，才能面对石头一样的生活。"

我控制不住情绪，反而哭出声来。对我的表现妈妈非常失望，转身走出家门。

我望着妈妈那身经过改裁的蓝衣蓝裤，觉得这身衣服重新肥大起来，配上那双高筒黑胶雨靴，妈妈变了，又属于那座遥远的农场了……

我站在院子门外，望着她远去的背影，视线朦胧起来。不知为什么，我突然觉得妈妈是个模棱两可的人，令我难以记起她的形体和面容，我甚至怀疑她是个不曾存在的人。

我狠狠咬着嘴唇，疼痛使我头脑清醒几分。我下意识地朝前追了几步。倘若妈妈又乘坐三路公共汽车去了别处呢？我再次陷入混沌天地，弄不清这个世界的虚与实。

小茱爷爷满脸欢喜跑进胡同："我寻到啦！我寻到啦！这膏药叫一贴灵，这膏药叫一贴灵……"

"这膏药能治风湿关节炎吗？"我追过去问道。小茱爷爷掏出牛皮纸膏药说："嘿嘿，专治风湿关节炎，药到病除！"

我激动了："我也要买一贴灵！我也要买一贴灵！"

"你……？"小茱爷爷撩了撩眉毛说，"这膏药是部队医院研制的，不是你想买就能买到的！军营是座革命大熔炉，你懂不懂？"

"这种膏药是大熔炉里炼出来的？"我被小茱爷爷弄蒙了，想起《西游记》里被孙悟空掀翻的太上老君炼丹炉。

"就你还想买这种膏药？哼！"小茱爷爷鄙视地打量着我。

我受到这种目光的刺激，猛然想起妈妈说我过于懦弱，一瞬间便勇敢起来，立即做出凶狠的样子，扬起脖子冲着老人家"汪汪汪"叫唤几声，转身跑了。

身后传来小茱爷爷充满疑惑的声音："你好端端的孩子怎么学狗叫呢？"

是啊，我怎么突然学狗叫呢？难道我变成一只狗就不懦弱了？这样思想着，心里挺别扭的。

我还是认为小茱爷爷带来了喜讯，我要购买这种部队医院的膏药，寄到红光农场治疗妈妈的风湿性关节炎。

心里有了打算，生活顿时充实起来。我开始四处搜寻废铜烂铁，送到废品收购站过秤换钱。只要有了钱，我就央求小茱爷爷帮助我从部队医院购买"一贴灵"膏药。

十几天过去了，我捡拾废铜烂铁攒了两角六分钱，满怀得意走在大街上，迎面遇到老六。我问老六怎么把分头剃成光头。他嘎嘎笑着说："革命化嘛革命化嘛。"

我觉得留分头的老六像叛徒，剃光头的老六像土匪，一律都是反面人物。

光头老六压低嗓门告诉我："河北早市有人偷偷买卖蛐蛐，只要有钱就能买到好虫儿，但是要警惕别被逮着……"

我想起被妈妈责令放生的"单鞭"，还有床底下的青泥虫盆儿："老六，咱们都是无产阶级革命事业接班人，千万不要玩物丧志啊。"

"嚯嚯嚯嚯嚯……"光头老六斜着右眼嘲讽我，"还无产阶级革命事业接班人呢？就你这样儿的！谁肯让你接班呀。"

我受到光头老六的贬斥，只得不言不语。这家伙反而滔滔不绝起来："你知道我为什么叫老六吗？这是大排行！我伯伯家有五个男孩儿，所以我排第六。那就让五个哥哥去做无产阶级革命事业接班人吧，反正中国也不缺我一个。”

“你这样说话有些反动啊。”我提醒着老六。他平时说话就爱拿自己跟伟大祖国进行比较，气魄很大。

我得知他也在偷偷玩蛐蛐，感到意外。自从小茱爷爷逢人便讲自己摔碎祖传青泥虫盆儿后，他老人家是不会允许自家子孙再养蟋蟀的。

我担心光头老六做了不肖子孙：“你爷爷同意你玩蛐蛐啦？”

“我哪能让老头子知道啊！”

是啊，老六连续几年留级蹲班，生生把自己从少年蹲成青年了。

“鸬鹚，你没有爹娘管束，反而挺自由的。我家人多势众，弄得我束手束脚放不开。我看你趁着没有爹娘管束，想干什么就干什么吧！”

我说我把“单鞭”放生了。光头老六连声说凡是大玩家从来不放生，一脚踩死完事。我说“单鞭”是我花贰分钱从老本手里买的“秧子”。光头老六说老本这家伙不逮蛐蛐了，他被捞尸队招到河边整天忙着打捞尸体。我说老本是个知识分子。光头老六说所以老本去河边打捞河漂子了。

“鸬鹚，你知道人们为嘛喜欢玩蛐蛐吗？”

我摇头说不知道。光头老六斜着右眼神秘地笑了：“一个字，斗呗！你知道吗？现在天津卫还有下圈的呢，偷偷聚众押赌下注，斗呗！”

我受到这个字震动：“斗？这是谁告诉你的！”

“老本呗！他说人类历史就是斗争的历史。”老六挖着鼻孔说，“老本这家伙肚里有学问呢。”

学校停课，这对老六来说真是天大的好事。他不用考试作弊了，也不会继续留级了，他可以夜晚东游西逛，也可以白天死睡不起；他可以偷偷学抽烟，也可以悄悄搞早恋；他可以无拘无束，也可以无法无天……总而言之，老六变成了自己能管理自己的有志青年。

这时老六窜过马路，跑去跟那个姑娘搭讪起来。那姑娘的外号叫“货”。他勾搭姑娘的行为，狎称“挂货”。

我却寻思着如何攒钱买到膏药给妈妈寄去。东瞅西瞧沿着大街行走，我没头苍蝇似的寻找废品。

这里以前叫卜家大墙，现在改称“人民大墙”。人民大墙刷满了标语，一层覆盖一层，层层叠叠积累两寸多厚。我站在人民大墙前，突然有了重大发现：我若揭掉这两寸多厚的纸层送到废品收购站，一公斤能卖八分钱呢……

一旦有了钱我就能够给妈妈买膏药了……这个重大发现让我高兴得又蹦又跳，快步跑回家找到一根六吋大铁钉，跑到南马路电车道。我把这根六吋大铁钉放进铁轨槽里，坐在边道上等候着。我们这座城市的电车轨道最初是比利时人铺设的，老辈人叫它比国电车道。如今成为人民电车道。

一辆有轨电车丁零咣当行驶过去。我的那根六吋大铁钉一瞬间便被电车轮子轧扁。我跑上前去看了看，大铁钉轧得还不够扁，我要让电车继续碾轧，把大铁钉碾轧成小刀子。

小茱搀着奶奶横过电车道，我不由站起身来："小茱，你奶奶这是怎么啦？前几天还好好的……"

"她现在也好好的哇！"小茱挤了挤眼睛，"我奶奶是装病，你越宠她她就越来劲……"

我发现小茱奶奶目光迷离，好像丢了魂魄："小茱，快送你奶奶去医院吧。"

小茱不高兴了："你少管闲事，先把你妈妈的风湿关节炎治好再说吧。"

我觉得小茱的家庭很不寻常：小茱冷漠，她哥哥老六油滑，她爷爷亢奋，她奶奶迷糊，她叔叔木讷，她婶婶猖狂，她姑姑自私，她姑夫任性……全家十口人各具特色，百花齐放，百鸟争鸣，号称城市革命大家庭。

小茱悄悄从她奶奶衣兜里掏出三分钱，转身跑去买根冰棍儿了。小茱奶奶失去搀扶摇摇欲倒，我连忙伸手抓住她老人家。

"你是什么出身？"小茱奶奶突然发问。我摇头不语。她立即挣脱说："你不要查我家户口……"

我说我要扶老携幼的。小茱奶奶固执极了，甩手躲避着我。

"我爱北京天安门，天安门上太阳升……"小茱一手举着冰棍儿一手搀着奶奶胳膊，哼着歌儿走了。

小茱竟然爱唱歌，看来还是挺单纯的。丁零咣当又驶来一辆有轨电车，终于将那根六吋大铁钉轧成一把小刀子了。

老六跟我说过，刀子超过四寸长才算凶器，人超过十八岁才能枪毙。我的小刀子三寸长，人民大墙的纸层二寸厚，我把陈旧的纸层刺穿揭掉，嘿嘿，然后打捆卖到废品收购站去……一股即将发财的快感涌上心头，我决定半夜动手。

天津这座城市粮店对市民主要供应玉米面，每斤九分八厘钱。广大市民生活水平还是比较高的：经年累月就着咸菜吃黄玉米面窝头喝黄玉米面粥，最后拉出黄屎，号称"三黄一咸"。我为了确保半夜行动体力充沛，决定放弃玉米面窝头和玉米面粥，晚饭改善伙食煮大米粥。我把仅有的半斤大米熬成稠粥，稠得可以插住筷子，这便接近干饭了。

我很久没喝大米粥了，就着咸萝卜呼呼喝下三海碗，顿时感觉浑身充满力量。记得妈妈告诉我，说我爸爸是南方人。南方人爱吃大米。爱吃大米的爸爸反而去了没有大米的大西北，也就没大米饭吃了。就这样爸爸在我心目中的影像愈发模糊起来。他是个宁愿跟自己拧巴的男人吗？

直挺挺躺在床上，瞪大眼睛等待夜半来临。我想着床下的青泥虫盆儿，不禁对妈妈充满感激之情。倘若妈妈命令我摔碎它呢？我的编号“老K”的宝贝便成为满地碎片。南宋也就没了。

晚饭吃得太饱，胃口忙于消化，人犯困。我担心睡过时辰误了大事，就起身找来几瓣大蒜，一股脑投进嘴里咀嚼着。大蒜辣得我精神抖擞，看来确实要吃点辣的。

终于熬到半夜时分，我从床上爬起来，准备出发。嘟、嘟、嘟……不知从哪里传来蛐蛐鸣叫。

我一跃而起，立在房间里侧耳静听。嘟、嘟、嘟……

这蛐蛐的鸣叫是从屋角传出的。我拉开抽屉取出手电筒，小步蹭向前去。

今夜屋角没有那张无形大嘴，却响起蛐蛐鸣叫声。这鸣叫声听着有些耳熟。我伏身屋角测定方位。这时蛐蛐不鸣叫了。

蛐蛐如人。人群里饶舌的，多是斤斤计较的角色，凡事小肚鸡肠。蛐蛐里聒噪不歇的，多是平庸小虫子，彻夜喋喋不休。凡是蛐蛐里的大角色，鸣叫声短促有力，不事喧哗，深藏不露。我觉得这只潜藏屋角的蛐蛐，就具有大家风范。

我完全忘记今夜的特殊任务——前往人民大墙揭纸卖钱。我一门心思等待墙角蟋蟀的鸣叫。

长久等待着，我凝结在无声无息的夜色里。长久等待着，似乎永远听不到它的鸣叫。我渐渐绝望了，开始怀疑那鸣叫声出自我的幻听。

凌晨时分，天色渐白。那家伙终于嘟嘟鸣叫起来。我断定蛐蛐隐藏墙里，左手打亮手电筒，右手轻轻抚摸墙壁，这墙缝竟然出现活楔——这两块墙砖松动了。

这是两块能够抽出的活砖。我登时想起屋角的无形大嘴，心跳加快。这时蛐蛐又哑声了。

我抠住墙缝儿，轻轻抽出活砖，猛地将手电光照亮墙洞深处。我分明看到一只青麻头！连忙举起铜丝虫网封住蛐蛐出路，用力吹出一口气。

墙洞深处的青麻头受到惊吓，迎着气流纵身跳进我的铜丝虫网。我立即用细竹管儿衔接铜丝虫网，这家伙奋不顾身钻进细竹管儿。我拿牛皮纸团封堵细竹管儿，收工。

细竹管儿只是中转站。我钻进床下取出青泥虫盆儿，轻轻将细竹管儿里的蛐蛐顺进盆里。半夜不便观虫儿，这是玩家的规矩。然而我好奇心难挨，从床下抱出青泥虫盆儿摆放小桌中央，缓缓错开盖子，打开手电筒仔细观看，我乐了。

真是太巧了，这只蛐蛐竟然是妈妈责令放生的“单鞭”！这家伙周游列国思乡心切，毅然返回我家。谢天谢地，这才是具有灵性的好虫啊。

我无亲无友无依无靠，单鞭仿佛失散多年的亲人，悄然回归我的身边。我抱头坐在地板上，激动得口干舌燥。这只蛐蛐给我带来荒疏已久的亲情，令我想起远在农场的妈妈，想起记忆深处毫无印象的爸爸，想起去世的祖母，我索性哭泣起来，痛痛快快哭得东方泛白。

天亮了。我打亮手电筒，起身填回那两块活砖，猛然发现敞开的墙洞深处好像有宗物件，伸直手臂探进去，居然掏出个牛皮纸笔记本。哦，我顿时明白了，这牛皮纸笔记本正是妈妈塞进墙洞的那宗物件，当时令我产生屋角有张大嘴的错觉。

我原本不想窥探妈妈的秘密，这是她的隐私。可是好奇心迸发火星，随即星火燎原，火势蔓延势不可挡，烧心烧肺烧肝烧脾烧遍全身……我被这场大火烧垮，完全失去对自己的控制。

双手颤抖打开牛皮纸笔记本，扉页写着四个墨笔大字：人与蟋蟀。我随即兴奋起来，这兴奋冲淡了我偷窥的罪恶感。

我坐在地板上，轻声阅读着这篇《人与蟋蟀》：

> 自从人类社会出现斗蟋，可怜的蛐蛐便成为人类的炮灰。其实人类内心未必多么爱好和平。人类选择和平，只是压抑着自身野蛮本性而已。和平年代斗蟋，恰恰是人类从好战转为好斗，他们狂热地发动昆虫战争。蟋蟀成为人类的壮丁。一只只蟋蟀投入一场场争斗，究竟是出于被迫还是出于自愿，当然只有蟋蟀自己知道。人如蟋蟀，蟋蟀如人。斗蟋，是人类寻求刺激的方式。斗蟋，也是人类血腥斗争的翻版。和平年代风行斗蟋，它既是王公贵族的斗争游戏，也是草民们寻求刺激的自慰剂。这一次次的蟋蟀争斗，无疑印证着斗争哲学的残酷，这一次次的残酷争斗，无疑巩固着斗争哲学的合法性。争斗，使昆虫变成人，斗争，使人变成昆虫，最终人虫难分难辨……

我很难完全读懂这篇深奥的文章，只是隐隐约约觉得这种言论比较危险，慌忙将笔记本塞进墙洞，动手复原墙砖。

我站在窗前，心乱如草。这是谁写的《人与蟋蟀》呢？妈妈竟然冒险把它藏进墙洞。牛皮纸笔记本里的字体刚劲有力，应当出自男人的手笔。这个男人又是谁呢？我又想起妈妈乘坐三路公共汽车去往的地方……

清晨我饿着肚子钻进厨房，胡乱翻找着食物。拉开抽屉我看到里面躺着一张小纸条，字迹显然出自妈妈的“教师体”：“一号陶罐里装有炒面，开水冲开即可。记住盖子拧紧，严防炒面受潮变质。”

一号陶罐？妈妈把家里瓶瓶罐罐编了号码，然后留下纸条等待我来“接头”。

我看到二号陶罐贴有“腌萝卜”字样，就动手打开一号陶罐，从里面舀出几勺炒面，用热水冲开一碗，就着腌萝卜吃了。

“妈妈……”我把那张小纸条握在手里，这就等于拉紧妈妈的手了。平时妈妈性情冷硬，这张小纸条分明热乎乎的。

心里暖暖的，我走出家门来到街心花园。一群人围拢着小茱爷爷。他老人家左臂佩戴的红袖章，被大太阳晒得严重褪色，好像佩戴着白袖章。人们低声议论着。

“半夜里那家伙跑到人民大墙下，手里拿着刀子揭掉大标语，那纸层足足两寸厚呢，他装满三轮车送到废品收购站，上午就被抓到了，关进小黑屋说是等待枪毙呢!”

“这家伙承认揭掉大标语为了赚钱，卖到废品收购站四分钱一斤呢……”

我听罢转身奔跑回家，冲进房间钻进床下，朝着青泥虫盆儿连连作揖:“单鞭啊单鞭!谢谢你救我，你看我把刀子都准备好了，要不是你半夜鸣叫拖了我后腿，我就跑到人民大墙去揭纸层了，我肯定也被抓进小黑屋了……”

嘟嘟嘟……这时单鞭鸣叫起来，这是它对我的回应！我将青泥虫盆儿紧紧抱在怀里，小声叫着“单鞭啊单鞭啊，你真是我的好兄弟……”

从此我有了患难兄弟，它是一只名叫单鞭的蛐蛐。我呢，我的乳名是一只命运被渔民掌控的水鸟。

当天夜晚时分，我在大街上遇到面孔消瘦的方阿姨，她跟妈妈同在红光农场监督劳动。方阿姨坐在装满酒糟的拖拉机上。我追过去打听妈妈的病情。方阿姨大声说:“你妈妈膝盖肿成大馒头，还坚持下水田劳动呢!”

我沮丧地坐在马路边，心里不断思谋着：我十分需要钞票，我的藏宝箱里只有 J、Q、K 三件宝贝可以卖钱，J 呢是一柄桃木牛筋弹弓，恐怕卖不了几个钱；Q 呢是一枚黄铜纽扣，妈妈说它是爸爸皮夹克上的，我要留作纪念不能卖掉；K 呢就是那只青泥虫盆儿，它当然比较值钱，可惜见不得阳光，只能隐藏床底下……

我回到家里从床底下取出青泥虫盆儿，稳稳当当摆放在小桌上，轻轻错开盖子。

我的单鞭隐藏在过笼里，只露出那根触须。我说了声“单鞭你好”，这家伙就爬出过笼，做出若有所思的样子。

这真是一只好蛐蛐：大圆头，宽身量，斗丝清晰，六足粗长，一根触须又黑又亮。如果不是单鞭，它肯定是个大将军。

单鞭嘟嘟嘟鸣叫起来。这是它在跟我说话，我索性把心里苦闷说给它听。

“单鞭啊，方阿姨说妈妈风湿关节炎很严重，膝盖肿得像大馒头还得下水田干活儿。我想给妈妈买膏药却没有钱，你说我应该怎么办呢？”

单鞭不言不语，好像思考着，然后它爬进过笼了。我笑了:“单鞭你好不仗义，我又不找你借钱，你躲起来干吗？”

我决定跟老六张口，这家伙肯定有钱。我上街寻找光头。我知道他遵循哺乳动物生活习性，肯定活动在自己领地里。我终于在新华书店门前发现动物踪迹——光头老六正在协助革命派发售“活页文选”，满脸不以为然的表情。我远远看着觉得他就是块“万能砖”，你把他砌在哪里都行。

耐心等待光头老六停闲下来，我凑过去跟他说明来由。他听罢笑了，说你是杨白劳吧拿我当黄世仁了。

我告诉他我借钱急用，我要治疗妈妈的风湿关节炎。

“你要买我爷爷那种膏药啊？老头子的话你怎么也相信呢，他嘴里能跑火车呢！”

他及时停止对祖父的贬损：“不过，那膏药确实是部队医院研制的。”

老六表示不能借钱给我，反问我有没有东西可卖。我摇摇头说：“我家里只有一只蛐蛐。”

老六撇了撇嘴：“你还能有什么好虫儿，小苍蝇吧？”

“我看足有六厘八，大蝴蝶。”

“什么！”光头老六挑起眉毛，“你胡说什么！六厘八？你快拿出来给我看看！”

我补充说：“就是那只单鞭……”

“单鞭？”不知触动了光头老六哪根神经，这家伙精神抖擞起来，“单鞭！你不说我还忘记了，六厘八的单鞭！快去你家看看……”

我家里藏有不可外泄的秘密，绝对不能让老六这种人走进我家。“咱俩垃圾楼见面吧？”

“嚯嚯嚯嚯，你还三八线会晤呢！”光头老六还是同意了。

我一路狂奔回家，好像细狗扑食一头钻进床下，抱着青泥虫盆儿爬出来。我精心将单鞭装进细竹管儿里，绝对不能让光头老六看到我的秘密宝贝——青泥虫盆儿。

多年后我才得知，这只六角高足龙凤纹造型的青泥虫盆儿，出自苏州陆墓窑主宋莱官之手，历经九晒九煮，盆体刻有南宋“蟋蟀宰相”贾似道的题诗。明朝初年燕王扫北，这只南派青泥虫盆儿流落北方。它数百年间几经易主，进了中华人民共和国。

我模仿老本的样子，撩起小褂儿将细竹管儿别在后腰，挺起胸膛去垃圾楼见老六了。

“你走路姿势特像革命烈士刑场就义。”光头老六倚身垃圾楼墙下，双手捧着小蛐蛐罐打量着我。

他的挖苦反而刺痛了我，使我觉得自己像个叛徒，即将出卖革命同伴给阶级敌人。我的革命同伴就是单鞭，阶级敌人就是嬉皮笑脸的光头老六。

这个阶级敌人非常焦急：“你怎么空着双手来的？单鞭呢！快把单鞭拿来给我看看！”

光头老六难以控制自己的焦急心情。我与他打交道首次处于有利地位：“老六，我要是不把单鞭卖给你呢？”

“只要被我相中，你就必须服从……”

平时玩世不恭的光头老六，今天变得有心有肺了。我伸出右手从后腰拔出细竹管儿。老六看见细竹管儿，笑了。

“你他妈的这是跟老本学的吧？小小年纪很有经验嘛。”他蹲下身子把小蛐蛐罐摆放地上，“快来吧，下圈下圈！”

我知道下圈是赌博的术语：“我不是来下圈的！”

“嘿！我说习惯了，你快快亮货吧。”他颇为江湖地说。

我拔掉牛皮纸塞，轻轻弹着细竹管儿——我的单鞭打着滑梯落入老六的小蛐蛐罐里了。

“我操！敢情真有六厘多……”老六大喜过望，抬手啪啪拍打着自家光头，“这虫儿我要啦！这虫儿我要啦！”

“你要啦？”我小心翼翼询问价格，“你给几斤啊？”

光头老六颇感意外：“嚯！你小子张嘴就要几斤啊？你这只单鞭不值钱！”

其实我在冒充内行。天津这座城市中秋节出售提浆月饼，买九角六分钱一斤，约等于一元钱。天津卫的玩家们都知道，一旦沾染钞票便属于倒买倒卖性质。于是私下交易以月饼代替钞票，一斤月饼代表一元钱。几斤就是几元。

光头老六当然不高兴：“你还问几斤？我看你成精了是不是!我实话告诉你吧，最多给你半斤！”

我惊了，半斤是五角钱啊，对我来说这是高价了。我想起《红岩》里宁死不屈的许云峰，咬紧牙关不松口：“不行！一斤就是一斤。”

“你小子是台湾派来的特务吧？”光头老六气急败坏。

我反驳说：“这蛐蛐跟台湾有什么关系？我看你才像国民党特务呢！”

我坚决不降价，光头老六只得接受，气哼哼甩过一叠小钞票，抱起小蛐蛐罐跑了。我连忙数了数他甩下的小钞票，他妈的只有九角钱。我毕竟斗不过精明的老六，何况他还剃了土匪的光头。

当天夜里睡不着，恍惚听到远处蟋蟀鸣叫，心里想念单鞭。我从卖掉单鞭换来九角钱，联想杨白劳为还债卖掉喜儿。尽管卖虫跟卖人不一样，我还是挺难过的。

当然，我有钱给妈妈买部队医院的膏药“一贴灵”了。

4

女同学小茱来找我了，她身穿仿制的绿色军装上衣，下摆几乎遮住膝盖，看着就是衣裳架子。衣裳架子说咱们不如趁着学校还没复课去北京看看。我被她的勇气吓住了，别说北京我连北仓都没去过。据说北仓就在通往北京的津京公路上。

“北仓？那是什么地方……”小茱扬起小圆脸眨着小眼睛，“全市大学生中学生都去了，咱们小学生为什么不去呢？人家官沟街小学的陈沉就去北京了。”

陈沉家是小摊贩，冬天卖拔糖，夏天卖甘蔗，春秋卖蛤蜊牛儿。

我心虚不吭声，其实是不敢。小茱咧了咧吃惯玉米窝头的嘴巴，“你学习成绩好管什么用？你毫无革命勇气没什么前途了！”

“你要是在本市嘛，我可以跟你去，北京我就不去了……”不知为什么，我很想跟小茱在市区兜兜风。

小茱有些激动，掰着手指头嚷嚷道：“你看看我家，我爷我奶，我爸我妈，我叔我婶，我姑姑我姑夫，加上我哥和我，总共十口人，一大家子都快烦死啦！我巴不得离家出走，到大风大浪里锻炼成长！”

这时我突然发现，就在学校停课期间小茱明显发育了，胸脯挺起，就连说话口吻也变得成熟，好像从少年阶段猛然起跳，一跃冲过青年阶段，一眨眼间变成了小妇人。

“哼，天底下又不光你一个男生！”这个小妇人很不满意地走了，她的背影写满对我的蔑视。我随即猫腰钻到床下，好似小和尚躲进古庙里修行。无论何时只要趴在床下，我心里就踏实。

老六付给我九张小钞票藏在青泥虫盆儿里。单鞭走了，这九角钱成了它的替身。可是钞票不会鸣叫，根本替代不了我的单鞭。

我拿出九张小钞票攥在手心里，突然特别想念母亲，她的膝盖肿得像大馒头，还要下水田劳动。水田里有蚂蟥吧？它们会把妈妈的膝盖当作真正的馒头，狠狠咬噬不松口……

我不敢想了，恨不得立即要用卖掉单鞭换来的九角钱，去买部队医院的膏药。可是如今找到小茱爷爷不那么容易。他老人家不再看守自行车，改为看守茶水站。茶水站到处流动，好像汪洋里一条小船。

我白天寻找不到小茱爷爷，只好晚间去家里蹲堵他老人家。

吃过晚饭。遍地月光。我出了家门沿着胡同走向那座大杂院，半路上听到蟋蟀鸣叫声。

我停住脚步，然后循声寻找下去，很快就来到那堵矮墙前。抬头观察着，一棵歪脖柳树将树杈伸向墙头。一墙之隔嘟嘟响起蛐蛐鸣叫，我想起单鞭的声音。莫非光头老六也把单鞭放生啦？我不相信土匪行善，高举双手抠紧树干，向上攀爬。

小心翼翼攀上墙头，唯恐惊动墙外蟋蟀。这时想起电影《地道战》里日本鬼子探出墙头就被子弹打中脑袋，便担心自己脑袋被墙外小流氓弹弓射中，胆儿更小了。

我双手攀住墙头探出脑袋，缓缓伸出目光，望着墙外小空场。月光明亮，空旷如野。听到墙外传来急促的喘息，我断定这不是蛐蛐发出的声响，使劲伸长脖子探过墙头，目光投向外面墙根。

我看到一颗光头——月光下这颗光头好像硕大无比的灯泡，泛着光芒。这只巨大的灯泡紧紧依偎着一团蓬蓬勃勃的黑草。喘息声愈来愈急促，我几乎能够听到发自喉咙深处的游丝。

我渐渐看清这颗光头是老六。他紧紧搂抱着那团蓬蓬勃勃的黑草是女孩露出的头发。那女孩明显矮小，黏黏地依偎着老六胸前。我的心跳加快，咚咚敲击耳鼓。

老六开始跟女孩亲嘴儿。女孩儿仰脸迎接着。我居高临下猛然看到女孩儿竟然是小茱，黑草高仰脸颊承接着灯泡亲吻。

我耳畔突然炸响蟋蟀鸣叫，猛地失手从墙头滑落，一屁股坐在歪脖柳树下，仿佛失去知觉。

老六是哥哥，小茱是妹妹。哥哥妹妹跟男女搞对象似的，又搂抱又亲嘴儿……我受了强烈刺激，起身冲出胡同跑到大街上。

小茱是妹妹，她不可以跟哥哥搂搂抱抱的。老六是哥哥，他不可以跟妹妹亲嘴的。即便小茱是婴儿老六也不可以跟妹妹亲嘴的。我这样寻思着，无意间跑到人民大墙前面，打量着人民大墙上的标语，心里还是放不下老六跟小茱的事情。这种事情超出我人生经验之外，弄得我心里生出杂草。

一辆三轮车飞快地驶来，看速度肯定是个愣头青。三轮车冲破夜色行驶到我面前，却是白发苍苍的小茱爷爷。

我喜出望外："哎呀，这两天我到处找您呢……"

他老人家极不情愿地刹住三轮车，表情明显高傲："我很忙呃，要做后勤保障工作！"

我说我要买部队医院的"一贴灵"膏药，治疗妈妈风湿性关节炎。

"就你……？"小茱爷爷仿佛见到山顶洞人，上下左右打量着我，"你知道你是谁的儿子吗？"

我认为他老人家脑子出了大毛病："这还用问吗，我是我爸的儿子啊。"

"没错！那谁是你爸爸呢？这件事情可要弄清楚！"小茱爷爷得意地笑了，"嘿嘿，反正你不拿出证明，人家部队医院是绝对不会卖给你膏药的！"

"您代替我买膏药就是了。"

小茱爷爷有些慌张："是啊是啊，但是我不能代替你买膏药嘛。"

"您为什么不能代替我买膏药！"我只得改用强硬口气。

小茱爷爷有些意外，充满疑虑地看着我："你要干什么？"

"您记得您家祖传的青泥虫盆儿吗？您说您亲手把它砸成碎片埋啦……"

"你说得对呀，我亲手把它砸成碎片埋啦！"小茱爷爷蹬起三轮车，是想走开。

我凑过去压低声音说："您老人家听清了，只要您帮我买到部队医院的膏药，我就帮助您把青泥虫盆儿找回来……"

"你瞎说什么啊！"小茱爷爷好像触了电，连连甩手摇头。

我向他老人家打保票："我绝不撒谎，我真能把您的祖传宝贝还给您！"

小茱爷爷仿佛听到丧钟，躬身蹬起三轮车，逃兵似的走了。

我笑了。小茱爷爷啊，我知道您老人家的秘密，所以您必须帮我买到部队医院的膏药。

半夜时分，我被叩门声惊醒。这叩门声很轻，唯恐别人听到似的。我起身凑近门厅，轻轻问了声谁。

"你快开门吧是我……"这声音苍老沉闷，鬼鬼祟祟的。

我开门。小茱爷爷站在门外，神色紧张地望着我："你确实是侯老师的儿子？"

"是啊，我妈妈下放红光农场劳动呢。"我看到小茱爷爷的眼神里流露惊恐，立即赔着笑脸答道。

"我是贫农出身，你小子害不成我！"不知触动了哪根神经，小茱爷爷突然躁狂起来，伸手指着我的鼻尖，"你个小毛孩子跟我斗智？连你爸也不是我的对手！你想用那只青泥虫盆儿陷害我呀，告诉你没门儿！"

半夜时分，小茱爷爷嗓门提高，我吓得退到自己房间。小茱爷爷跟随进来，不依不饶的样子。

"您说连我爸也不是您的对手！您认识我爸啊？"

"我谁都认识，我还给大领导递过茶水呢！"小茱爷爷五官畸形，步步紧逼。

我不知如何稳定老人家情绪，便伏身爬到床下去了。

"你就是爬到地缝里，我也要把你揪出来！"小茱爷爷愈发躁狂，扯开嗓门嚷嚷着，"你给我滚出来！"

我从床下爬出来，坐在地板上。小茱爷爷瞪圆眼睛，死死盯着我双手捧着的青泥虫盆儿："你……？"

"这就是你家祖传的宝贝！"我大声说道。

"啊……"小茱爷爷扑通跪在青泥虫盆儿前，好比见到自家祖先，浑身颤抖起来。

我张口说出事情真相："去年夏天破四旧，您摔碎的是它的替身，半夜里您偷偷埋藏了这只青泥虫盆儿。可巧我半夜逮蛐蛐看见，您走了，我连夜把它挖出来，抱回家隐藏在床底下……"

“鸬鹚，你到底想干什么？”小茉爷爷冷静下来，随即提高警惕。

“我不想检举您隐藏……”我诚恳地说，“只要您帮我买到部队医院的膏药，我就为您保守秘密，现在就把它还给您……”

小茉爷爷嗖地从我手里抢过青泥虫盆儿：“一言为定，你我谁都不许当叛徒！”

我伸手拉起跪地未起的小茉爷爷：“一言为定，我把您的传家宝还给您，您带我去买一贴灵！”

“好吧……”小茉爷爷脱下汗衫将祖传宝贝包裹起来，袒胸赤膊对我说，“侯老师有福啊，你是个孝顺孩子！我孙子老六要是像你这样就好啦……”

我送小茉爷爷走到院子里，这是妈妈从小教导我对待长辈要有礼貌。院子里小茉爷爷停住脚步，突然高高举起青泥虫盆儿，狠狠摔在石板地上。嘭！包裹在汗衫里的青泥虫盆儿发出沉闷的声响。

“您！”我又惊又吓，以为他老人家疯了。小茉爷爷呼呼气喘满头大汗，好像从水里爬上岸来。

我心疼这件宝贝，立即蹲身收拾汗衫里包裹的青泥虫盆儿碎片。然后我抬头望着他老人家：“您为什么这样呢？”

“我就要这样！我就要让它变成这堆碎片，这样你就没了证据，这样你就不能去检举我啦！”小茉爷爷紧紧攥着拳头。

“我说过我不会去检举您的……”我抖落碎片将汗衫递给他老人家，“这青泥虫盆儿可是您家祖传的宝贝啊。”

“这年头平安就是最大的宝贝。”小茉爷爷拎起汗衫走出院子，忽然停住脚步回头望着我说，“你放心吧鸬鹚，就算啥事都没发生，我会帮你买膏药的……”

小茉爷爷背影镶进夜色里，伴着阵阵蟋蟀鸣叫。

5

一大早儿光头老六来找我了，手里拿着烧饼油条，很香甜地咀嚼着。那时节早点吃得起烧饼油条的主儿，不多。

我饿着肚子咽下一团口水，暗暗提高警惕。这家伙主动找我，好事儿少，坏事儿多。

“你爷爷蹬着三轮车给别人送茶水，每天都很忙啊。”我难以判断老六是否知道“半夜摔盆”事件，就这样试探着。

光头老六目光斜视：“管他呢！那是老家伙假装积极呗……”

孙子对爷爷的这种态度让我心里沉重。这个家庭成员之间关系冷漠，孙子对爷爷无情，爷爷对孙子冷漠，彼此隔膜。整天各人忙着各人的事情，只是名字住在同一户口册里而已。这就是人口众多的大家庭吧。

“今天，我决定带你去河东体育场，让你见见大世面。”光头老六吃罢烧饼油条，装出大人物的样子。

自从目击这家伙跟小茉亲嘴儿的事情，我便认为他是个不守规矩的人。我知道不守规矩的人什么事情都做得出来。

我冲着光头老六摇摇头，说我不愿意见什么大世面。他急了，从衣兜里掏出细竹管儿说：“我知道你跟单鞭有感情，我送它去参加工作，难道你就不陪着去吗？”

单鞭？我望着老六手里的细竹管儿，内心受到触动。转念又觉得老六满嘴胡说，一只蛐蛐能参加什么工作？它又不是骑兵部队的战马。老六这家伙不光满嘴跑火车，还能满嘴开飞机。我再次冲着他摇摇头。

“你小子不陪我去河东体育场，我就不让我爷爷帮你买部队医院的膏药。”他斜着右眼盯着我，“这两条道路摆在你的面前，就看你如何选择呢？”

光头老六的霸道实在令人难以接受。可是，我害怕他破坏我购买膏药的计划，只得屈服了。

“不能走着去河东体育场，该坐车的坐车，该坐船的坐船。”我趁机对光头老六提出要求。

光头老六摇头咂嘴：“你跟我讲条件？你是不是想背叛我？”

我们乘坐无轨电车到达海河轮渡码头，排队等候渡轮去河东。光头老六指着岸边两艘小木船说：“你看你看，那边就是捞尸队！老本在那儿呢。”

果然，老本袒胸露背坐在船头，耷拉着脑袋抽烟，肤色黝黑就跟非洲人似的。我沿着石阶跑下河堤，大声喊他的名字：“舒本胜！舒本胜！”

老本扭过头来望着我，满脸麻木的表情。在他眼里仿佛我是个陌生人。他的表情令我难过，好像失去了多年老友。

“老本……”我努力争取着，希望老本能够焕发几分活力，希望他就像他给我讲解《昆虫记》那样。

老本从船头站起，表情寡淡地注视着我，然后慢慢悠悠发问：“鸬鹚，你母亲从农场有来信吗？”

这完全出乎意料，这么说老本认识妈妈？我摆摆手说妈妈没有来信。老本依然面无表情，重新点燃烟卷说道：“假若你母亲很久没有来信，你就要主动写信给她的……”

我发现老本瘦了，青筋毕露的双手活像枯树枝子。然而他好像比过去从容了，从容里透出几分坚强。难道整天捞尸把他给捞坚强了？

这时渡轮从对岸驶了过来。老本漫不经心说："昨天我在下游把韩德榜打捞上来了，听说今天上游又有个投水自尽的，还不知道是男是女，现在只好等着漂下来呢。"

"老本，你真的愿意干捞尸队啊？"

老本朝我点点头说愿意："这公开捞尸总比偷偷逮蟋蟀强得多呢。"

他居然愿意捞尸，我不知说什么才好，心头沉甸甸的。

"你刚才叫我舒本胜，我都不太适应，很久没人叫我名字了，谢谢你啊鸬鹚。"

我问他："你是认为打捞尸体是积德的事情，所以愿意做？"

"我没想积德……"老本轻描淡写地说道。

我沿着石阶攀上河堤，听到身后传来老本的叮嘱："鸬鹚别忘了给你母亲写信呢……"

我停住脚步转身冲老本招了招手。不知为什么，突然觉得藏在我房间墙角里的《人与蟋蟀》就是他写的，尽管这是毫无根据的直觉。因为只有老本这种人能够写出那么有学问的句子。

赶着上了渡轮，我告诉光头老六，昨天韩德榜跳河死了。老六搔了搔光头说，"噢！韩德榜早就该死了，没了蛐蛐不能下圈，他活着不是受罪嘛。"

我转念想起小茱，不知她是不是去北京了，"老六，你妹妹她在家吗？"

"她不是我妹妹……"

尽管老六说小茱不是他妹妹，我依然认为他是个不守规矩的人，而且有幸灾乐祸的毛病。

"我为嘛肯花一元钱买你的单鞭？嘿嘿……"光头老六愈发得意，好像捡了狗头金。

我及时更正道："不是一元，你只花了九角。"

"唉！九角约等于一元嘛，你小子就爱斤斤计较，所以这辈子也干不成大事业！"

渡轮靠岸。甲板上有人指着上游说有河漂子下来了。天津这座城市把浮尸叫"河漂子"，显得形象而生动。我踮起脚尖儿望着远处河面。阳光在河面上洒了一层碎银子。

"天天都有河漂子，这关你屁事儿！"光头老六扯着我袖口，下船离开轮渡码头。这边就是河东区了，以前属于俄国租界地。

我辩解："我们要关心国家大事……"

光头老六嘲笑我，说你先关心关心自己吧。我俩徒步走了两华里，前面是一座小公园。

"你不是说河东体育场嘛，怎么跑到这小公园来啦？"

老六得意地笑了："这就叫革命者的斗争经验，我怎么能把真正的接头地点告诉你呢？”

我觉得老六这辈子也不会成为革命者，永远是城市小赖子。

光头老六反而兴趣高涨，嘴里哼哼着小调儿，是《林海雪原》里傻大个儿哼唱的“提起宋老三，两口子卖大烟……”

老六这家伙放任不羁，活得轻松自在。他继续哼唱着小调儿走进小公园六角凉亭，说这里是接头地点。我环视四周，一时不见人影儿。

“还没到接头时间呢。”光头老六一扭屁股在凉亭落座，得意地跷起二郎腿，从衣兜里掏出永红牌烟卷。这家伙已经学会抽烟了。

他递来一根烟卷。我连忙摆手。他不满意地说：“你小子就是放不开，我还打算收你做我的警卫员呢！”

“警卫员？”看来这家伙很有雄心壮志，兴许就成了乱世英雄，就跟《沙家浜》里胡传魁似的。

光头老六开讲了：“有领导寻找民间郎中，好不容易得到专治小儿遗尿症的家传秘方：取全蟋蟀一只，以阴阳瓦焙干，研成细末，用无根水烧开晾凉，子夜时分送服。患儿几岁就服用几天，药到病除……”

我当面听着，心里走思了，想起远在农场的妈妈，想起令人痛惜的老本，想起小茱爷爷……

老六见我毫无反应，啪地一拍大腿说：“患儿几岁就服用几天，领导的宝贝儿子刚满周岁，那就服用一天呗！可是，服用好几天也不见效果，他儿子照旧遗尿。领导急了，派人把民间郎中抓来了。那民间郎中发现领导的宝贝儿子右腿长左腿短，敢情是个跛脚！就是这种患儿必须服用单鞭，用两根触须的蛐蛐入药难以对症。嘿嘿，这样领导的手下就找到了我，我就找到了你的单鞭……”

“你说什么？什么单鞭……”我收回思绪望着滔滔不绝的老六。这家伙摇晃着光头展开美好遐想。

“我为什么花九角钱收购你的单鞭？一会儿我五块钱出手，嘿嘿，净赚四块挂零儿，六爷我收获不小哇！”他得意忘形以为自己是六爷了。

我急了：“你为了赚钱把单鞭当作药材卖了，今天还让我来陪绑啊！”

“我把单鞭卖给领导，就等于送它参加革命工作了，你应当感到光荣，怎么还说陪绑！”

一辆推土机突突突开进小公园，从驾驶室里跳出两个汉子，大摇大摆走到六角凉亭近前。

光头老六满脸欢喜大步迎上前去：“你们领导怎么没来呢？”

“操，就你这揍性还想见我们领导？”一个汉子咧嘴笑了。

另一个汉子朝着老六伸出大手：“虫子呢？快拿来！我家小少爷又尿炕啦。”

“我前天跟中间人讲好了，我要面见领导交货的。”光头老六极不情愿地从后腰抻出那只细竹管儿，然后气壮山河地说，“好吧，一手交钱，一手交货，五元。”

一个汉子伸手抢过细竹管儿。另一个汉子“呸”的吐了老六满脸唾沫：“你应当支持我们领导，还敢张嘴要钱！”

“哎哎哎……”老六抹了抹满脸唾沫，“三大纪律八项注意，你们不拿群众一针一线嘛。”

“等革命胜利了，我们加倍还给你一针一线。”

眼巴巴看着推土机启动了，老六象征性地追了两步，低声骂了两句脏话。

我起初好像看了一出戏，猛地醒悟过来，快步冲出六角凉亭去追推土机：“那是我的单鞭，你们不能拿它做了药材！”

推土机轰隆隆开走了。

光头老六嘻嘻哈哈给自己下台阶：“我说一手交钱一手交货这是开玩笑呢，他们俩还当真了，我怎么会找领导要钱呢……”

空手而归。我俩返回码头，呆呆地等候渡轮。我说老六你说叫我来见识见识大世面，可是大世面在哪儿呢。

这家伙重新乐观起来：“我让你见到那两个开推土机的土匪，这还不是大世面啊？”

“你敢说他们是土匪？我找领导去检举你！”我指着老六的光头说。

光头老六将信将疑：“你小子疯了吧？你还想不想买部队医院的膏药！”

就这样，老六在前我在后，一前一后上了渡轮，呜呜呜返回对岸河西。这次行动老六是失败者。他如鱼得水的本领在两个汉子面前，自己差点被熬了鱼汤。

渡轮靠岸了。我看见老本站在河堤上吹凉风，就主动凑过去。我发现自己很愿意跟老本在一起，尽管他打捞死尸浑身晦气。

光头老六也凑过来，这架势是想拿老本寻开心。老本迎头就说：“老六，他们已经把你奶奶送回家了。”

“我奶奶她……？”光头老六愣了愣神儿，立即瞪大眼睛。

老本无奈地摊开双手：“人总有想不开的时候。”

“我奶奶！”光头老六转身撒腿跑回家去了。我不知小茱奶奶出了什么事情，转脸望着老本。

老本轻轻叹了口气，注视着我。

“人啊不能有文化，可也不能一点儿文化没有，你起码要识字吧？你不识字就看不清事物，看不清事物就要钻牛角尖儿。”

我听不懂老本的述说，转身想去追赶光头老六。老本突然一把拉住我，轻轻叫了声鸬鹚："明年的今天我要是还活着，我就把《昆虫记》送给你看。"

"为什么要等到明年的今天？"我不由抓住他的手，追问着。

老本眼神里闪着泪光："明年是我本命年，明年的今天是我的生日，我属羊……"

"老本，你写过《人与蟋蟀》吗？"我突然问道。

老本眼神里流露出迟疑与迷茫："《人与蟋蟀》？哎呀，你怎么知道这本书的……"

我急于知道老本与妈妈的关系："我当然知道这本书的！"

"可是……"老本扭过脸去，不让我看到他的神情。

"可是什么？你说呀老本！"我连连追问。

老本喃喃着："那本书确实是个男人写的，可是那个男人很懦弱的……"

老本停止低语，似乎不愿说出内心的秘密。

"鸬鹚……"老本目光突然亮了，"你不要相信那家部队医院的膏药，它里面掺有大量激素，止疼见效快，治标不治本！"

老本一口气说出这几句话，语调铿锵好像证明自己又是个男人了。他坚决不同意我给妈妈购买那种俗称"一贴灵"的膏药。

"那家医院发明的膏药其实是短期止疼，掩盖了临床症状，反而延误治疗……"他愈发有力说着。

我终于看到老本的原本状态：他有思想而且敢于把思想表达出来。我感动地说："老本！你不是河边捞尸吗？敢情你什么都知道啊！"

"那家医院的药剂师前几天跳河了，他尸体就是我打捞上来的。"

激素。延误治疗。治标不治本。医院药剂师自杀……老本的忠告瞬间粉碎了我奋斗多日的目标。一下失去奋斗目标，心儿猛地被抽空了，顿时感到全身漂浮起来，不知前往何方。

老本突然压低声音："鸬鹚，我可什么都没跟你说！"

老本啊老本，你又变成河边的捞尸人了。我很是伤感地离开河边码头，一口气跑进那座大杂院，这里是光头老六家，也是女生小茱家，还是小茱叔叔姑姑的家，更是小茱爷爷奶奶的家，这个总共十口人的大家庭。

一架灵床摆放大杂院中央，上面蒙着白色尸布。混杂的哭声里，我看见小茱的眼泪，也看见老六的光头。我仍然认为他们是一对颇为离奇的兄妹。

小茱一眼看见我，仿佛见到失散多年的亲人，立即起身扑到我怀里。我不知小茱为何这样冲动，一时吓得不敢动弹。

我拢着小茱肩膀，尽管她是个差生，尽管她跟老六亲过嘴儿，我还是觉得她跟我是同类，一旦遇到重大变故，我们都是胆小如鼠的人。我们远远不如蟋蟀勇敢。

我听到小茱轻轻说道：“我从小是被我奶奶抱养的，她死了我就没有别的亲人了……”

我轻声对小茱说：“你不要灰心丧气，你还会找到亲人的……”

小茱眨着小眼睛望着我：“你妈妈要是死了，你也没有别的亲人了吧？”

她的话语无意间触痛我的旧伤——我是个没有父亲的孩子。

这时候，一个人走进大杂院，稳步走到停尸的灵床前三鞠躬，然后转身就走。我看到这是老本，起身追出大杂院。

老本白衬衣蓝裤子黑布鞋，干干净净的样子，好像新出生的婴儿。他停住脚步对我说：“凡是经我手打捞上来的尸体，我都会来吊唁的，我毕竟惊动了死者……”

我不知说什么好，呆呆望着老本。他思索着说：“你应当去农场看望母亲，这样会加深你对社会的了解……”

“谢谢你，老本。”我说罢转身返回大杂院，猛然觉得大杂院里静得出奇，好像是个无人的世界。

小茱爷爷走过来问我：“你是侯老师的儿子吧？”

我点点头：“我家户口册上只有我一口人，我妈妈户口在红光农场呢……”

“你一口人多好!为什么我家要有十宗人呢？”小茱爷爷沉浸在无限懊悔里。”

这个只剩下九口人的大家庭，违背了停尸三天的风俗，悄无声响办丧事，当晚就把第十口人的遗体送去北仓火化厂了。

夜晚，我孤零零躺在家里，感觉自己度过一个不可思议的白天。

我暗暗企盼，企盼明年的今天尽早到来，那时候我就会获得老本承诺的《昆虫记》，这是一本我从未见过的大书。我希望从字里行间读到很多昆虫，当然也包含蟋蟀，它只是昆虫大世界里的好战分子而已……

到了深秋时节，我攒足路费去红光农场看望妈妈。晚间走在田间小道上，我听到黑暗里蟋蟀鸣叫，形成田野大合唱，顿时想起老本说过的话。是啊，蟋蟀生来就要鸣叫的，就跟人生来就要说话一样。然而人毕竟不是蟋蟀……

走进红光农场地界，我觉得自己就要被充满天地的蟋蟀鸣叫声吃掉，便快步奔向田野远处的光亮。

灯光照耀下，生着翅膀的蟋蟀趋光而至，奋不顾身扑向灯光下，纷纷落进一只巨大的网桶里。这只网桶张开大嘴，吞噬着。

灯影儿里有男人忙着传递网桶，嘴里哼唱着小调儿，竟然也是《林海雪原》里“提起了宋老三，两口子卖大烟……”

怎么跟蟋蟀打交道的男人都喜欢哼唱这首小调儿呢？我猜不出真正的原因，

像老本那样的男人肯定是不敢哼唱这种下流小曲的。

隔着横沟，我冲着灯影儿里的人们打听妈妈住处：“请问，侯芫瑛住在三分场哪排房子？”

一个男人混浊不清的声音说：“老侯，你不打报告就让人跑来农场看你，今天你要被抓个现行啊！”

“你张嘴放屁！”一个女人的声音响起，我觉得这是妈妈的声音，但是我不敢相信妈妈说话如此粗鲁不文明。

尽管我没见过父亲，但我也不会有两个妈妈吧？于是再次重复问道：“请告诉我，侯芫瑛住在三分场哪排房子？”

“鸬鹚，真的是你吗？你怎么跑来啦……”这个女人声音肯定是我妈妈——以前的“侯老师”。不知为什么，她的普通话变得不标准了，夹杂着怪异的口音。

“老侯，你儿子大老远跑来看你，明天你偷偷油炸蟋蟀吧，给儿子改善伙食！”还是那个混浊不清的男人声音。

另一个女人说：“对，吃了油炸蟋蟀你儿子茁壮成长啊。”

灯影儿里人们压低声音说着，好像话语含在喉咙里。

不知为什么，我觉得妈妈在这里并没有受到严重管制，反而可以说出比较粗鲁的话语。粗鲁属于廉价的宽松吧？野蛮则是畸形的自由。

“老侯，油炸蟋蟀不要放糖精，放盐哪。”

油炸蟋蟀？红光农场居然有这道菜。我觉得自己在看皮影戏，影影绰绰虚虚幻幻。妈妈断然不是学校里的侯老师了，她学会了农场的油炸蟋蟀。

这时候，更多的蟋蟀铺天盖地朝着灯光扑来，前赴后继，眨眼间便填满了网桶。哼唱小曲儿的男人忙不迭更换网桶，超量的蟋蟀们从网桶里溢出，争先恐后扑向灯火，再度表现视死如归的决心。

这时候我愈发想念单鞭，它成为药材为人类奉献了，总比被农场油炸好得多。蟋蟀在农场就不是虫子了，它是菜肴。

而眼前的场景就是一场人与蟋蟀的战争。我惊异地站在战争边缘，完全不知所措。

这时候，我恨不能立即绕过横沟跑向灯光，仔细看看红光农场的这个妈妈究竟是什么样子。

隔着横沟的灯光里，突然传来女人嘤嘤的哭声。

我大声对这哭泣的女人说：“是舒本胜让我来看您的！”

“舒本胜……”妈妈戛然停止哭泣。大地如墨，比夜色还要黑。

好　　药

1

李天民先生购买这幢乡间别墅，只花了三百八十万元人民币。那时房价还没有暴涨。说是乡间别墅，所谓闲云野鹤的意趣已经荡然无存，好一派钢筋水泥世界的大好风光。尽管如此，就在这幢别墅的装修期间李天民先生还是几番亲赴施工现场视察，以示郑重。

这毕竟是独身男子李天民有生以来首次拥有自己的乡间别墅。从今往后，自诩人生以“吃”为主的暴发户李天民终于有了他的副业：住。安居了。在此之前，他似乎对“住”很不在意，夜晚归来曾经多次睡在自己的黑色奥迪里，鼾声响亮，一觉睡到大天亮。

这幢乡间别墅高三层，李天民将自己的副卧室安排在顶层，这里原先就有一扇巨大的天窗。最让承担别墅装修工程的设计师感到震惊的是，李天民这位大款竟然拒绝阳光，强烈要求将顶楼的这间副卧室的天窗完全封闭，并且将屋顶装修成为一张白面大饼的图案。

这是一张圆圆的白面大饼，好像已经烙熟了。

李天民先生的主卧室则坐落在楼下，它隔壁是厨房----因此可尽得百味之先，这真正体现了君子近庖厨的当代人文思想。

主卧室的墙壁图案依照业主李天民的要求，被设计成一张大嘴。红唇白牙，透出极强的咀嚼功能。这种怪里怪气的图案，一定会被心理学家列为典型患者病例，认真加以研究。

在李天民的亲自监督之下，这幢乡间别墅历经一百六十二天零三小时，终于宣告装修竣工。李天民先生翻了翻皇历，精心挑选了一个好日子，独自一人拎着一只皮箱搬进来居住了。这就是故事的开始。

李天民躺在顶楼副卧室的大床上，注视着屋顶的那一张“大饼”。

这一张装饰效果极其强烈的“大饼”，说明了吃饭的历史。他苦笑了，眼睛里似乎闪烁着泪光。是啊，“大饼”在李天民的童年时代里，曾经是一个多么诱人而沉重的字眼儿啊。

李天民永远也不会忘记那条小街上的面食作坊里的麻脸汉子。隔不了几天，那位麻脸汉子便悄然而至，腋下夹着一张余温尚存的大饼偷偷溜进妈妈的房间，总是要弄出一阵子响动，完事儿留下大饼就匆匆走了。那时候李天民只有五岁，他记事很早，因此麻脸汉子给他留下极其深刻的印象。每当麻脸汉子走了，家里就开饭。饭桌上便充满了喜兴的气氛。麻脸汉子带来的大饼，香气扑鼻，饭桌上总是由妈妈亲手操刀，将它切成一角儿一角儿的样子。李天民永远也不会忘记，妈妈分切大饼之时那专注的表情。饭桌上除了大饼，当然还有一碗清汤。

饭桌上哥哥姐姐弟弟妹妹，每个孩子都能分到一角儿饼，放在嘴里嚼着很香，几乎舍不得咽到肚里去。食有饼，这在漫漫如黑夜的饥荒年代里，不啻人间天堂般的生活。

就这样，大饼成了李天民终身难以忘却的人生情结。当然还有麻脸汉子。如今人到中年，李天民先生事业有成，被人称为千万富翁。他躺在自己乡间别墅的副卧室里，注视着装修之后悬挂在屋顶的这张“大饼”。是啊，民以食为天。真是一张好大好大的大饼啊。

安居乐业，以后的主要问题就是吃饭了。如今，吃饭对于李天民来说真是一件比较麻烦的事情。

真的比较麻烦。

2

就这样，李天民先生躺在顶楼的副卧室里，注视着那张“大饼”。大饼是房间的屋顶图形，很好。他深知，我们丰富多彩的现实生活里光有大饼是远远不够的，还必须拥有朋友。拥有什么样的朋友呢？茫茫人海，李天民唯独推崇酒肉朋友。既然民以食为天，从这个意义上讲酒肉朋友就是这个世界上最为合理的存在。尤其是灯红酒绿之间，狐朋狗友推杯换盏的轻松气氛，时时令李天民感到生活的真实可爱。

吃，乃是上帝赋予人类的基本权利。

身为高级动物李天民必须是要吃饭的。李天民必须是要跟朋友们一起吃饭的。李天民有很多酒朋友肉朋友，一并称为酒肉朋友。

因此，搬进乡间别墅之后，他几乎每餐都要面临着重大选择：今天晚上我跟谁在一起吃饭呢？生活中李天民感到很孤独。尤其是用餐的时候，多年以来必须有朋友陪他。否则即使天上人间的美味佳肴，他也难以下咽。因此，吃饭，对事业有成的中年独身男子李天民来说，真的成了棘手的事情。

于是，李天民绞尽脑汁，终于搞出一项惊世骇俗的重大发明。这项重大发明如果申请专利，估计能够引起轰动效应。

说起来，这项所谓重大发明并不是什么新鲜货色，它就是竖在墙壁上的一只大转盘，就像我们在电影《猎鹿人》或者在澳门葡京大酒店赌场里经常看到的那种博彩大转盘一样。

李天民先生拥有很多酒肉朋友，其兵力可以编成一个加强营。他用了两天时间，亲手将这群狐朋狗友的名字写在大转盘上，极有耐心的样子。这只写满人物名字的大转盘，看上去不禁使人想起《水浒》里的一百单八将或《封神演义》里的各路诸侯。

名单如下：

朱腓、洪如鹅、白才汤、黄鲍、罗鸽子、金满盘、陈啤啤、郭边、何尔蟹、沙拉、吴果、董爱鱿、邹得鱼、袁甜心、孙百饺、郝鸭……

李天民的游戏规则是这样的：伸手用力拨动指针然后等待着，等待指针停止旋转而且指向一个名字并且静止不动，这个人就荣幸地成为李天民的“陪吃候选人”了。

这时候，李天民站在大转盘前面，很像一个正在猜解谜语的天真的大孩子。此时正是黄昏时分，即将死去的太阳挂在西天，有气无力的样子。豪华式的落地钟悄然敲响五声，说明已是北京时间的傍晚五点。晚餐的脚步分明临近了。李天民先生终于伸出右手，鼓足力气拨动大转盘上的金黄色指针。这指针是黄铜制成的，镏金。李天民脸上毫无表情，目不转睛注视着大转盘上的镏金指针。

镏金指针旋转着，终于渐渐停止，定定指着一个人的名字。

陈娟。

操。李天民笑了。这是一个二十二岁的新新人类，女孩儿，兴趣极其广泛，尤其是对口红的品牌最感兴趣。于是她的大嘴巴因此而显得无比性感。陈娟这女孩儿还有一大特点，就是喜欢泡餐馆，当然这或多或少与她的大嘴巴有关。俗话说大嘴吃四方嘛。今生今世令李天民刻骨铭心的无疑是陈娟小姐走进餐馆时的兴奋表情，那几乎跟吸毒仔见到白粉没有什么两样。

是啊，陈娟是个非常理想的吃饭伙伴，聪明、漂亮、眉目传情而且善解人意，绝对能够起到增进食欲的作用。李天民与陈娟一起吃饭往往心情极佳，至于酒足饭饱之后是否上床行乐，那就不是肠胃功能的事情了。

李天民拿起手机，调出存储的陈娟号码给她发了个短信。寻找陈娟这种女孩儿你只能先发短信。她的手机一会儿关机，一会儿开机，没准儿。她从早到晚都在这座城市里飞翔着，任何一支雄性猎枪也难以将其击落——因为她毕竟不是野鸡。

李天民发出短信然后躺在矮脚床上，继续注视着天花板上的“大饼”，等待着那个小妖精复机。

他突然想起自己童年时代小街面食作坊里的那个麻脸汉子，心情颇有几分惆怅。

手机迟迟不响。难道那个小妖精跑到美国留学去啦？即使留学，李天民一定建议陈娟攻读餐饮专业。吃，毕竟是人生最为重要的事情。即便发生战争而两国交兵，譬如美国进攻伊拉克，人类也还是要进食的。陈娟这小妖精天生大嘴巴，她就读餐饮专业，应当说专业对口。

手机终于响了。李天民按下通话键，喂了一声。电话里传出中年女士的声音，十分礼貌地说了声你好。李天民感到意外。这不是小妖精的声音。

您一定是打错了，我等待的不是您的电话。李天民绅士地解释着，打算立即挂断电话。

您是不是等待陈娟？电话听筒里的中年女士音色圆润，语调秀美，使人想起中央人民广播电台的播音员。

李天民下意识地嗯了一声，脑海出现空白。

陈娟的手机丢在我这里了，我是她的继母我叫栾红燕。您如果有什么事情的话我可以转告她的。

继母？李天民深感惊讶，他从来没有听说陈娟提起什么劳什子继母，这位栾红燕女士此时此刻真是从天而降。

我是大发展集团的董事长李天民，今天晚上我想请陈娟吃饭。

栾红燕听罢，告诉李天民说陈娟另一部手机关机，一时无处找到她的踪影。这位继母在电话里自告奋勇，表示自己愿意代替陈娟出席李天民董事长的晚宴。李天民想象着栾红燕半老徐娘的模样，立即感到肠胃胀满，只得婉言谢绝。

栾红燕女士，真是对不起，我是从来不跟陌生人一起吃饭的。

那位栾红燕在电话里表示遗憾。

李天民挂断电话，立即起身走向大转盘，伸出右手第二次拨动那支镏金的指针。就这样，与李天民共进晚餐的人在这只大转盘上，一刻不停地旋转着。

镏金指针终于停止转动，指向一个人的名字。李天民肚子饿了，他凑上前去，伸长脖子仔细看着。

栾、红、燕。

李天民目瞪口呆。他妈的，我居然真的认识一个名叫栾红燕的女人！李天民绞尽脑汁思索着，栾……红……燕？他觉得这个世界顿时变成了一团乱麻。

此栾红燕非彼栾红燕乎？彼栾红燕非此栾红燕乎？

天啊。李天民觉得他的晚餐完全被这两个似是而非的栾红燕给搅乱了，无法收拾。

李天民在房间里东奔西走，仿佛一头饥饿多日的猛兽。

3

这座城市公安局户籍管理处的电脑显示，姓栾名红燕者，八百六十二人，且均为女性。从这个意义上说，李天民站在乡间别墅的大转盘前，发出“此栾红燕非彼栾红燕乎？彼栾红燕非此栾红燕乎？”的感叹，纯属少见多怪。栾红燕这种通俗的名字，在中国完全能够装满一列火车。

既然如此，栾红燕就栾红燕吧。于是别无选择的李天民拨通对方电话约了晚间饭局，独自坐在国际大厦三十七层的餐厅里，等待着那位栾红燕女士的到来。

他知道这个栾红燕并非小妖精陈娟的继母。她是一位心高志大的民间科学家。他还知道这位民间科学家每天也要吃饭而且必须吃饭。

当栾红燕走进灯火辉煌的国际大厦时，这位民间科学家猛然想起今天不但没吃午餐，好像早餐也没吃。只记得昨天的晚餐吃了两片面包，喝了一杯羊奶。这座城市正在开展“人人喝羊奶”的宣传攻势。据说羊奶优于牛奶。随着羊奶宣传攻势的深入，栾红燕女士的科学研究工作也进入了攻坚状态。

尽管这位民间科学家的科研项目是“呕吐”，她还是感到饥饿难当。几天以来进食甚少，她认为这是正常的生理反应。如果此时仍然没有饥饿感，自身问题可能就严重了。

栾红燕快步走到李天民面前。李天民抬头注视着她，再次确认这个栾红燕确实跟陈娟那小妖精没有任何关系。这个栾红燕是他当年在人才交流中心认识的。她当时属于那种怀才不遇有志莫伸的典型人物。

李天民董事长吃饭讲究环境的清静，因此他选择国际大厦三十七层贵宾餐厅。这是一张巨型餐桌。李天民面南背北坐在高高的餐椅上，注视着栾红燕。由于餐桌的直径超过三米，栾红燕与李天民相对而坐，颇有唐诗“敬亭山偶坐”的感觉。

看到栾红燕形容枯槁的样子，李天民感到意外。他在人才交流中心认识她的时候，此人花儿正红。自从她死心塌地走上民间科学研究的道路，人就变了，几乎变成一个蓬头垢面的“盗版居里夫人”。

吃饭吧。李天民大动同情之心，认为给这位中国版居里夫人增加营养，乃是他义不容辞的责任。中国人传统的增加营养的方式非常简单：死吃。

你今天的用餐方向是……？李天民满脸关爱的表情。

栾红燕的回答斩钉截铁：海鲜。

李天民笑了笑。只有本土富翁才拥有这种笑容。他和蔼地告诉栾红燕，国际大厦三十七层餐厅的强项就是西式海鲜，无论是太平洋还是印度洋甚至是大西洋，只要是海洋动物，这里的厨师就绝不会让你感到失望。譬如清炖海马和红烧海狗什么的，只是没有美人鱼。

说着，李天民先生轻轻击掌，一位服务员快步走上前来，做出俯首甘为孺子牛的样子，聆听着李董事长亲口下达的“菜谱”。

栾红燕兴奋起来，作摩拳擦掌状，喝了一口酸奶以示“热身”，脸上表情透露出强烈的求战欲望。

服务员送上来一瓶法国红酒。栾红燕的脸孔立即被映红了，胜过金秋的苹果。之后李天民举杯呷了一口来自波尔多的红酒，祝愿民间科学家栾红燕今晚好胃口。

栾红燕端起酒杯笑了笑说，告诉您吧李董事长，我研制了一种神奇的药物，取名保尔乐。

说着海鲜陆续出场了。首先是什么象拔蚌，然后是鲍鱼、龙虾、北部湾鱼子、俄罗斯鲟鱼、巴西龟蛋、意大利金鳗、澳大利亚皇帝蟹、印度洋银鳌……

今天我为你总共点了十二道海鲜，栾红燕女士你一定慢慢享用，千万不要性急。

性急？栾红燕笑了笑，似乎对这桌海鲜的庞大阵容感到差强人意，然后埋头吃了起来。

李天民先生喝着阿尔卑斯山矿泉水，一心一意欣赏着栾红燕的吃相。实话实说，栾红燕的吃相还是比较斯文的，而且斯文里透着几分活泼。这很难得。然而，她的“吃速”奇快。据不完全统计，象拔蚌和龙虾在餐桌上的消失，她只用了四分钟时间。至于俄罗斯鲟鱼和巴西龟蛋，李天民几乎没有看清它们消失的全部过程，便被民间女科学家吞噬了。

这种掩盖在斯文吃相里的高效率进餐，令以“吃”为人生大义的李天民惊诧不已。同时，栾红燕这种令人发指的“疯狂进食”也令餐厅服务员远远投来惊诧的目光，以为这是个机器人。

十二道海鲜大菜，栾红燕用了十二分钟便全部彻底消灭干净。这种进食速度自从三十七层餐厅开业以来，真正属于绝无仅有。

栾红燕用餐巾擦了擦嘴角，朝着李天民董事长绽出酒足饭饱之后的笑容。这笑容使得见多识广的李天民四肢发紧，一时不知所措。

栾红燕女士，你还需要添什么菜吗？李天民试探性地问道。

她笑而不答，伸手从提包里取了一只小药瓶，十分娴熟地打开瓶盖儿，倒出两只蓝色药片儿。

栾红燕女士，你好像有什么地方不舒服？李天民继续试探着。

她还是笑而不答，伸手将两片蓝色小精灵投入酒杯里。昂贵的法国红酒很快就将药片儿溶解了。她猛然拿起酒杯，一饮而尽。

栾红燕招手叫来服务员，说请拿一只桶来，并且强调是那种很大很大的桶。

李天民终于沉不住气了。栾红燕你这不会是服毒自杀吧？你要是服毒自杀这里肯定成为第一现场，我不能见死不救的。

我为什么要自杀呢？我永远也不会自杀的。我的目标是活到一百二十岁。栾红燕笑吟吟说着。

李天民愈发沉不住气了。栾红燕啊，这顿晚餐我可以买单啦？

栾红燕摇摇头说，为什么要急于结束呢？今天晚餐我认为刚刚开始。我们的事业也刚刚开始。

这时候，服务员气喘吁吁抱来一只不锈钢大桶，红头涨脸地摆在栾红燕身旁。酒足饭饱的栾红燕满面霞光，一派极其滋润的表情。

她伸手指了指摆在身旁的这只不锈钢大桶，告诉李天民说真正的节目现在开始。说罢她嫣然一笑，说药物已经产生作用。然后她扭脸伏身桶前，大口地呕吐起来。

李天民不解地注视着大口呕吐的栾红燕，渐渐发现她的这种呕吐完全与众不同。首先，他觉得栾红燕毫不痛苦，呕吐过程中抓紧时机呻吟着，这种呻吟里流露出强烈的快感，让人听着很受用。而且栾红燕几乎没有强烈的生理反应，她只是张大嘴巴伏身桶前，吃进胃里的那十二道海鲜大菜便自行喷射出来，畅快淋漓，宛若龙行，蔚为壮观。

这真是一次别开生面的世纪超级呕吐。

这只不锈钢大桶，顿时满了。栾红燕端起玻璃杯漱了漱口，拿起餐巾擦了擦嘴角，扭脸朝着李天民笑着说，这种由药物引发的非生理性呕吐，不但丝毫没有痛苦的感觉，甚至还能享受几分生理快感。今天我当面向你证实了这种药物的优越性以及它的实用价值。你明白了吧？

李天民并没有真正领会栾红燕这句话的深刻含义，他招手叫来服务员。服务员立即将这只盛满女士呕吐物的不锈钢大桶搬走了。

三十七层餐厅的领班先生闻讯赶来。很显然，这位身材修长满脸堆笑的领班先生是想对发生呕吐的顾客表示慰问。

栾红燕反客为主，指着杯盘狼藉的餐桌告诉领班先生，请你按照菜谱把刚才那十二道海鲜大菜再摆一桌。请你告诉厨房里的大厨，象拔蚌煲粥一定要注意火候，否则前功尽弃。你现在就去安排吧，不要让我等得太久。

十分钟之后，国际大厦三十七层餐厅的总经理出现了。他是接到餐厅领班的电话专程赶来的，此行目的当然是为了亲眼看见“超级女食客”的世纪超级呕吐风采。这位总经理悄然换上服务员的工作服，亲自为栾红燕上菜。

果然，面对这十二道海鲜大菜，栾红燕发扬连续作战的精神，只用了二十分钟就宣布全歼顽敌。她放下筷子，微笑着报捷。

目击此次战役全部过程的李天民先生以及餐厅总经理，注视着再度酒足饭饱的栾红燕，不禁目瞪口呆。

栾红燕又拿出那个小药瓶儿，从中倒出两只蓝色小药片儿投入玻璃杯，药片儿很快就溶解在法国红酒里。

李天民意识到这又是一个魔鬼过程的重复，立即伸手阻拦栾红燕，请她不要再次服药。

栾红燕郑重说道，吃了吐，吐了吃，吐完了吃，吃完了再吐，这个过程可以永无休止地循环下去。为了人类永无止境的食欲，我发明了无痛苦呕吐新药“保尔乐”，这种新药倘若问世，一定是中国广大饕餮之徒的福音。“保尔乐”的最大特点是起效快、无痛苦，而且能够增进食欲。我曾经给十二位酒足饭饱的富婆服用此药，那次临床实验表明，有六位富婆表示毫无痛苦，有三位富婆体验到了呕吐的生理快感，还有三位富婆甚至对这种药物引起的呕吐产生了心理依赖感，也就是说上瘾了。

栾红燕说着，伸手端起含有“保尔乐”的法国红酒，一饮而尽。服务员立即将另一只不锈钢大桶摆在栾红燕身旁。栾红燕继续讲解“保尔乐”的药物性能，譬如说常用常量和半衰期。她着重指出，服用“保尔乐”的剂量大小，与生效时间成正比，但是与呕吐量无关。“保尔乐”的最大功能就是将你的充满美味佳肴的胃口全部清理干净，使你能够再度投入疯狂进食者行列，猛吃猛喝，重复享受美食快感，而且无忧无虑，因为你不会发胖。

这时候，《美食家》杂志、《减肥》杂志以及《吃报》的几位记者突然出现在三十七层餐厅，手里举着相机朝着栾红燕跑来。

栾红燕再度伏身，大口呕吐起来。她吃进胃里的第二套海鲜大菜，此时按部就班地从胃里倒出，干净而彻底。她快乐地哼哼着。

记者们团团围在桌前。他们看到呕吐之后的栾红燕脸上充满惬意的神色。

见多识广的记者们惊了，为了抢发消息他们七嘴八舌地开始提问。

栾红燕神采飞扬，当场接受记者采访，侃侃而谈。

“人是有限的动物，因此人的胃口也是有限的。我认为人生在世，存在很多苦恼，其实都是由于这个‘有限性’而造成的。就说吃饭吧，有时候我们怀着强烈的进食欲望，往往并不是因为饿，而是因为馋。我们的这个世界，不能用一个‘吃’字概括，却可以用一个‘馋’字来表述。是的，馋是欲望，馋和饿一样，是引发我们食欲的基本原因。可是，我们只有一只胃，它只是一只容量有限的袋子，一旦进食，我们的胃很快被填满，于是我们的进食活动只得宣告结束。唉，这就是人类的有限性。这就好比男人与女人上床做爱，男人的追求永无止境，然而男人总是有限的。”

李天民呆呆听着栾红燕的侃侃而谈，一时觉得这个女人很陌生。陌生得仿佛是外星人。

栾红燕继续说，美味佳肴对人类产生的诱惑，我们几乎无法抗拒，为了满足口腹之欲，那么我们就吃吧。吃饱了就口服两片“保尔乐”，进行一次绝无痛苦甚至充满快感的呕吐，你的胃口便空了。你的胃口空了你便能够再次尽情享用山珍海味，循环往复，以至无穷。从这个意义上讲，我的“保尔乐”的发明，为人类的胃口提供了一个无穷的空间。人，从此有可能成为无限意义上的动物。

记者们听罢，瞠目结舌，之后热烈鼓掌。

这就是保尔乐的划时代意义。栾红燕颇为自得地说。

4

故事开始的时候，李天民站在自己的乡间别墅的副卧室里，伸手摆弄那只大转盘。是的，这已经成为他每天选择“饭友儿”的唯一方式。饭友儿者，一起吃饭的朋友也。这是多么朴素明了的人际关系啊。

此时，李天民已经高价购买了栾红燕女士的“保尔乐”无痛苦呕吐药的生产专利权，并且很快就成立了一家制药厂。这家制药厂投产之后，社会反响不错。可“保尔乐”给这位成功男士带来的兴奋心情，却只维持了几天。李天民先生重新落入无聊的生活谷底，开始为“吃饭”发愁。

昨天晚餐约了两个饭友儿，前往新时代餐厅吃了“太空菜”，没劲，一点儿太空的感觉也没有。今天的晚餐显然还没有着落，这时候的李天民很像黄昏时分动物园铁笼子里饥饿的狼，不停地走动着。

李天民连续六次摇动大转盘，选出六位“饭友儿”，构成晚餐的基本阵容：刘本夫、高先、孙晓立、王善祥、杨仁、房福宗。

这是一群真正的狐朋狗友，绝对原装货。刘本夫好东北口味，高先喜酸，孙晓立爱辣，王善祥西餐是强项，杨仁乃喝汤高手，房福宗对广东菜颇有感情。李天民认为，一个人如果没有这样一群狐朋狗友，那他就不是一个高级动物了。

晚间六点半钟，李天民先生率领六位狐朋狗友坐在喜临门大酒店的旋转餐厅里，喝着开胃酒，准备吃饭。李天民似乎是在等待着什么人物的到来，目光环视着左右。

李天民向六位饭友儿摊牌说，今天我高价聘请全市闻名的点菜大师丁少华为咱们的晚餐布局谋篇。俗话说，名师出手，必是杰作。大家就耐心等待这位丁大教授为我们点菜吧。

六位食客就这样耐心等待着，轮番喝着俄罗斯红茶，预热自己的舌头。

李天民说，这顿晚餐你们尽情吃吧，我有好药。咱们一轮轮吃一轮轮吐，可以吃到明天拂晓。

这六位食客并不知道好药是什么，他们只知道好菜。

这时候传奇人物著名点菜大师丁少华教授终于出现了。他满脸微笑与李天民先生握手，并且告诉这位家财万贯的大款，今天的晚餐是他的最后一次出场，从此他金盆洗手退出江湖。从这个意义说，这也是丁少华的最后晚餐。

六位食客纷纷鼓掌，对点菜大师的这次含金量极高的谢幕演出表示欢迎。

丁少华教授与六位客食一一握手，预祝他们胃口好。然后，这位点菜大师转身走进厨房点菜去了。

不消片刻时光，服务员便开始上菜了。这令李天民颇感意外，服务员们上菜速度极快，一眨眼之间，那六只空空荡荡的大盘子已经摆在餐桌上。

六只白色大盘子，每只盘子里都摆着一张白色卡片。总共六张。白盘子白卡片，无疑构成一派阳春白雪的景象。食客们见此情景，感到惊奇不已。

只见旋转餐厅经理走到桌前，十分恭敬地告诉李天民，这就是点菜大师丁少华教授为您安排的晚宴大菜。

这时候，服务生又端上一只大海碗。这只空空如也的大海碗里同样放着一张白色卡片。

李天民从盘子里拿起一张卡片，上面写着“凉拌保尔乐”，再拿起一张细看，是“红烧保尔乐”，依次看下去，分别是“汤浸保尔乐”“清蒸保尔乐”“黄焖保尔乐”以及“糖醋保尔乐”。

李天民十分气愤地说，我们这儿还没吃呢，他怎么就让我们呕吐啊？这算是什么著名点菜大师啊。

大海碗里的白色卡片上写着四个大字“极品保尔乐汤”。

操。这就是民以食为天啊？李天民哭笑不得。

此时，丁少华教授不辞而别，快步走出喜临门大酒店，扬手叫了一辆的士。他坐在出租车里，心情很是平静。今晚确实是他的最后谢幕，从今往后他洗手不干了，自己动手摘去头上“点菜大师”的桂冠。此时他深知自己一生平庸，学术方面一无所长。尤其是无痛苦呕吐药“保尔乐”的问世，吃吃吐吐，吐吐吃吃，彻底搅翻了人们的肠胃秩序，世界因此而大乱。丁少华身为点菜大师深感难以适应这种人类进餐的混乱局面，不得不承认自己惨遭时代的淘汰。

出租汽车拐了一弯，前面灯火辉煌，显得十分热闹。那里就是这座城市著名的风味小吃一条街。丁少华教授叫司机停车。他决定前往风味小吃一条街，大吃一顿。

没错，无论白天还是夜晚，人类总是在不停地咀嚼着。这座城市的牙医因此而成为高收入的职业。当然，还有那无痛苦呕吐药“保尔乐”带来的经济效益。

是啊，好药上市了。卸任的点菜大师丁少华教授自言自语走进风味小吃一条街，充满向往地指着一口沸腾的大锅问道，这是北京卤煮火烧吧？

摊主头也不抬地说，这是中国卤煮火烧。

丁少华教授笑了，然后问道：“你知道好药‘保尔乐’吗？

“保尔乐”？你是说给精神病人吃的镇静剂？听说卖炒疙瘩的杨大个儿吃了“保尔乐”，反倒把脚气治好了。

你给我盛一碗中国卤煮火烧吧。丁少华教授说，千万别放“保尔乐”啊。

我把青春献给你

A1

方青从来不喝外边的水，所谓外边是以自家门槛为界限的，当然也包括她供职的T市广播电台了。她在T市广播电台文艺频道上班，那幢灰色小楼里去年就改喝桶装水了。

桶装水方青也不喝。只要上班她便从家里带水。那是一只容积六百毫升的玻璃瓶子，圆锥形体，压花磨口，冷眼看去很像一件近代器皿，透出几分古典韵味。它外貌高贵，这在流行可口可乐时代显得稀有，诠释着主人公的身份。身份归身份。它的最大缺点就是瓶口不严，赶巧了有点漏水。因此必须直立在挎包里，不可倾倒。一旦倾倒就洒了。这瓶子似乎象征着方青的生存现状——必须挺立，不可倾倒。

真的不可倾倒，一旦倾倒，四十八岁的方青就垮了。不能垮。渐入更年期的方青坚决不能垮。尽管她几次在洗手间里听到小妖精们背地里叫她“老女人”，还是坚决不能垮的。前几天方青又在洗手间里听到有人偷偷议论“老女人”，就起身看了看，那是几张年轻而陌生的面孔，只有一个名叫王如霞的姑娘她认识，好像是从社会上招来的客座主持人。王如霞从早晨六点钟到夜里十二点，一天分别在好几个频道主持节目，据说一个月能拿到万把块钱。这就是年龄优势啊。方青认为一个月给两万块钱自己也顶不住，年岁不行了。

年岁不行了，只能垮掉。交通台的佟晓华垮了，生活台的郑金金也垮了。还有好几位被年轻人称为“老女人”的姐妹，五十岁不到纷纷垮了，一个个被新聘来的节目主持人逼得退出直播间。方青认为只有坚持下去就是胜利。佟晓华播音名晓华，当年大红大紫，郑金金播音名金金，当年也大红大紫，她们即使提前退出直播间也退而无憾。我方青跟她们不同，我不曾大红大紫，充当播音员只播了半个月的“每日要闻”就离岗当了节目编辑。青春岁月就这样蹉跎了，一去不返。

方青只有争取二度春夕阳红的份了。

走近广播电视局大门，方青向值勤武警出示了紫色通行证。看到紫色武警点了点头。方青款款而行，走进简称“广电大院”的地方。说到通行证那是很有讲究的。紫色通行证说明你是正式员工，而且资深。蓝色通行证和绿色通行证则是这几年从社会上招聘的新人，蓝色表示“局聘”，绿色表示“台聘”和“频道聘”，档次各不相同，俗称临时工。还有一种白色临时通行证，有时发给送盒饭的，有时发给特邀嘉宾。无论怎么说，紫色代表一种最高身份，手持紫色通行证的人一致这样认为。

方青径直走向电台直播间小楼。她几经努力谋得一份差事，就是为生活频道主持一档《青春采风》节目，很青春。然而她人老声音不老，声音清纯甜美，小姑娘似的。打进热线电话的听众越来越多。于是听众打进热线电话叫她“青姐”。“青姐”很快拥有了一定知名度。生活频道主任郑宏宾认为这样很好。方青也认为这样很好。《青春采风》渐渐成了名牌栏目。

走进电台直播间小楼。方青在楼道里遇到音乐频道主任吴子申。他压低声音向她说，你去主持《子夜名曲》节目吧，我车接车送呢。

方青感到意外。人老珠黄，怎么一下成了香饽饽啦？凭借跟生活频道主任郑宏宾的老交情好不容易上了《青春采风》节目，如今音乐频道主任吴子申又邀请自己主持《子夜名曲》，莫非太阳真的从西边出来啦。

音乐频道主任吴子申郑重其事说，当然，主持《子夜名曲》你可以另起一个播音名嘛。

B1

蔡小光收听广播电台音乐频道王晓晓主持的《子夜名曲》入了迷。十九岁的蔡小光性格内向不擅言谈，尤其对视觉形象不感兴趣。他认为画面的直观造成了人类想象力的退化，只有听觉能够调动人类的想象力，使人聪明起来。比如听见海浪声声便闭目想象——那大海的雄阔往往超过真实的波涛。比如听见鸟雀啾啾便静坐想象，那森林的深远往往胜似真实的林海。这种审美观念也影响了蔡小光的人生哲学，那就是注重含蓄，反感直白。视觉画面就是最大直白。无论多么复杂的东西一望即明。这还有什么意思呢？不但没有意思而且无聊。

高中毕业了，蔡小光没有顺利考上大学。人一下萎了，整天无精打采好像对生活失去信心。其实他正在构思人生路线图，下一步是复读呢还是就业呢。驻足人生十字路口的蔡小光犹豫不定。于是他彻夜失眠，躺在床上充当思考世界末日的大预言家。他认为自己肯定无缘目睹世界末日了，即使活到九十九岁也赶不上了。

子夜时分，他偶然打开收音机，随便调了几个台，无意之间听到本市广播电台文艺频道的《午夜热线》节目，主持人刘芳。这名字不错，通俗易懂，具有为人民服务的光荣传统。

以前蔡小光认为午夜时分人们都睡了。这一次偶然收听《午夜热线》才知道，原来夜里不睡觉的人，太多了。那一个接一个热线电话打进来，从无间断。刘芳姐姐成了漫漫长夜里的大救星，一个接一个交谈着，或者答疑，或者安慰，或者建议，或者批评，总而言之，这位节目主持人不急不躁不温不火，声音更是亲切温暖真诚自然。蔡小光听了一会儿，不知不觉流下眼泪。

这一夜，十九岁的蔡小光一下喜欢上了这位充满青春气息又善解人意的“知心姐姐”，暗暗成了刘芳追星族的一员。

一连几个夜晚，蔡小光存心不睡，躺在床上等待着《午夜热线》的到来。时间尚早，他就随意调台，竟然听到一个熟悉的女声，明明就是刘芳。可这是音乐频道的《子夜名曲》节目啊，主持人王晓晓。蔡小光惊诧地坐起，手捧收音机仔细听着，恨不得一头钻进去看个究竟。

小小收音机是钻不进去的，除非你是孙悟空。蔡小光当然不是孙悟空，只得手捧收音机思忖着。

这《子夜名曲》的节目主持人王晓晓肯定就是那《午夜热线》的主持人刘芳，我的视力不敢自夸，可我的听力不会有错。咦，刘芳为什么变成王晓晓啦？

音乐频道的《子夜名曲》节目没有结束，文艺频道的《午夜热线》节目已经开始，刘芳的声音出现了，蔡小光激动不已。激动归激动，他开始怀疑自己的耳朵。我听错了吧？那边节目没有结束，这边节目就开始了，她分身无术啊。由此看来刘芳就是刘芳，王晓晓就是王晓晓，根本不是同一个人。

心里还是不服气。蔡小光越听越觉得这个刘芳跟那个王晓晓就是同一个人。

这个重大疑难问题蔡小光思考了一夜。天色大亮了。爸爸起床上班，悄悄推开儿子房间一道门缝，看到蔡小光站在窗前注视着窗外晨曦，不禁问了一句，你一夜没睡啊？

蔡小光转身对爸爸说了谎，我觉得自己英语基础太差，那单词只能依靠死记硬背了。父亲受到儿子感动说，什么事情都不可操之过急，你这样用功弄垮了身体，明年怎么参加高考呢？留得青山在，不怕没柴烧。你一定要记牢这句话啊。

爸爸走了。蔡小光开始反思。我为什么对爸爸说谎呢？这说明我心里有了秘密。这个秘密就是收音机里的那个声音。

太阳升起来了。蔡小光满脸倦容爬到床上，眉头紧皱继续思考这道数学难题：

刘芳＝王晓晓？王晓晓＝刘芳？

阳光扑上窗台的时候，蔡小光将信将疑地睡去了。

C1

蔡大春以五十二岁的年龄求职成功从而受聘于万象推销公司担任推销员，不能不说是奇迹。著名万象推销公司是合法注册的专业推销公司，无论天上飞的地上跑的水里浮的空气里飘的，吃的穿的戴的用的，尽在推销之列。它的宗旨是生产厂家委托什么产品他们推销什么产品，全能全天候服务。

如今进入老龄社会，却是时尚王国。因此万象推销公司的推销员百分之九十是年轻人，靓女俊男，一般不超过二十七八岁。不论男女一过三十便没价钱了。身材粗壮面孔黝黑的蔡大春年过半百，五旬老汉基本属于打折处理品，却成功受聘成为万象公司推销员，实属例外。

他的工作有时面对企业，进进出出写字楼，比如推销“奥飞斯”系列用品。有时面对家庭，就要走家串户了，比如推销净水器或者洁厕灵。蔡大春有着比较丰富的人生阅历，从事推销工作得心应手。尤其推销民用产品接触普通老百姓，蔡大春如鱼得水。因为他本人就是老百姓一员。老百姓面对老百姓，这跟一条鱼儿面对另一条鱼儿没有什么两样。对于鱼儿们来说水是生存的共同需要。这样蔡大春先生的推销工作形成双赢局面，一买一卖，利益同享。万象推销公司多次表扬蔡大春，说他是推销员的楷模。

走出家门，推销员的楷模蔡大春心里惦念着儿子。蔡小光声称一夜没睡背诵英语单词，父亲深受感动的同时也对儿子怀有几分疑心。蔡小光什么时候变得如此热爱英语了呢？

今天蔡大春入户推销的产品是新型节能灯。一般来说这种家庭节能灯比家庭不节能灯省电百分之四十。这是说明书里印着的。说明书里这么印着，蔡大春不能这么推销。他必须站在老百姓立场上给产品说明书打折扣，这样买方卖方便成为一家人了。

骑着自行车驶进春光住宅小区他首先选择了十三号楼。别的推销员是不会首先选择十三的，因为这数字不吉利。人弃我取，蔡大春先生偏偏不躲避。别人蜂拥而至的地方那是没有商机的。只有别人不愿意进入的地方，那才商机无限呢。比如十三号楼十三号路什么的，正是这样。蔡大春的独特人生哲学来源于他的独特人生经历——这是他的独特人生财富。比如三十年前的那次终生难忘的恋爱失败。无疑，失败是成功的外祖母。五十二岁的蔡大春以当年失恋为沉重代价积累的丰富人生阅历，使他走进十三号而不是十八号楼。

走进十三号楼四门，伸手叩响 101 室的防盗门。他入户推销一般不按门铃。一层住户老年人居多。门铃的声音过于尖厉，容易给老年人带来紧张心理和不安全预测。用手敲门则显得柔和，往往容易被老年人接受。

101 开门了，果然是一位老太婆。蔡大春对自己的预见能力感到满意，暗暗笑了。他估计这位老太婆七十五岁上下，便叫了一声老奶奶，说今天给您带来一种节省电费的灯请试用一下。隔着防盗门老太婆表情疑惑，一时难以决定开门还是不开门。这时老爷爷出现了，跟老奶奶年纪相仿。蔡大春当即认定这对老夫妇不跟子女一起生活。如果与子女一起生活那么一般要将房间装饰得新颖漂亮一些，至少不能如此落伍。

老爷爷戴上老花镜接过从防盗门网格里塞进来的产品说明书，一眼看见说明书里的黑体大字“节电百分之四十”就连连说骗人，准备关门谢客了。蔡大春不紧不慢说，老爷爷您说得对，别看我是推销员我也认为节电百分之四十根本做不到。如今生产厂家十有八九夸大其词，水分很大。

老爷爷愣了愣，目光越过防盗门惊奇地注视着这位与众不同的推销员。蔡大春继续说，我认为这种家庭节能灯最多节电百分之二十，可说明书里偏偏说百分之四十，我们推销员也没有办法。

你请进来吧。老爷爷下令，老奶奶给他开了门。蔡大春旗开得胜，掏出两只塑料鞋套套在自己脚上，走进这对老夫妇的家门。

两室一厅的老式单元。蔡大春以侦察兵的敏锐迅速掌握了这个家庭的基本格局，但不急于推销。老爷爷认真阅读家庭节能灯的产品说明书。老奶奶给推销员斟了一杯茶，说你很辛苦吧。蔡大春先生笑了笑，说如今大家都很辛苦啊。

说着，蔡大春一眼看见客厅里挂着的一张年轻姑娘的大照片。黑白照片里女主人公梳着两条大辫子，穿着碎花布衫。老奶奶，这是您年轻时照片吧？为了沟通客户心理，蔡大春主动问道。

我年轻时候长得可没有这么好看，这是我女儿年轻时候的照片。老奶奶自豪地说着。蔡大春听说是老奶奶女儿年轻时候的照片，心里估算照片里的这位千金如今应当五十岁上下，伸出目光看了看，觉得有几分眼熟。

咦，这不是当年的房玉玲吗？蔡大春心里一惊。不由起身走近照片，盯视着。没错，这就是当年的房玉玲。他转身看了看还在阅读家庭节能灯说明书的老爷爷，又看了看正往杯里续水的老奶奶，心里暗暗认定这是房玉玲的父母。三十年过去了，房父房母老了，老得难以辨认了。

房玉玲就是导致蔡大春首次恋爱即告惨重失败的那位女主角。火火热热真真切切实实在在谈了两年恋爱，房玉玲毅然抛弃“大春哥”，振翅高飞了。

老爷爷看罢产品说明书抬头说，即使能够节能百分之十五也是好产品，我买一台吧。

蔡大春心头一热。光阴似箭催人老。可房父善良依旧，即使节能率只有百分之十五他也接受。人老了，对生活的要求不高了。记得当年房玉玲提出与他分手，房父不表态，房母犹犹豫豫，只有房玉玲态度坚决，完全一副铁石心肠。

蔡大春还是念旧的，满怀感情地说老爷爷您要是愿意购买这台家庭节能灯我就给您打五折吧。

老爷爷的目光越过老花镜，满含狐疑地看着这位年纪不轻的入户推销员。

A2

方青十六岁进机械厂在工具库当保管员，嗓音甜美相貌端正作风正派。当然，那时候她名字不叫方青。工具库保管员的工作特点是接触很多工人，今天填单子发放工具，明天送还工具撤单子，来来往往，乱乱哄哄。然而她做得有条有理，一年之后竟然把一间混乱不堪的工具库打理得清清楚楚利利落落，随即被评为先进生产者。

这时候，方青认识了一个经常前来借还工具的青年工人。他大她四岁，是维修工段的保全工，因此使用各种异型工具的机会就多。一来二去就熟了。记得那年冬天取暖，家里火炉燃烧不畅，方青请他去家里修理炉子。他真是心灵手巧，小铁片做了一个风门炉火立即烧旺了。

就是这么一个小铁片，恋爱开始了。这恋爱好似火红炉火，一下子烧旺了——冬天温暖如春。

恋爱也给方青带来了好运。受到爱情激发的她工作越发积极肯干。先进生产者的光荣称号从工段到工厂，从工厂到公司。那年五一国际劳动节表彰大会上，方青代表全厂先进生产者发言，表示不吃老本要立新功。发言之后一位身穿白衬衣蓝裤子的中年男子找到她，拿出一份《人民日报》让她读一篇文章。她读了。

一个月之后，方青离开那间曾经产生爱情的工具库，一纸调令前往本市广播电台报到了。这时候她将近十八岁，终于知道自己天生一副好嗓子，非常适合担任广播电台播音员。

报到之后，方青被编入青年播音员培训班，总共八名学员。五女三男。青年播音员培训班的主讲老师就是那位身穿白衬衣蓝裤子的中年男子，人称熊欣老师。

星期六放假回家，方青告诉父亲母亲青年播音员培训班的主讲老师是熊欣，父亲激动得双手颤抖。当时收音机里的“长篇小说连续播讲节目”正是由熊欣播讲浩然的长篇小说《金光大道》。父亲知道浩然更知道熊欣，说那是大名人啊，以前还播讲《烈火金刚》和《铁道游击队》，家喻户晓。母亲激动得泪花不断，悄悄下厨房做饭去了。母亲炒了两道好菜，还破例允许父亲喝酒。两盅白酒下肚，父亲叮嘱女儿一定跟人家熊欣老师好好学艺，争取早日成为正式播音员。

这是一个城市平民家庭，祖宗三代都是体力劳动者，没有文化人。方青进入本市广播电台，不但争了气而且争了光，好比一步迈进天堂的仙女。全家沉浸在绵绵不尽的喜气里。

那是计划经济时代，社会安定生活单调思想单纯，工作岗位终身制，一旦成为广播电台播音员，意味着一辈子的美好前途。方青盼望自己能够在青年播音员培训班里顺利毕业，成为一名光荣的广播电台播音员。

一天晚上方青正在宿舍看书，熊欣老师来了。方青面对恩师表情紧张，一时不知如何是好。熊欣告诉她，青年播音员培训班两年举办一届，淘汰率极高。有的顺利毕业当了试用播音员，仍然面临淘汰危险，因为广播事业对播音员的要求太高了。播音员几乎就是完人。

方青愈听愈紧张，紧张得说不出话来。熊欣老师伸手拍着她的肩膀说，世上无难事，只要肯登攀。只要你认真学习戒骄戒躁，一定能够达到光辉顶点的。

方青哇的一声哭了起来。

半年之后青年播音员培训班结业。正如熊欣老师所说，淘汰率极高。五男三女之中，有三男扛起行李回家，两女被送回原来单位。只留下二男一女。这一女，便是方青。

接到录取通知，方青激动得浑身颤抖，那感觉就跟赤裸着站在冬天雪地里一样。傍晚时分她跑到熊欣老师办公室，一进门就给恩师深深鞠了一躬，大声说我一定把青春献给我市广播事业。

那时候熊欣老师的职务是广播电台播音指导。他满怀希望注视着自己培养的这棵小苗儿说，你被分配到文艺部播音了，试用期里先播十五天新闻，这非常关键，一定不要出错。你既然播音了就必须有播音名，我看你就叫方青吧。方呢有开始的意思，青呢代表青春。方青——你看好吗？

方青跑回家向父母报告，说不但分配到文艺部而且熊欣老师还亲自给自己取了播音名——方青。

方青？父亲赞成，母亲拥护，说这播音名取得太好啦。尤其人家熊欣老师那么有名，他取名等于是赐福啊。

一个名叫方青的广播新人就这样诞生了。当晚父亲语重心长对女儿说，你前途无量啊。凡是前途无量的人，无论男女都应该晚恋晚婚晚育。你要是早早就订了终身，将来恐怕会有后悔的一天。

母亲非常赞同父亲的观点。你看看解放后进城干部们纷纷离婚换老婆是为什么呀？正是后悔当初结婚太早哇。俗话说，婚姻晚了是是非，婚姻早了是累赘。我看你还是放弃累赘吧。

父亲说，对！放弃累赘放弃累赘。可放弃累赘必须避免是非。大姑娘家一旦有了事非，还不如累赘呢。

父母一番话，说得方青连连点头。是啊，人往高里走，水往低处流。既然我开始登山了，就不能在山脚下安家落户啊。

第二天她给工厂的男朋友写了一封信，告诉他年轻人理应将精力放在学习和工作上。她决定投身伟大的人民广播事业，个人感情只能放在第二位。男朋友回信说交朋友谈恋爱并不影响工作和事业。方青不予理睬。为了光明前途她毅然放弃有生以来结交的第一个男朋友，也关闭了自己情感的大门。

土窝儿里飞出金凤凰。方青下定决心把握命运，一门心意刻苦钻研业务。她住在广播电台单身宿舍里，起早贪黑学习工作，很少回家。试用期里，《本市新闻》清晨六点播出，她四点钟起床准备稿子，五点多钟进入预备室，稳定情绪保证六点钟的准时播出。她的认真与勤奋，受到老一辈播音员们的认可。尤其熊欣老师对她更是青睐有加。

B2

妻子早逝，蔡大春与儿子蔡小光共同生活，可谓父子相依为命。蔡小光高考落榜，他知道这对父亲打击很大。如今全社会望子成龙，可龙又能有几条呢？没龙，水产品市场只有龙虾。

蔡小光经过反思决定复读，明年再考。复读是有成本的。于是提前退休的父亲必须外出工作，挣钱供儿子复读。其实蔡小光懂得父亲的艰辛，起初他发奋读书，大量演算数学习题，钻研作文什么的。自从那一夜难以入睡打开收音机收听了本市广播电台音乐频道王晓晓主持的《子夜名曲》，便走火入魔了。

走火入魔的生活就这样开始了。每星期蔡小光必然去买本市《广播电视报》，从中寻找有关刘芳和王晓晓的信息。然而没有。除了广播节目表里介绍《子夜名曲》每天零点播出，根本没有刘芳和王晓晓的报道。无论刘芳与王晓晓是否就是同一个人，蔡小光知道她们可能都不是什么大腕，尤其电视对广播的冲击，十个著名主持人里有九点九个是出头露面的电视节目主持人。广播明显不如电视炽热。正是由于只闻其声不见其人造成缺失，蔡小光愈发渴望了解刘芳和王晓晓，比如她（们）长得是高是矮是胖是瘦是黑是白，只要有关刘芳和王晓晓的信息，他均有兴趣。

他偷偷买了一只袖珍收音机，一有空闲就戴着袖珍耳机收听广播节目，美其名曰“学英语”。看到儿子如此用功，终日奔波在推销途中的蔡大春，倍感欣慰。

心里有了王晓晓，蔡小光的学业明显受到不良影响。这道数学题明明课堂上会做，回家就忘了。一篇古文明明背诵几遍没问题，一到晚上变得结结巴巴。听收音机成了癖，他从子夜收听发展到随时收听。其实随时收听就是为了在永不消逝的电波里寻找刘芳或者王晓晓的声音。果然，有一天中午他在收音机里与那个熟悉的声音邂逅，这好像是一档介绍美食的节目，生活频道。这档生活频道介绍美食的节目《大众美食》，主持人名叫甜云。蔡小光一听就急了，这声音明明就是刘芳嘛。已经出来一个王晓晓了，弄得人心烦意乱寝食难安不辨真假，现在又出来一个介绍美食的甜云跟着添乱，这到底怎么一回事儿呢。这个世界到底有几个刘芳几个王晓晓几个甜云啊，COPY 啦？

这时候他想起《西游记》里真假如来佛、真假美猴王、真假芭蕉扇的故事。看来这个世界真真假假虚虚实实明明灭灭影影绰绰，一时说不明白。我是喜欢刘芳的，后来出来王晓晓，如今又出来甜云，我真不知道喜欢谁了。

数学课难题，蔡小光不怕，因为怕也没用。政治课难题，蔡小光也不怕，死记硬背就是了。如今面临刘芳、王晓晓、甜云这一道难题，可怜的蔡小光怕了，因为没有办法解决。这个世界上凡是没有办法解决的难题，人就怕了。比如死亡。

终于按捺不住了，复读高三的学生蔡小光给广播电台写信，主要询问一件事情：刘芳、王晓晓、甜云，这三位节目主持人是同一个人吗？信是写好了，他不知寄给谁。想了想无论什么单位都是当头的说了算，于是在信封上写了本市广播电台领导收。

这封信寄出之后，蔡小光有一天突然从收音机里收听到广播电台生活频道《青春采风》节目主持人的声音，这是刘芳。他认真收听着。节目结束的时候，蔡小光听到主持人自称“方青”说下次节目再见。蔡小光听罢目瞪口呆，天啊，收音机里又冒出一个跟刘芳或者王晓晓或者甜云一模一样的声音：方青？

十八岁的高三复读生蔡小光的心理几乎崩溃了。我喜欢刘芳就是了，就这么一个简简单单的单相思也不被允许，一下冒出这么几位足以乱真的声音，什么王晓晓啊甜云啊方青啊跟着搅和，这太没有道理了。除非刘芳还以王晓晓啊甜云啊方青啊的名字播音，否则不可思议。

光阴如金。只有一年时光的复读生涯就这样被几个似是而非的声音给打乱了。

蔡小光愤怒地说，你让我相信谁呢？我连单相思的目标都被你们搞乱了，这太不讲道理了。

C2

推销员蔡大春给这对老夫妇打了五折，深深体会到什么叫作道德完善感。他给人家打五折，那亏空的钱要自己付的。尽管如此道德还是换来老爷爷的不信任目光，真正应验了“便宜没好货”的俗语。蔡大春不管这些，他打五折是为了给自己留一个纪念，同时也是对这对老夫妇的一点点还报。因为这对老夫妇三十年前毕竟差一点成了自己的岳夫岳母，他还吃过人家一顿炸酱面呢。岁月不饶人。如今这对老夫妇已经辨认不出这位入户推销员是谁了。最终还是打了五折，走出这对老夫妇家门。这一桩生意真有意思，没有赚钱反而搭了钱，但是蔡大春感觉非常舒服。这就叫精神生活吧？是的，我无愧于当年的那场恋爱以及那顿炸酱面了。

骑着自行车继续行驶在推销路上，蔡大春还是想起当年的女朋友。假若她嫁给我，如今会是什么样子呢？可能为了保持身材拒绝怀孕生育，也可能红杏出墙赠给我一顶冬暖夏凉的绿帽子，更可能第二年就离了婚。人生就是这样难以预计而且不可重复。高考多难啊还可以连续参加呢，复读呗。婚姻则不同，一锤子买卖。

中途休息，蔡大春停下自行车站在路旁一株大树下，掏出瓶子喝水。他从来不喝外边的水，因为买水太贵。他自带一只可口可乐的大瓶子，能喝一天。有时提前喝光了，他就忍着干渴也不买外边的水。儿子高三复读一年，他必须节衣缩食度过困难阶段。其实考上大学花销更大。人生就是由一个个困难阶段组成的。走一步说一步吧。

似乎“打五折”的开场戏给蔡大春带来好运，他一连几天的入户推销比较顺利。当然这与他的营销策略有关，首先实行“自贬”战术，主动告诉用户说明书的节电百分之四十有水分，充其量节电百分之二十。人们反而对他增强了信赖感。有一天他竟然卖了二十六台节能灯。这打破了万象公司入户推销该产品的历史纪录。

五十二岁生日那天，他没有休息。一大早出了家门，骑着自行车继续推销去了。只有他自己知道今天是什么日子，就连儿子蔡小光也不会记得今天是老爸生日。这叫什么？这就叫孤独。

中午，蔡大春在推销途中找了一家面馆，走进去坐了，说吃面。中国人过生日是吃长寿面的。服务员问他吃什么面，他毫不犹豫说炸酱面。服务员问他还要什么，他想了想觉得五十二岁生日不能过于委屈自己，又要了一小盘水煮花生米。服务员问他喝不喝酒，他想了想认为五十二岁生日还是应当喝一点酒的，就要了二两白酒。

喝了二两白酒，吃了一碗长寿面，还有花生米佐餐，他对自己五十二岁的生日感到满意。当年在工厂节假日加班不休息那是很光荣的，总有领导前来慰问，一个接一个握手。如今五十二岁生日他奔波在推销员的路上，没有光荣感心里还是踏实的。这说明自己还有劳动能力。一旦丧失劳动能力，恐怕就连炸酱面也吃不上了，光剩下吃药了。

走出面馆，他腰间的 BP 机响了。这可能是全市残存的最后一家传呼台了，专门供给类似万象公司这样的推销机构使用。蔡大春不愿意自费购置手机，只能使用公司配给的老式汉显 BP 机了。

他眯缝着眼睛读着 BP 机屏幕上的五个汉字：请速回公司。

从来没有出现过这种事情。以往屏幕显示汉字往往是请速给某某某送货。中途召回推销员，蔡大春认为这是第一次。

面馆距离公司很远。正值五十二岁生日的蔡大春骑着自行车一路狂奔，终于在下午五点钟之前赶到公司。推销部主管告诉他，公司副总经理正在二楼办公室里等他呢。蔡大春从来没有见过副总经理，上了楼梯还不知出了什么事情。走进办公室站在副总经理面前，他觉得问题严重了。副总经理板着面孔说，春光住宅小区十三号楼四门 101 住着一对老年夫妇，他们买了你一台节能灯对吧？蔡大春想都没想就点头承认，是啊，我卖给他们一台节能灯。

那台节能灯没用两天就坏了。现在人家投诉了，而且广播电台来了记者，说要给曝光。

蔡大春笑了，说产品出了问题保换，明天我去给人家换一台就是了，这事儿不值得曝光吧。

这事情恐怕不这么简单吧。广播电台记者采访了用户，人家说你给打了五折。现在节能灯出现问题我不奇怪，你给人家换了一台就解决了。我要问你为什么给用户打五折？

我……蔡大春被副总经理问住了，一时难以回答。

你不是慈善家吧？副总经理拿出计算器说，打五折你自己要搭进去十六块八，你这样做到底什么意思呢？

我也不知道这到底什么意思。蔡大春负隅顽抗说，副总经理请您听我解释，我虽然打了五折可并没有给公司造成任何经济损失啊。我应该上交多少钱就上交了多少钱，财物两清。我真的没给公司造成任何损失啊。

副总经理啪地一拍桌子说，你没有给公司造成任何经济损失？我看你是浑蛋透顶了。你愿意自己往里搭钱给人家打五折，你把售价压下来了别的推销员怎么办呢？你这是扰乱万象公司的销售市场你懂吗？再者我请广播电台记者吃饭花了八百多块，这不是公司损失呀？蔡大春你五十多岁的人怎么越活越糊涂呢，现在你被辞退了，去人事科办手续走人吧。

正值五十二岁生日的蔡大春不言不语，转身走出副总经理办公室，往人事科办手续去了。

一台节能灯有毛病换一台就是了，怎么还惊动了广播电台的记者呢？蔡大春一边走一边叹气，唉呀！饭碗丢啦。

A3

自从女儿试用期播报《本市新闻》，方青的父亲母亲一大早就起床，等待着。早晨六点钟《本市新闻》开始，女儿的声音一出现爸爸妈妈便激动不已，热泪盈眶。

亲戚们知道，纷纷跑来祝贺，说这是祖宗有德荫及子孙啊。试用期里方青播报了十五天的《本市新闻》，这半个月就成了父亲母亲的节日，天天乐得合不拢嘴。住在工人宿舍区里，方青的父母一下成为名人，走在路上就有人投来羡慕的眼光。有时买菜买米，居然得到特殊关照，售货员小声说你女儿真有出息啊。

后来，方青进入文艺部播音，终于走上了平坦的光辉大道。

然而命运多舛。几个月之后方青的声音突然从收音机里消失了。这到底出了什么事情啊？一连十几天不见声音不见人，方青的爸爸妈妈心急火燎找到广播电台，却被把守大门的解放军战士给拦住了。

传达室打电话叫出方青。母亲一眼看出女儿瘦了。父亲叫了一声方青。女儿表情镇定说，爸爸妈妈我不播音了，不播音了就没有播音名了，以后你们不要叫我方青了。

父亲母亲无法接受这样残酷的现实，催问女儿到底出了什么事情。方青告诉父母自己犯了错误被剥夺播音资格，所以方青这个播音员不存在了。

父亲很不甘心地说，就去找熊欣老师求助吧。女儿苦笑着说，正是熊欣宣布取消她播音资格的。

哦，要是这样就没办法啦。父亲想起新中国成立前夕自己突然被取消护厂队员的资格，彻底明白了此时女儿的处境。

方青离开播音岗位，担任广播电台文艺部文书。她文化不高，担任文书工作存在一定难度。她发挥穷人家孩子志气高的特点，勤学苦练钻研业务，终于在文书岗位上站住脚跟。可精神还是非常苦闷的，她多年住在广播电台单身宿舍里，绝少回家。她担心回家被邻居们耻笑，那样对父亲母亲的伤害就太大了。她住在单身宿舍里坚决不谈恋爱，向外界关闭了心灵大门。

多少年之后，方青终于将事情真相告诉了父亲母亲。那时候熊欣已经病逝，方青的心理趋于放松了。

原来方青担任播音员之后，被她抛弃的工厂男朋友并没有忘记她。他心地善良刻苦好学，跟方青父母一样每天清晨起床认真收听方青的播音，而且每每做下记录。半个月的《本市新闻》播过了，他仍然坚持收听她的其他节目，而且每星期都给方青写一封信，指出她播音的不足之处。然而这种善意的指正并不正确。比如他听到方青将“召开”念作“赵开”就认为这是错读，其实方青是正音。他写给方青的信，一封封全都落到熊欣手里。总共积攒了十几封，其中不乏“我很想念你”之类的情话。

这便激怒了熊欣。熊欣年长方青二十岁并且丧偶多年。他心中非常喜欢方青这种思想单纯、品质朴素的姑娘，很想将她续弦，生儿育女。因此他大量扣压方青工厂男朋友来信。一个夜晚他前往方青宿舍向她表示爱意。在这位工厂出身的播音员心目里，熊欣永远是师长根本不可能出现婚配关系，于是她被吓坏了，冲出宿舍跑到院子里大哭不止。

保卫科长及时赶来询问方青大哭缘由。诚实的方青张口就要说出事情真相。经验丰富的鳏夫熊欣拉走保卫科长说，总有听众来信反映方青不称职，我批评几句她就受不住了。

方青惊讶极了，然而她哪里知道熊欣不但说谎还是伪君子。她停止哭泣走到熊欣面前说，熊欣老师我播音有错误请您指出，我改正就是啦。

恼羞成怒的熊欣没有给方青改正的机会，因为方青播音本来没有什么大问题。方青就这样不明不白离开播音岗位，默默无闻了。

后来，方青从文艺部文书转为节目编辑，重新成为专业人员。她一度下定决心返回播音岗位，不知为什么不能成功。熊欣终于病逝了，可方青也老了。

改革开放实行聘任制，方青重返播音岗位的难度更大了。如今是年轻人的天下。流行时尚一天一变，人到中年恐怕难以紧跟节拍了。

俗话说，机遇与挑战并存。电台实行聘任制，节目总监说聘谁就聘谁，一大批没有经过播音训练手中没有普通话上岗证的年轻人纷纷离岗接受培训。山重水复，柳暗花明。方青命运出现转机。交通频道主任找到方青，说人员吃紧请她救场，只顶两天就有新人到来了。这档节目名叫《的士之家》，多年之后她以方青的播音名重出江湖，没想到大受追捧，听众打进热线电话说，新来的这位年轻主持人既热情又稳重真是太棒啦。

我是年轻的主持人？她回到宿舍里躺在床上回味着，觉得很有意思。是啊，我的声音非常年轻。只要声音年轻，我就有机会主持广播专栏节目。熊欣老师你在天之灵听见了吗？时隔多年我方青复出了。

生活频道主任郑宏宾听说她在交通频道主持《的士之家》大受好评，随即邀请她担当文艺频道《青春采风》节目主持人。她心里知道郑宏宾多年以来就想找一单身女子做情人，这只是开始而已。情人可以不当，《青春采风》节目还是要主持的。她走马上任了。

头一天出现在《青春采风》节目，她清新甜美的声音一下吸引了一大批听众。有人打进热线叫她“青姐”。她坐在播音间里满面绯红，真正体验到了人生价值的超级实现。

B3

蔡小光写给广播电台领导的信，石沉大海了。他不气馁，继续写信。从此写信他不寄给领导了，直接写给主持人，比如刘芳，比如王晓晓，比如甜云，比如方青。这一封封写给主持人的信寄出去了，主要内容只有一项，那就是弄清楚刘芳＝王晓晓？刘芳＝甜云？还有刘芳＝方青？

过了一段时间，蔡小光也记不清究竟发出了多少封信，总而言之没有一个主持人给他回信，好像她们都死了。可每天收听广播节目，她们一个个还都活着。蔡小光终于明白，她们跟他心里想象的大不一样。她们大概根本不愿意阅读听众来信，就像自己根本不愿意阅读物理课本一样。

不写信了，蔡小光开始写日记。他专门买了两册绿色硬壳平绒封面的日记本，一天天郑重其事写了起来。

刘芳刘芳我爱你，就像老鼠爱大米，就像猫儿爱吃鱼，就像肥猪爱淤泥，就像猴子爱吃梨，就像阿凡提爱骑驴。

刘芳，你在哪里？你就是住在收音机里我也要钻进去找你。

我曾经那么喜欢刘芳，可以说是爱，我爱上了她。可生活如此混乱不堪，让我无法认定究竟谁是刘芳谁不是刘芳，竟然冒出来王晓晓和甜云还有方青，这真跟《西游记》一样了。我很失望，如果生活居然将我心中偶像的面目弄得似是而非，那么我只能说生活太滥了。我讨厌你们——滥竽充数的人们。你们能不能马上滚开啊？你们能不能让我爱的人——刘芳的面容清晰起来啊？否则，有朝一日我一定会杀了你们这些多余的人。只剩下一个真正的刘芳就是了。

父亲知道儿子写日记的事情，那是在被学校传唤之后。这时候蔡大春已经被万象推销公司除名，班主任紧急召他到学校，进行了一次严肃的谈话。班主任告诉蔡大春，您的孩子整天魂不守舍心猿意马，学习成绩排在全年级最后十几名。如果这样下去恐怕不止复读一年，就是复读八年也没有用的。蔡大春急忙向班主任询问造成蔡小光如此状况的原因是什么，班主任笑着说这正是我要问您的。

蔡大春回家立即做了一件卑鄙的事情，就是偷看儿子日记。他从日记里得知蔡小光痴迷收听广播节目是因为痴迷以刘芳为首的几个节目主持人，比如王晓晓、甜云还有方青。这方青的名字蔡大春是熟悉的，只是不知此方青是否彼方青。年代久远，同名同姓者居多，何况方青这样的名字太普通了，必须验明真身才是。

蔡小光不知道父亲偷看了自己的日记，乐此不疲往日记本里记载着自己的心路历程。他一次次收听广播一次次推断刘芳，企图走近心中偶像。他这样写道，“我觉得可以排除王晓晓和甜云了，她们不是刘芳。或者说她们不配冒充刘芳。只有方青与刘芳难分难解，我以为是同一个人。我想象她的身材高挑，头发乌黑，目光清澈充满温情，举止高雅，很有爱心，应该二十三四岁大学毕业不久的样子吧”。

一个刘芳＝方青的逻辑在蔡小光心中成立了。他要做的就是争取早早见到刘芳或者方青，如果她们是同一个人的话。

与此同时，蔡大春买了一只袖珍收音机，也开始收听本市广播电台的节目了。

他首先在生活频道里找到了方青，她主持《青春采风》节目，热线不断。多少年了，蔡大春还是能够听出这位方青何许人也。白天蔡小光上学去了，他坐在家里耐心等待上午十一点三十分播出十二点三十分结束的《青春采风》，随时准备拨打热线电话与主持人方青对话。

我跟方青说什么呢，说当年我在工厂一连写了十二封信寄到广播电台，你为什么不回信呢？不妥当不妥当，往事如烟不宜重提啦。这不能提那不能提，我能跟方青提什么呢？不知道。真的不知道。我只知道我儿子蔡小光陷入单相思，思恋《午夜热线》的节目主持人刘芳，还认定《青春采风》节目主持人方青就是刘芳。刘芳就是方青。

既然刘芳就是方青，我跟方青说蔡小光天天痴迷收听你主持的节目不能自拔，这更不妥当啦，哪有父亲和儿子在不同时期不同年代不同地点不同方式却爱上同一个女人的道理，这明显违背中国传统道德，实在难以启齿。

十一点三十分了。蔡大春不等方青声音出现便开始拨打《青春采风》的热线电话，但是屡屡占线。他不停拨打着不停面临占线窘境。这时他觉得自己对面竖着一块铁板，完全无法钻透。

从十一点三十分拨打到十二点三十分，热线电话一个接一个。蔡大春就是打不进去。看来这位节目主持人方青果然大受欢迎，热线电话热得烫手。

一个中午就这样失败了。蔡大春茶不思饭不想，极其苦闷地思索着拯救儿子的方案。我怎样才能让蔡小光跳出苦海呢？转念一想当年自己被女朋友抛弃，也是很久难以复原啊。

解铃还须系铃人。我还是要找到方青本人，请她看在当年情分上让蔡小光明白真相，放弃对她的单相思。

当天晚上，蔡小光放学回来。蔡大春给他烧了四个菜，还预备了啤酒。蔡小光感到意外，时时投来疑问目光。蔡大春绕着弯子说，我今天非常高兴，就烧了四个菜。为什么今天我高兴呢，因为我无意之间听到收音机里有个主持人是我当年的女朋友。

蔡小光显然不明白这番话的含义，就问这有什么值得高兴的。蔡大春说，当年我被她抛弃，痛不欲生啊。如今听到她的声音我一点都不激动，往事如烟啊。

这能说明什么问题呢？蔡小光更加不解，问道。

说明你对一个人无论痴迷到什么程度，都会随着时间推移而过去的。时间能够改变一切，时间是人间最厉害的东西啊。

蔡小光寻思着，您说的都属于多年之后的感慨。人人活的是现在进行时。你懂吗现在进行时。比如说为什么有人殉情跳楼自杀呢？就是他根本不愿意等到往事如烟的时候，索性一死了之。从这个意义上讲往事如烟也好不如烟也好，统统没有意义。

蔡大春无话可说。面对崭新一代的爱情观念，他觉得自己笨嘴拙腮没舌头，难以辩论的。

蔡小光喝了一口啤酒说，我认为人世间最为牢固的爱情就是一见钟情。比一见钟情更为牢固的爱情是一听钟情。

认真倾听着儿子的言论，蔡大春小心翼翼问道，那我跟你妈妈一谈就是三年五载的恋爱呢？

一谈就是三年五载的恋爱？蔡小光撇了撇嘴说，最为稀松。

蔡大春心里说，那也不能父子先后爱上同一个女人吧。

C3

蔡大春毕竟是蔡大春。为了找到方青他还是去了春光住宅小区十三号楼四门101室。他认为通过方青的父母必然能够得到方青的电话号码。一旦得到方青的电话号码便可以约见这位节目主持人，儿子蔡小光的单相思也就迎刃而解了。

蔡大春叩门。这次还是老奶奶前来开门。他隔着防盗门对老奶奶说，上次是卖给您节能灯的，您还记得吗？

老爷爷出现了，说记得，你们公司已经派人更换了，没事儿了。蔡大春说，节能灯有毛病给您换一台就是了，您为什么还要找广播电台记者曝光呢？再说我还给您打了五折。

老爷爷说，其实我不愿意给你曝光。我女儿在广播电台工作，她一听打五折就知道伪劣产品。没用几天就灭了，她更急了，就请来记者曝了光。

老爷爷，给您打五折那是我自愿，这跟伪劣不伪劣没有关系。我就是因为给您打五折才被公司开除的，没了饭碗啊。

老奶奶听罢凑近防盗门，同情地看着蔡大春说，你们公司的人说了，根本没有打五折这种优惠。他们都说你脑子有毛病，你要不是打五折公司根本不会开除你的。你为什么给我们打五折呢？

老爷爷一旁说，是啊，你为什么给我们打五折呢？

其实我跟你们二老无亲无故，犯不上在你们身上少赚钱。可一看你们这么大年岁我就心软了，不想在你们身上赚钱了，就打了五折。

听说打五折之后你还得往里搭钱呢？老奶奶说。

对，后来一算账我是得往里搭钱。蔡大春继续说，既然你们二老相信我了，干脆就把你们女儿工作单位的电话号码告诉我吧，我想请广播电台的记者跟万象公司副经理说情，争取让我回去继续工作。

隔着防盗门，老奶奶看了看老爷爷。老爷爷寻思了一下，说好吧我现在就把我女儿工作单位的电话号码告诉你。不过你不要随便告诉别人，我女儿现在重新当了节目主持人，出名了。这三十年啦她总算有了出头之日啊。

拿笔记下方青的电话号码，蔡大春不由感慨地说，是啊，房玉玲这三十年也挺不容易的。

老奶奶惊诧地说,你怎么知道我女儿的本名啊？她主持广播节目可叫方青啊。

离开房玉玲的父母家，蔡大春在大街上找了一间IC卡电话亭给方青打电话，竟然一打就通了，而且接电话的恰恰是方青本人。蔡大春说房玉玲啊我是蔡大春咱们三十年没通话了。电话里方青沉默了一下，然后说是啊已经三十年没通电话了。蔡大春在电话里告诉方青，自己的儿子蔡小光学习任务紧张思想压力很大，他是你的崇拜者。你主持的节目他非常喜欢。为了鼓励蔡小光努力学习你能不能百忙之中见他一面，当面说几句鼓劲的话，这样他高三复读就有动力了。

方青毫不犹豫答应了，而且主动约定了时间。地点就在广播电视局大院门口。蔡大春受到感动，立即给学校打电话通知蔡小光，即使请假也要傍晚五点钟赶到会面地点，著名节目主播人方青接见。

蔡小光应了一声，挂断了电话。

下午四点四十分蔡大春就到达了。他知道儿子单相思的问题一会儿就解决了。只要蔡小光见到方青，一看年龄自然就打了退堂鼓，绝对不会继续思恋下去了。他请求方青趁机鼓励几句，就结了。这样想着，蔡大春心态放松，朝着广播电视大院里望去。当年房玉玲进了广播电台之后写信跟他终止恋爱关系。他到这里找过房玉玲，站岗的解放军不让进，他只得返回了。失去的永远失去了。企图找回当年的人，一定是傻子。

一辆出租车里下来了蔡小光。他大步走到父亲面前，满脸喜气。爸爸我总算找到那个人啦！说着儿子掏出一张名片大声向父亲报告说，王如霞，女，二十岁，幼儿师范学校毕业，现在是广播电台客座主持人，主持七档节目。由于广播电台规定客座主持人主持节目不得超过三档，王如霞一共用七个播音名：王晓晓、秋子、马沙、孙菲、甜云、林佳和刘芳。这刘芳的本名就是王如霞。今天下午我跟她一起喝的咖啡，她同意让我加入她的崇拜者俱乐部，每月只交二百元会费呢。

蔡大春被儿子打了一个猝不及防。这时一位中年女士出现在广播电视大院里，朝着大门口走来。三十年过去了，蔡大春还能认出她就是房玉玲。于是他远远地朝她挥了挥手，然后转身对儿子说，小光啊这位就是著名主持人方青。

蔡小光漫不经心望着远远走来的著名节目主持人小声说，哇！她就是方青啊，老女人啦。怪不得王如霞跟我说她们那里尽是老女人呢，果然如此。说着，蔡小光扭脸去看一辆驶出广播电视大院的高级进口轿车。

蔡大春慌了，一时不知如何是好……

街灯亮了

“要是任凭事态这样发展下去，我家桂芸就会发疯的……”孟亦群站在楼下抽烟，抬头望着五楼自家防盗窗不锈钢管护栏。这个眉清目秀的好丈夫，连续吸了几支香烟，仍然显得心事重重。

前几天施工队来安装防盗窗护栏，他拜托工头儿说：“我安装窗外护栏的目的，主要是防止从五楼跳下去……”

施工队工头儿不理解他的意图：“入室盗窃又不是贩毒死罪，盗贼不会跳楼自杀的，他们抓进去最多判两年，放出来继续从业嘛。”

孟亦群花钱安装窗外护栏，其实是担心妻子情绪失控，推开窗户跳下去，便拜托施工队工头儿：“师傅，我要最结实的材料……”

“不论多结实的护栏，也是防好人不防坏人。”施工队工头儿态度坦诚，并不夸大自己产品的性能。

这样他反而有了信心，既然这种护栏防好人不防坏人，那么妻子桂芸是好人，只要能够防止好人跳楼轻生，这人民币就没有白花。

于是，无论卧室、厨房还是客厅，他都选了三毫米厚不锈钢管的窗外护栏。妻子嫌贵，认为两毫米厚足够。他说三毫米的比两毫米的结实，盗贼肯定选择薄弱环节下手。

妻子将信将疑说：“盗贼怎么会知道钢材薄厚？你不可能告诉他们的。”

“我怎么会告诉盗贼呢？他们都是坏人。”他觉得妻子好笑，就笑了。

“是啊，咱们是好人，好人不接触坏人的。”妻子自言自语，突然爆发了。

“谁说我不接触坏人！性侵我的副厂长李广才难道不是坏人？陷害我的副科长孙家兴难道不是坏人？还有羡慕忌妒我漂亮的保管员黄艳难道不是坏人？”

“当然，他们都不是好人！所以咱们必须远离坏人。他抚摸着情绪激动的妻子的披肩长发，连声安抚着。

妻子名叫尹桂芸，是美成药业的化验员。她曾经告诉丈夫，副厂长李广才以安全检查为名来到化验室，多次从工作台下伸手抓摸大腿甚至触及私处。她表示平生最恨性侵的坏男人，可是美成药业化验员的薪水颇高，这令她敢怒不敢言，继而不敢怒不敢言。

久而久之便抑郁了，尹桂芸下班回家多次情绪失控，几次揪起秀发号啕大哭："我冰清玉洁的身子，生生给李广才弄脏了……"

孟亦群不知如何缓解妻子桂芸的心理压力，只得以商议口吻说："咱们去公司举报李广才，把这只老色狼暴露在阳光下……"

妻子低头撞过来，使人想起笼中困兽。"你这是让我丢人现眼啊！那个该死的黄艳肯定出庭作证，诬陷我主动献身勾引领导，那样我还怎么活啊……"

是啊，这就毫无办法了。他安慰妻子居家休养，独自去了美成药业公司的下属制药厂。

他把辞职信递给副厂长李广才。对方认真阅读着，流露出惊讶表情。"尹桂芸为什么辞职呢？她是个很好的化验员嘛。"

这是性侵者的明知故问。他顾及妻子名誉不便当面揭穿，只是虎视着李广才的磨盘脸说："是的，辞职总会有原因的。"

李广才继续冒充好人说："可惜了，可惜了，这是尹桂芸主动请求辞职的，一旦后悔连申请劳动仲裁的机会都没有了。"

他愈发看透了李广才的龌龊心理，一旦漂亮女化验员辞职，便没了性侵对象，这家伙当然舍不得。尽管妻子不年轻了，她的丹凤眼，她的瓜子脸，她的美人颈，她的腰身线条，凝聚出成熟女人新颖而独特的味道，无疑成了老男人喜欢的菜。

"小尹肯定不认为我会同意她辞职的。"李广才提笔在辞职信上签了"同意"二字说。

这是他第一次听到有人叫妻子"小尹"。妻子身高一米六九，个子不小。

他一声不吭替妻子办了辞职手续，回家烧了满桌好菜，笑着说祝贺资深美女远离坏人。没想到桂芸情绪再度失控，掀翻餐桌躲进卧室，号啕大哭。

既然娶了洁身自好的老婆，他束手无策只好打电话向岳父岳母求援。妻子桂芸是娘家的掌上明珠，岳父火速派出岳母前往婿家，执行安抚女儿的任务。

年过花甲的岳母涂抹过厚的护脸霜和淡色唇膏，显得风韵犹存。她进门摘下彩色丝巾对女婿说："我的女儿我了解，她天生钻牛角尖儿的性格，还带有精神洁癖。"

女儿见到母亲反而愈发冲动："李广才摸我大腿，我要打断他的小腿！如今怎么没有金庸小说里行侠仗义的人物呢？这太令我失望啦！"她居然幻想当今社会出现替天行道的侠客，情绪偏激而混乱。

孟亦群困惑了。女人出于以牙还牙的报复心理，应当要求打断李广才大腿，怎么降格要求打断小腿呢？他请求岳母大人排疑解惑。

“是啊，小腿……”岳母大人苦笑了，“好在我女儿没有失身，可是没有失身也就没有掌握对方犯罪证据，公安局也难立案的……”

岳母对这类事情显然颇有经验，一语概括敌强我弱的现实处境。女儿扑到母亲怀里哭泣说：“我当然没有失身，否则该死的黄艳早就告发我勾引领导啦！”

既然岳母出马也难以缓解妻子情绪波动，他只得花钱安装窗外护栏，以防不测。

岳母心疼女儿，借机住了下来。岳父属于“醋坛子”，年近古稀仍然保持高度戒心，一天数次打来电话联系老妻，恨不得给她身上安装 GPS 定位系统。

泰山大人属于爱情病毒变异吧？孟亦群暗暗寻思，对仍然热衷淡妆的岳母充满同情。

谁让她老人家风韵犹存呢，岳母只得乖乖回家。老妻重返自己视线范围，岳父大人踏实了。孟亦群意识到自家安装窗外护栏只是开始，如何让不甘受辱的妻子走出心理阴影，及早恢复正常生活状态，那是任重而道远的。

国庆黄金周放假，他天天在家陪伴妻子。夫妻相对而坐，备感冷清。

“我想孟雪！”妻子直抒胸臆。他安慰说：“闯过模拟考试大关，宝贝女儿就可以回家不住校了。”

这个家庭的独生女孟雪就读本市重点高中，节假日学校顶风作案仍然偷偷给学生补课，一律住校不许回家，争取明年高考再创佳绩。

妻子情绪愈发不稳定。要么反锁厕所里落泪，要么躲进厨房里抽泣，要么半夜惊醒尖叫“打断李广才小腿”，要么白天凝神念叨“该死的黄艳会诬陷我的”……

眼见爱妻这般境况，他知道如此发展下去，好端端家庭就毁了。

想起当年职校教师曾大典，孟亦群悄悄前往诉说苦衷，请求指点迷津。曾大典多年潜心研究社会心理学，后来辞职下海成为自由职业者，专门给民营企业家们出谋划策，好事坏事都做。

“为了尽早消除情绪记忆，应当实施心理脱敏治疗，心理不脱敏，情绪不消除，阴影不摆脱，你妻子后半生不会有艳阳天的。”

好丈夫孟亦群紧张得手心出汗，询问怎样实现心理脱敏，曾大典古怪地笑了：“谁人欠的债，谁人偿还嘛。”

高人的指点，令他茅塞顿开。这位曾大典说得对，女人在哪里跌倒，你就扶她在哪里爬起来。

心里拿了主意，他走进家门将桂芸搂在怀里说：“我要打断李广才的小腿！”

她浑身颤抖起来：“你要打断李广才小腿！你真要打断李广才小腿？”

他双手捧起她的脸颊：“是的，你说过他摸你的大腿，你要打断他的小腿，所以我肯定要打断他小腿的。”

妻子桂芸瞪大眼睛望着他，目光充满惊恐："对，小腿……"

尽管尚未打断对方小腿，他感觉心理脱敏治疗已经开始，毕竟语言同样具有治病救人的功效，比如甜言蜜语和铮铮誓言、传销者的演讲和沿街叫卖的吆喝，当然还有鼓舞人心的革命口号。

晚间上床歇息，妻子要求丈夫搂着她，喃喃自语。他就紧紧搂着她，护送这个可怜女子沉入梦乡。

我要让她心理脱敏，我要给她消除情绪记忆，我要让她重返正常生活……孟亦群心情悲壮起来，轻轻亲吻着桂芸的额头说，"你在家做全职太太吧，家里只有好人呵护你，没有坏人欺负你。"

其实他供养妻子做全职太太，银根还是吃紧的。然而长痛不如短痛。他期待桂芸尽早走出心理阴影，恢复身心健康，夫妻重返美好生活。

一根铁棒经常浮现脑海，他感觉自己患了偏执症，内心词库里只有两个字：小腿。之后又添了两个字：打断。四字组合起来就是"打断小腿"必然联想到铁棒。

他的理性仿佛小壶乌龙茶，一波波被沸水冲淡，渐渐消失殆尽。他不声不响构思行动纲领：一、选择可靠的打手。二、选择隐蔽的打击地点。三、打断后迅速拍摄伤腿照片，及时交给妻子观赏，以复仇效果促进心理脱敏。四、选择付酬方式给打手，支付现金不要银行转账……

他沉浸在深度构思状态里，变身为买凶伤人的雇主，在虚拟世界里享受血性快乐，情不自禁哼唱起战斗歌曲"向前，向前，向前……"

他在现实世界里是文化传媒公司的高级文案，平时少言寡语被同事们称为"沉默的人"，许久不曾体验如此强烈的激情，平添几分尚武欲望。

然而，妻子桂芸彻夜难眠，只得开始服用抗焦虑药物，短短十几天便从"舒乐安定"升级到"氯硝西泮"，速度惊人。

他担忧妻子过量服药不再醒来，便偷偷藏了安眠药。晚间桂芸发疯似的寻找着，尖声叫嚣要挖地三尺。

"咱家住五楼怎能挖地三尺呢？首先四楼邻居会坚决反对的。"他只得假装从沙发角落里找到小药瓶，主动递给妻子。

妻子开心地笑了，这笑容远远超过结婚钻戒的失而复得。他意识到桂芸心理疾病愈发严重，应当及早实施"心理脱敏计划"——打断那条小腿。

他认为打手这种营生，好人心肠是干不来的，只有坏人心毒手狠。他是良家子弟不认识坏人，只能先做好案头准备工作——认真思索划定范围，勾勒出五大类可以充当打手的人物。

一，完全彻底的坏人。二，内心充满坏人欲念但尚无恶行的人。三，内心不乏美好愿望但依然作恶的人。四，对他人作恶行为充满好奇并且跃跃欲试的人。五，由于命运多舛对社会抱有敌视心理的人……

这样想，他感觉寻人难度陡然增加，几乎接近中彩票的概率。为了拯救妻子实施“心理脱敏”计划，即使上天揽月下洋捉鳖，他都要找到打手的。

为了扩大寻找范围，他变成个热衷怀旧的人，以幼儿园为起点，仔细追忆历年交往的人物。小学时代满眼荒芜，想不起哪株小草值得探讨。回想中学青春期，记忆河流两岸果然显现风景，一个个男生好似一棵棵杨柳，站立岸边。要么身姿摇摆的少爷，要么女里女气的娘货；要么满嘴豪言壮语却手无缚鸡之力的文体委员，要么假装思考人生其实意淫同班女生的数学课代表……

孟亦群生气了:“我们的教育这些年都培养一堆什么人？还号称市级重点中学呢！没羞。”平时极少发火的他，为了拯救爱妻竟然迁怒于母校。

渐渐消了火气，重返沉默寡言的常态。“沉默的人”没有朋友。没有朋友是因为沉默。自从结婚以来妻子便占据他大半生活内容，有了女儿孟雪便占据了全部生活。如今，他感觉到自己被抽空了，除了家庭什么也没有。

“当然，我还是文化传媒公司的高级文案，星期天爱看央视体育频道的世界拳王争霸赛，平时还爱抽云烟喝滇茶……”他为自己辩解着，不愿被生生晾成当代木乃伊。

他果断将妻子送回娘家，拜托岳父岳母照顾桂芸。老当益壮的岳父哈哈大笑，似乎含有几分嘲讽成分:“亦群啊，从前你舍不得让桂芸回娘家住，一定是不放心她吧？桂芸是我们的亲女儿，我们保证她不会出现任何瑕疵的。”

听泰山大人的口气，好像他老人家对自家产品实行三包，同时还能做到假一罚十。

不知为什么，他不喜欢岳父这个人，对生理年龄远远大于心理年龄的岳母则抱有好感。可是不知为什么，桂芸反而喜欢她的父亲，对待母亲就跟对待敌对国家外交官似的，不属于人类命运共同体。

实施心理脱敏计划，孟亦群不能亲力亲为，只能依靠买凶。于是，这个好丈夫向公司请了年假，游走于本市大街小巷，企图唤醒多年深层记忆，从往事河流里打捞出几条大马哈鱼来。

他外出穿着米黄色外套。其实它原来是件长风衣。有次夫妻吵架，桂芸怒不可遏抄起剪刀发威，哗地剪掉风衣下摆，然后冲出家门去向不明。事后妻子消了气，跑去改衣店让师傅包缝锁边，对这件惨遭阉割的长风衣进行改造，摇身变成风格新颖的短款外套，公司的同事们以为这是当年新款，纷纷称赞不已。

经过迎水街彩票销售点，他无意间发现老板娘眼熟，暗暗辨认后断定这是当年暗恋的高一（六）班女生曾晓欣。她的鸭蛋形脸庞幸存着，并没有孵成鸭子。

卖彩票的曾晓欣显然不记得他，抬起鸭蛋脸询问打印几组号码。

“你这销售点出过大奖吗？”他试探问道。曾晓欣说在她接手前出过二等奖，税后奖金七十六万，接手后出过五万的。

他不甘心被当年暗恋的曾晓欣遗忘，自愿掏钱买了两张彩票，说号码随机。

接过彩票，他轻声问曾晓欣认不认识尹桂芸。她再次抬头注视着他，似乎陷入回忆里。

“我跟尹桂芸中学同校，小时候住过几年邻居。你是……？”

他说出自己的名字。曾晓欣显然对“孟亦群”毫无印象，却打开话题说：“尹桂芸很聪明也很漂亮，只是从小受她母亲的影响……”

分明听到妻子的前世履历，他集中精神竖起耳朵。这时来了两个人买彩票，大声吵嚷上期大奖擦肩而过，马上就要煮熟的鸭子飞了。

“不过，她母亲也真是的……”曾晓欣带住话头，急忙给顾客打印彩票了。

“只是从小受她母亲的影响……？他品咂这句话的含义，特别希望自己立即成为语言大师，考证这句话的具体出处和真实含义。

没了顾客，曾晓欣扭脸问道：“我好多年没见尹桂芸了，看来你认识她？”

“我倒是经常见到她……”他说着起身就走，好像越狱逃犯躲避熟人。

曾晓欣的声音追过来：“尹桂芸婚姻幸福吗？”

他走远了，经过路边小树林，绿荫深处窝藏着一堆堆打扑克的闲人，已经形成小面额赌博场所。他突然决定返回彩票销售点询问曾晓欣，“只是从小受母亲的影响”这句话究竟什么意思。

你是个沉默的人，今天怎么变成话痨呢？他冷静下来没有返身折回彩票销售点，抬头朝前走去。

自从邂逅曾晓欣，猛然敞开另类记忆闸门，不经意间记起中学同窗包红雷，外号“包大胆”。这家伙自幼胆大包天。十四岁抽高价洋烟喝极品洋酒，十六岁泡了十九岁的留学生洋妞，十七岁进了管教所，重返社会打架斗殴恶习不改，成了著名坏学生，之后就从坏学生成长为坏人。

他不光想起“包大胆”外号，还对“坏人是怎样炼成的”有了切身理解。比如有的人天生胆子小，从来不敢做什么坏事，所以就成了好人。坏人呢？那是因为胆子大，做起坏事来无所畏惧，毫无心理负担，日积月累成了坏人。当然也有胆子大的好人，比如战斗英雄和革命烈士，还有流血不流泪的见义勇为者。

他承认自己胆子不大，有时甚至胆子很小。然而为妻子实施“心理脱敏计划”，他的内心充满大无畏精神。这就是爱的力量。

被曾晓欣唤起的青春记忆，使得包红雷从岁月深处走出，威风凛凛站在面前。记得读高中时当面询问包红雷为何经常街头斗殴，对方满脸欢喜答道：“我热爱打架呀，打得上瘾了。”

事隔多年，他学会抽烟喝茶，切身感受到“上瘾”便是难以克服的终身嗜好。于是想起“技痒“这个词语，既然早年包红雷打人成瘾，此番我若请他出山，岂不正是给提供过把瘾的机会。

于是，趁着妻子回娘家休养，这个好丈夫开始寻找老同学包红雷，也就是寻找充当打手的坏人。可是寻找这种人物要去什么地方呢？应该是“吃喝嫖赌抽”的场所吧。

从“吃喝嫖赌抽”联想“坑蒙拐骗偷”，他颇有杨子荣勇闯威虎山的预感，仿佛手心握着泉眼，滴滴涌汗。

来到“远大前程”练歌房，说是房实为大厦，六层楼房里有很多间 KTV 包厢，寻人等于大海捞针。他知难而退，走出“远大前程”重返微粒生活。

一瞬间，突然脑海里冒出个古怪念头，他吓得停住脚步肃立马路中央。

一辆路虎刹车停稳，开车的满头红发探出车窗问道：“冤家，您这跟谁的遗体告别呢？不会是兜里没钱交火化费吧。”

他打个激灵清醒过来，连忙抽身返回路边，出了一身冷汗。开路虎的不甘寂寞继续说道：“咱们中国人好死不如赖活着，您即便自杀也不要选择撞车，死亡成功率接近百分之百……”

他颇为诚恳地答道：“跳楼自杀成功率已经达到百分之百，比飞机空难还厉害呢。”

路虎车里传出哈哈大笑声，好像车里坐着好几百人听相声。之后这辆路虎载着落幕的笑声开走了。

他坐上边道牙子，脸色苍白气喘吁吁。方才怎么会冒出动手袭警的古怪念头呢？一旦袭击警察肯定会被送进坏人扎堆的看守所，那就不用四处寻找打手，看守所里就地取材就是了。

他忍不住笑了。我若被抓进看守所自然成了坏人，熬到关押期满走出高墙，何必还要花钱雇用打手呢？我亲自出马打断李广才小腿就是了……

他颇有酒醉初醒的感觉，掏出手机拨通岳母家电话，急切地询问妻子状况。他断定是岳父接听电话，因为泰山巍峨小天下。手机里果然传来黄钟大吕之声，历来强势的岳父开口告诉女婿“天下本无事，庸人自扰之”。

他当然不相信这种豪言壮语，请求岳父让岳母接听电话，谎称询问红烧丸子的具体做法。

“你为什么不清蒸呢？就像做狮子头那样！”岳父将淮扬菜谱摊派给他，这才将电话听筒转交岳母。

“桂芸她还是白天发呆不说话吧？”岳母非常聪明，只是回答“嗯”。不给岳父任何插嘴的机会，

“桂芸她还是半夜不睡觉掉眼泪吧？”岳母仍然回答“嗯”。

“桂芸她还是念叨打断李广才小腿吧？”这时岳母略有迟疑，更换回答语式说“是啊”。

他叹了口气说：“我只相信您老人家，如今看来没有别的药方，只有打断李广

才小腿了……”

岳母突然说话了：“小腿？这可不是小事情哇……”

他强调自己是遵纪守法的好人，恳切拜托岳母严防死守，绝对不能让桂芸走了极端。

“我不会让亲生女儿走极端的，你就放心吧。”岳母主动挂断电话，丝毫不给岳父留有插话的缝隙。

他突然觉得这座城市里只有岳母是亲密战友，其他人充其量属于友军，当然他不会忘记桂芸的死对头，除了李广才还有孙家兴和黄艳。

其实，他明白无论打断谁的小腿，那都是违法行为。可是妻子的“情绪记忆”，偏偏卡在这里，那条小腿便成了医治桂芸精神创伤的特效药，而且没有任何同类替代品。

稳步朝着住家方向走去，路过“大海洗浴城”。他觉得这名字取得不好，只有哪吒大海里洗浴，凡人谁能踩着风火轮来这里呢。

“大海洗浴城”大门外，方才满头红发的路虎司机发现了他，跑上前来问他贵姓。他备感意外，顿时提高警惕。

“我跟你无冤无仇，你到底要干什么？”近来内心辞典只有“打断小腿”这个词组，他有些从文人向武士转化的趋势。

对方捋了捋红色鬓角说：“你姓孟吧！孟子的孟？我们老板坐在车里认出你，说是老邻居发小儿。”说着，抄起手机拨通老板号码，大声报告说我又遇见您那位老邻居发小儿啦，他死眉耷眼的不回答自己姓什么……”

之后，红头发司机连声朝手机里的老板说“是、是、是！”收了线。

“我们老板说如果你真是孟亦群的话，那么周六晚间‘老派酒馆’见面，多年不见了他要请你喝酒！”

“我真是孟亦群，孟子的孟，亦老亦少的亦，微信群主的群……”他放弃“潜水姿态”进而问道，“请问你们老板尊姓大名？”

红头发司机嘎嘎地笑了：“我们老板说让你猜，你要是猜不出来呢，那就周六晚间老派酒馆会面吧。”

他认为这个世界自称老板的人太多，反而对老板司机产生兴趣：“你天生红头发？家族有红色基因吧。”

红头发司机好像不知如何回答，他只得转身就走。这时候对方慌了，小步追赶着说红头发是自己花八百块钱染的，人家《水浒传》里赤发鬼刘唐才是天生红头发呢。

“梁山好汉肯定敢打断别人小腿吧？”他这样把对方问懵了。

独自回到家里，进门脱掉标志性的米黄色短款外套，重返单身汉生活。单身汉状态使他变得干练，从储物箱里翻找出那只弃用多年的老式手机，充电后打开手机通讯录，不禁顿生感慨。

唉！住在手机通讯录里的这些人物，久不联络就等于不存在，或许有人真的不存在了。这样思忖着，他有些感伤。依照他的性格情绪很少波动，稳定得活像一块黄铜镇纸。此番妻子遭到性侵，这黄铜镇纸要变成黄铜锤子，要狠狠砸断对方小腿。

他在老式手机通讯录里找到石金铎的名字，这是住平房时的发小儿，此人十几岁便继承其父打打杀杀的遗传基因，二十几岁成了心毒手辣的狠角色，专门从事欺行霸市的营生，收人钱财，替人消灾。

踏破铁鞋无觅处，得来全不费工夫。他急忙拨打石金铎电话号码，出人意料地接通了。电话里对方振振有词："那些经常变换手机号码的人，要么是躲情要么是躲债，大多不靠谱。我这辈子，行不更名，坐不改姓，手机不改号码！"

听石金铎的口气，江湖本色依旧，这使他感到欣慰，试探询问周六中午可否会面。对方毫不犹豫选了地点和时间："周六正午十二点'老派酒馆'二楼雅座！"

他知道地处旧城区的"老派酒馆"，它被周边崛起的高楼大厦包围，等于坐落在四面环山的盆地里。这家酒馆旨在满足社会怀旧心理，装修风格保持市井古风，前台上百只锡制酒壶浸泡开水桶里，小伙计操起铁夹子捞出锡壶，当场注满老白干，那酒便热了。一只老式木制托盘摆放四只锡壶，高声吆喝上桌。当然顾客也有愿意站着喝酒的，并不是因为没有屁股而是为了突出老派风范。

"老派酒馆"一楼菜档里，一只只白色脸盆里盛着十几宗下酒菜，没人伺候，抄起马勺往黑釉碗里盛，丰俭由己，力争体现主顾之间原始般的信任。

二楼雅座则不然，尽管还走老派路线，却是升级版的豪华装修。高端白酒论斤计账，主菜是烤肉，有鹿肉狗肉狍子肉，还有大鲵和鳄鱼肉，青菜也随时令变换。吃主们没有站着的，全是带着屁股来的。

他在家洗澡刮脸，给皮鞋打了油，仍然身穿米黄色短款外套，毕竟它曾是长款风衣，穿着颇有历史厚重感。

提前来到"老派酒馆"，径直上了二楼，他稳稳落座等候主家驾到。跑堂的小伙计听他报出石金铎的名字，表示楼上雅座都是老主顾预订，没有生脸儿。

他打量着二楼店堂的格局，十几间雅座，红漆门面，气氛热烈。店堂正中有黑漆横匾高悬，匾面镌刻五个金字：好人俱乐部。

他苦笑了。我处心积虑寻找坏人，偏偏遇到好人俱乐部，这真是对我的莫大讽刺。如今好人实在太多了，居然出现好人俱乐部。他深度苦笑着，专心等待约会时间的到来。

已然过了预约时间，石金铎没有出现。老邻居多年不见，他想象着发小儿的模样，眼前渐渐模糊起来，似乎在回忆素不相识的人物……

楼梯响起，陆续有人走进悬挂“好人俱乐部”横匾的雅间，并无大声喧哗。一个身穿长袍佩着围巾的男子走上楼来，不慌不忙走向“好人俱乐部”。他扭脸认出此人正是曾大典，惊讶得吸了口凉气。

曾大典这家伙专门给人出谋划策，其中不乏阴损招数，他也跻身好人俱乐部，看来不光是吃吃喝喝而已。

这时手机响了。电话里石金铎抱怨二楼雅座预订客满，只得移步楼下十三号桌。他遵命起身下楼，大堂角落位置有人起身相迎。

难道这就是石金铎吗？光阴催人老，容貌变化大。他不敢立即相认。对方主动伸手紧握，张口叫他小时候外号：“布拉吉！多年不见你没啥变化，我一眼就认出你啦……”

他名叫孟亦群，小伙伴们叫他“裙子”，俄语连衣裙叫“布拉吉”，从汉字“群”谐音为“裙”，几经演化成了俄语“布拉吉”。此时猛然听到自己的外号，他感觉置身时间隧道，重返儿提时代。

膀大腰圆的石金铎，形象变化不小，脸庞布满雕刻般痕迹，有着强烈的沟壑感，流露出硬朗的内涵。仔细打量五官依旧，譬如肉乎乎的大鼻子，还有扇风耳。

多年不见照样热络，石金铎高声吆喝伙计“上酒上酒”，说要老派高粱。他随即受到感染，不再拘谨，起身去自助菜档取来“糖醋酥鱼”和“水晶肘片”，外加“香脆鸡腿”。

石金铎选了“凉拌麻蛤”，使人觉得他铁嘴钢牙，什么都嚼得烂。

一壶老酒下肚，石金铎说了话：“有酒就喝，有话就说！咱俩发小儿不用藏着掖着！”

“如今别人都不可靠，只有知根知底的老熟人……”外号布拉吉的他，简明扼要说明情况然后压低嗓音，“老兄，劳你帮我这个忙吧……”

石金铎听罢无声地笑了，说杀鸡也要用宰牛刀，这种营生非要请黑社会专业人士不可，“咱们就说小腿吧，这对打手的技术要求很高，既打不死也打不残，只要达到目的即可，绝对不能让对方后半辈子坐轮椅，否则就会逼得公安重案必破，非把自己玩进局子不可。”

“是啊，既打不死也打不残，这才是真本事。”他对石金铎发出邀请说，“所以我想请你主办这件事儿……”

石金铎呼地起身，顿时变了脸色：“这种事情你要找坏人来做，我可是好人啊！”

意犹未尽，石金铎满脸不可思议的表情：“难道我给你留下坏人的印象？你肯定是记错了人，你把我当作六号大杂院的包红雷了吧？听说这家伙从监狱里出来了……”

这样说着，石金铎起身去银台结了账，道了声“你自己慢慢喝吧”，迈着正规的步伐，走了。

难道真是我记错了人？石金铎小学就打断别人胳膊，明明是个打架斗殴的坏学生，如今成了遵纪守法的好人？这真是社会主义优越性。尽管不敢完全相信如此巨大的反差，他还是有些气馁了。

清平世界，朗朗乾坤，满眼中规中矩的良民，寻找个打手真难啊。

一时难以起身，索性自斟自饮，一壶酒喝得头晕脑胀。老派酒馆不打烊，这令他感到安全，重温儿时整托幼儿园的感觉。

已经下午时分，大堂里酒客，能走的，自主走了。不能走的，就像留级生似的，留在原地不动。

果然有个中年男子凑过来，红脸膛小平头的形象，手里端着酒壶，满脸友善表情。

"嘿嘿，刚才那家伙给你吓跑了吧？我看他赶紧结账溜号了。"红脸膛小平头火眼金眼，评论着已然退场的石金铎。

他打量着这个不请自来的酒客，倒有几分江湖气质，说话一针见血。

红脸膛小平头落座补充说："百年修得同桌共饮，你有难处我要帮。我看你是被人家欺负了吧？这年头肚里苦水没处倒，你交给酒仙就是了……"

他承认自己被人欺负了，乘兴提出具体复仇要求。对方眯着眼睛听着，连连点头："这要寻找具有高超打人技术的专业人士……"

"如今到处都是胆小怕事的好人，你让我去哪里寻找专业打手？"他显然喝高了，毫无隐讳地呼唤着黑社会人士，"如此看来中国武侠小说都是假的，只有好莱坞电影《教父》是真的……

"你不要过于悲观，难道刺杀秦始皇的荆轲不是真的？"红脸膛小平头满嘴酒气说，"我给你讲个真实的故事吧！有个钉子户不同意搬迁，油盐不进，软硬不吃，死扛着不动窝，人送外号"大钉子"，就这样拖了半年多，房地产开发商主动提高补偿款，没用。只好去找黑老大求援。"

红脸膛小平头得意地喝了口酒，好像他就是黑社会老大："先礼后兵，高规格请'大钉子'喝酒洽谈，明言限期搬家。没想到被大钉子拒绝了。结果怎么样呢？半夜来了人，一棍子下去打折大钉子两条腿，非常专业啊！"

对方讲得如此活灵活现，他立即小声问道："一棍子下去，是不是打断两条小腿？"

"你说什么呢……"红脸膛小平头酒客突然坏笑了，"你非要打断对方小腿哇？那可是毁人的大活儿。"

说罢，红脸膛小平头酒客起身要走。他伸手拉住对方说："我看你就像那个专业打手……"

"嘿嘿，你这家伙眼光真毒，什么事儿也瞒不过你！"对方似乎不愿暴露身份，脚步凌乱地走了。

酒劲发作，他歪坐桌前睡着了，梦里来了很多人，有扶老携幼过马路的，有忙着清扫大街积雪的，有抢修破裂自来水管道的，有追到医院无偿献血的，有公交车站抢救发病老人的……一张张陌生面孔，争先恐后学雷锋做好事，就是不见坏人。

一觉醒来，显然接近晚餐时间，老派酒馆大堂里顾客渐渐多起来。一个红头发小伙子走进“老派酒馆”大门，侧身撩起珠帘给身后老板模样的男子开路。这老板模样的男子身穿宝石蓝色缎料华服，驼色西裤黑色皮鞋，全然没有昔日街头打架斗殴的痕迹，一派温文尔雅的社会贤达风范。

老派酒馆大堂领班迎上前来，点头哈腰叫了声“欢迎包老板”。红头发小伙子说二楼六号雅座，保护着包老板上楼去了。

坐在大堂角落里的名叫孟亦群的中年男子渐渐清醒了，摇摇晃晃起身叫来酒馆伙计。

不等他张嘴说话，酒馆伙计表情神秘说：“刚才跟你喝酒的那家伙，他就是大钉子！当年他被打断双腿让家属紧急送到骨科医院，躺在病房里还没接好骨头就同意搬迁了。”

“你是说那红脸膛小平头……”他几乎难以置信说，“既然他被打断两条腿，怎么反而把挨打说成打别人呢？”

酒馆伙计笑了：“是啊，洋洋自得逢人便讲，真好像他把别人腿打折了。”

大半天泡在老派酒馆里，他好像看了场奇幻魔术，似乎白酒是白水变来的，然后白酒重新变成白水。他咬了咬舌尖，确认自己还是孟亦群，小时候外号“布拉吉”，如今人称“沉默的人”。

“那么，当初他被打断的是小腿吧？”他好奇地发问。

“当然不是小腿！”酒馆伙计惊异地说，“小腿儿是男人裤裆里的玩意儿，人家黑社会才不干那种断子绝孙的活计呢。”

“什么！小腿是指男人裤裆里的……”他蒙了，完全不懂城市的江湖词典。

他暗暗寻思着，妻子桂芸要求打断李广才小腿，那肯定是指膝盖下面的肢体部分，因为女化验员也完全不懂江湖黑话的……

这时候外面街灯亮了，他起身走出“老派酒馆”，抬头看到红脸膛小平头倚着门柱抽烟。这家伙怎么成了无处不在的人物?他怀疑自己出现幻觉，再次咬了咬舌尖，疼。

他四小时没抽烟了。于是就凑过去借火。在这没有抽烟的四小时里，仿佛过了半个世纪，那时光既漫长又短暂，令人难以确认。

红脸膛小平头迎上前来，满脸紧张表情说：“要是被他们看见咱俩同桌喝酒，肯定认为你是前来调查黑社会案件的公安便衣呢。”

不知出于何等心理，他突然恶作剧般告诉对方：“我就是公安便衣，专程前来调查断腿案件的。”

红脸膛小平头瞪大惊恐的眼睛，随即露出满脸傻相,急忙掏出香烟递上说:“您是来寻找拆迁事件受害者吧？我有图有真相，当初被打断的确实是两条腿，不过，你冒险出马当心黑老大废了你!”

“这光天化日的，好人不怕坏人!”这个儿时外号“布拉吉”如今沉默寡言的中年男子，终于大声喊叫起来，这声音顿时响彻街头，好像震得街灯更亮了，令人身心通泰。

一辆黑色轿车行驶过来。红脸膛小平头仿佛出现幻觉，以手作枪，横身挡车，大喊“执行公务”。

这辆黑色轿车速度不快，稳稳刹住。红脸膛小平头伸手拉开车门，使出蛮力将“公安便衣”塞进副驾位置，尖声说不许黑社会追杀人民警察。

他落座副驾驶位置，本能地扭头看到后排坐着男女二人。他嗅到熟悉的香水味道，一眼看到女的正是妻子尹桂芸。这时迎面开来大卡车的灯光照亮车里，他认出坐在妻子身旁的男人竟然是被她多次诅咒“打断小腿”的副厂长李广才。

红脸膛小平头砰砰拍着车顶，如临大敌般催促开车。司机满脸茫然，侧脸看看前排的不速之客，扭头看看后排男女。

这个名叫孟亦群的男人极力稳定情绪，侧身望着坐在后排的男女说:“咦，你们怎么会在一起呢？”

继而轰然耳鸣，满脑海嗡嗡作响，宛如敌机当空盘旋。渐渐清醒了，他仿佛醍醐灌顶:“噢……”

名叫尹桂芸的女人不吭声。坐在后排的男人李广才解释说:“我带小尹去看专门治疗心理妄想症的大夫……”

他听罢笑了:“嗯，你们去医院看夜班专家门诊，这是孙家兴还是黄艳推荐的名医？”

似乎不明所以，坐在后排的男女没有回答他的这句问话。

“其实你们……”这个好丈夫一时想不起说什么，便自言自语着，“真是的，真是的。”

他抚了抚米黄色外套的衣襟，主动催促司机开车，并不询问去哪家医院。司机职业精神极强，绝不张口说话，默默挂档提速，朝着不可预期的前方驶去。

这时候，站在“老派酒馆”门外马路边的红脸膛小平头，已经从虚拟的坏人角色恢复原本的好人身份，伸长脖子望着远去的汽车尾灯，欣慰地笑了。

“你是公安便衣不带武器就出来，真的遇到坏人怎么办？你以为抓个坏人那么容易啊……”

街灯眨了眨眼睛。

赵钱孙李的幸福生活

前　言

有天津这么一座城市就必然有这样一座市民院落，有这样一座市民院落就必然有这样一群饮食男女，有这么一群饮食男女就必然有这样的日常生活，因此，我们有理由相信幸福生活已经到位，或者说幸福生活即将来临。

赵家的外部情况

在天津南市官沟街这座大杂院儿里，赵家的情况很简单，父亲赵加才是一位资深鳏夫，其鳏龄已经二十四年。赵加才的儿子赵嵬今年二十七岁，无业。如此推算，赵加才今年五十三，他是在儿子赵嵬三岁那年丧妻的。丧妻那年的赵加才，应当只有二十九岁，那是多么年轻啊。一个男人几十年如一日充当鳏夫而且毫不动摇，这似乎完全可以证明赵加才稳定的内心世界以及一成不变的生活态度。作家浩然当年在长篇小说《艳阳天》开篇写到男主人公萧长春，有“二茬子光棍儿，更难熬”之说。那意思无外乎表明，睡过女人的单身男子比没睡过女人的单身男子，那独寂的日子更难抗拒。

然而，赵加才毕竟不是萧长春，日常生活中他为人处事很是稳重，没有明显的浮躁之气。他似乎选择了这样的生活并且决心将这样的生活进行到底。如果必须描绘炎黄子孙赵加才的长相，那么只能说他长得太像中国人了。仅此而已。

赵嵬呢，分明继承了父亲的性格，似乎有过之而无不及。赵嵬的性格比较内向，少言寡语，平时走路的姿态以低头为主，使人觉得他总在寻找着丢失的钱包。多年以来赵嵬留给邻里之间的印象一言以蔽之，那就是沉闷。一个男孩子十几年如一日的沉闷，在外人看来那是很辛苦的历程。当然这只是外人的肤浅看法。打个比方吧，一个多年负重行走的人，他的负重分明成了生活习惯。倘若你好心为其减去负重，他反而摇摇晃晃，甚至无法站稳脚跟。此时外人认为的所谓负重辛苦，也就很皮相了。有渔民离船晕陆之说，正是这个道理。当然，风华正茂的赵鬼没有正当职业，这也是引人议论的事实。

赵鬼三岁死了娘。关于死因，外人并不知晓。人们只能感觉到，赵家父子之间关系比较淡漠，相对缺乏广大中国家庭那种骨肉感情。在中国就是这样，如果一个家庭内部缺乏骨肉亲情，则只是一锅清汤而已。你说清汤还有什么滋味呢？

邻居们认为，有时候清汤可能更有滋味。尤其是赵家这锅清汤。

每逢夏秋之交日子里，发生在赵加才与赵鬼之间的蟋蟀大战那是很有名的。父子斗虫儿的激烈场面足以使得围观者同意这样的人生观点:“不幸的家庭有着同样的不幸，幸福的家庭各有各的幸福。”

如果还有一点需要补充，那就是赵加才的职业，他是天津一家物业管理公司的员工。赵家的外部情况大体如此。

钱家的外部情况

这座大杂院儿里，钱家应当属于国家限制人口政策的积极响应者。人家响应国家号召只是计划生育而已，简而言之就是“一家只生一个娃”。钱家夫妇可好，索性一个不生，结婚多年户口册里不见添丁晋口，人口增长率为零。

当然，钱家夫妇究竟是属于缺乏生育能力的被动不育，还是属于彻底响应国家号召的主动不育，邻里之间便不得而知了。

钱家的户主名叫钱五林，他的妻子名叫孟叶儿。夫妻生肖均属牛，同年同月生，只是不同日而已。邻居们认为这是前世缘分。

钱，曾经被穷酸文人称为孔方兄，属于物质的极端表现形式。孟，则是孔孟之道的后裔，血脉里必然流淌着“道不行，乘桴浮于海”的精神境界。因此，钱五林娶了孟叶儿，孟叶儿嫁了钱五林，就等于是物质与精神或精神与物质的双赢结果。

既有物质也有精神，如此完满的双赢婚姻，今世不生育也罢了。

钱五林当年曾经是小学教员。那时候教育界很不景气，其地位甚至不如商店售货员。尤其钱五林还是小学体育老师，就更不值几两银子了。这钱五林不是等闲人物，他穷则思变，改行转业，毅然离开学校一步迈入出租汽车行业，开起出租车。这种跨越式的改行，当时引起一场轩然大波。人们议论的焦点话题就是小学教员怎么能去开出租汽车呢。这好比往法国牛排上抹王致和臭豆腐，属于完全不搭界的事情。如今回首往事，钱五林哑然失笑。唉，现在有的女大学生已然去坐台了，十几年前的那场争论确实显现了人们的天真与短视。

不过应当补充说明的是钱五林从小学体育教员转行成为出租汽车司机，还是具有得天独厚的外部条件的。他皮肤黝黑面孔粗糙，短腿长腰绝对适合坐在驾驶室里。因此，他的改行应当说是归位——人尽其才，物尽其用。

孟叶儿仍然是小学教师。如今在一所重点小学毕业班教语文。全班四十八个学生全都指望考入重点中学，一心扑在教学第一线的孟老师深感责任重大。

必须补充说明的是，孟叶儿是个气质高雅的美丽女人。人到中午走在大街上仍然保持着一定的回头率。这可能与她俏美的体形有关。

据说，不曾生育的女人不是完整的女人。因此，上苍赋予孟叶儿俏美的形体和美艳的面容，这是公平的补偿之举。

这是钱家的外部情况。

蒙太奇

夕阳铺满院子，极容易使人产生遍地黄金的幻觉从而欣喜若狂。这时候那几个工作人员又来了，继续丈量住房面积。他们的脚步踩碎了满院子夕阳，也踩碎了铺满院落的黄金。

关于丈量房屋面积，这大概是五年之间他们第十八次前来做这项重复性的工作。尽管说是老城改造造福于民，几年之间的重复丈量，使民心工程的真实性在居民心中流失殆尽，反而觉得他们很像一个电视连续剧的摄制组。这部电视连续剧的导演恰恰心性极高，持续不断地拍摄这样一部无趣乏味的长篇电视连续剧，而且随时都有新的故事情节添加，因此随时前来补拍镜头。于是，这座大杂院儿里的居民们便成为这部长篇电视连续剧拍摄过程的目击者，尽管看到的只是拍摄花絮，他们还是期待着。他们不是期待这部长篇电视剧的早日播出，而是希望它能够早日拍摄完毕。事情毕竟拖得太久了。

起初，丈量小组的首领是个白面书生型的中年男子。他不言不语指挥着手下的工作人员，工作态度极其认真。那时候大杂院儿的居民们对这座城市的平房改造工程报以强烈期望，总是要追随着这位白面书生询问，当然是询问什么时候搬迁。

白面书生表情严肃，一概回答说这是高层领导的问题，我们是不可以信口开河的。白面书生的几缄其口，使得人们愈发意识到这个问题的严重性和紧迫性，于是更加不停地问询着。满怀焦虑心理的人们得不到答案，便对白面书生产生强烈不满。

每次前来丈量住房面积，大街小巷里往往流传着各式各样的小道消息，无外乎此地动迁在即云云。虽然语焉不详，却着着实实让土著居民们欢欣鼓舞一阵子。

这种心情，使得男人趁机喝酒，使得女人趁机花钱去买好衣服。小孩儿则趁着父母的兴高采烈，不写作业偷偷去打电子游戏。

随着时光流逝，城市平房改造并没有动静。人们对大杂院儿的前景渐渐失去兴趣。今天丈量明天丈量，本来就跟拍摄电视剧一样，你怎么还拿它当真呢。久而久之，这里的居民们对这件事情普遍感到麻木。你要丈量就来丈量吧，反正这里永远是中华人民共和国的土地。

太阳照样升起。

孙家的外部情况

大约是在开展房屋丈量工作的第四个年头，一天下午，这座大杂院儿里搬来一户人家，姓孙。孙家不声不响住进那一间不见阳光的南房，从而开始了大杂院儿生涯。

如今城市生活的时代潮流，一般来说是平民百姓搬进新楼房，官僚富商搬进"汤耗子"。如果有谁竟然逆历史潮流而动，举家搬进这片城市盆地——老城区大杂院儿里居住，这肯定不是什么值得庆贺的好事情。然而，更有笑料爆出的场面还在后头。人们做梦也不曾想到，新搬来的这户孙姓人家的男主人，居然就是连续几年前来这里丈量住房面积的那位"白面书生"。当他指挥着搬家公司的民工们抬着家具走进那间不见阳光的南房的时候，大杂院儿里的人们嗡的一声哄然大笑。这笑声里当然包含着几分恶毒，好比人们看到一只大鸟呼地一头撞进来，自投罗网了。

白面书生型的中年男子，名叫孙质平。人们终于知道，他的真实身份只是房管站的勤杂工，平时什么杂活儿都干。人们几乎无法想象这样一个勤杂工竟然皮肤白净举止文气，怎么看怎么像一个文化人。

孙质平搬进这座大杂院儿居住。零距离了。大院杂儿里的人们终于明白。一连多次出现的房屋丈量小组，其实都是临时拼凑起来的杂牌军。城市平房改造运动就是这样，动迁的大趋势确定无疑，老城区随时处于动迁之前的临界状态，然而计划总是在变化，因此出现了五年之间十八次丈量的重复现象。房管站勤杂工孙质平由于外貌酷似白面书生，也就一次次被抽调出来，进入丈量小组充当一名角色。

尽管孙质平搬进这座大杂院儿之前曾经以"白面书生几缄其口"的形象引起众人不满，一旦成为邻居，矛盾也就淡化了。尤其得知孙质平不过一房管站勤杂工而已，大家也就更没有怪罪他的理由了。

孙家的情况比较简单，孙质平的妻子名叫方桂梅。方桂梅相貌平平，是个下岗女工，但她很顽强，从无停顿地实施着自己的“下岗再就业”工程。她一年总要被迫改换十几个打工岗位，很像一位频频转会的替补球员。方桂梅的最大特点是不愿意待在家里。只要外面有工作，无论什么岗位她都一往无前。孙家搬进这座大杂院儿那间南房居住的时候，方桂梅当时正在一家快餐店打工，主要工作是洗盘子。

孙质平的女儿孙晓，读到高中二年级生病了，休学在家。

孙家的外部情况，颇有几分城市悲情色彩，但并不浓重。

李家的外部情况

李氏夫妻五年前一起前往中东地区充当劳工。丈夫叫李雷，妻子叫康笛兰。李家的两间北屋，据说打算出租，一晃几年过去了，不见房客搬来。

有时候，赵加才不言不语站在李家门前，内心颇有感慨的样子。然而他最终也没有发表什么微言大义的评论，可能是觉得人家小两口远在海湾地区打工很辛苦吧，也就是不便说什么了。

李氏夫妻的具体情况，不详。

蒙 太 奇

朝霞满天的时候，丈量小组归雁似的又来了。他们的脚步仿佛踩在一片片玻璃上，踏碎了这里的宁静。人们喜欢宁静，完全是因为宁静代表着这座城市一成不变的日常生活。永无休止的城市平房改造丈量工作，此时在大杂院儿居民的心目中，完全失去了本身的意义，转化为一种对日常生活的强烈干扰。

丈量小组一行三人走进这座大杂院儿，大声吆喝着，说是丈量房子来啦。他们的喊叫，很像那种不合时宜的聒噪，使人顿生厌恶之意。然而令人们唯一感到惊奇的是这次丈量小组一大早儿就来了。以往他们都是下午出现，清晨并不属于他们。

这时候，孙质平的身份已经只是大杂院儿里的居民了。他没有参加这次丈量工作的原因，大概出于避嫌吧。

丈量小组开始工作。人们再度感到惊异的是这次丈量小组的成员，全部都是陌生面孔。他们手里使用的工具，似乎也跟以往不大相同。以前使用的是皮尺，这次使用的是钢质卷尺。两者相比，前者更倾向于老式裁缝，而后者，无疑标志着现代丈量工作的气质。

入室丈量的时候，赵家给他们递了烟，钱家给他们送了茶。

有烟有茶，这就是钢尺与皮尺的不同待遇。

进入孙家丈量面积时，丈量工作人员表情庄严肃穆。孙质平由于多次参加丈量工作，此时以本行老前辈自居，竟然主动协助对方拉尺。

孙质平随即遭到对方谢绝。工作人员对孙质平说：对不起，房屋面积丈量是一项政策性很强的工作，请您闪开吧。

孙质平受到震撼，站在大杂院儿里自言自语着，这次动迁很可能是真的，这次动迁很可能是真的。

这时候，太阳已经高高升起了。

赵家的内部情况

那时候赵加才还没有“返城”，一家三口居住在中国华北腹地的一座小县城的边缘。赵加才是“老知青”，赵妻也是“老知青”。如此说来赵嵬属于货真价实的知青后代。一般来说知青后代的童年大多是泡在苦水里长大，因为知青们的生活本身就缺乏糖分。

三岁的赵嵬，偏偏是个嗜糖如命的孩子。那时候，一种被广告称为“太空饮品”的固体饮料——果珍，风靡中国。一大批中国孩子纷纷被这种来自大洋彼岸的糖衣炮弹击倒，红扑扑的小脸蛋儿渐渐变了颜色。

赵嵬对果珍的依赖性极强。随便打个比方，赵嵬对果珍的依赖几乎接近人类对毒品的依赖，假若一天不喝果珍，三岁的赵嵬必然连续哭号几小时，当然中间只有五至八次小憩。假若两天不喝果珍，三岁的赵嵬必然躺在地上赖着不起，有时甚至翻滚着，当然表演的不是自由体操。假若三天不喝果珍，后果绝对不堪设想。赵嵬的这种极端行为，完全应该称为“精神嗜糖症”。

毫无疑问，这是一个极其可怕的孩子。但只要你保障果珍的供给，三岁的赵嵬还是颇有可爱之处的。譬如朝着水缸里撒尿，譬如投掷石块儿打碎邻居玻璃，等等。

那时候，双轨制的中国市场上果珍经常脱销。赵氏夫妻必须做到未雨绸缪，于是使出浑身解数，囤积果珍，以备赵嵬之需。尤其是赵加才的妻子，几乎变成一个为了果珍而活着的女人。

可怜天下父母心。赵家又偏偏是天下第一姓氏，于是赵氏夫妻就更加可怜。那时候的赵加才，似乎对生活丧失了信心。如今回首往事，那岁月的记忆变得朦胧不堪，具体内容更是难以详说。如果必须回首往事，那么赵加才不会忘记他和妻子为了买到果珍，一起搭车去八十公里之外的一座县城的情景。那是一条土路，漫天沙尘将这对夫妻塑造成为两尊当代秦俑。

这两尊当代秦俑长途奔袭八十公里，终于成功地抢购到三瓶果珍。归途搭乘的是一辆运送土豆儿的牛车，女秦俑抱着那三瓶弥足珍贵的果珍，坐在牛车上激动地哭了起来。

赵鬼啊赵鬼，你长大以后要是不孝敬你爸你妈，你小子可就太混蛋了。你爸你妈为了给你买这三瓶果珍，暴土扬尘跑了一百多里路，可遭了大罪啦。

这三瓶果珍只维持了两个月，赵家的时局再度告急。赵加才永远不会忘记，那个冬日的晚上妻子走出家门时候的匆匆脚步。

果珍脱销半年。赵家的积蓄消耗殆尽。赵鬼已经哭闹了一天，如果没有果珍充当“镇静剂”，三岁的赵鬼极有可能在凌晨时分以他的尖声哭号为利矛，刺破屋顶。屋顶是不可以刺破的，那样一定会漏雨。赵妻决定到一个熟人家里借果珍，哪怕只是一小勺儿也行。赵加才知道赵妻的熟人住在三里之外的地方，又冷又远。因此，赵妻走出家门的背影使得赵加才产生了饥饿的幻觉——她不是去借果珍而是去借粮食。这真是等米下锅啊。这个知青家庭的等待果珍，不啻饥肠辘辘的人们企盼着粮食。

赵妻迟迟不归。赵加才领着三岁的赵鬼出门寻找，走出一里路就看到了妻子的尸体。她从熟人家里借到半瓶果珍，回家路上却被一辆夜行的拖拉机撞死。

赵加才看到妻子的尸体被拖拉机撞得七零八落，怀里紧紧抱着的那半瓶果珍却完好无损。唉，玻璃瓶子其实比人的身体脆弱得多。易碎的玻璃并没有破碎，人却死了。赵妻以她的生命创造了一个人间奇迹。

赵加才从倒在路旁的妻子怀里拿起那半瓶果珍，转身递给三岁的赵鬼。赵鬼接过果珍，咧嘴笑了，然后伸出舌头隔着玻璃瓶子舔着里面的果珍。那样子，几乎就是一条嗜糖的小狗儿。

车祸现场点起一盏汽灯。围观的人们七嘴八舌，议论不止。这时候赵加才听到有人小声说，这倒霉孩子害死了他的妈妈。

是啊，假若赵鬼不嗜果珍如命，那么就没有赵妻的这次晚间出行。赵妻假若晚间坐在家里，那拖拉机无论如何也不会撞进家门来的。赵加才难以反驳这种说法，可手心手背都是肉，他又能说什么呢。

赵鬼这孩子果然不同寻常，妈妈死了没几天，他的“嗜糖症”不治自愈，即使离开果珍，他也镇定如常了。

有人说，这孩子就是找他妈妈索命来的。妈妈死了，他就不喝果珍了。

赵加才无话可说，他唯一能够做的事情就是把那半瓶果珍给亡妻随了葬。妻子手里拿着那半瓶果珍，到另外一个世界去了。

后来，赵加才带着儿子返城回到天津，住进这座大杂院儿里的一间北屋。这间北屋是赵家的祖产。祖产已经传了三代。果珍呢，则随着一代代新型饮品的问世，尤其是美国可口可乐的入侵，从中国百姓日常生活里淡出，以至彻底消逝了。

后来有个爱好逻辑推理的人说，赵嵬患的不是"嗜果珍症"而是"嗜母爱症"。母亲死了，母爱自然也就没了，没了母爱他还嗜什么呢？他的毛病便不治自愈了。

这是个令人惨不忍睹的逻辑。在这个完全能够自圆其说的逻辑里，果珍不是本质，果珍只是现象。

其实，昔日那条暴土扬尘的大路上，除了车祸，就是运送土豆儿的牛车。

钱家的内部情况

家有贤妻，那日子当然越过越好。可家有美妻，丈夫的日子未必就好过了。尤其钱五林这样的平庸男儿拥有了孟叶儿这样的出色妻子，使用"度日如年"这个字眼儿描绘钱五林的日常生活，应当说恰如其分。

钱五林不抽烟不喝酒，甚至连茶也不喝。钱五林不烟不酒不茶的原因非常简单，那就是家有美妻满足了他的全部人生欲望，还抽烟喝酒饮茶干什么？多余。

一女抵了百万兵。

生活并不是风平浪静的。钱五林从对孟叶儿的钟爱渐渐变为痴迷，其主要原因是他越来越担心妻子这株红杏儿悄然出墙，落入收购水果者的手里。这是钱五林的最大心病。

大约在钱五林与孟叶儿结婚的第四年，学校里调来了一位英姿勃发的副校长。这位文质彬彬的副校长到任后第三天，钱五林就去体育学院参加短训班学习，为期三个月。

结婚四年，钱五林与孟叶儿吃在一起睡在一起，工作还在一起，一个教语文，一个教体育，夫妻之间并没有出现什么波澜。其实这种同吃同睡同工作的状态，一天二十四小时全天候，夫妻之间不可能出现什么波澜。生活必然是一潭死水。

终于出现了风浪。这次区教育局组织年轻的体育教师去体育学院进修，旨在提高教学水平。钱五林实至名归地进入这个名单。那时候他对妻子的钟爱渐渐转入痴迷，于是向孟叶儿表示无论学习多么紧张每星期也要回家一次。孟叶儿心里当然得意，她知道钱五林是"媳妇迷"，根本离不开老婆。

孟叶儿是星，钱五林就是追星族。他痴迷妻子，并且觉得这就是爱情。钱五林认为爱情是黄金，他恰恰沙里淘金娶得孟叶儿为妻，自己当然就是世界上最为幸福的男人。于是痴迷心理愈演愈烈，一发而不可收。痴迷其实也是一种天赋，并非人人具有。具有痴迷天赋的钱五林带着他的痴迷天赋前往体育学院进修去了。孟叶儿留在学校里，继续教她的语文课程。

如果孟叶儿没有记错，那是一个春天。钱五林前往体育学院进修的第三个星期，孟叶儿突然失语，当然这只是急性咽炎使她说不出话来，即使说话学生们也只能看到她的口型而听不到她的声音，这一下就回到了无声电影时代。孟叶儿很着急，急忙找到主管教学工作的副校长。

文质彬彬的副校长告诉哑音的孟叶儿大可不必着急，他完全可以代课，三天五天八天十天，都行。孟叶儿心里非常感激，更是说不出话来。救场如救火。就这样，这位文质彬彬的副校长随即开始代课，给孟叶儿的学生们讲起了语文。

孟叶儿起了好奇心，她吃了两片消炎药，悄悄坐在教室里的最后一排，专心听这位副校长的语文课。

其实经常有这种情况，教师与教师之间相互听课，称为“教学观摩”。不知为什么，这次孟叶儿感到自己的心情不同于以往，她注视着站在讲台上的副校长，这位多年以来被自己的丈夫宠爱有加的女教师，心头笼罩着异样的感觉。

语文课本的第十八课是散文《春天走了》，具有多年教学经验的孟叶儿知道，这一课太难讲了。人们通常说春天来了，然后就说冰雪消融了，小草儿泛绿了，小鸟儿回来了，见人见物，明白易懂。可是《春天走了》这篇课文的主旨却超出了生活常规。尤其六年级的小学生，深刻理解这篇课文的内涵，实在有些难度。

然而这位副校长的语文课讲得实在太好了。他开堂第一句就说，春天走了是什么意思？我们用一句话概括，春天走了就是夏天来了。

孟叶儿觉得自己的头心腾地被一把火点燃了。是啊，“春天走了”转换成为“夏天来了”，学生们一下就理解了。因为夏天是具体的，譬如说炎热，譬如说多雨，譬如说短衣短裤，譬如说冰冻可口可乐。于是，夏天来了也就变成一派亲切感人的风光。

学生们课堂热情高涨，学习积极性普遍提高。身为语文教师的孟叶儿，一时感到非常自卑。以前，她给学生们讲解这篇课文，从来没有想到以“夏天来了”的视角切入。副校长的新颖思维和生动讲解，令孟叶儿感到无地自容。

当天夜里她独自躺在家里双人床上，失眠了。思绪纷乱，一时梳理不清。凌晨时分她终于明白，自己内心强烈思念着副校长。这时候孟叶儿深刻感觉到，在认识这位副校长之前自己根本不懂得什么叫作思念。这种难以抑制的思念终于在清晨时分爆发。孟叶儿早晨六点钟找出崭新的橘黄色封面笔记本，拿出一支崭新的钢笔，恢复中断多年的日记写作，写下一篇情感日记。这篇日记的主题就是“春天走了，夏天还会不会到来呢”？

这篇日记只是开始，从此孟叶儿的日记写作无法中断，她内心的情感世界渐渐苏醒，这种苏醒使她时时处于诉说状态，这种诉说状态的直接体现，就是写出真情实感的日记。

孟叶儿日记摘抄

我是一株栽在院子里的小树，我的身旁是一道高墙。高墙很高，墙角长满暗绿色的青苔。高墙后面是一排老屋。很多年了，我在老屋与高墙之间，按部就班生长着。

我看到老屋里的风光，一年重复着一年。老屋里的人物变化着，故事情节却没有发生什么变化。久而久之我甚至认为，老屋里没有新鲜风光。

高墙确实很高。我生长着，笼罩在高墙之下。多少年过去了，我多次产生这样的错觉，那就是我生长着，高墙也在生长着。我永远也无法超越这道高墙。是啊，树不死，高墙就活着。树与高墙比肩生长着，时光就这样流逝而去。

一个春深夏浅的季节，我终于长得超过了高墙，一眼看到了外面的世界。这时候我感觉高墙停止了生长。

外面的世界真大，一眼望不到边际。夏天来了，外面的世界更大了，令人怦然心动。

我突然看到一只大鸟朝着我奋翅飞来。这大鸟的展开双翅，足以覆盖我的浓绿的树冠。大鸟真大啊。

白面书生其人

孙质平外貌酷似白面书生，内在素质也不低。他身为房管站勤杂工却酷爱读书，早年以西方翻译小说为主。中年之后他读书很杂，甚至包括车尔尼雪夫斯基的《怎么办》、孟德斯鸠的《法的精神》和罗伯思庇尔的《革命法制与审判》，从此可以看出孙质平是属于“旧人类”的。

“旧人类”孙质平搬入这座大杂院儿里居住，当然是有原因的。世界上没有无缘无故的爱，也没有无缘无故的恨，更没有无缘无故的迁徙。

人往高处走，水往低处流。孙质平搬入这座大院儿居住之前，这位房管站勤杂工一家人住在一套两室一厅的楼房里，使用面积虽然只有四十二平方米，孙质平与妻子方桂梅以及女儿孙晓一家三口人住着，还是比较舒服的。孙质平在阳台上养了两只玉鸟儿，方桂梅在阳台上养了七八盆鲜花，孙晓则养了日本出产的电子宠物。这个普通的城市平民家庭，其乐也融融。

终于出了大事情。三好学生孙晓同学在重点中学读到高中二年级，得了一种怪病。她经常莫名其妙地浑身瘫软，无声倒地，一时难以行走。每次瘫软倒地之后，她总要卧床静养，处于极端虚弱的状态。好在孙晓还是能够渐渐恢复的，然而恢复之后好景不长，又一次瘫软倒地正在等待着她。孙晓这个可怜的女孩儿处于这种恶循环之中，已经无法在学校读书了。

难道品学兼优的女儿就这样毁啦？夫妻终日以泪洗面，心有不甘。孙质平急了，冲到阳台上大声对天发誓，即使倾家荡产也要治好宝贝女儿的疾病。

这时候，孙质平经常被抽调到房屋拆迁丈量小组工作，多次走进这座大杂院儿并且多次见到小学语文教师孟叶儿。

于无声处胜似雷鸣电闪，只是一瞬之间孙质平就爱上了孟叶儿。

人生路程上往往出现突发事件。然而爱就是爱。孙质平一见钟情爱上了孟叶儿，有妇之夫爱上有夫之妇，这应当说是毫无出路的事情。孙质平面临的最大难题是既然爱上了就要继续爱下去。怎样继续爱下去呢？孙质平毕竟是孙质平，他认为男人内心只要保持纯洁的单相思就足够了。这件极其复杂的事情在孙质平心目之中变得十分简单。

事情就这样开始了。

为了给女儿治病，孙质平用尽了微薄的家庭存款，如果继续医治必须寻找新的财源。孙质平与妻子方桂梅商量，平民家庭只有这两室一厅的住房能够换回一沓沓钞票。孙质平找到房屋置换的中介机构，提出以这两室一厅的楼房换取老城区平房一间的要求，经过一番折算得到答复，如果依照这种方案置换成功，孙质平可以得到十八万元人民币的房屋差额补偿。孙质平爽快地同意了，为了给女儿孙晓治病，只要全家人不住在大街上，他什么困境都能忍受。

房屋置换中介机构给孙质平提供了三处房源，均为老城区的平房。孙质平骑着自行车独自去看房，他万万没有想到第一处房源便是那座大杂院儿里与孟叶儿一壁之隔的一间平房。那时候他在内心暗恋孟叶儿很久了，天赐良机竟然能够成为孟叶儿的近邻，这还有什么值得犹豫的呢？孙质平大喜过望，根本没去看第二和第三处房源，径直回到房屋置换中介机构，表了态。

就这样，房屋置换成功。孙质平得到房屋差价补偿人民币十八万元，这样就能够给女儿治病了，却失去了通风朝阳的两室一厅的楼房。这时候孙质平的心情，完全可以用“悲欣交集”来形容。

女儿孙晓大了，起居很不方便。孙质平自己动手在这间北屋里搭了一个小阁楼儿，女儿睡在上面，他和妻子睡在下面。这种格局经常使他想起动荡不安的火车卧铺，有一种人在旅途的感觉。

孙质平忙碌起来，一方面他要四处求医八方问药，花钱给女儿治病，一方面继续着自己的单相思事业。苍天有眼，两条战线同时作战而且同时报捷，一方面孙质平花了十六万元治好了女儿的疾病，孙晓彻底告别了突然瘫倒的困难岁月，成为一个在家养病的大姑娘。另一方面孙质平居住在“心中的太阳”孟叶儿隔壁，完成了从普通男子单相思到柏拉图式精神之恋的大步跨越——那就是只要我爱孟叶儿就足够了，至于孟叶儿爱不爱我，真的并不重要。

这是多么好的事情啊。

这时候，孙质平的妻子方桂梅下岗了。

妻子下岗也无妨。孙质平的柏拉图式的精神之恋，就其显著特征而言，那就是没有任何外在的物质形式。没有任何外在的物质形式的精神之恋在中国的世俗生活里，不可能引发什么纠缠不清的麻烦。中国世俗生活里的多种多样的麻烦，大都属于物质范畴。譬如“奸情”一词就是最好注脚。然而孙质平恰恰没有奸情。

这是多么好的男人啊。

是的，假若在中国大陆地区评选新世纪精神之恋总冠军，凡人孙质平无疑是这顶桂冠的有力竞争者。假若他获得新世纪精神之恋总冠军，那么他的获奖评语应当是这样的:“孙质平处于二十世纪末叶及二十一世纪初叶中国的泛物质时代里，毅然放弃肉身享受而渐渐成长为一名精神之恋的忠实追随者和坚定实践者。孙质平对‘心中的太阳’的持久不移的爱恋，印证了他对爱情的忠贞不贰；孙质平对‘心中的太阳’的旷日已久的非物质接触，体现了他的精神纯洁；孙质平严于律己的同时对‘心中的太阳’一无所求，说明了他对精神之恋真谛的深刻领会。孙质平的这次获奖，无疑证明了人类高扬精神之帜的真正勇气，无疑证明了一个人守卫着自己的精神世界以防止任何恶劣物质入侵的崇高意义。”

如果必须对孙质平的这篇获奖评语进行通俗化解释，那么概括成为这样四个字最为恰当：自娱自乐。

自娱自乐的独自操作形式,注定了孙质平精神之恋的可持续发展的显著特色。由于它的非对偶性质，孙质平的精神之恋已然成为一场无法消解的具有纯粹意义的生命过程。

从普通男人的单相思到柏拉图式的精神之恋，白面书生孙质平完成了自己的精神世界里的一次大游行。

冬天里的一把火

孟叶儿以日记的形式记载着自己的心路历程。她仿佛重新回到初恋时代，激情澎湃而热血沸腾。她日记的字里行间晃动着一个男人的身影，这个男人应当就是那位文质彬彬的副校长。

孟叶儿情感日记，沿着时间顺序发展，一环扣一环，情感日炽一日。然而她的日记本里存在一个明显的“断环现象”，即每逢星期日她的日记必然空白一页。这一页页空白连缀起来，构成奇特的“星期日现象”。孟叶儿为什么星期日不写日记呢，莫非星期日是她的情感麻木日？这不能不令钱五林顿生疑窦。

孟叶儿的日记本落入丈夫之手，那是钱五林从体育学院进修归来之后的第三天。孟叶儿将自家钥匙忘在学校办公桌的抽屉里，让钱五林骑车去取。钱五林在妻子办公桌的抽屉里偶然发现了这本橘黄色封面的日记本。四肢发达的钱五林同时也是多疑症患者，他偷偷阅读着妻子的日记。

孟叶儿的日记总共七十八篇，钱五林读到第二十九篇的时候便认定这株红杏儿已经出墙。为什么每逢星期日孟叶儿的情感日记便出现“断环”呢？聪明的钱五林目光极其尖锐，一眼看出那是由于他在体育学院进修期间每逢星期日必然回家，这种情况下孟叶儿根本没有时间写日记抒发情愫，因此造成这种每逢星期日便出现的“断环现象”。

钱五林在这种问题上的世俗化判断力，似乎具有异乎寻常的天赋。

钱五林骑着自行车匆匆赶回家去。他一路上泪流满面，陷入极度悲伤的泥潭里不能自拔。好好的一株红杏儿为什么要出墙呢？钱五林是体育教员，却并不缺乏形象思维能力。一株红杏儿栽在院子里很好嘛，有人施肥有人浇水有人培土有人剪枝而且有人欣赏，为什么还要出墙呢？墙外的世界其实很无奈，红杏儿一旦出墙那是绝对没有好下场的。因为墙外站满了伸手摘杏儿的人，而且一个个都显出居心不良的样子。

孟叶儿哪里知道自己的情感日记已经被丈夫掌握。她坐在家里的沙发上闭目欣赏着录放机里播出的古典音乐，深深沉浸在美妙的天国里。丈夫迈着沉重的脚步走进家门，孟叶儿也没有睁开眼睛。闭目欣赏西洋音乐是这位小学语文老师多年养成的习惯。

终于听罢拉赫玛尼诺夫的《第二钢琴协奏曲》，孟叶儿意犹未尽地睁开眼睛，看到钱五林泪流满面地站在面前，一时又惊又喜。

孟叶儿的又惊又喜，是她以为丈夫的泪水涟涟是受到了西洋音乐的强烈感染。天啊，四肢发达的体育教员终于增长了“艺术细胞”，以至于听到西洋古典音乐竟然热泪盈眶，孟叶儿激动地站起，目光炽热地注视着自己的丈夫。

出乎孟叶儿意料，钱五林从兜儿里拿出那册橘黄色封面的日记本，郑重地递给自己的妻子。

这确实令孟叶儿感到极其意外。她呆呆注视着这册橘黄色封面的日记本，一时无言无语。

钱五林突然号啕大哭。这惊天动地的哭声吓了孟叶儿一跳。她随即镇定下来，伸手抚摸着那册橘黄色封面的日记本，轻轻叹了一口气。

钱五林超乎寻常的哭声惊动了大杂院儿里的赵家父子。好在那时候赵嵬只是一个高中生，根本不具备破译这种男性特殊哭声的能力。赵加才当然能够听懂这是一个男人发自肺腑的哭号，出于礼貌他不可能贸然走进钱家劝解。俗话说，一家有一本难念的经。人家钱五林自有苦衷那是不可以向外人说明的。

只有在这种时候，钱五林才深切感受到自己是多么痴爱妻子啊。今生今世无论出现什么意外，他都不能够失去孟叶儿的。

体育教员钱五林自动停止哭号，他恳请语文教师孟叶儿对日记里的重要内容做出解释。此时的钱五林似乎已经把孟叶儿当作一位训诂学专家来对待。他认为妻子的一篇篇日记，几乎无一字无出处，字里行间充满了令丈夫心惊肉跳的危险内容。

这时候孟叶儿，冷静得出奇。她双手捧着那册橘黄色封面的日记本放在胸前说，钱五林既然你看了我的日记，我的灵魂在你面前已经裸体了。裸体了就更没必要解释了。

钱五林情绪突然失控，指着妻子大声审问，你日记里那只奋翅朝你飞来的大鸟到底是谁！神秘关系都是有代号的，代号就说明是神秘人物，你说，那只大鸟究竟是什么人的代号？孟叶儿今天你必须跟我说清楚！

钱五林的大声逼问使得孟叶儿一时产生了怪异的幻觉，她恍恍惚惚感到自己是《红岩》里的江姐，钱五林则是大搞逼供的特务头子徐鹏飞。

生长在五星红旗之下的孟叶儿无法忍受这种万恶旧社会的气氛，霍地起身走出“渣滓洞”——盲目走上街头，漫无目的从黄昏走到夜晚，这时她并不认为自己做错了什么事情。

钱五林在家里坐不住了。他骑着自行车四处乱窜，寻找着妻子。当他远远看见孟叶儿彳亍的身影，再次号啕大哭起来。

孟叶儿身披浓重的夜色，已经走得头脑麻木。她注视着哭泣不止的钱五林，竟然觉得这个男人很是陌生。

钱五林推着自行车大声说，你的日记本我已经烧了，什么事情都没有啦，孟叶儿孟叶儿，咱们现在回家吧。

我的日记本你给烧啦？孟叶儿麻木的头脑嗡地一声清醒了。什么，我的日记本你给烧啦！

钱五林息事宁人地点了点头，是啊是啊，日记本烧了就什么事情都不存在了，咱们回家吧。

你把我的日记本给烧啦？孟叶儿哇的一声哭了起来。你怎么能把我的日记本给烧了呢！

这不啻冬天里的一把火，烧毁了一部春天里的童话。孟叶儿终于明白了，那篇《春天走了》的课文，其真正内涵是春天走了冬天来了，而且还带来一把冲天大火。

孟叶儿悲痛欲绝，掩面大哭。她的夜半哭声，引来了沿城巡逻的警察。

钱五林觉得妻子突然爆发的大哭，简直不可思议。我已经把你红杏出墙的证据给烧掉了，你不笑反而哭了起来。

莫非红杏儿还在留恋着墙外风景？钱五林思忖着。我一定要找到那只奋翅飞来的大鸟儿。

一个月之后，那位文质彬彬的副校长调到另外一所学校去了。

存疑与推断

孙质平一家搬进这座大杂院儿居住时，正是春天走了的季节。孙质平不知道小学教材里有《春天走了》这篇课文。他只知道自己成为孟叶儿的近邻。他的欣悦心情，胜过领取美国绿卡。

此时，钱五林已经是一名平庸的出租汽车司机了。这位出租汽车司机通过实施长达数年的“人盯人”防守战术，基本认为妻子孟叶儿进入稳定状态。于是依然对妻子充满痴迷的钱五林渐渐踏实下来，这位当代骆驼祥子驾车载客，基本能够做到一慢二看三通过。

天下太平了。

然而，孙质平却搬进了这座大杂院儿。从预防红杏出墙的意义上完全应该用“半路杀出一个程咬金”来形容孙质平的出现。由于钱五林不可能变成孙质平肚里的蛔虫，因此这位出租汽车司机绝对不会想到住在一壁之隔的那位具有白面书生特征的房管站勤杂工很可能也是一只奋翅飞来的大鸟儿。

是的，文质彬彬的副校长在钱五林视野里的消逝，早已促成了安定团结的大好局面，钱家的日常生活重新归于平静。至于那位副校长调任另外一座学校的真正原因，似乎只有钱五林心里清楚。

其实事情并没有就此结束。

必须存疑的就是那册橘黄色封面的日记本。作为判断孟叶儿是否红杏出墙的所谓证据，这册情感日记已被钱五林付之一炬。有一千个观众就有一千个哈姆雷特。孟叶儿日记的被焚，钱五林无意之间制造了一起永远无法侦破的“悬案”。既然属于存疑，这件事情自然永远存在着两种截然不同的推断。

一、这确实属于一起发生在教育界的桃色事情。语文教师孟叶儿与文质彬彬的副校长之间曾经爆发了一场惊天动地的婚外情，俩人在情感世界里的十字路口多次携手“闯红灯”。

二、钱五林望风捕影，误读了那册已经烧成灰烬的孟叶儿日记，那一篇篇日记里其实只是记载了女主人公对男主人公的思念之情罢了，这位恪守妇道的女教师并未付诸任何实际行动。倘若如此，孟叶儿也只是一个单相思者而已。

这两种截然不同的推断，如果真实情况属于前者，那么语文教师孟叶儿只是肉体幸福了一阵子。如果真实情况属于后者，那么语文教师孟叶儿则是心灵幸福了一辈子。

对于出租汽车司机钱五林而言，无论是物质化的前者还是精神化的后者，他都将在痴爱孟叶儿的道路上继续行驶下去，一直到他被吊销驾驶执照。

当然，以“自娱自乐”为崇高境界的孙质平对此一无所知。

蒙太奇

黄昏时分，下班归家的孙质平手里拎着两条鲇鱼走进大杂院儿。这位具有白面书生外貌的房管站勤杂工步履稳健表情从容，下午五点三十分准时走进家门。他的这种生活完全是复印式的，日复一日，月复一月，几乎没有什么新意。然而，精神之恋者孙质平却认为太阳每天都是新的。

孙质平下班归家走进大杂院儿，他只是远远朝着孟叶儿家那间南屋投去一瞥，情况便了然于胸了。嗯，“心中的太阳”还没下班回家。他多年以来的单相思养成的敏锐直觉几乎不会出现任何差错。共同住在一座大杂院儿里，一壁之隔的孟叶儿任何细微的行动，孙质平都会有所感觉。他修炼气功十几年，真正达到了心平气和的境界。他并不认为自己天目已开，但他确确实实多次在冥想世界里注视着孟叶儿的优美睡姿，而且看得真真切切。

其实也只是看一看而已。

孙质平下班走进家门，通常妻子方桂梅是不在家的。这位下岗女工顽强地实施着自己的“下岗再就业”工程，并且经常在总工会与妇联之间奔走联络，依然保持着工人阶级特别能战斗的传统本色。

女儿孙晓躺在小阁楼里睡觉，无声无息很像一只安静的小动物。孙质平洗手擦脸，然后走进小厨房。他系好烹饪围裙，开始操持晚饭。他家的厨房是一间自建的小屋。这间小小的厨房与孟叶儿家小小的厨房同样是一壁之隔。钱五林是从来不下厨房的，出租汽车司机不是懒得做饭而是害怕自己厨艺不佳，委屈了爱妻的胃口。

厨房天地小，孙质平在这里却享受着他的无限幸福时光。他开始淘米，这是泰国香米。孙质平知道一壁之隔的孟叶儿喜欢泰国香米因此他就改吃这种价格不菲的泰国香米。精神之恋的特点就是默默追随着女主人公。这时候厨房里的孙质平沉浸在极端的喜悦之中，他以为自己是在给孟叶儿做饭。他擅长的食谱其实就是孟叶儿喜爱的菜单。就其精神穿透力而言，小厨房的墙壁是不存在的。因此孙质平极其赞许“地球村”这个词语。地球都成了一个村子，孙质平和孟叶儿必然同呼吸共命运了。

孙质平弄好电饭煲，转身开始洗菜，这是空心菜。孟叶儿爱吃空心菜。尽管“空心”二字对恋爱而言并不吉利。孙质平管它吉利不吉利，凡是孟叶儿拥护的，他绝不反对；凡是孟叶儿反对的，他肯定不会拥护。只要是孟叶儿爱吃的菜品，那必然成为孙质平厨房菜谱里的重点项目。

恋爱真好啊。恋爱的力量不声不响使得两个毫不相干的人，无形之中保持着高度一致，譬如说衣食住行。

洗过空心菜，孙质平撩起围裙擦了擦手。这时候他的动作猛然停顿，屏住呼吸，侧耳静听着。

这是孟叶儿下班回来了。孟叶儿今天穿的是那双棕色高跟鞋。孟叶儿口渴了，她走进家门做的第一件事情是喝水。孟叶儿平时只喝白开水。每逢星期天，她上午喝绿茶，下午喝立顿红茶。至于乳品，随着今年“爱心牌酸奶”的风行，孟叶儿放弃了其他品牌。

孙质平转身走出小厨房，跑进屋里。他拿出一张CD盘，这是拉赫马尼诺夫的《第二钢琴协奏曲》。他敢断定孟叶儿今天心情比较平稳，最想听的就是这支曲子。

他将被发烧友们称为“拉二”的CD盘插入机器里，说了声你听吧，转身跑进小厨房，继续做饭。孙质平对时间的掌握极其精准，他每天都跟一壁之隔的孟叶儿同时开饭，这就等于是俩人一起共进晚餐了。

我随时随地都跟孟叶儿在一起。孙质平自言自语说出自己的内心体验，着手准备制作“珍珠汤”的原料——鱼丸。

孟叶儿当然爱吃鱼丸。

孙质平停住手里的菜刀——因为他听到隔壁传来孟叶儿的两声咳嗽。他眉头紧锁，调动自己仅有的医学知识分析起来，然后表情渐渐舒展了。没事儿，这两声咳嗽纯粹属于偶然现象，孟叶儿的气管和支气管，并没有出现问题。

为了便于孟叶儿的胃肠消化，孙质平还是决定在“珍珠汤”里点入几滴白醋。

你好，孟叶儿，今天的晚餐内容比较简单，但仍然都是你爱吃的几样儿东西，水果沙拉、蒜茸空心菜、红烧鲇鱼、尖椒土豆丝以及珍珠汤，主食是泰国香米饭，你饿了吧？那咱们马上开饭。

孙质平就这样地站在小厨房里，轻声柔语地说着。房屋里的小阁楼上传来女儿孙晓的声音：爸爸，我喝水！

孙质平被这种世俗的声音强行拖出冥想的精神世界，不由得哦了一声。

是夜，下岗女工方桂梅强烈要求做爱。这意外之举使得孙质平惊诧不已。方桂梅性情亢奋地告诉丈夫，她找到一个很好的工作，在一家大型超市里充当清洁工，风吹不着，日晒不着，跟那些坐写字楼的白领没有什么区别，而且工资不低。方桂梅坚决认为，今夜必须以夫妻做爱这种独特方式庆贺她“下岗再就业”的成功。

孙质平极其物质地说，既然你有这种生理要求，那做就做吧。

父与子

赵加才“返城”即住进这座大院儿里的一间北房里。这一间北房二十多平方米。冬天里的阳光能够长驱直入，站在屋里，感觉很亲切的。阳光亲切，这个家庭却缺乏父子的亲切感，彼此之间中规中矩，不像一个家庭更像一个公司。

赵鬼读初中的时候独立意识渐渐增强。他向父亲提出要求说，要找个木匠制作一道屏风，将这间二十多平方米的屋子隔出两个相对独立的空间，父子之间各得其所。赵加才经过严肃考虑，同意了。

赵加才内心对儿子还是比较宽容的，这是个从三岁便丧失母爱的孩子啊，很可怜。关于赵鬼母亲的死亡原因，赵加才返城之后没有跟任何人说起，虽然起因是果珍，可毕竟属于一次意外的交通事故。

老知青们纷纷返城。人多嘴杂，说三道四谈五论六，陈芝麻烂谷子一股脑全都倒腾出来，美其名曰“忆往昔峥嵘岁月”。赵鬼本来对母亲的死因不甚了了，只知道那是一场车祸。十六岁那年赵鬼读高一，班上转来个女同学，这个女同学的父母都是老知青，当年恰恰认识赵鬼的母亲。

不久，一个可怕的小道消息在赵鬼的学校里流传开了。无论是操场还是楼道，只要赵鬼走过的地方，同学们便指着他的背影议论纷纷，表情里甚至饱含着憎恶。天长日久，全校几乎无人不知无人不晓，高一（2）班的男生赵鬼三岁那年就害死了亲生母亲。

只有赵鬼一人还蒙在鼓里，孤独而勤奋地学习着。学校传达室的校工终于忍耐不住了，一天清早将赵鬼叫了进来。赵鬼感到不妙，以为自己违章停放自行车即将遭到处罚。

赵鬼在学校传达室里接受这位极富正义感的校工的问询。

校工：这位同学，你现在还喝果珍吗？

赵鬼：果珍，果珍是什么……

校工：对，现在市场上见不到这种东西了。不过你真的不记得果珍了吗？

赵鬼：我不知道果珍是什么东西。哎，您告诉我果珍到底是什么呀？它不会是果冻吧！

校工：你要是真的不记得果珍这种东西，那就太没良心啦。

赵鬼：良心？我不明白您的意思，我真的不明白您的意思。

校工：既然你真不知道，我就告诉你吧，你每年清明节一定要去给你母亲扫墓，你妈妈是为了你才死的！

赵鬼：什么！

校工：现在全校没人不知道你的事情，还有人说是你害死了自己的母亲！当年你要是一天不喝果珍，就像小狗儿一样乱咬人！你母亲毫无办法，只好外出找熟人给你借了半瓶子果珍，她回家路上被拖拉机撞死了。你妈一死，你也不喝果珍啦。我说你要是早早改了喝果珍的毛病，你妈妈也不会给拖拉机撞死吧？你这孩子真是不让家长省心啊。

赵鬼惊呆了，转身跑出传达室，骑上自行车冲出学校大门，一眨眼没了踪影。

赵鬼从此不来这座学校读书。他毅然退学了。

赵加才接到学校教导主任打来的电话，已经是十天之后的事情了。赵鬼的擅自退学仿佛晴天霹雳，赵加才一时呆若木鸡。学校的教导主任在电话里简单介绍了校园里的风言风语，然后小心翼翼询问赵加才，赵鬼是不是害死了自己的母亲？

赵加才啪地放下电话。这位物业公司的普通员工，躲进厕所里很久没有出来。

父亲当然不同意儿子中途辍学。当天晚上，赵加才破例没看“德甲”，赵鬼自愿没去电子游艺厅。就这样，父子之间进行了一场极其艰难的交谈。

赵鬼：爸爸，我小时候真的有喝果珍的习惯吗？而且是非喝不可？

赵加才：这都是过去的事情了。如今是可口可乐时代。专家们早就发出警告，人类不要过多摄取糖分。

赵鬼：我妈妈是不是我害死的？

赵加才：你怎么能这样说呢？你母亲死于一场意外的交通事故，你知道车祸吗？那个开拖拉机的农民喝醉了酒。

赵鬼：爸爸，您真的不认为我妈妈是我给害死的？

赵加才：赵鬼，我从来没有这样认为。

赵鬼：爸爸，您应当跟我实话实说。我不是小孩子了。您如果这次跟我说了谎，我是一生都不会谅解您的。你知道吗？

赵加才：赵鬼，我没说谎话。你母亲真的死于一场车祸。

赵鬼：可是学校里无论老师还是学生，都说我三岁的时候害死了母亲。尤其数学蔡老师已经对我恨之入骨，好像我不但害死了自己的母亲也害死了全国人民的母亲。根据等量代换的数学法则，全国人民的母亲就是祖国呀，等于我把祖国给害死了！

赵加才：赵嵬，我理解你的处境，但这不是你退学的理由。我给你换一个学校继续读书吧。

赵嵬：不行。

赵加才：赵嵬，为什么不行呢？

赵嵬：爸爸，要读书您去读吧，反正我是不会去读书了。

赵加才：赵嵬，你不能这样固执。你这样做对得起你死去的母亲吗？

赵嵬：爸爸，请您给我一张我母亲的照片，好吗？

赵加才：我没有你母亲的照片……

当天夜里，赵嵬失眠了。一个十六岁的男孩儿的失眠，这意味着他的简单的幸福生活已经结束。但是，他的复杂的幸福生活并没有立即开始。在简单与复杂之间，存在着一大片空白地带。

赵家的父子关系，也在这一夜之间发生了难以描述的严重扭曲。

人 盯 人

那时候中国男子足球队不但没有冲向世界杯，在亚洲也只是二流水平。不过中国足球队的不良战绩并不影响钱五林暗中对妻子采取“人盯人”战术，而且是基本做到如影随形。当代足球史上的著名盯人后卫，首推德国的福格茨，外号“狗”，其次是意大利的詹蒂莱，人称“影子”。这种世界级的盯人后卫在紧张激烈的大赛里往往难免疏漏，钱五林却认为自己暗中对妻子实施的“贴身防守”，从来没有出现点滴漏洞。

打从那位副校长调走，钱五林的“爱情排雷计划”大功告成。但他清醒地认识到自己只是万里长征刚刚走完了第一步。他偷偷利用半年业余时间考取了驾驶执照，并且给长城出租汽车公司人事部主任送了一份厚礼，表明自己心迹。

秋风扫落叶的时节，钱五林果断实施跳槽战略，离开那座小学校从体育教员摇身一变成为光荣的出租汽车司机。

钱五林的这次跳槽行动，表面看来出于“人往高处走”的心理，离开清贫的小学教师岗位一步迈进收入颇丰的服务行业，其实他的真实思想动机是对妻子孟叶儿实施“全天候盯人防守”。丈夫为什么这样做呢？钱五林认为这完全出于自己内心对孟叶儿的深沉爱情。钱五林还认为，拥有这种深沉爱情的男人才是真正幸福的男人。

钱五林的“全天候盯人防守”的具体战术安排很是详细。

清晨，他驾驶红色夏利出租车送妻子去学校上班。这样小学教师孟叶儿基本享受了副局级待遇——乘坐专车上班。

中午，钱五林驾驶红色夏利出租车给妻子送来了午餐。一般情况下他总要在孟叶儿办公室里逗留半小时左右，然后放心离去。

傍晚，一辆红色夏利出租车停在小学校门外。钱五林等待着妻子下班。有时候孟叶儿给学生们补课，钱五林不急不躁坐在驾驶室里等待着，谓之不见不散。

钱五林认为，他的“全天候盯人防守”战术，已经将妻子的全天时间全部充满，可以说没有任何空隙。妻子上班坐在丈夫驾驶的汽车里，一路上肯定无机可乘；中午丈夫给妻子送饭，这就杜绝了孟叶儿与别人共进午餐的机会；傍晚时分，妻子走出学校大门便坐进丈夫的汽车里，基本断绝了外界干扰。从这份时间表分析，丈夫无疑给妻子打造了一只无形的铁桶。钱五林认为这是一只充满爱心的铁桶，孟叶儿生活在这只无形的铁桶里，日复一日。

被一个人爱，是幸福的；爱一个人，更是幸福的。钱五林人生的最大幸福就是狂热地爱着自己的妻子并且永远据为己有。从某种意义上说，孟叶儿无疑成为钱五林心目之中的“另类果珍”。

一天晚上八点多钟，长城出租汽车公司调度室给钱五林打来电话，告诉他有乘客预约明天清早六点钟去北京，当天晚间从北京返回。钱五林开车路上向调度员申辩着，说自己家里有困难。调度员在电话里大声责问说，老钱你明天中午是不是想吃爆炒鱿鱼？你要是想吃爆炒鱿鱼我再给你配一碗滚蛋汤！

钱五林无奈地放下电话。身为出租汽车司机他最怕跑远途。只要一跑远途，他那只充满爱心的铁桶便有可能出现漏洞。只要铁桶一漏，他的爱心就像破碎的鸡蛋黄儿一样，遍地洒落。那是多么令人痛心的损失啊。

一个普通司机是不可以抗拒公司调度室的。不就是空白十二个小时嘛，没事儿。足球场上有时候前锋面对空门还往往一脚射偏呢，我跑一趟北京怕什么呢。钱五林在心里这样安慰着自己，驾驶着出租车奔跑在天津这座城市的南京路上。

万家灯火。驶过吉利大厦之前，钱五林一眼瞥见一位身穿紫红色羊绒大衣的女子款款走上过街天桥。他脑袋嗡的一声就大了，天啊！这不是孟叶儿吗？这么晚了她没有坐在家里给学生们批改作业，反而独自外出逛街，这太不正常了。

我应该怎么办呢？钱五林很有头脑，迅速思索着。他驶到前面一个路口右转，朝着回家的方向疾速驶去。

气喘吁吁大步走进家门，钱五林看见妻子坐在桌前一心一意批改着学生作业。孟叶儿回头看了丈夫一眼，说今天你收车很早啊。钱五林不知如何回答，一时失口便将自己明天去北京的消息告诉了妻子。钱五林说罢立即后悔了，他认为丈夫不应当这样早就将明天的行踪告诉妻子。

疑心生暗鬼。钱五林心里思忖着，我驶过吉利大厦的时候难道真的看花了眼？孟叶儿分身无术，她是不可能抢在我之前跑回家的，除非她乘坐了直升机。既然如此那一定是我看花了眼。

这时候，一壁之隔的孙质平家里传出一阵古典交响乐曲。前体育教员钱五林当然不知道这是孙质平献给妻子孟叶儿的柴可夫斯基的B小调第六交响曲《悲怆》。

李家的内部情况

李雷和康笛兰是夫妻。邻居们以为这小两口都去海湾地区打工了，其实不是。首先是康笛兰出国，交了八万块钱由国内的“黑中介”的推荐，一批四十八位中国女子前往一个名叫多哈的地方。说是在那里充当缝纫女工，其实落入了当地华人黑社会的魔掌，关在一座大院里，被迫沦为卖淫女。

性情刚强的康笛兰坚决不同意出卖肉体，被打得遍体鳞伤。鳞伤遍体当然就没有嫖客光顾了，康笛兰借养伤之机逃出虎口，跑到中国领事馆寻求帮助。三个月之后，康笛兰和另外三名逃离苦海的卖淫女一起返回祖国。

李雷原计划紧随妻子出国，前往中东地区打工，但传来了康笛兰被骗的消息，又惊又恨又怕，一时不知所措。李雷是一个极要脸面的男子，他不声不响在天津郊区租了一座农家小院儿，然后跟邻居们谎称出国打工，悄然前往北京机场接回康笛兰，夫妻就在那座农家小院儿里隐居起来。当天夜里，李雷看到妻子的浑身伤疤，不禁悲喜交集。他悲的是妻子为了赚钱吃了这么多苦，双手空空回来了；喜的是妻子如此贞洁烈女，宁死不卖淫。李雷当场摔了两瓶劣质白酒和一只大碗，随即指天发誓说，笛兰儿，我一定要替你报仇雪恨，出了这口恶气。

报仇也是要花钱的，况且仇人远在中东地区，没钱是万万不能雪恨的。于是李雷将自己的人生划分为两个阶段，第一阶段是奋发赚钱，逐步致富；第二阶段是有了钱拿着旅游护照前往中东名城多哈，寻找仇人并且雪恨。

敢想的李雷并没有给自己人生的这两个阶段划分具体时间，因为对他这样的平民百姓来说，实现第一阶段的发家致富计划本来就非常困难，因此只能摸着石头过河，男人心里装着一个大目标，走一步算一步吧。

夫妻决定从零做起，筹集银两在城郊接合部开了一家小饭馆，取名“地雷饺子馆”，面对广大民工，生意还算火红。

李雷请人给小饭馆写了一副对联儿，上联是“天大地大不如想回家的决心大”，下联是“爹亲娘亲不如盼团圆的感情亲”，横批是四个字：洗洗睡吧。

民工们特别乐意来这里吃饺子，尤其这样一副对联儿，往往使离乡背井的汉子们两杯热酒下肚之后，思绪起伏，眼窝儿泛潮。

生意不错。康笛兰的存折里很快从三千元增加到六千元。李雷对这样的增长速度表示满意。有时候幸福是蕴藏在存折里的。

往往有这种时候，李雷半夜搂着康笛兰躺在被窝儿里，怀念着那座充满人间烟火的大杂院儿。他和她一时不能回到那里居住，但那座大杂院儿已经成为这小两口儿的精神故居，好比老红军心目中的井冈山，老八路心目中的延安。

老赵和小赵

多年之后赵加才终于意识到，儿子赵嵬十六岁那年的那次严重失眠，彻底改变了这个家庭的日常生活，也彻底改变了父子之间的正常关系。失眠，真是一件坏事情。

赵嵬当然不会忘记，那个夜晚他难以入睡，无声无息躺在床上仿佛一条死鱼。别人失眠往往辗转反侧。赵嵬绝对与众不同，他一动不动躺着，似乎正在完成一件长久潜伏的任务。

赵嵬注视着黑暗里的天花板，寻思着。

我爸爸手里没有我妈妈的照片？这不可能。他应当有，他必须有，他一定有。他在跟我撒谎。人们都说妈妈去世的时候我三岁，我根本不记得妈妈容貌，更不记得什么果珍。

果珍，我小时候真的离不开这种东西吗？我看不大可能。我现在连雪碧都不喝，小时候怎么会喝果珍那玩意儿呢。人们都说我妈妈是给我害死的，这不对。我妈妈是给果珍害死的。

赵嵬就这样寻思着，不知不觉进入凌晨时分。

这间二十多平方米的平房，一道木屏风隔成两块领地，里面属于赵嵬，外面属于赵加才。就在这个绝非寻常的夜晚，赵嵬躺在屏风里的单人床上，失眠。赵加才躺在屏风外面的单人床上，呼呼大睡。

这是赵嵬有生以来第一次失眠，也是赵嵬有生以来第一次听到爸爸的酣睡之声。不知为什么，他蓦然感到躺在屏风外面的鼾声大作的那个男人，此刻竟然如此陌生，陌生得几乎难以想象他是自己的父亲。赵嵬霍地一声坐起，惊悚地注视着满屋的夜色。

蹑手蹑脚下床，赵嵬赤着双脚朝着屏风外面走去。他不声不响站在父亲床前，夜色里注视着这个被自己称为父亲的男人。

爸爸，我真的害死了我妈妈吗？赵鬼轻声询问着熟睡的父亲。

赵加才呜了一声，打着呼噜流淌着口水，继续呼呼大睡。赵鬼朦朦胧胧看到，盖在父亲身上的毛巾被滑落在地上。

赵鬼轻声轻语继续询问着熟睡的父亲。爸爸，你手里一定有我妈妈的照片。你不让我看妈妈的照片，这里面肯定有着重要原因。

赵鬼突然发现，父亲竟然一丝不挂，裸睡着。他感觉父亲夜间赤身裸体的睡姿非常难看，跟白天判若两人。此时赵鬼很后悔，后悔自己看到了父亲难以入目的睡姿。赵鬼知道，一旦父亲这种丑陋形象进入自己的记忆，那是终生无法将其淘洗干净的。

赵鬼绝望地流下眼泪，他认为自己在黑暗里看到了另外一个父亲。

第二天一大早儿，赵鬼走出家门跑到一座小公园里，大哭一场。两个巡逻的武警从这里经过，对痛哭不已的赵鬼进行询问。赵鬼反问两位巡逻武警，你们知道哪里卖果珍吗？

两位巡逻武警都出身农村家庭，对二十世纪八十年代的城市生活一无所知。他们只能摇头回答赵鬼，说不知道啥东西是果珍。

闲逛了大半天，赵鬼从大街上回到家里。父亲上班去了。赵鬼站在屋里看着父亲的床位，心里感觉很不舒服。赵鬼心目之中的日常生活，此时居然变得面目全非。

赵鬼在这个世界上一时寻找不到果珍，他决定直接寻找母亲的照片。在他的印象里“果珍”和“母亲”是两个联系紧密的词汇。赵鬼寻找母亲的照片，首先对父亲的柜子和箱子进行一番彻底搜查。赵鬼看过外国电视剧里警察偷偷搜查犯罪嫌疑人住宅的情景，因此他做起来很有章法。

他翻阅了一册父亲当年的“知青日记”，那种遥远而陌生的革命生活他根本无法理解，因此没有引发这位知青后代的阅读兴趣。

黄昏时分，赵鬼终于从一只陈旧的牛皮纸信封里找到一张泛黄的黑白照片。照片背面没有字迹，赵鬼无法判断它的拍摄时间。一个青年女子身穿肥大的蓝衣蓝裤，双手捧着一只粗口玻璃瓶子微笑着站在一座小院儿门口，很满足的表情。

她是谁？赵鬼注视着这位青年女子，一种亲切的感觉油然而生。

赵鬼小声问道，您一定是我的母亲吧？

那位青年女子注视着赵鬼，不言不语。

赵鬼从父亲的抽屉里找出一只放大镜，小心翼翼将这张黑白照片搁在放大镜下面，仔细观看着。

您就是我母亲。赵鬼小声说着。他看到放大镜下面这位青年女子的面貌，一下认定她就是自己的妈妈。没错，您就是我的母亲。这时候赵鬼突然啊地叫了一声，不由得屏住呼吸。

他看到，照片里青年女子双手捧着的那只粗口玻璃瓶子的商品标签上印着两个字：果珍。

妈妈！妈妈！赵嵬嘤嘤哭了起来。他彻底认定这位青年女子就是自己的母亲，因为她手里拿着一瓶果珍。道理非常简单，别人的妈妈是不会双手捧着一瓶果珍而且笑得如此舒心满意的。

唉，果珍……

赵嵬将这张珍贵的照片夹在自己的日记本里，然后将日记本藏在一个人所不知的地方。

第二天吃晚饭的时候，赵加才向儿子发出询问。赵嵬，你是不是从我柜子里拿了一张照片？

赵嵬埋头吃饭，佯装一无所知的样子。

你还是把那张照片还给我吧。赵加才跟儿子协商着。

什么照片？赵嵬傻乎乎地反问。

赵加才说，你还给我吧，其实那是一张普通的照片。

哦，既然是一张普通照片，我看您就不要找了。赵嵬轻描淡写说。

赵加才啪地一拍桌子。桌上的碗筷跳了起来，气氛顿时紧张了。赵嵬镇定如常，夹了一口青菜放进嘴里说，爸爸您不要发火，我认为说谎的人是没有权力发火的。

我说谎了吗？我什么时候说谎啦？赵加才气喘吁吁反问着。

您说谎了。您说您没有我妈妈的照片，其实您有。既然您说了谎话，就不要这样理直气壮了。吃饭吧爸爸。

赵嵬说罢，埋头吃饭。他怀着强烈情绪一连吃了三碗米饭，然后放下筷子起身走了。

赵加才无可奈何看着儿子的背影，蓦然感到赵嵬已经长大了。

奇　遇

钱五林起了一个大早儿，他朝着仍然睡在床上的妻子孟叶儿打了个招呼，就出车了。他驾驶着红色夏利出租车迎着晨曦去华园北里十八号楼四门，去接那位包车前往北京的乘客。尽管这是一项并不情愿的任务，钱五林还是准时到达。出租汽车司机必须恪守职业道德，这是本分。

一位身躯肥胖的西服革履男子脸上戴着金丝眼镜，手里拎着一只公文箱不慌不忙地走出华园北里十八号楼四门，朝着停在不远处的红色夏利出租车招了招手。

钱五林开出租车什么样儿的人物都见过，他认为这位肥胖男子属于尚未发财的小老板。尚未发财的小老板们往往身躯肥胖，因为他们正处于拼命吃喝阶段。真正的大老板往往度过了肥胖阶段而进入瘦身时代。而且，真正的大老板是不会乘坐出租汽车去北京的。

肥胖的乘客伸手拉开车门呼地一屁股坐进汽车后排，说了一声去北京亚运村安慧里。钱五林嗯了一声，起步了。

这里去往北京只有一百三十多公里，去往北京亚运村，也不过一百五十多公里。钱五林不言不语驾车驶上高速公路，心里想着妻子孟叶儿此时已经起床了。

一个男人无时无刻不惦念着妻子，钱五林认为这就是爱情。爱情是可以转化为生活习惯的。钱五林无时无刻不惦记着妻子，也可以认为是一种日积月累的生活习惯。生活是铁打的，生活习惯是钢铸的。

钱五林一天二十四小时惦记着孟叶儿，生活得极其充实坚固。应当说这是一个幸福的男人。

驾车进入北京市区，肥胖的乘客似乎有着办不完的事情。他先后在广渠门、沙滩、车公庄三个地点停车办事。驱车前往亚运村的时候，已是下午四点多钟了。

钱五林心里怨气很大，心里忍着，不言不语。多年的“人盯人”生活使他拥有了惊人的忍耐力。他一路的沉默寡言，似乎并没有引起肥胖乘客的注意。在乘客心目之中，司机就是开车的。

钱五林晚间六点多钟驶上返程的道路。肥胖的乘客提出找个餐馆吃饭，钱五林说不饿。对方急了，说你不饿我可饿啦。钱五林表示自己晚间九点钟之前必须赶回家里。肥胖的乘客毫无办法，只得气哼哼下车买了两个面包和一瓶水，坐在后排大吃起来。

其实钱五林肚子里很饿，但他的信念是回家跟妻子共进晚餐。这时钱五林心里明白，两个多小时的车程赶回家里跟妻子共进晚餐是根本不可能的，但他仍然这样坚持着。钱五林认为这种饥饿的感觉本身就是幸福的体验。

人算不如天算。这辆红色夏利出租车意外地在高速公路上抛锚了。这是一个前不靠村后不挨店的地方，四周漆黑一团。钱五林将车子停在安全位置，回头告诉肥胖的乘客说，这辆车走不了啦。

肥胖的乘客急得满头大汗。只有他自己心里知道，今晚十点钟在喜来登酒店前厅，有一单重要生意等待成交。

钱五林跑到高速公路旁边的安全岛去拨打求助电话，对方说四十分钟之后，警方的拖车就会到达的。

黑暗里，钱五林看着表情焦急的肥胖乘客，不知为什么心里竟然感到几分得意。

最具讽刺意味的是，钱五林并没有认出这位肥胖乘客就是当年那位文质彬彬的副校长；这位面目皆非的肥胖的乘客，也没有认出这位出租汽车司机就是语文老师孟叶儿的丈夫。沧海桑田。

相见何必曾相识。这就是岁月对男人的侵蚀。

两个人的战争

“照片事件”之后，老赵和小赵的生活进入“冷战时代”。在大杂院儿邻居心目中，赵家是平静的，没有什么异样。只有赵氏父子知道，平静生活的背后悬挂着两颗难以靠拢的心。

赵氏父子的生活，仍然实行“三同”，同吃同住同休闲。同吃同住就是同吃同住，同休闲的内容则不拘形式，游戏多多。

老赵和小赵的诸种休闲游戏，基本都属于对抗性的。譬如打电子游戏，赵氏父子仍然迷恋于老版本的“坦克大战”。赵加才操纵红方坦克，赵嵬操纵蓝方坦克，伴随着一声声炮火穿山越岭，双方展开殊死决战。互有攻守，各不相让，有时候一打就是七八个小时，双方损失坦克总数往往达到万辆。在这种虚拟的战争中享受战胜敌方的快感，永远令父亲和儿子激动不已。

有时候父与子还要摆一摆围棋。其实他俩都不懂围棋，而且兴趣不大。只是由于围棋斗智斗勇的对抗性，使得赵氏父子选择了围棋，尽管双方棋艺都臭得一塌糊涂。

他们不是选择了围棋，而是选择了黑白两色的强烈对撞。

还有象棋。晚饭之后大杂院儿里的邻居们经常看到赵氏父子摆开棋盘，隔着楚河汉界挑起一场场充满血腥的厮杀。中国象棋讲究走一步看三步的“将军”，然后只能推枰认负。赵氏父子的象棋规则具有强烈的赵氏父子色彩，那就是以“吃光杀净”来决定胜负。负者，每每被杀得无兵无将无战车，只剩一个光杆儿皇帝。这种规则很像小孩子的游戏，充满了幼稚的残忍。然而就在这种不声不响的对抗之中，赵嵬渐渐长大成人。

于是，赵家由一个大人一个小孩儿变成两个大人而且是两个男人。不过家里的格局却没有发生什么变化，还是一道屏风隔出两个人各自的世界。唯一的新意只是赵加才开始服用安眠药促进自己的睡眠。赵嵬却变成一个睡不醒的人，大白天也是睡眼惺忪的样子。

那是初秋的一天。此时正是老赵和小赵饲养蟋蟀的大好季节。斗蛐蛐，一场场发生在虫子与虫子之间的鏖战，成为赵氏父子之间的主要战争形式。

午饭之后，赵加才突然对赵嵬说，今天的斗蛐蛐应该增加一项内容。赵嵬无精打采，低头问父亲增加什么内容。老赵说，今天我若是赢了，可以向你提一个要求；你若是赢了，可以向我提出一个要求。

赵鬼突然笑了。他告诉父亲说，他知道父亲要提什么要求。赵加才心虚地看了儿子一眼，不说话。

我知道，您的要求其实很简单，就是要找回那张照片。可您当初口口声声说过，您手里根本没有什么照片。这就太矛盾啦。

赵加才听罢坐在那里，不言不语仿佛一尊石雕。从此，父子之间再也不斗蛐蛐了。

后来，赵加才好像生病了。有那么一段时光，他每天上午都要到医院接受治疗，身体渐渐虚弱下去。

赵鬼似乎并不知道父亲生病了。他骑着一辆五年没有擦洗的自行车在这座城市里东奔西走，很忙碌的样子。有时候他回来很晚，咣的一声将自行车靠在那一堆自行车里，然后坐在自家门外的小凳子上，默默抽烟。

身心疲惫的赵鬼自言自语说，我四处都跑遍了，怎么就是找不到那种老式果珍呢？

屋里传出父亲的咳嗽声。

赵鬼站起小声询问说，爸，您喝水吗？

屋里传出赵加才的声音说，赵鬼，这么多年了其实我没喝过一口果珍。

第二天一大早儿，赵鬼走出家门来到那一堆自行车面前，愣了。他妈的，我的自行车丢啦。

赵鬼二话不说，走出大杂院儿奔向这座城市的旧车市场，花一百元买了一辆半新半旧的自行车，不紧不慢骑行在大街上。

新人类骑旧自行车——这是二十一世纪的一条基本定律。

幻 灭

孟叶儿当天晚上八点钟接到丈夫钱五林从高速公路上打来的电话，说汽车抛锚，恐怕要明天一大早儿才能到家。孟叶儿认为汽车抛锚并不是什么特别不好的事情，她叮嘱钱五林不要着急，一定要严格遵守交通规则，做到安全驾驶。

孟叶儿放下电话，洗了洗，上床睡了。她佩文胸，着三角内裤，基本是三点式的规模。

此时，孙质平正坐在灯下读书。这是一本外国人写的《艺术与视直觉》，很不好懂。孙质平读书的最大特点就是不怕困难。开卷有益说的正是这个道理。这时候，孙质平读懂了这一章节，不禁猛然一拍自己的大腿。妻子方桂梅被惊醒，以为丈夫是在拍打蚊子。她说了一句“电热驱蚊器在抽屉里呢”，翻身继续睡了。

孙质平拿出纸笔，写下了自己的读书心得。他写道，视直觉在艺术作品里，原来如此重要。譬如我们将一只茶壶摆在一张桌子的中央，那么心里就感到很踏实。如果我们将一只茶壶摆在一张桌子的边缘，它无疑给我们带来随时落地的不安全感并且对环境产生令人揪心的影响。艺术，正是通过视直觉的方式表达出它的无所不在的影响力。

书，就这样读懂了。房管站勤杂工孙质平内心洋溢着幸福的感觉。

这时，他似乎感觉到一壁之隔的孟叶儿发出的极其轻微的声响。

哦，她上床睡了。孙质平完全依靠自己的直觉，对“心中的女神”做出这样或那样的判断。

晚安孟叶儿。孙质平心里这样说着，继续阅读《艺术与视直觉》。既然孟叶儿睡了，孙质平的阅读愈发一心一意了。他手不释卷，完全读进去了，长驱直入走进充满直觉的艺术世界。

直觉这东西，挺好。

大约子夜时分，孙质平的直觉再度伸出触角——他感到隔壁的孟叶儿发出极其轻微的呻吟。这种呻吟太轻微了，就连处于入睡状态的孟叶儿本人都不曾察觉。

然而，此时孙质平却清晰地感到一壁之隔的孟叶儿的呻吟。她已经感到了痛苦，尽管此时她还在睡眠之中。孙质平内心判断着，很快孟叶儿就会醒来的，因为她的疼痛必将渐渐强化，最终变得令她难以忍受。

放下书本，孙质平意识到问题严重了。他知道钱五林不在家，孟叶儿孤立无援。柏拉图式的精神之恋不但没有使孙质平丧失丝毫责任感，反而更加强烈。他轻手轻脚走出家门，独自站在院子里。

夜色如墨。孙质平没有听到孟叶儿发出强烈的呻吟。虽然平时很少正面接触，他还是知道这位小学语文教师是个生性好强的女子，只要能够忍受，孟叶儿就不会发出疼痛的喊叫。

孙质平站在孟叶儿的门外，仿佛黑夜里的一名忠诚卫士。

他终于听到她强烈的呻吟声从屋里传出。这突然爆发的呻吟，说明孟叶儿坚守的阵地已经完全崩溃。她长长地呻吟着，然后急促地呼吸着，再次发出长长的呻吟。孙质平不是医生也不懂医学，但他站在门外便认定孟叶儿此时腹部疼痛难忍。不知道为什么男人们往往认为女性的疼痛发生在腹部，或者说女性只有腹部才会产生疼痛。

孟叶儿在床上翻滚着，疼痛难当。孙质平站在门外，声音低沉而清晰。孟叶儿，我是你的邻居孙质平。你不要慌张，我现在就送你去医院。只要你忍住疼痛能够把门打开，问题就基本解决了。

他听到孟叶儿从床上滚落的声音，呻吟里掺杂着疼痛的哭声。

你是不是肚子疼？孙质平冷静地发问。他听到屋里传出孟叶儿含混不清的应答以及哀婉的声音，你送我去医院吧……

孙质平心头一痛。他暗恋孟叶儿多少年了，这是第一次听到她这种凄美动人的声音，他激动得大声说，孟叶儿你一定要挺住，你就是爬也要爬到门口，你爬到门口只要把门打开，我就马上送你去医院，你相信我吗？

孟叶儿哭着说了声相信，身体翻滚着抵达门口，呻吟着旋转着门锁，艰难地开了门。孙质平推门进屋，黑暗里他看到孟叶儿瘫坐地上，浑身颤抖着。他猫腰抱起三点式的“心中的女神”，几步便将孟叶儿放在床上，他伸手扯起一张被单，裹在她身上。第一次亲密接触之后，他再次抱起孟叶儿，大步走出屋子，大步走出大杂院儿，大步走出胡同，大步走到大街上，大声叫着出租车。

孟叶儿横身躺在孙质平怀抱里，仿佛一条白色美人鱼。她牢牢抓住孙质平的胳膊，用尽了一个女人一生的力量。

医院外科急诊室里，脸色阴沉的值班大夫对孙质平说，必须立即手术，这种急性阑尾炎如果再推迟半小时送来，你太太就没命啦。

我太太？孟叶儿被说成我太太！一阵幸福的眩晕感，使得白面书生脸色愈发苍白。是啊，急诊医生与我素不相识，他却坚定不移地认为孟叶儿是我太太。这说明我与孟叶儿心心相印息息相通……

孟叶儿躺在急诊床上，睁开眼睛看了看孙质平。孙质平注视着这位自己暗恋多年的女人赤身裸背的样子，似乎听到从很远的地方传来一声轰然坍塌的巨响。他被这无形世界的巨响惊呆了，心头一颤。

他手儿颤抖着在家属一栏里签了字，独自坐在手术室外的楼道里等待着。

凌晨四点半钟，孟叶儿被推出手术室。一个手举吊瓶的小护士笑着告诉孙质平说，你太太手术顺利，你放心吧。他木然点头，然后木然跟随小护士朝着病房走去。

病房在七楼。小护士递给他一套住院的病号服，催促他给孟叶儿穿上。他从来没为任何女人做过这种事情，一时见傻。小护士笑了，配合着他给昏迷状态里的孟叶儿穿好病号服。他接触着孟叶儿白皙的肌肤，只觉得自己心头一派冰凉。

钱五林上午十点多钟终于赶到医院，这位痴爱妻子如命的男人看到躺在病床上渐渐苏醒的孟叶儿，不禁泪水涟涟。我只是一夜不在家里你就出了这种事情，从今往后我再也不跑远途啦。

白面书生孙质平看到钱五林已经到岗，便悄然离开了医院。

医院后面是一道古河堤。孙质平沿着河堤行走，终于意识到自己已经一无所有。自从接触了孟叶儿的肌肤，他便听到那声轰然坍塌的巨响。这时候孙质平彻底明白了，他的精神之恋是见不得肉体的。孟叶儿美丽肉体的袒露与接触，一下断送了孙质平保持多年的精神之恋。

孙质平怀着悲惨的心情坐在古河堤上，看着自己胳膊上被孟叶儿由于腹痛难忍狠狠抓出的一道道印痕，此时，他只能集中精力怀念着昔日拥有“心中的女神”的幸福时光。

如今女神没有了，天上只剩下那几片云彩。

孙质平坐在河堤上心里想，他妈的，明天我来这儿钓鱼吧，带上两张糖饼。尽管破天荒说了脏话，他心里竟然踏实了。

果珍啊果珍

大杂院儿里的邻居们都知道，赵加才的身体垮下去了，卧床不起。人们纷纷前来探视，劝他住院治疗。赵加才一定知道自己患了不治之症，因此拒绝就医，就这样耗着。赵嵬意识到父亲即将踏上不归之路，立即变成一个好儿子，日夜守候在父亲病榻前。父子之间终于有了心灵的对话。

赵加才：赵嵬，你怎么又买了一辆自行车？

赵嵬：我的自行车放在院子里，丢啦。

赵加才：你的自行车没丢，你去院子里仔细找找吧。

赵嵬：丢就是丢了，找也找不回来。

赵加才：这人世间啊只要你用心去找，没有找不回来的东西。你还是到院子里去看一看吧。

赵嵬走出家门站在院子里，抬头看到孙质平无精打采走进大杂院儿。赵嵬惊异地发现，这位白面书生一夜之间完全变了，仿佛成了一个贫困潦倒的乞丐。赵嵬不知道孙质平的遭遇。此时赵嵬要做的事情只是谨遵父命，看看大杂院儿里的自行车们。

孙质平似乎知道赵嵬的心事，伸手指着那一堆自行车里一辆光光亮亮的自行车说，赵嵬你好好看看，这就是你的自行车，这就是你的自行车。

赵嵬走到那辆光亮如新的自行车前面，瞪大眼睛看着。

咦，这真是我的那辆自行车啊，这旧车怎么变成新车啦？

孙质平似乎是在出庭做证，大声说，赵嵬，你这辆自行车从来不擦不洗，你父亲那天不声不响给你擦了大半夜，这车子变得又光又亮，所以你根本认不出来了。你父亲一边擦车一边自言自语说，这是他这辈子为你做的最后一件事情了。

赵嵬注视着这辆具有特殊意义的自行车，一时说不出话来。

赵加才卧床不起之后，坚持了十几天。他头脑冷静语言清晰，骨瘦如柴却一派视死如归的样子。赵嵬问他想吃什么，他摇头；赵嵬问他想喝什么，他摇头；赵嵬问他想要什么，他笑了笑，不说话。

赵嵬知道父亲的心事。他拿出母亲唯一存世的那张黑白照片，放在父亲手心里。

赵加才笑了，声音微弱地说，那天你妈妈买到了一瓶果珍，捧在手里高兴极了。我用一架老式照相机给她拍了这张照片。

赵嵬小声问，爸爸，您这辈子真的没有喝过果珍？

赵加才点了点头，将亡妻的照片握在手心里说，我就要去找你妈妈了，我在天堂跟你妈妈一起喝果珍，那多好啊。

赵嵬呜呜哭了起来。

赵加才脸上浮现出幸福的微笑。

结 束 语

李雷和康笛兰这一对夫妻终于鼓足勇气，叫了一辆小卡车拉着家具行李什么的，搬回到这座令人魂牵梦绕的大杂院儿。他们挨家走访，简明扼要地介绍这几年的复杂人生经历。

这一对小夫妻搬回大院儿居住的第三天，市拆迁工作办公室派人在大杂院儿的墙上写了一个大大的“拆”字，并且画了一个大大的圆圈儿，说是七天之内必须办理动迁手续，走人。

这是李雷和康笛兰无论如何也预想不到的。五年之内总共丈量了十八次房屋面积，敢情全是序曲。当人们真正对这里产生眷恋之情的时候，大拆迁却突然来临了。李雷和康笛兰为此抱头痛哭，如丧考妣。

大院儿里的人们纷纷响应政府号召，办理搬迁手续，进进出出，出出进进，一会儿你碰到我，一会儿我遇见他，就像一群为蚁王忙碌工作的蚂蚁。

蚂蚁们一遍遍说着相互告别的话语，显出既忙碌又不忙碌的人生状态。

一声吆喝，蹬板儿车的老汉停在大杂院儿门口，说收废品来了。人们发现，这位以前说天津话如今操着河南口音收废品的老汉，说过几天就去澳大利亚找儿子。

不论河南口音还是天津口音，人们忙着卖废品给老汉。是的，新的生活，就是从卖掉旧时的废品开始的。

河南老汉突然改为普通话大声自嘲说，我老汉是个好老汉，就是枪里没子弹！

人们哄堂大笑，显然明白了老汉的隐喻。